《侍雪堂诗钞》

编年校注

（清）黎兆勋　著

向有强　校注

吉林大学出版社

·长春·

图书在版编目（CIP）数据

《侍雪堂诗钞》编年校注 /（清）黎兆勋著；向有强校注. —长春：吉林大学出版社，2021.12

ISBN 978-7-5692-9600-6

Ⅰ.①侍… Ⅱ.①黎… ②向… Ⅲ.①古典诗歌—诗集—注释—中国—清代 Ⅳ.① I222.749

中国版本图书馆 CIP 数据核字（2021）第 262207 号

书　　名　《侍雪堂诗钞》编年校注
　　　　　《SHIXUE TANG SHICHAO》BIANNIAN JIAOZHU
作　　者　（清）黎兆勋　著　向有强　校注
策划编辑　李承章
责任编辑　王　洋
责任校对　周　婷
装帧设计　中正书业
出版发行　吉林大学出版社
社　　址　长春市人民大街 4059 号
邮政编码　130021
发行电话　0431-89580028/29/21
网　　址　http://www.jlup.com.cn
电子邮箱　jldxcbs@sina.com
印　　刷　廊坊市海涛印刷有限公司
开　　本　787mm×1092mm　1/16
印　　张　17
字　　数　360 千字
版　　次　2022 年 3 月　第 1 版
印　　次　2022 年 3 月　第 1 次
书　　号　ISBN 978-7-5692-9600-6
定　　价　68.00 元

黎兆勋生平行事与诗歌创作考析（代序）

黎兆勋（1804—1864）以诗词扬名黔疆，著有诗集《侍雪堂诗钞》和词集《葑烟亭词》传世，是清代贵州著名的文学家，晚清名臣潘祖荫称他与郑珍、莫友芝"皆黔之通人"[1]。他也是遵义"沙滩文化"的代表人物之一，其诗虽逊于郑珍和莫友芝，但在黎氏家族中成就最高，尤其他的词，在黔"开先倚声者"[2]，艺术成就和词史地位都很高。为了廓清黎兆勋一生事迹，现根据其诗集所载黎庶焘《从兄伯庸府君行状》、黎庶昌《从兄伯庸先生墓表》、龚昌运《〈侍雪堂诗钞〉序》、黎兆祺《〈侍雪堂诗钞〉后序》、莫友芝《葑烟亭词序》以及他的诗词创作等资料，将其一生行迹分为三个阶段，考析如下。

一、"蹉跎四十五年身"：十试于乡，不得志于有司

黎兆勋，字伯庸（一作柏容），号树轩，一号檬村，晚号碉门居士，是沙滩黎氏入黔始祖黎朝邦的九世孙，"沙滩文化"奠基者黎安理之孙，"黎氏双璧"之一黎恂之子。黎恂生五子：兆勋、兆熙、兆祺、兆铨、兆普；恂弟恺生四子：庶焘、庶蕃、庶昌、庶诚。在九个兄弟中，黎兆勋是长房长孙。

据黎庶焘《行状》：黎兆勋九岁时便能写作五七言诗戏赠同辈，其早慧之才令长辈们惊叹不已。八岁后，先后跟随祖父黎安理和父亲黎恂在山东、浙江做官，年少的远游阅历增长了他的见识，使他在青少年时代便跳出黔北相对狭小的社会圈子，树立了高远的志向："倜傥有大志，不屑为乡曲谀儒，人或目为狂。"[3]他性情高旷豪爽，为人洒脱不拘，早年的游历已使他不甘于一辈子蜗居在穷乡僻壤做一个孤陋寡闻、只知道逢迎谄媚的儒生，在郑珍笔下他甚至有些叛逆："柏容健者能说鬼，落笔娱笑含讥讪。伏枕张目懒动起，细听吟弄追痴顽。"[4]19他晚年所作《童心二首示族子》诗曾回顾这一段侍宦生活："我

年如汝幼,心寄岱东云。无物为情恋,微吟畏客闻。林山齐鲁美,碑版汉唐分。嗜好虽浮薄,天机似不群。"

黎兆勋青少年时代与郑珍、莫友芝等同窗共砚,探讨学问,切磋诗艺,友谊深笃。郑珍诗《壬寅八月朔望山堂成偕仲弟子行季弟二荟奉大人雅泉先生招同庶仲奎王敦父黎柏容丁吉哉莫郘亭黎仲咸莫子厚黎季和落之席上联句》[4]324便提供了一个切磋诗艺的场景。他与表弟郑珍(1806—1864,后娶黎兆勋长姐)在家塾同席共砚七八年,二人锐志求通于古而趣向不同。郑珍酷好经史,立志做一位通儒;黎兆勋则"崇力于诗,上起风骚、迄于嘉道,无不讽味,以为诗者性情之极则也,治之六七年,而业日以精进"[1],凡古今名家之作,无不吟咏品味,嗜好诗词。二十岁的黎兆勋已秀美出众,英俊豪迈,表现出不凡的志气。按理说弱冠之年,正是一个人积累学养,培养见识,发奋有为的年纪。但黎兆勋对科举时文却不用心,认为制举之文迂腐不切时用,而其父亲黎恂竟也不勉强他去学科举文:"(兄)既冠,俊迈有奇气,不肯役志帖括,世父亦雅不欲强之。"[1]黎恂由着儿子的性情爱好去发展,而不在仕途上对其有所规划和约束,正是他育才之道的体现:"雪楼府君(黎恂)之自桐乡归也,以诗古文倡诱后进,于科举之学未甚属意。"[3]出仕为官的黎恂对家族有重要贡献,他道光元年(1821)自桐乡任上返黔时,将积蓄购买了几十箱珍本典籍,运回遵义沙滩,建藏书楼"锄经堂",供黎氏子弟研读。他还亲自执教黎氏私塾"振宗堂",一时从游者数十百人,其子黎兆勋、外甥郑珍、年家子莫友芝等均出其门下;又撰经典蒙书《千家诗注》作为家塾读本。他自身工于诗古文,著有《蛉虫斋诗文集》等,同时鼓励门生学徒进行诗歌创作。其外甥郑珝(字子行)在《悦坳遗诗·自序》中说:"自舅氏黎雪楼公奉讳归里,每于芳辰佳节,辄与子弟辈豪吟嚎饮,时执牛耳者:伯兄征君子尹、莫君子偲、表兄黎伯庸别驾也。继而黎氏介亭太守,筱庭、椒园两孝廉先后继起一时。诗道之昌,莫此为盛。"[5]每逢良辰美景,黎恂便聚集师生学友于一堂,畅怀痛饮,吟诗作赋,切磋学术。其中,以郑珍、莫友芝、黎兆勋三人学问最好、文学创作的成就最高,而黎兆祺、黎庶焘、黎庶蕃等亦"先后继起一时"。可以说,正是在黎恂的熏染和提倡下,沙滩文化家族诗词创作之风才如此兴盛,得以出现以郑珍、莫友芝和黎兆勋为代表的文人群体。

黎兆勋毕竟出身于正统的官宦家庭,逃不脱取仕为官的正统路线,但他的功名之路走得非常坎坷。黎庶焘《行状》中说他:"二十三出应童子试,不售,归乃取坊塾时艺揣摩之，以为不足学，弃去。比逾岁，再试，遂以古学第一补诸生。学使钱唐许尚书乃普负知人鉴，得兄卷，惊异之，未深信；于覆试日面以温飞卿诗句命题，令独赋，兄顷刻成五言八韵四首，尚书披吟移晷，谓曰：‘子他日必以诗鸣，第品骨近寒，恐禄位不及才名耳。’”[3] 黎兆勋在二十四岁时，方以古学第一补县学生员，即俗称之“秀才”。此次应试得到以知人见称于时的提学使许乃普的欣赏，许氏预言他将来必定成为著名诗人，只是诗的风格清峭寒瘦，恐怕才名高悬却沉沦下僚。许氏果然一语成谶，黎兆勋此后“十试于乡，不得志于有司”[1]，终身不第。造成这种结果，显然与其父的教育思想有关，即遵循个人兴趣爱好。黎兆勋不乐意研习八股文，把精力主要用在钻研诗词上；人的一生时间精力极其有限，天分再高，没有时间投入，不可能有深厚积淀，也就不可能取得好的成果。事实上，像黎兆勋这样出身偏远山地的学子，要想改变命运，很难跳脱科举考试的藩篱。

道光十七年（1837），黎兆勋再次与姐夫郑珍一起参加乡试，郑珍中举而他名落孙山。不知出于何种缘由，34 岁的黎兆勋没有回遵义。此时父亲黎恂正因“家啬，时不给”[4]503 而仕宦云南，兆勋于是束装前往。黄云万里，匹马趋庭，自贵阳往西南漫行，经安平（今平坝）、关岭、寻甸至昆明，于是登五华、泛滇池，尽揽金马、碧鸡之胜，然后侍父之新平、大姚等地，多有诗词创作。非官非吏，寄人篱下的生活使黎兆勋对官场和社会多了一些深刻的体验和认知，其《南中杂感五首》其二云："不吏不官驰驿去，应牛应马任人呼。持书还谢邴根矩，倚势作威冯子都。"官场之蝇营狗苟、尔虞我诈，官吏之作威作福、专横跋扈，致使贤者备受压抑埋没，因而唱出了"长揖权门归路永，不妨著论学潜夫"，表达了归隐著述的志趣。《南中杂感五首》其三则吟道："幼安初欲老辽东，岂识行藏类转蓬？世事本难防市虎，弋人何必篡飞鸿。避君三舍敢云战，载鬼一车都是空。夜半尊前还独笑，近来深爱蜡灯红。"诗人本想避世隐居，与人无争，无奈为生活所迫奔波在外，更无故受到市井小人之造谣中伤，妥协避让毫无作用，既躲不掉，于是诗人发出"夜半尊前还独笑"的恐怖之声，令人心生不安和恐惧。

滇南之行虽然见识了异域风光，开阔了视野，体验了社会，但仕途上仍一无所获。道光十九年（1839），黎兆勋返回遵义，居家待了一段时间后，又踏上泸州的旅程。据其诗歌所系事迹，一路北上出遵义，沿桐梓进入重庆界界，水陆交替，下綦江至重庆，再西进经江津至泸州。至于他到泸州所为何事，所见何人，不得而知。泸州之行往返大约一年余，结果如滇南之行一样，仍无所获。

道光二十一年（1841）秋，回到遵义的黎兆勋以长房长子暂领家政。时父亲仍在云南为官，叔父黎恺任贵阳府开州训导，不久卒于任上。他居家率领诸昆弟苦学力行，应接宾客，广交诗友，尤其与郑珍、莫友芝等朝夕发书研讨，写诗作文，相互观摩切磋。黎庶昌对这一段生活情状记载道："兄于是方领家政，外憙宾客，内督诸昆季，积苦力行，井井有条理。日夕发书与子尹、子偲相违覆，以诗古文辞交摩互厉，风气大开。久之，群从子弟服习训化，彬彬皆向文学矣。"[1]黎兆祺亦叙其承教兄长经历云："祺自束发授书，父兄指示先在歌咏。稍长，从侍笔砚，寖详其法，每有所构，必敬呈兄；兄规之，纪律森严。初则格格不相入，久之，始近似一二。旋侍宦滇云，每归，辄挟册就正，兄则进以风骨、气度，与前论迥然不侔。"[6]可以说，遵义沙滩文化的兴盛，以及后来黎氏诸昆弟兆熙、兆祺、兆铨、庶蕃、庶昌诸人在文学、政坛上的崛起，与黎兆勋以兄督学，率先垂范，笃于友爱是分不开的。

当然，除了居家课读，黎兆勋此期仍有外出活动。从其诗作来看，就时至绥阳和贵阳，而父黎恂仍在云南为官，数年之中更是往返数次，侍宦滇云，有诗云："三年十度宿兹楼，八载重逢汝白头。乍见惊心疑入梦，相迎怪我远来游。铅坑铜窟重重话，雪笠霜鞭款款留。夜半城头吹觱篥，壮怀销尽五更愁。"诗作于道光二十五年（1845），题作《马龙旅社逢张仆为留一日》，马龙时隶属云南曲靖府，居今昆明市与麒麟区之间。其他如《安宁旅夜》《姚州道中观回人聚猎》《官斋梅花盛开花下饮酒作长句示杨子春妹夫》诸诗，都是在云南所作。此期的交游对象，也多局限于亲朋故友和少数沉沦下僚之人，如郑珍、莫友芝、莫庭芝、张朝琮、丁元勋、赵旭、邹汉勋等，交游圈子不广。就其心态而言，多有怀才不遇、老大悲伤之嗟，如《新化邹叔绩招游雪崖洞席上赋赠》诗，就有"惆怅回阑重倚处，几行烟柳隔城头"及"有此才华难遽隐，过时人物总堪哀"之句云云。邹汉勋（1805—1853）字叔绩，湖南新化人，精于舆地之学，早岁不达，道光二十五年（1845）受贵阳知府黄宅中相邀入黔，先后纂修《贵阳府志》《大定府志》《兴义府志》和《安顺府志》，遂有"西南方志大家"之称。他与黎兆勋年纪相当，又同为不偶，存在共同话题。此诗化用温庭筠《更漏子》词句"阁上，倚阑望，还似去年惆怅"，形容年复一年而功名不就，心情惆怅哀怨，却又不甘隐没才华。但现实已然如此，道光二十九年（1849），黎兆勋第十次参加乡试，下第，时年四十五岁。

二、"儒冠驱客去，薄宦走山城"：从"报捐教职"到"奉檄防堵"

人之一生，既有内在的束缚，也有外在的束缚，忧患实多，内在束缚的解脱必然依赖外在束缚的去除。黎兆勋"十试于乡，不得志于有司"[1]，其内心的痛苦和压抑可以想见。里人因此也说长道短："行藏多被里人猜，门巷萧萧伴草莱。纵不蝇声侪下士，却怜袜线愧雄才。长城五字愁诗到，老屋层轩面水开。一个虚堂谁载酒，白云还望长公来。"（《东坞感怀》）功名未就，出处不明，前途未卜，惹来里人猜疑甚至飞语，内心渴望有人欣赏提携。尽管黎兆勋不汲汲于功名，但人生短暂，科举功名这种外在的有形束缚如果无法摆脱，则始终有所羁绊，影响内心自由。

在这样的境况下，父亲黎恂"乃援永昌军例，为报捐教职"；黎兆勋对此长叹道："吾黎氏世以科第起家，此事可自我作俑乎！"然生计逼人，只得放下面子，遂又自我安慰一番："青毡亦吾家故物也，使得藉此读书，余薄禄了吾亲三径资，亦未为不义。"[3]侍亲养家迫在眉睫，需要经济收入；而教书育人，也算是做自己喜欢的事，所以黎兆勋最终接受了这个安排，开始了他的仕途之道。

道光二十九年八月，黎兆勋权石阡府教授。这是个临时代理的学官，并无政务施行的权责，黎兆勋做得也不开心："折腰真愧尉，箝尾不如丞。愁杀羁栖客，情同退院僧。"（《春晚思归盼代者不至》）迎来送往，上下俯仰，屈身事人，对初入官场的黎兆勋来说很是难受。据其所作诗歌系事，他在石阡任上时间很短，次年晚春似将为人所代，但不知何故又继续待了一段时间，可能在道光三十年（1850）夏秋之际离开石阡，之后客寓贵阳再谋前程。

客寓期间，黎兆勋贵阳遵义两地奔波，拜访过唐树义等黔中政坛名流，辗转多时，经过诸多周旋运作，到咸丰三年（1853）秋，才得以补授黎平府开泰县训导。对于贵阳谋差这段经历，兆勋的两位从弟庶焘、庶昌在《行状》与《墓表》中都没有提及，似乎有意隐讳。据其所作诗歌考校，这是一段颇为艰辛的历程，黎兆勋在他的诗中有多处书写和倾诉，由此我们可以了解清代普通士子在仕途上跋涉的艰难与困顿。如其《送从弟计偕北上》其四云："纷吾重修能，采芳佩兰杜。麋貉歌尧天，置缶空击鼓。追思畴昔怀，百怪栖肺腑。既钻屈毂觚，屡折明夷股。今年贵阳游,此计更无补。"纷吾以下六句写自己怀才不遇,内心五味杂陈,后四句以大瓠被钻比喻出仕,以明夷卦夷股爻辞喻求仕屡挫不顺,而今年的贵阳之行更是于事无补,徒增郁闷。不久,相处多年的好友莫友芝也入京求仕,黎兆勋有《送邵亭莫五入都》诗相赠:"皇舆多风尘,英灵满山泽。林栖怅时事,带甲荡心魄。兹行谁使然?栖栖自筹画。"诗写国家多难,正是用人之际,人才却沦落草莱。但士人的担当促使莫友芝惆怅时事,自谋伟业,于是北上京都。黎兆勋见此不免又追怀昔日才志,更想起当下处境:"缅怀畴昔游,自命必词伯。愁歌宝剑篇,气轹金闺籍。胡为联古欢,廿载滞山宅?我穷闲学仙,君发亦近白。相怜时世文,笔势变新格……吾党多放言,众口攻其隙。自非科第荣,物论已先忌。"才华未必意味着得志,更何况还是"自命必词伯";二十多年的场屋困顿,壮志早已消磨,滞留山宅,苦挨岁月,闲来学仙,却仍放不下书生意气士人情怀,平居放言时政,于是受到大众舆论的批评攻击。诗人反思遭到如此对待的原因,原来不过是没有科举功名在身。于是又只好踏上求仕的旅途:"愁惊乡景入归梦,忍说吾亲迟暮时。我行仆仆为谁役,世路悠悠焉用斯? 东溪渔钓足幽侣,羡尔举家无别离。"(《梦归》)人到中年,总是在撕扯中龃龉前行。撕扯诗人的,既有出世的向往,更有入世的权责,作为一个传统儒家士大夫,忧国忧民的道德观浸润在血液里,如果没有事业,人生的价值又如何体现?

咸丰三年(1853)秋,黎兆勋安置完家事,便由遵义出发,南下经贵定后东南折向都江(今三都),再放船下古州(今榕江)至黎平,一路有诗。赴任的心情并不轻松,既有"儒冠驱客去,薄宦走山城"(《山程》)的内驱使然,也有"念我迢迢寄紫绮,知君脉脉凋朱颜"(《十月十五贵定旅舍寄家人书题后》)对妻子的思念,更有"欲梦故园鸡唱晓,尘沙何处觅烟霞"(《春夜遣怀遥寄舍弟介亭》)自此失去自由的芥蒂。但作为士人,本身对君王、社会负有一定的责任,更有纠而正之的义务。在开泰县训导任上,黎兆勋干了几件事:一是本职工作,管理县学、祭祀孔子,黎庶焘《行状》说他先后在石阡、开泰任上"被以弦歌,泽以文藻,士习为之一变"。二是抽时间收集资料编纂了两部书,一部是重编黎平府先贤董三谟的《莲花山墓纪略》,一部是蒐辑明末贞臣逸士零章断句为《黎平诗系》。同时,他还用功辑录清代以来贵州籍诗人的作品,拳拳于乡先掌故,后来署名为唐树义审例、黎兆勋采诗、莫友芝传证的《黔诗纪略》,

具体的编纂过程张剑先生已有专文考论。[7]

事实上，黎兆勋作为学官，此期主要精力却并非用于文治教化，他更关注太平天国运动和黔中各地的农民军起义，并参与到平乱当中。咸丰四年（1854）三月，独山杨元保率领布依族民众起义，拉开了贵州同咸起义的序幕；失败后，贵州各地受杨元保及太平天国运动影响，爆发了更大规模的起义。与黎兆勋关系密切的，一是咸丰四年八月桐梓县斋教领袖杨龙喜、舒光富领导的农民起义，起义军攻占桐梓、仁怀，又大举进攻遵义府城，并以此为根据地，发展到两万多人，后在滇黔川官兵围剿下转战黔川多地，至咸丰五年夏，主将主力方被歼灭，余部仍坚持斗争至咸丰九年。二是咸丰五年张秀眉、包大度等人领导的黔东南苗民起义，即黎庶焘在《行状》中所说"古州苗变，洊扰黎平"，黎兆勋作为官僚士绅，奉黎平知府之命委办南路团练（即古州，今榕江县），"出入蛮乡瘴岭间，濒危者屡矣"[3]。

桐梓杨龙喜起义，波及黎兆勋家园，但他身在黎平，无法亲历而诗中有所描述。如《寓侧多枫寒声夜烈不寐感怀》："我久塞两耳，恶人谈甲兵。如何枫树林，夜半闻杀声？西风本无事，惨淡徒悲鸣。岂识羁人愁，中宵魂梦惊。起视月在斗，坐待东方明。恍见乡国垒，十里联长营。褐夫感身世，杀贼心纵横。时危壮士拙，天地非无情。"因为无法亲历，所以更加担心，以致厌恶别人谈论战事，可是战事仍到眼前，只能勇往杀敌。另一组《闻遵义贼氛太剧排闷》诗则直接表现了诗人在战乱面前的无能无力："国家兵事我何知，独向乡关哭乱离。""闻道罗浮葛稚川，全家避难入蛮烟。神仙也苦兵戈劫，抱朴空成内外篇。"在战乱面前，哪怕是想归隐田园做个隐士，都不能如愿。

镇压黔东南苗民起义，黎兆勋则身与其中，搜剿乱军于深林密菁，上下驰逐，与同甘苦。作为文官，他还写了一些鼓舞士气、塑造官军典型的诗歌，如《刘侯练勇歌》《钟生诗》《两生行》《古州长官司杨占先阵殁》等，塑造了刘侯、钟生、杨占先等军官的智勇胆略和忠君报国，同时对起义军的奸杀掳掠及由此造成的地方治安问题和百姓承受的巨大灾难也有所描述：如"清江逆苗陷古州，城乡杀掳殆尽，有上江营外委柴大明之孙女年十六，为贼所逼，女骂贼，毙命；古州民陈登魁之妻董氏年十九，贼破昇平堡，迫之，董氏亦骂贼，投塘而死"。还有诗人见到五开卫各屯所难民"寄处桥亭寺观之中，暑日炎蒸，疫死甚重"，因而呼出"山桥野寺无家别，伏雨阑风逐疫符。往日豪华今饿殍，几人到此保妻孥"

（《归兴》）的哀嚎，战乱造成的家破人亡，流离失所，是百姓无法承受的。《东方日出歌》则揭露了社会的黑暗，批判了腐朽的专制统治，表露出深刻的思想性，"六龙失驭谁所司？不独虾蟆蚀月罪归汝。杀劫换红羊，白日摇精光。为问五诸侯，何时扫欃枪？"矛头直接指向满清最高统治者。像这样犀利的批判还表现在他那些倾诉怀才不遇的诗里，如《古意》："蜀山有奇士，侠气横江河。朝挟朱亥游，暮拥燕姬歌。辩论天下事，贤豪日经过。舌端吐虹蜺，长剑挥泰阿。时危国多难，几席环兵戈。诸侯尽延接，王前奈尔何。才大数颇奇，岁晚益坎坷。翩然不得意，草屦寻笠簑。高蹈青城巅，结茅悬绿萝。学仙三十载，呼吸元气和。黄冠礼北斗，天姥回鸾车。授以紫霞丹，鹤背轻可驮。下视旧游地，积冢千万多。凄然感元化，人我悲殊科。壮夫尽泥滓，艳色成妖魔。因之悔尘网，长啸凌嵯峨。蹑身蓬莱阙，濯足扶桑波。始知飞仙人，永劫无销磨。"诗中的蜀山奇士，侠气纵横，壮怀激烈，于时危国难中慷慨从军，受到各路诸侯的重用，但是"王"却并没有给他应有的待遇，导致他"才大数颇奇，岁晚益坎坷"，最终归隐学仙，勘破尘世。

在黎平开泰任上，黎兆勋的思想和心态是复杂的，既有对战争造成的民生凋敝的同情，也有杀敌立功忠勇报国的意愿，还有对满清腐朽专制统治的批判，更有怀才不遇的嗟叹和归隐家园的执著，但总的来说，他始终是清醒的，而且思想渐趋深刻和成熟。《由宰蒿泛带练勇逐贼至平定堡，晓行大雾中，因忆鲍明远"腾沙郁黄雾，翻浪扬白鸥"之句，遂用其字为韵》组诗可以典型体现这一时期思想情感的复杂性，如其八："树旁屯军宅，十室九流亡。屋庐积余烬，寓目增感伤。"悲悯时艰，反映民生疾苦。其四："登高望吴楚，不见湖与湘。回瞻夜郎道，黯黯愁云黄。哀鸿集中泽，行旅思故乡。世事竟寥落，俯仰悲投荒。"此首在悲悯时艰中慨叹身世，寄托怀才不遇之嗟。又如其九："故人渺千里，先我避山泽。清尘久难达，思君离忧积。绻怀桑者吟，孰赠绕朝策？归思成旅愁，华发星星白。"其十："耿耿倚天剑，锈涩惭吴钩。时无英雄人，持此将安投？古来名利子，低心侻与仇。往事为谁辨，吾将盟白鸥。"有意平定战乱，却才无所用，有心无力，只好洁身自好，归隐田园。当然，怀才不遇更多是一种姿态，对名利的勘破方显生命底色，《送从弟偕北上》诗中已然认识到"词赋就何益，虚名徒妄取"，而《宰蒿》诗其六则是对自身实力的准确评估："昔年二十余，飞鞚轻郊原。每闻战斗事，意气如电奔。今持蛮部伍，魂梦常惊翻。我行岂得已？

此意勿复宣。"少年时的裘马轻狂，挺身战场，不过是年轻人不甘寂寞平庸的热血和意气，如今遭逢机遇领兵平乱带甲杀敌时，却发现自己真的无能为力："方今用人虽破格，愧我提戈难杀贼。盐车在坂乏骏足，函牛有鼎愁鸡肋。挂冠行待早归来，南亩力耕勤稼穑。"（《病起率书》）机会就在眼前，能力心知肚明；既是知天命之年，也该望峰息心了吧，于是归隐山宅的念头又冒了出来——"既非济时姿，胡为此淹留？"（《羁客吟》）咸丰六年（1856），黎兆勋先后两次因病回贵阳治疗，之后又回遵义居家调养，自此离开黎平，然而他心心念念的仍然是战事："北海郡当群寇路，南冠囚奏土音琴。已离职守长拘客，可是明公苦用心。"（《归兴四首》其四）勘破未必能够执行，知行合一，说得轻巧，做起来难，尤其对那些长期沉沦下僚郁郁不得志的文人，纠结久在人心。黎兆勋虽已抽身而去，然用世之心尚未消弭。

三、"我行落拓伤迟暮"：薄宦羁旅鄂疆，多不平之鸣

咸丰六年（1856）冬，黎兆勋因防御黔东南苗民反动之功，受贵州按察使承龄等人举荐，被选拔升任湖北鹤峰州州判。作为长房长孙，黎兆勋更想在膝前奉养尽孝，不欲远赴湖北，但父亲黎恂"促令出山"[3]。咸丰六年（1856）冬，黎兆勋赶赴武昌。对于赴鄂时间，《行状》记载为"丙辰秋赴鄂"，即咸丰六年，《墓表》不记具体时间，今考其诗集中有《十一月十八日因患病由省垣回家，值手植江梅花盛开，病稍减，偕诸弟往观二首》及《上承尊生观察》诗，前诗可证其冬月尚在遵义，后诗则是他赴鄂前于贵阳辞别贵州按察使承龄所作，诗云"行将别公去，扁舟凌楚滩"，又有"玉梅雪艳艳，珠斗星珊珊"之句，可知时令也在冬季；又据《晓雪山行》《腊月十八夜舟行大江风剧不能泊岸》诸诗，足可证黎兆勋自黔赴鄂的具体时间为咸丰六年季冬之月。

据诗集中《三渡关旅夜》《七星关晓发》《舟中望明月庵》《腊月十八夜舟行大江风剧不能泊岸》诸诗，黎兆勋赴鄂自遵义出发北行，经凤冈入重庆，沿长江一路舟行至武昌，大约年前抵达。此时湖北巡抚为胡林翼，是黎兆勋在黎平时的长官，"以兄才士，又黎平故吏也，留居省垣摄藩照磨"[3]，即署理湖北承宣布政使司照刷磨勘，职掌照刷宗卷等事务，具体职责是检查官府文件有无稽迟、失错、遗漏、规避、埋没、违枉等情弊，有则限期改正；后又兼任盐库大使，职掌库藏籍帐等事务。换言之，黎兆勋事实上并没有赴任鹤峰州州判，

而是留在湖北布政使司当了一名僚佐。

胡林翼（1812—1861）是湘军重要首领，襄助曾国藩平定太平天国运动，担任湖北巡抚后独当一面，调兵遣将，收复武昌、围攻九江、克复安庆，战功赫赫。除了军事才能，胡林翼的协调能力和理财能力同样突出。他抚鄂期间注意整饬吏治，引荐人才，举荐了左宗棠、李鸿章、阎敬铭等名臣，善于调节各方关系，是官场权谋高手，《清史稿》本传说"使无其人，则曾国藩、左宗棠诸人失所匡扶凭藉，其成功且较难"[8]。他另一重要贡献是在湖北大力筹饷，解决对太平军作战的军费开支，以厘金、盐课为主，兼行各种捐输——黎兆勋正好参与了这方面工作。如此来看，黎兆勋的办事能力和成效是得到胡林翼认可的。到武昌不久，胡林翼就安排黎兆勋到安陆府（治钟祥），"钟祥，太守治所也，黎君以藩署参军奉檄来司，馈饷捐输事"[9]；咸丰九年，黎兆勋又被派往新堤（今洪湖市）——早在雍正七年（1729），安陆府通判署已迁到新堤，咸丰七年（1857），湖广总督又在新堤设立海关，专征长江过往关税。虽然胡林翼把黎兆勋留在布政使司担任照磨（从八品）及盐库大使（正八品）算不得提拔（州判从七品），但却给了他上升的机会和空间。然而，这样的差事黎兆勋一干就是七年，这七年中，他往返于武昌、钟祥、新堤之间，帮助朝廷和胡林翼筹集军饷。

黎兆勋仕途上陷入了原地踏步的境地。官场经营，有权势者的引荐和提拔本是强有力的敲门砖，能够为自己赢得更多机会和广阔舞台。应该说，胡林翼对他是信任和重用的，黎兆勋有他做靠山，"人咸谓守令可旦夕致，而兄不肯趋伺长官，故每值迁调，忌者多以简傲见阻"[3]。这样的结果确实有点出乎意外，却也在情理之中。个中原因及其复杂心迹可以考见。

首先，黎兆勋仕途上顿足不前，的确与其文人清高傲慢的心性不无关系。清代官场的经营，做好本职工作就想脱颖而出获得提拔，几乎已无可能；即便你安分守己无欲无求，别人也未必看你顺眼。黎兆勋既不肯俯仰逢迎，一定程度上便失去很多机会接触上级，才华不易被了解发现，还让人贴上"简傲"的标签，所以"每值迁调"都得不到提拔。由此亦可知其居官生活中，不愿遵循官场的游戏规则，这种为官处世的风格自然很难在清代官场中获得升迁的机会。《行状》说他"倜傥有大志，不屑为乡曲谀儒，人或目为狂"，年轻时狂直进取，无可厚非，但人到中年又一事无成，还抱持这种傲世的姿态，不肯用一点"玲珑"手段，这就难免龃龉难行。咸丰九年（1859），他在赠别好友龚昌运的诗里就道出被同僚排挤欺侮的信息："我往本贫贱，谬志入官府。徒邀丈人嗔，颇累群儿侮。"（《别子贞三首》其二）另一首《永夜》诗作于同治元年（1862），也有"劳真能老我，壮本不如人。一砚磨寒月，三年感积薪"之句，用《庄子·大宗师》及《汉书·汲黯传》中语典，言岁月老人而后来者居上，隐约道出新人上位，仕途迁转无望。

其次，黎兆勋虽然受湖北巡抚胡林翼赏识，但他毕竟属于藩司僚佐，直接受布政使节制考核。从咸丰七年（1057）到同治二年（1063），湖北布政使更换频仍，马秀儒、罗遵殿、庄爱祺、严树森、阎敬铭、唐训方、厉云官等先后走马上任。官场是现实庸俗的，为官者不管操守如何，一旦坐到能落子布局的位置，谋划的第一件事往往便是圈出阵营，清理棋盘。况且清朝官场，官运不靠业绩靠上司，领导说了算。咸丰十一年（1861）八月胡林翼病逝后，黎兆勋便失去了照拂之人，他写下极为沉痛的《部曲》诗："将星光坠地，军帐影凄烟。一哭余双泪，孤忠竟十年。醉恩虚有日，黜罪岂非天？敢谓任安去，犹依素旗眠？"诗写自己从黎平到武昌，一路跟随胡林翼鞍前马后，已近十年；如今胡氏一死，泰山崩塌，报恩无时，命运不济。其《谒胡文忠公祠》诗亦有"怅念招贤馆，曾亲选佛场。毋令菅蒯弃，谬许驽骀良。铅割行堪试，兰修意弗忘"之句，追想自己出身卑微而受胡氏赏识栽培，不敢忘恩。黎兆勋既是胡林翼的人，当然不可能被其他官员重用。

再次，妨碍黎兆勋仕途前行的另一个原因，是他长期纠结的内心束缚——想要归隐却不得不入仕。黎铎先生指出，黎兆勋前期的思想中就已存在出仕与隐逸的矛盾[10]，这种思想在经历了长期的沉沦下僚之后更为强烈。可以说，归隐家园，享受耕读之乐趣是黎兆勋一生所愿："夜雪风横天阙高，抱寒痛饮歌离骚。投闲自是一生事，况有醉乡侯我曹。"（《将进酒戏柬赵雨三大令》）正是抱持着这种思想，黎兆勋早在赴任湖北路经三渡关时，就表露出对前程的担忧："别酒犹在襟，行人屡回顾。离家四十里，日夕隔烟雾。自惭归程晚，此去或多误。"（《三度关旅夜》）年过知命并未能安身立命，而进取心却已衰减，这样的焦虑可以理解。而置身胡林翼帐下后，他想做的事情——"丈夫万卷压肝腑，大胜豪奴坐官府"（《珩儿歌》）——和胡氏让他做的事情也并不真正契合，但寄人篱下便身不由己，不得不受人差遣。必须承认，黎兆勋并没有真正成为胡氏身边出谋划策的谋士和实权在握的干将，他担任的是一个兢兢业业、甘效犬马的报恩者角色。胡林翼幕下宾主相得尽欢的场面比比皆是，但朝廷命官黎兆勋却远离胡幕，心中的实际感受未必都像幕府中的各种场面一样，总是摊开让我们看得到。

事实上，黎兆勋入鄂为官，主要是为现实生活所逼，为稻粱谋："不贫谁作客，羁旅欲何依？"（《雨窗独坐念东谷》）又"久贪禄养羁行李"（《雨后出汉阳门口占》）；又"微禄何求久不归"（《出汉阳门渡江感怀》）等等。同治元年（1862），家人写信来，告知"里宅悉为贼毁"，并促其速回，黎兆勋悲痛难遏："感生平于畴昔，念故国而屏营。吾闻参军已无四立壁，不肯折腰更何适？"（《元年正月山贼窜扰乡里，山中书来诸弟促归意切，明日出游书愤寄王敦亭大令》）一族家小等着援助，需要这些微薄的俸禄，还能潇洒地去归隐吗？当然，这并不能说黎兆勋没有仕途追求，但长期的沉沦下僚，的确使他前程暗淡，心灰意冷，他在仕与隐的挣扎中困顿忧愁又孤独："瑐来牛马走，自识须鬓苍。平生实多难，不复怜行藏。惟忧岁华晚，独滞天一方。妻子且勿惜，自惜生颓光。百年长若此，尘鞅愁人肠。"（《石牌镇感事》）纠结的黎兆勋多么希望有人提携一把："去亦不能得，住亦不能得。心在天南身在北，何人假我乘风翼？脂吾车，秣吾马；行路难，石城下。"（《行路难》）一边是归隐的夙愿，一边是窘迫的生计，只好勉为其难奔向顿足不前的仕途："我行落拓伤迟暮，书剑年深叹如故。四海兵戈杜甫愁，一官事业邯郸步。"（《雪夜有怀山中故人》）"我岂飘零者？皇皇徒尔为。男儿重迟暮，风雨阻归期。林鸟依依息，山云黯黯移。劳生堪自笑，莫遣物华知。"（《江上杂诗二首》其一）奔向仕途又背向官场，作出不如归去的姿态，呼唤独立的人格，黎兆勋羁旅鄂疆的生活与心态，多作如是观。

同治二年（1863）秋，黎兆勋结束了将近八年停滞不前的藩署生活，出调随州州判（从七品）。《行状》云："癸亥，调补随州州判。"[3]癸亥为同治二年。《墓表》则载"同治元年，调补随州州判"，误。黎兆勋《喜从弟莼斋自都门来武昌》诗有"我官武昌不得尔消息"句。据查，同治元年，黎庶昌（字莼斋）因战乱自遵义赴应天府参加乡试，不第；是年七月二十八日，慈禧太后下诏求言，黎庶昌以诸生献万言策，奏陈国家应当变革者十五条，切中时弊，得到朝廷重视，政治博弈多时，终以知县发往曾国藩大营查看委用。是年十二月二十一日，曾国藩接到上谕，在《黎庶昌请留江苏候补片》中说："前因贵州贡生黎庶昌呈递条陈，言尚可采，当降旨赏给知县，交曾国藩差遣委用。该员以边省诸生，抒悃上言，颇有见地，其才似堪造就，诚恐年少恃才，言行或未能符合，着俟该员到营后，由该大臣留心察看，是否有裨实用，不致徒托空言，附便据实具奏。"[11] 同治二年初春，黎庶昌由北京启程，经由武昌，三月到达曾国藩安庆大营。故知此诗与《送从弟莼斋从军曾节相大营》均作于同治二年春，且由《出汉阳门渡江感怀》诸诗可证同治二年秋以前黎兆勋均在武昌。故黎兆勋出判随州，必在同治二年秋。而恰于是时，父亲黎恂去世。接到讣告时，已是同治三年（1864）春，黎兆勋立即从随州奔丧返里。年近六十的他，一路水陆并行数千里，旅途劳顿，饮食失节，到家后又哀伤过度，丧事完毕后感染时疫，体弱难支，于是年八月二十日与世长辞，享年六十一岁。

【参考文献】

[1] 黎庶昌. 从兄伯庸先生墓表 [M]// 黎兆勋. 侍雪堂诗钞. 光绪乙丑日本使署刊刻黎氏家集本.

[2] 莫友芝. 葑烟亭词序 [M]// 黎兆勋. 葑烟亭词. 光绪乙丑日本使署刊刻黎氏家集本.

[3] 黎庶焘. 从兄伯庸府君行状 [M]//. 黎兆勋. 侍雪堂诗钞. 光绪乙丑日本使署刊刻黎氏家集本.

[4] 郑珍. 巢经巢诗文集 [M]. 黄万机，黄江玲校点. 上海：上海古籍出版社，2016.

[5] 郑珽. 悦坳遗诗自序 [M]// 汪文学. 贵州古近代文学理论辑释. 北京：民族出版社，2009：102.

[6] 黎兆祺.《侍雪堂诗钞》后序 [M]// 黎兆勋. 侍雪堂诗钞. 光绪乙丑日本使署刊刻黎氏家集本.

[7] 张剑.《黔诗纪略》编纂过程考述 [J]. 华南师范大学学报（社会科学版），2016（6）.

[8] 赵尔巽，等. 清史稿 [M]. 北京：中华书局，1977：11935.

[9] 龚昌运.《侍雪堂诗钞》序 [M]// 黎兆勋. 侍雪堂诗钞. 光绪乙丑日本使署刊刻黎氏家集本.

[10] 黎铎. 试论黎兆勋的诗 [J]. 贵州文史丛刊，1981（4）：151.

[11] 曾国藩. 曾国藩全集 [M]. 修订版，长沙：岳麓书社，2011：225–226.

凡　例

一、本书对清代贵州"沙滩文化"代表人物黎兆勋的诗集《侍雪堂诗钞》进行校点，并予以编年注释，旨在为研究黎兆勋的读者和古典文学爱好者提供一部实用的文献资料。

二、本书以清光绪十五年（己丑，1889 年）日本使署刊刻黎氏家集本《侍雪堂诗钞》为底本，以清同治四年（乙丑，1865 年）敦復堂刻本《侍雪堂诗钞》（校记中称同治本）进行通校，并采《黔诗纪略后编》（卷 21）、《清诗汇》（即《晚晴簃诗汇》，卷 148）、黎兆勋《石镜斋诗略》、郑珍《巢经巢诗文集》等文献所录黎兆勋诗以资参校。

三、上述各版本均无目录，本书目录乃据正文增编。本书编排一仍底本之旧，以见其原貌，底本所无而校本有者，辑为补遗附录于正文之后。

四、本书采用分首校注方式，将校注文字置于各首诗之后。如原文标题下有二首以上诗，加以"其一""其二"等依次标示，亦分首校注；原文标题的校注置于第一首诗校注中。原文中的双行小字夹注改为单行仍保留原处，楷体小字行文、标点。

五、本书校注时，先校后注。凡有异文处一律出校。底本有夺文或衍文者据校本补足或删除，底本确有误者径行订正，凡补足、删改处均出校记或理由；疑底本有误而订立根据尚欠充足，及意可两通的有参考价值的异文，均不改动底本，仅出校记说明。校记列于每首诗的文本之后，用"【校记】"标示。

六、本书注释以疑难字词、通假字、人名地名、典故、史实、引语、典章制度、化用他人诗句为主，力求注出出处，力求简明精确，但关键之处亦作适当引证和阐释，列于"校记"之后，用【注释】标示，注释序号以 [1][2][3]……标明。生僻字注出读音，典故、史实、引语尽量引用原文。查阅不到而需作注的人物、事迹，则标以"其人未详"或"事迹无考"，存疑而无确证的内容，则标以"当作某""当指某"，力求严谨。

七、编年，本书对确定作年的各篇诗歌予以系年，不作繁琐考证，置于【校注】之后，【注释】之前。

八、本书繁体字一律改为简化字，底本异体字、古体字、通假字一般改为通用字，但改后有违作者原意或易产生歧义的不改，人名不改，常见通假字不改。

目　　录

从兄伯庸黎府君行状

兄讳兆勋，字伯庸，号树轩，一号檬村，晚又称礀门居士，遵义黎氏。祖讳安理[1]，以举人官山东长山县知县。考讳恂[2]，字雪楼，以进士官云南巧家厅同知。妣周宜人。

兄为雪楼府君冢子，生有殊禀，九岁即能口占五七字诗戏赠同辈。稍长，先后随宦山东、浙江。倜傥有大志，不屑为乡曲谀儒，人或目为狂。雪楼府君之自桐乡归也，以诗古文倡诱后进，于科举之学未甚属意，故兄年逾弱冠，犹未令习制举业。二十三出应童子试，不售，归乃取坊塾时艺揣摩之，以为不足学，弃去。比逾岁，再试，遂以古学第一补诸生。学使钱唐许尚书乃普负知人鉴[3]，得兄卷，惊异之，未深信；于覆试日面以温飞卿诗句命题，令独赋，兄顷刻成五言八韵四首，尚书披吟移晷，谓曰："子他日必以诗鸣，第品骨近寒，恐禄位不及才名耳。"自是益肆力于古，与外兄郑子尹珍共砚席者七八年。

兄天性高旷，其读书串穴古今，尤纵其才力为诗，诗所不能尽，溢而填词。诗不专主一格，词则服膺辛、刘、周、秦为多。岁己亥[4]，山阴平樾峰太守翰来守吾郡[5]，聘子尹及独山莫子偲孝廉同修郡志。平公故爱才下士，笃嗜风雅，偶闻两君道兄才，即以所作"感怀"八律邮简索和。兄一夕次韵寄答，平公得诗，诧为"奇伟"，即延至署订交。兄以一诸生，布衣芒屩往来二千石之庭，升堂抗礼，忘其势分之相悬也。然文章诗酒外，绝不及公私一语，平公尤重之。会雪楼府君令滇南，兄策马趋庭，比至，登五华、泛昆明，尽揽金马、碧鸡之胜，歔吊庄蹻、南诏，益以助其诗境，于功名未尝汲汲也。年逾强仕，雪楼府君乃援永昌军例，为报捐教职。兄闻之，叹曰："吾黎氏世以科第起家，此事可自我作俑乎？"既而曰："青毡亦吾家故物也[6]，使得藉此读书，余薄禄了吾亲三径资[7]，亦未为不义。"

己酉秋[8]，权石阡教授。石阡旧称僻壤，兄至，被以弦歌，泽以文藻，士习为之一变。又二年，补开泰训导，课士一如石阡；暇复重编董忠烈公三谟《莲花山墓纪略》，又蒐辑明末贞臣逸士零章断句为《黎平诗系》，又欲辑本朝贵州人诗，拳拳于乡先掌故。未几古州苗变，浐扰黎平，兄奉檄防堵，出入蛮乡瘴岭间，濒危者屡矣。事后尝曰："吾于蛮村夜宿时，每柝声四寂，星斗芒寒，静验身心，反诸平旦，乃知龙场谪戍得悟良知，亦缘处境始然也。"兄至是殆欲刊落词华，一归于性命之旨矣。后以防苗功，擢湖北鹤峰州州判。兄念两亲年高，不欲远离，而雪楼府君归老林下，杖履方健，促令出山。丙辰秋赴鄂[9]，至则益阳胡文忠公方开府是邦[10]，以兄才士，又黎平故吏也，留居省垣摄藩照磨，人咸谓守令可旦夕致，而兄不肯趋伺长官，故每值迁调，忌者多以简傲见阻。癸亥[11]，调补随州州判。

兄性豪爽，重交游，顾取友必慎：于黔惟唐鄂生观察、胡子何、赵晓峰学博、赵雨三同守，及子尹、子偲两孝廉最称友善；至楚，则监利王子寿比部、龚子贞学博、阳湖徐子楞布衣、江宁汪梅岑孝廉、中江李眉生观察数君子而已。所至无标榜声，闲居泗洁，一室环列图史，瀹茗赋诗其中，歌啸自如。明年，遭雪楼府君忧，奔丧旋里。兄痛一官羁滞，未得躬亲敛窆，哀毁之余偶染时疾，十日竟卒，同治甲子八月二十日也[12]，享年六十有一。配阮孺人，妾陈氏、梁氏，无子，以叔弟兆祺子汝弼为嗣，孙一棣。著有《侍雪堂诗集》八卷[13]、《蔚烟亭词》四卷。

兄生平笃于友爱，余家期功兄弟九人，多从兄授读。庶焘服兄教二十年，深愧学行无似，惟略陈梗概，冀当代立言君子锡以传志而传之不朽云。

从弟庶焘谨状。

【注释】

[1] 安理：黎兆勋祖父黎安理（1751—1819），字履泰，号静圃，晚年自号非非子。乾隆四十四年（1779）举人，嘉庆十三年（1808）以大挑二等为永从县（今贵州从江县）训导，十八年（1813）选授山东长山（今邹平县）知县，在官四年，政声甚佳，因足疾致仕，前往浙江桐乡其子黎恂任所观政，嘉庆二十一年（1816）返回故里。黎安理一生多以团馆授徒为业，为家乡培养了许多人才，子黎恂、黎恺，孙黎兆勋，外孙郑珍等均得其教诲而成为黔中文坛佼佼者，开创了遵义沙滩文化。著有《锄经堂诗文集》《梦余笔谈》等。《清史稿·孝义二》有传。

[2] 黎恂：（1785—1863）字雪楼，一字迪九，晚号拙叟，黎安理长子。幼从父学，嘉庆十九年（1814）进士。分发浙江桐乡知县，任职五年，颇有政声。嘉庆二十五年（1819）丁父忧，家居守孝不出十四年，研读经史，并执教于禹门寺私塾"振宗堂"，从游者数十百人，培养其子黎兆勋、外甥郑珍和年家子莫友芝，又同绥阳县郑家场儒士杨实田一起培养了

黎兆铨、黎庶焘、黎庶蕃、黎庶昌等一批名士。道光十三年（1833）起复，拣发云南，充乙未、丁酉乡试同考官。十五年（1835）署平夷县（治今云南富源县）、十七年署元江直隶州新平县，十八年权沅江州，旋补授楚雄府大姚知县，与刘荣黼同修《大姚县志》，均有政声，莅任四月。十九年调权云州知州，奉命平叛冕宁县回汉民乱有功。二十年（1840）领运京铜，二十二年九月回任大姚，期间创办团练参与平定永昌府回民起义，受到云贵总督林则徐赏识。二十七年夏兼知姚州月余。道光二十八年三月署理曲靖府沾益州知州，次年为他人所代，仍回大姚。是年秋，林则徐向朝廷举荐黎恂为东川府巧家厅同知，未及赴任。咸丰元年（1851）称病辞官，居家十数年谢世。黎恂一生研治宋学和史学，工诗古文，著有《蛉虫斋诗文集》《读史纪要》《千家诗注》《四书纂义》《北上纪程》《运铜纪程》等。

[3] 许乃普：（1787—1866）字季鸿，一字经厓，别字滇生，别署观弈道人，浙江钱塘人。嘉庆二十五年（1820）进士，授翰林院编修，充实录馆纂修提调官。道光五年（1825）督贵州学政，升翰林院侍讲，累官至吏部尚书，咸丰十年获赏太子太保衔。

[4] 岁己亥：指道光十九年（1839）。

[5] 平翰：字岳生，号樾峰（一作越峰），山阴（今浙江绍兴）人，附监生。道光年间先后任宿迁、上海、元和等地知县，高邮、通州、海州直隶州（今东海）知州。道光十六年（1836）十一月任遵义知府，在任三年，振兴文教，聘请举人郑珍、莫友芝主笔纂修《遵义府志》。礼贤下士，把当地名士萧光远、黎兆勋、李桂林、朱奎章、李栖凤等延为座上客。十九年，温水穆继贤作乱，督兵前往征剿平定，但却被议降通判。调署松桃直隶厅。此后辗转多地任知县（州）、知府。工书，有《求青阁》帖行世。著《黔轺吟》。

[6] 青毡故物：《太平御览》卷708引晋裴启《语林》："王子敬在斋中卧，偷人取物，一室之内略尽。子敬卧而不动，偷遂登榻，欲有所觅。子敬因呼曰：'石染青毡是我家旧物，可特置否？'于是群偷置物惊走。"后遂以"青毡故物"泛指仕宦人家的传世之物或旧业。

[7] 三径资：指隐居的资本。汉朝蒋诩隐居之后，在院里竹下开辟三径，只与少数友人来往。后遂以"三径"指隐士所居。

[8] 己酉：道光二十九年（1849）。

[9] 丙辰：咸丰六年（1856）。

[10] 胡文忠公：指胡林翼（1812—1861），字贶生，号润芝，湖南益阳人，湘军重要首领。道光十六年（1836）进士。历任安顺、镇远、黎平知府及贵东道（驻古州），咸丰四年（1854）迁四川按察使，次年调湖北按察使，升湖北布政使、署巡抚，与曾国藩、左宗棠、彭玉麟并称为"晚清中兴四大名臣"（一说为曾国藩、左宗棠、李鸿章、张之洞）。

[11] 癸亥：同治二年（1863）。

[12] 同治甲子：同治三年（1864）。

[13]《侍雪堂诗集》八卷：黎兆勋诗集名《侍雪堂诗钞》，八卷本指同治四年"敦复堂刻本"，本书所用底本光绪"黎氏家集本"将其缩为六卷。

从兄伯庸先生墓表

同治二年癸亥八月二十九日，我世父雪楼公告终。明年春，兄自随州州判任内奔丧旋里，年六十矣。先以水陆撼顿，失饮食节，至又哭泣摧，哀伤弥甚，既葬疾作，八月二十日亦卒，春秋六十加一，十一月初三日祔葬车田芝山世父墓右。

兄讳兆勋，字伯庸，晚号礀门居士。九岁即能为五七言诗，持赠同辈，长老惊叹。既冠，俊迈有奇气，不肯役志帖括[1]，世父亦雅不欲强之。兄进则奉盘御食[2]，左右就养；退则与外兄郑子尹珍同事研席，锐志求通于古，而趣向各殊。子尹稽经诹史志为通儒；兄则尚力于诗，上起风、骚，讫于嘉、道，无不讽味，以为诗者，性情之极则也。治之六七年，而业日以精。

道光壬寅、癸卯间[3]，世父出宰滇南，会独山莫子偲友芝奉其尊犹人先生之枢[4]，东葬吾里青田山，去黎氏旧庐六里而近，三家者互为婚姻，又同志友善。兄于是方领家政，外意宾客，内督诸昆季，积苦力行，井井有条理。日夕发书与子尹、子偲相违覆[5]，以诗古文辞交摩互厉，风气大开。久之，群从子弟服习训化，彬彬皆向文学矣。

年二十四，补县学生员。十试于乡，不得志于有司，始援永昌军例报捐教职。己酉，署石阡府教授。又二年，补黎平府开泰县训导。最后以防苗功，选湖北鹤峰州州判。至楚，檄署藩照磨兼盐库大使。同治元年，调补随州州判[6]。时丧乱之后，兄以薄宦羁旅鄂疆，位卑而禄微，权轻而事减，恒不能以通其志，悲愉欣戚一寓于诗间。与监利王子寿柏心、龚子贞昌运、阳湖徐子楞华廷、中江李眉生鸿裔，往来唱儺，讪讥笑歌，肝胆豁露，多不平之鸣，盖才人不得志于时者之所为也。少作千数百篇，至老删削且尽，仅存四百余首，弟辈强编为《侍雪堂诗钞》八卷，尚非意所欲留；早岁刻者有《蓻烟亭词》三卷、后续一卷；余著多未成。

家世具世父《墓表》。配阮氏，妾陈氏、梁氏，无子；以叔弟兆祺子汝弼嗣，孙二。兄与郑、莫两征君同时并兴，名在其次，而知之者少，独今吴县尚书潘祖荫称之 [7]，曰："郑子尹、莫子偲、黎伯庸，皆黔之通人也。"眉生亦亟称之，曰："伯庸天机活泼，洒落尘埃，吾弗如也。"余为次叙厓略，俾异世治黔故者，有所考论焉。

从弟庶昌表。

【注释】

[1] 帖括：唐制，明经科以帖经试士，把经文贴去若干字，令应试者对答。后考生因帖经难记，乃总括经文编成歌诀，便于记诵应时，称"帖括"。后用以泛指科举应试文章。

[2] 奉盘：《礼记·内则》："少者奉盘，长者奉水，请沃盥。"御食：谓君长进食时在一旁侍候。

[3] 道光壬寅、癸卯：道光二十二年、二十三年。

[4] 犹人：指莫友芝父亲莫与俦（1763—1841），字犹人，号杰夫、寿民，贵州独山人。嘉庆三年（1798）进士，六年由庶吉士出任四川盐源县知县，九年任四川乡试同考官，不久奔父丧，居家侍母。嘉庆十三年（1808），于八寨厅（今丹寨）王氏家设馆教学；次年受聘独山紫泉书院，任主讲，在独山十二年，创建"影山草堂"，教育乡里子弟。道光二年（1822）任遵义府学教授，举家迁往遵义，在遵义教授十九年，培养出莫友芝、郑珍等著名弟子。为学以许慎、郑玄为宗，兼及南宋理学，是黔中汉学传授第一人。道光二十一年病逝，葬于遵义城东青田山，门人私谥"贞定先生"。《清史稿》有传。著有《二南近说》4 卷，《仁本事韵》2 卷等。

[5] 违覆：谓反复研充。违，通"回"。《三国志·蜀志·董和传》："若远小嫌，难相违覆，旷阙损矣。"

[6] 同治元年：此当误记，详见《行状》、卷六《喜从弟莼斋自都门来武昌》诗编年按语及此后诗歌编年。

[7] 潘祖荫：（1830—1890）字在钟，小字凤笙，号伯寅，亦号少棠、郑盦。吴县（今苏州）人，大学士潘世恩之孙，内阁侍读潘曾绶之子。咸丰二年（1852）探花，授编修。数掌文衡殿试，在南书房近四十年，仕至工部尚书。通经史，精楷法，藏金石甚富。著《攀古楼彝器图释》，辑《滂喜斋丛书》《功顺堂丛书》。

（《侍雪堂诗钞》）序

黎君伯庸之官楚北也，余司铎钟祥[1]，耳其名而未识其人。每友辈从鄂垣来者，必讯黎君，皆啧啧称风雅士。盖素以能诗名黔疆，中原才士鲜弗知有黎君者。心窃慕之，亟欲快睹其为人而诵其所作。

咸丰四年秋，流寇逼郢郡[2]，合境团练为防御计。钟祥，太守治所也，黎君以藩署参军奉檄来司，馈饷捐输事，余始获与订交。倾盖谈心，遂往还无间。因递窥其著述，领其绪论，乃知黎君当代人豪，洞悉古今治乱，不仅以风雅自居，其形诸歌咏者，特寄兴焉耳。故君诗高古简劲，其言多悲悯时艰，独披胸臆，抉㧑雷同剿袭积弊。尤难及者，君以厕近大僚近属，不欲显为危言激论，恣肆讥评。虽值山水登临之会，朋侪赠答之篇，隐然抒其愤懑慷慨，而终寄托遥深，譬喻微婉，令读者从言外挹之。其善养复如此，岂区区以笔藻自炫者比哉！

余意君负干济之才，方声噪缙绅间，当必拔擢见用于世，不徒托诸空言；视余潦倒闲职失意罢归，行年六十莫遂所怀者，何啻霄壤？乃黎君频寓书来，亦郁郁不得行其志，将图高蹈退归泉石。嗟乎！君之遭际竟复同然。余既悲，已而更惜君：奈何天生我辈，例必穷愁抑塞之不遗余力？昔贤谓"诗必穷而后工"，岂真古今一辙耶？殆至是而知天之所以命若人者，不在彼而在此焉。

君自今骞举尘埃之表，取助烟霞，学养弥邃，蕴为金石之音，一于诗泄之。虽蹇在一时，要必声施后世。立言之效，宁多让于立功之不朽乎？今将梓厥旧稿质诸世，远属序于余。余无当于知言，而忝在交厚，不能缄默，爰书鄙意若此。

监利龚昌运。

【注释】

[1] 司铎：谓掌管文教。相传古代宣布教化的人必摇木铎以聚众，故称。

[2] 郢郡：钟祥的古称。春秋战国时期，楚有郊郢，西汉设为郢县；三国时，吴于石城（今郢中街道办事处）置牙门戍筑城，名为石城；宋明帝泰始元年（470）立苌寿县，治石城；西魏改苌寿县为长寿县。明洪武九年省长寿县入安陆州，嘉靖十年（1531）升安陆州为承天府，同年复立县，取"祥瑞钟聚"之意，命名"钟祥"。

侍雪堂诗钞卷第一

述怀五首寄同学诸子

其一

落落穷巷生[1]，君我同臭味。寥寥怀古心，图史日经纬[2]。闭门形影屡，困学精力费。我谋何太拙，必欲昌吾气。吾气岂易昌，此身良可贵。慎勿怨斯饥，南山歌荟蔚[3]。

【编年】

道光中，居家遵义学习期间所作，颇见成名用世之心。

【注释】

[1] 落落：与人疏远难合。穷巷生：居住在偏僻巷子的儒生。左思《咏史·习习笼中鸟》诗："落落穷巷士，抱影守空庐。"钱起《酬赵给事相寻不遇留赠》诗："谁忆颜生穷巷里，能劳马迹被春苔。"

[2] 经纬：规划治理。

[3] 斯饥：饥饿，斯为语气词。荟蔚：云雾弥漫的样子。二句本《诗经·曹风·候人》："荟兮蔚兮，南山朝隮。婉兮娈兮，季女斯饥。"

其二

西南辞赋祖，扬马千古无[1]。当其献赋时，意气雄万夫。君平隐卜肆[2]，讲易常晏如。淡泊发古怀，垂帘潜著书。著书卧里间，献赋游帝都。以赋持比书，所乐孰有余？

【注释】

[1] 扬马：指蜀郡人扬雄和司马相如，二人在西汉都有献赋给皇帝的经历。

[2] 君平：指西汉时蜀地隐士严君平。《汉书·王贡两龚鲍列传》："（严）君平卜筮于成都市……裁日阅数人，得百钱足自养，则闭肆下帘而授《老子》。博览亡不通，依老子、严周之指著书十余万言。杨雄少时从游学，以而仕京师显名，数为朝廷在位贤者称君平德。"

其三

山馆休息时，璨璨谈家常[1]。谓当求升斗，以为终岁粮。所得亦已细，所业日益荒。似闻东家翁，锱铢泣孤孀。渊明恤人子[2]，老杜简吴郎[3]。吾侪请自勖，薄道天所戕。

【注释】

[1] 璅璅：意为琐屑、琐细，璅同"琐"。

[2] 渊明恤人子：萧统《陶渊明传》："以为彭泽令。不以家累自随，送一力给其子，书曰：'汝旦夕之费自给为难。今遣此力助汝薪水之劳。此亦人子也，可善遇之。'"

[3] 老杜简吴郎：杜甫有《简吴郎司法》《又呈吴郎》诗，后诗有怜恤寡妇之意。

其四

吾乡数老翁，峻洁见风概[1]。寥寥继前修，隐隐待我辈[2]。二李白云先生专、北山先生先立。今不作[3]，罗唐鹿游先生兆甡、敬亭先生维安。亦堪慨[4]。谁甘荒徼穷[5]，千载声名晦？吾欲葺祠宇，岁时荐蔬菜。一酹诗人魂，临风掇兰佩。

【校记】

兆甡：同治本作兆牲。

【注释】

[1] 峻洁：指品行高洁。风概：犹言节操。

[2] 隐隐：忧戚的样子。

[3] 二李：指李专、李先立。李专（1656—1737），字知山、知三、艺三、号白云居士，贵州黄平人。康熙二十五年（1686）拔贡，工诗文，善楷隶，达官多延引为幕客，一度在云南总督署教书。晚年参加府县考试，由廪膳生充岁贡。鄂尔泰总督云贵时，聘其议助军政，继而监修《贵州通志》和纂辑《四川通志》，最后移家遵义以终。著有《白云集》。李先立（1657—1719），字卓庵，号笔峰，贵州遵义人。康熙三十三年（1694）进士，重庆总兵郑侨礼聘为师，他因父亲无人侍奉辞退不往。康熙三十九年（1700）出任直隶新安知县，四十四年（1705）调署曲阳县，转吏部文选清吏司主事。四十七年与兵部、刑会审湖广某营擅征红苗案，深感官场倾轧，告假还乡，以讲学为乐，潜心治学，收徒课童，且于各村倡建义仓，深得乡人敬重，康熙五十八年病逝。著有《北山诗文集》。

[4] 罗兆甡：（1641—1702）字鹿游，康熙年间岁贡，祖籍湖广黄冈（今湖北黄冈市），系清初遵义文化代表人物"一罗三李"之首。其父罗以忠曾任北直永平知府，随明永历皇帝入遵，鼎革时，隐居遵义龙坪。兆甡师从陈启相，学问渊博，所作文、诗、词俱佳，胸怀抱负，极思用世，因怀才不遇，愤有不平，嫉恶如仇，逐渐形成落拓不羁，倜傥傲世的性格。其诗沉雄郁挫，挥洒自如，郑珍《播雅》中录存其诗百首，誉为"遵义诗人之冠冕"。"为文雄峭，不规矩前人，词亦入苏、辛之室"，惜著作大多散佚。唐维安：当作唐惟安（1709—？），字汝止，号敬亭，别号怡老亭主人。原籍四川涪陵，曾祖唐一元徙遵义穆家河畔"洗马滩"。雍正四年（1726）中举，乾隆十年（1745）以大挑授江南泾县，不久调往歙县，任职三载，清慎自矢。为奉养庶母，年方四十即致仕回家。喜作诗文，其文和平恳挚如其人。著有《敬亭诗文集》《敬亭诗余》等诗词集。

[5] 荒徼：荒远的边域。

其五

鸡酒席长流，笑歌醉岩壑。同堂恣欢宴，别去各萧索。络纬鸣庭隅[1]，蠨
蛸挂帘幕[2]。行者愁飞蓬[3]，居者叹病鹤[4]。短章慰离思，夜深还独酌。

【注释】

[1]络纬：虫名，即莎鸡，俗称络丝娘、纺织娘，夏秋夜间振羽作声，声如纺线，故名。

[2]蠨蛸：一种蜘蛛，身体细长，脚很长，多在室内墙壁间结网，通称喜蛛或蟢子，民间认为是喜庆的预兆。《诗经·豳风·东山》："伊威在室，蠨蛸在户。"

[3]飞蓬：本指枯后根断遇风飞旋的蓬草，以喻行踪漂泊不定。

[4]病鹤：白居易《叹病鹤》诗："右翅低垂左胫伤，可怜风貌甚昂藏。亦知白日青天好，未要高飞且养疮。"

晓发绥阳至黄鱼桥 [1]

乌鸦喧远天，晓柝山城歇[1]。行人出树杪，笠影带残月。微茫驿西树，明灭岩际雪。人语生斥堠[2]，钟声散林樾。晓行寒梦醒，古道冰泉咽。山川方寂然，人物两清绝。

【校记】

乌鸦喧远天：《清诗汇》《黔诗纪略后编》作"乌鸦喧远林"。

晓行寒梦醒：《清诗汇》《黔诗纪略后编》作"晓行旅梦醒"。

山川方寂然：《清诗汇》《黔诗纪略后编》作"山川方丛复"。

【编年】

道光中，居家期间，外绥阳出作。

【注释】

[1]黄鱼桥：在今绥阳县风华镇牛心村。

[2]晓柝：破晓的梆声。

[3]斥堠：亦作斥候，此指人语声引起人侦察、候望。

偕郑子尹<small>珍</small>姊夫夜话二首

其一

六经秦火余，诸子言各殊。天人阐圣学，吾崇董江都[1]。当时岂无贤，所见皆方隅。江公虽不呐[2]，亦难与并驱。吾观宋理学，不尽轻汉儒。且于董子言，论道必与俱。古今无二理，岂容私意诬？汉唐宋诸贤，学绝道自符。如何训诂士，

喋喋讥程朱？

【校记】

亦难与并驱：同治本作"亦难并驰驱"。

学绝道自符：同治本作"学纯道自符"。

【编年】

道光中，居家研习功课期间作。

【注释】

[1] 董江都：西汉大儒董仲舒曾为江都王相，故称"董江都"。

[2] 江公：指经学家江公，史佚其名，汉武帝时为经学博士，精通《诗》和《春秋》两经，为著名《鲁诗》学者申培的弟子，与董仲舒同仕于朝。呐：大声叫喊。

其二

师儒侈传道，所重能识人。经术苟不慎，徒令累吾身。不见清河传，曲学悲公孙[1]。后来严氏传，贼拜东门云[2]。峩峩两博士[3]，廉直殊超伦。胡为诸弟子，行修不能遵。后儒论秦相，罪斯先罪荀[4]。此意诚谨严，请为贤者陈。

【注释】

[1] 清河：指清河王太傅辕固生，以治《诗》在汉景帝时为博士。公孙：指公孙弘，以讲《春秋》自白衣为汉武帝丞相。语出《史记·儒林列传》："（汉武帝）即位，复以贤良征（辕）固……薛人公孙弘亦征，侧目而视固。固曰：'公孙子，务正学以言，无曲学以阿世！'"

[2] 严氏：指"春秋公羊严氏学派"创始人严彭祖，为董仲舒徒玄孙，汉宣帝时为博士，官至太子太傅，廉洁耿直，不苟交权贵。东门云：严彭祖弟子王中的弟子，学公羊春秋经，官至荆州刺史，门人尤盛。

[3] 两博士：指辕固、严彭祖。

[4] 秦相：指李斯，官至秦朝丞相。罪斯先罪荀：李斯曾从荀子学习治道，以法术治国，致秦二世而亡，故言。

九月十七夜东溪放船过禹门山[1]

波光乱飐影不定，明月已上青林端[2]。我行独爱暮山迥，与客放艇虚明间。长河低昂碧波近，众星错落苍龙蟠。此时原野半明灭，山根一抹炊烟残。琴洲余家门首洲名。东畔暂停棹，风露满身人影寒。仰视月轮贮虚碧，水天上下双玉盘。溪山人物两清洁，只有石濑鸣风湍。鸟更渔火夜还夜，云碓松门湾复湾[3]。乃知人世有仙境，亦须卜筑临江干。呼吸寒光荡心魄，此中正少闲人闲。忆昨江头醉重九，野烟漠漠浮波澜。渡江岩嶂一挥手，力与猨狖穷追攀[4]。木叶四山绿未脱，但见积翠迷峰峦。归来幽思郁难泄，新诗欲吐心暗悭。今夕何夕客当醉，扁舟拍拍轻往还。骊龙吐珠水仙笑[5]，野鹤横江霜影干[6]。我疑渼陂赤壁之游景若是，恨无诗老同清欢[7]。回舟复掠云际寺，清咏岂惜留禅关？[8]

【校记】

我行独爱暮山迥：同治本作"我行独爱暮山逈"，逈、迥为古今字。

琴洲东畔暂停桙：同治本作"白鹤洲前暂停櫂"。櫂、桙为古今字。

溪山人物两清洁：同治本作"江空人物两清洁"。

【编年】

道光中，居家作。全诗多用杜诗《渼陂行》中诗意。

【注释】

[1] 禹门山：在今遵义市播州区，黎氏家园所在地。

[2] 青林：指苍翠的树林。

[3] 云碓（duì）：指石碓。白居易《寻郭道士不遇》诗："药炉有火丹应伏，云碓无人水自舂。"

[4] 猨狖 (yòu)：亦作猿狖，泛指猿猴。

[5] 骊龙吐珠：写月下见灯火遥映。语本杜甫《渼陂行》诗："此时骊龙亦吐珠，冯夷击鼓群龙趋。"典出《庄子·列御寇》："夫千金之珠，必在九重之渊而骊龙颔下。子能得珠者，必遭其睡也。"

[6] 霜影：指月影，月光。

[7] 渼陂：即杜甫《渼陂行》诗"岑参兄弟皆好奇，携我远来游渼陂"中的"渼陂"，在今陕西户县。《长安志》："渼陂，在鄠县西五里，出终南山诸谷，合胡公泉为陂。"赤壁：孙权、刘备联合抗曹处，在今湖北赤壁市西北。诗老：指像岑参兄弟一样的诗友。

[8] 云际寺：此用杜甫《渼陂行》"船舷暝戛云际寺"句指禹门寺。

月下偶成二首

其一

江月欲坠树，山风吹上天。幽人踏花影[1]，散步庭阶前。仰观白云没，缭绕西岩巅。河汉淡无色，明星三五悬。临风发浩叹[2]，兴言自成篇。

【编年】

道光中，居家作。

【注释】

[1]幽人：幽居之士。苏轼《定惠院寓居月夜偶出》诗："幽人无事不出门，偶逐东风转良夜。"

[2]浩叹：指长叹，大声叹息。语出王勃《益州夫子庙碑》："命归齐去鲁，发浩叹于衰周。"

其二

夕露沾我衣，凉风吹我榻。深夜不成眠，闲庭响秋叶。行吟望明月，仰手如可接。清光为谁来？问月月不答。谁和苦吟声？寒蛩语嘈嘈[1]。

【校记】

寒蛩语嘈嘈：同治本作"寒蛩语嘈杂"，当是。

【注释】

[1] 嘈嘈（zǎn）：明代顾起元《客座赘语》：南都（今南京）方言，"言之多而躁"曰喧哇，曰激聒，曰琐碎，曰嘈嘈。

山夜二首

其一

田间月出吾始归，穤稏香裛宵露微[1]。草堂萤火乱疏竹，凉风肃肃吹岩扉。归来释末忘天晚，老母厨中呼我饭。饥肠正需浇浊醪，三杯既醉神陶陶。浩歌一曲怀沮溺[2]，明月在窗灯动壁。

【校记】

穤稏香裛宵露微：同治本作"穤稏光裛宵露微"，底本是。

【编年】

道光中，居家作。

【注释】

[1] 穤稏（bà yà）：指稻子。杜牧《郡斋独酌》诗："穤亞百顷稻，西风吹半黄。"《樊川诗集注》引《词林海错》："穤亞，稻多貌。"又引董斯张《吹景集》："穤亞一作穤稏。"香裛（yì）：芳香浓郁。李商隐《十一月中旬至扶风界见梅花》诗："匝路亭亭艳，非时裛裛香。"

[2] 沮溺：指避世隐士。《论语·微子》："长沮、桀溺耦而耕，孔子过之，使子路问津焉。"钱穆《论语新解》："（长沮、桀溺）两隐者，姓名不传。沮，沮洳。溺，淖溺。以其在水边，故取以名之。"

其二

深夜读书快胸臆，昼思微茫夜忽得。古人通经期三年[1]，正恐杂记心纷然。近来疑义因思积，俗学丛丛谬谁辟[2]？安得十亩长力耕，饱食夜读听鸡鸣？山中儒生几人在，自悔疏慵忘世情。

【注释】

[1] 通经：指精通儒家典籍。

[2] 丛丛：聚集的样子。

莲花博士歌

莲花博士今诗仙[1]，谪仙楼上怀青莲。紫绮貂裘贳蛮酒[2]，雪花如掌飞上天。倚楼长啸望银海，四山云卷兜罗绵。仙之人兮骑白凤，争看醉墨飞吟笺。我昨读书东溪宅，索笑梅花咏瑶席。闻公诗句满城传，笔势纵横凌太白。恨未从公登此楼，凤笙龙管歌千秋。还将气隘九州兴，分取南来万斛愁。

【编年】

道光中，居家作。

【注释】

[1] 莲花博士：当指吴嵩梁（1766—1834），字子山，号兰雪，晚号澈翁，别号莲花博士，江西人，曾从蒋士铨学诗法，以杜甫为宗，有诗名，与黄景仁齐名，目为"一时之二杰"。嘉庆五年（1800）举人，道光十年（1830）擢贵州黔西知州，因得罪有司转长寨厅（今长顺县）同知，后曾两任乡试同考官。参见卷四《陈补之参军以其母吴孺人所写兰轴属题》注释[1]。

[2] 贳（shì）：赊欠。

寄怀张子聘朝琮表兄

风磴双流瀑，云溪半夜春。宵来横笛处，月挂隔江峰。夫子强为善，吾生宁自慵？怀君当永夕，愁倚碧山松。

【编年】

道光中，居家作。

宿禹门禅院寺为丈雪禅师道场[1]

寒涛舂我枕，不寐出僧房。古殿星霜白，高林风雨苍。秋心空半偈[2]，夜气出真香。黯黯前朝事，幢灯照上方。

【编年】

道光中，居家研作。

【注释】

[1] 禹门禅院：原名沙滩寺，为黎氏入黔始祖黎朝邦、黎怀仁父子所创，是黎氏宗庙，坐落在沙滩禹门山上。明朝灭亡后，黎朝邦第三子黎怀智由湖北黄陂弃官回乡，落发为僧，改沙滩寺为龙兴禅院。清顺治六年（1649），破山海明禅师（1597—1666）高弟丈雪禅师（1610—1695）于龙兴禅院开道场，改禅院为"禹门寺"。道场：修行佛法的场所，寺院别名。丈雪

禅师：俗名李罗，四川内江人，师从破山禅师，顺治三年（1646），丈雪辞别破山，跋山涉水，离蜀赴黔，寓止桐梓杉台艳，躬耕为业，名其寺曰"雪居"。40岁时，应遵义府众居士请，往沙滩"禹门寺"开坛讲法，广建禅院和藏经楼。丈雪在川陕黔传教廿余年，是昭觉寺的开山祖师，工书，善画山水，以佛学造诣和诗文书画名居一时榜首，为享誉世界的高僧。

[2]半偈：将佛法精髓归纳为朗朗上口的诗歌形式的语句，称为"偈语"。半偈，《实用佛学辞典》：（本生）诸行无常，是生灭法，生灭灭已，寂灭为乐之后半偈也。《涅槃经》十四谓释迦如来往昔入雪山修菩萨行时，从罗刹闻前半偈，欢喜而更欲求后半。罗刹不听，乃约舍身与彼，欲得闻之，故谓为"雪山之半偈"，亦曰"雪山之八字"。《心地观经》一曰："时佛往昔在凡夫，入于雪山求佛道，摄心勇猛勤精进，为求半偈舍全身。"

秋江晓望

石头山外晓秋寒，浦口渔舟早下滩。风露满江人去远，一痕残月堕林端。

【编年】

道光中，居家研习功课期间作。

柬昨日招饮友人

山风扫残雨，吹月堕林薄。幽光上人衣，流影照西阁。旅思空寂寂，寒花自漠漠。故人忽枉召，佳会难再作。流连丝竹音，暂憩风尘脚。乌啼石城晓，猿啸霜叶落。送客驿楼灯，怀君山戍柝。徒令碧云梦[1]，怅念青田鹤[2]。明日傥相从，试结烟霞约。

【编年】

道光中，居家作。

【注释】

[1] 碧云梦：寓无佳人之意。江淹《休上人怨别》诗："日暮碧云合，佳人殊未来。"

[2] 青田鹤：旧传浙江青田产鹤，因以"青田"为鹤之代称。《初学记》卷三十引郑缉之《永嘉郡记》："有洙沐溪，去青田九里。此中有一双白鹤，年年生子，长大便去，只惟余父母一双在耳，精白可爱，多云神仙所养。"陆龟蒙《送浙东德师侍御罢府西归》诗："诗怀白阁僧吟苦，俸买青田鹤价偏。"

子尹斗亭看菊 [1]

其一

客思澹晨夕，秋心难自羁。忽忆南村友，霜花含东篱。因随老人履，雨畔叔。笠屐朝过之。雨师亦不恶 [2]，放晴刚及时。坐君斗亭上，篱菊粲几朵。主人门未开，花中已有我。露寒荷菱波，木落山见髻。采采庭前芳，黄叶打头堕。

【校记】

雨畔叔：同治本作"子元叔"。

【编年】

道光中，居家作。

【注释】

[1] 子尹：郑珍（1806—1864）字子尹，号子午山孩、五尺道人。贵州遵义人，道光十七年（1837）举人，选荔波县训导，咸丰间告归。同治初补江苏知县，未行而卒。经学宗许、郑，与独山莫友芝并称"西南巨儒"，为晚清宋诗派重要作家，其诗风格奇崛，时伤艰涩。著有《仪礼私笺》《说文逸字》《说文新附考》《巢经巢集》等。

[2] 雨师：古代传说中司雨的神。《周礼·春官·大宗伯》："以槱燎祀司中、司命、飘师、雨师。"

其二

西风吹酒人 [1]，花气侵肌凉。始知幽独中，别有真色香。秋意淡无虑，林山空阻长。敝庐傥可即，其雨期朝阳。

【校记】

其雨期朝阳：底本作"其雨朝朝阳"，据同治本改。此化用阮籍《咏怀》诗句"膏沐为谁施，其雨怨朝阳"。

【注释】

[1] 酒人：好酒的人。《史记·刺客列传》："荆轲虽游于酒人乎，然其为人沉深好书。"裴骃《集解》引徐广曰："饮酒之人。"

贵阳秋感

其一

江山摇落客悲秋，俯仰尘寰感壮游。结纳不逢湖海士，登临长抱古今愁。岚光晓泛过城雨，霜气宵飞傍水楼。正是凭阑惆怅处，西风黄叶响帘钩。

【编年】

道光中，外出贵阳作。

其二

立马南来望八荒，西风残照古黔阳。连峰有驿通滇楚，绝徼何年历汉唐[1]？虹挂晚烟深箐黑[2]，龙归大壑暮云黄。凭高遍数天南险，十万奇山拥夜郎。

【校记】

绝徼何年历汉唐：同治本作"绝徼何年历汉唐"，误。

【注释】

[1] 绝徼：极远的边塞之地。

[2] 箐（qìng）：山间的大竹林，泛指树木丛生的山谷。

古银杏歌

千年之木南中多，吾乡银杏今作歌。夏寒冬暖异地气，枝干上与云霄摩。传闻山魈木魅几更换[1]，曾孙人物头频幡。此树高难寻丈计，不狼山势争嵯峨。树头灵祠神所家，僰童打鼓惊神鸦。青烟一缕出树杪[2]，顷刻四野雷轰车。根蟠九地开水府，石蹲千棱骇怒虎。积阴翳日变昏旦，百鸟巢云各部伍。就中一干黝撑铁，四面儿孙拱初祖。我观此树频咨嗟，物久通灵谁敢侮？自吾之生有见闻，或折微条伤左股。跻攀相禁摧风枝，剪伐谁能挥月斧？后来视今今视昔，鬼神庭宅民所主。愿神勿作木居士[3]，近来祈福无椎鲁[4]。

【校记】

跻攀相禁摧风枝：底本作"脐攀相禁摧风枝"，据同治本改。

【编年】

道光中，居乡作。

【注释】

[1] 山魈木魅：古代典籍中，山魈指山里的独脚鬼怪，木魅指老树变成的妖魅。《山海经》中的山魈乃山中霸王，跑得比豹子快，可徒手撕裂虎豹，且寿命很长，实际上山魈是一种灵长类动物，长相丑恶，形似鬼怪，性格暴烈，被称为最凶狠的大猴，极具攻击性。鲍照《芜城赋》："木魅山鬼，野鼠城狐，风嗥雨啸，昏见晨趋。"

[2] 树杪（miǎo）：树梢。王维《送梓州李使君》诗："山中一夜雨，树杪百重泉。"

[3] 木居士：本是对木雕神像的戏称，此称古银杏。韩愈《题木居士》诗："偶然题作木居士，便有无穷求福人。"

[4] 椎鲁：愚钝。苏轼《六国论》："其力耕以奉上，皆椎鲁无能为者，虽欲怨叛，而

莫为之先。"

上山谣

南山插天牂柯乡，北山扑地雄不狼。南北削铁夹延江，万仞壁立为池隍。
山高寻云僰道长[1]，境入星宫依蟹筐。是非禹力不到此，蛮山自足防洪水。地
望不踰一千里，百万峰峦雀跃起。如线如针蜀江比，所余隙壤皆窳惢[2]，物产
不足繁生齿。乌蒙险辟罗甸雄，凿山开道来唐蒙。一重一掩一部落，郡县乃许
通黔中。鳖水毋敛王多同，此邦甲子长鸿濛。我历层巅窥碧丛，云日惨淡猿啸风。
阳亏阴匿闭荒怪，中有元气长冲融[3]。

【编年】
道光中，居乡作。

【注释】
[1] 僰（bó）道：古县名，汉属犍为郡，僰人所居，故名。王莽时曾改称僰治，在今四
川宜宾境内。
[2] 窳惢（yǔ zǐ）：亦作"窳偹""惢窳"，谓懒惰苟且不肯力作。《史记·货殖列传》：
"地势饶食，无饥馑之患，以故呰窳偷生，无集聚而多贫。"
[3] 元气：古代哲学中指产生和构成天地万物的原始物质，或指阴阳二气混沌未分的实体。
冲融：充溢弥漫貌。

有约

沙滩四月风花香，紫燕黄鹂鸣草堂。仰屋著书聊自苦，典衣沽酒不须伤。
禹门寺笋两番出，龙尾潭鱼尺半长。有约朝来不肯过，南山目断烟苍茫。

【编年】
道光中，居家作。

书堂夜坐

门掩茅庵磬数声，池荷香定客心清。晚风疏淡不成雨，新月一弯林际明。

【编年】
道光中，居家作。

溪上

晚坐石溪上，爱兹溪水清。天人共高迥，风月生虚明。谁道芳洲树[1]，长喧乱叶声？秋波无限思，为我做寒鸣。

【编年】

道光中，居家研习功课期间作。

【注释】

[1]芳洲：芳草丛生的小洲。《楚辞·九歌·湘君》："采芳洲兮杜若，将以遗兮下女。"王逸注："芳洲，香草蘽生水中之处。"

西山寺秋夜过[1]

佛影萧萧香火温，一痕月挂西南村。老僧读罢楞严咒[2]，叶落空山虎打门。

【编年】

道光中，外出绥阳作。

【注释】

[1]西山寺：绥阳古寺名。

[2]楞严咒：又曰佛顶咒，《楞严经》所说之神咒，有四百二十七句，其中最末八句为心咒。

寒夜吟

梅香冻凝黄竹帘，岩角冷堕明河蟾。夜寒星影压窗宿，老屋一灯红过檐。

【编年】

道光中，居家作。

闻南崦人家有梅花数株

河之水活活，波浅碧漾沙。江上一鸥白，风前万竹斜。我携野鹤子，去访山梅花。路长不可见，日暮令人嗟。

【编年】

道光中，居家作。

子聘表兄夜过 [1]

贫贱催人老，文章与世违。为儒空自幸，作善岂全非？常笑嵇康懒 [2]，谁怜季子归 [3]？偶因微雨过，见面不愁稀。

【编年】

道光中，居家作。

【注释】

[1] 子聘表兄：黎兆勋表兄张朝琮，字子聘，见后诗《寄怀张子聘朝琮表兄》。

[2] 嵇康懒：嵇康，字叔夜，仕曹魏为中散大夫，嗜酒，工诗文。其《与山巨源绝交书》自谓"性复疏懒"，"懒与慢相成"。

[3] 季子：春秋时吴王寿梦第四子公子札，又称"延陵季子"。《史记·吴太伯世家》："季札之初使，北过徐君。徐君好季札剑，口弗敢言。季札心知之，为使上国，未献。还至徐，徐君已死，于是乃解其宝剑，系之徐君冢树而去。从者曰：'徐君已死，尚谁予乎？'季子曰：'不然。始吾心已许之，岂以死倍吾心哉！'"

三汊河石濑

雪浪飞成雨，辊雷响入空 [1]。涣鳞腾晓日 [2]，饥隼逐晨风。云水浮孤屿，鱼竿隐钓翁。寒溪吾欲老，此意与谁同？

【编年】

道光中，居家作。

【注释】

[1] 辊（gǔn）雷：滚动的雷声。苏轼《虞美人·琵琶》词："试教弹作辊雷声，应有开元遗老泪纵横。"

[2] 涣鳞：水的波纹。郭璞《游仙诗》之二："阊阖西南来，潜波涣鳞起。"

黄鱼桥旅夜寄丁大

牛羊下高陇，日脚堕遥峰。野戍狐吹火，僧楼鬼打钟。适来从侣少，坐对夕云重。怅望东村隐，天寒欲往从。

【编年】

道光中，居家研习功课期间，外出绥阳作。

水村日夕

萧飒澄潭皱碧漪，一星煜煜点波时。鲤鱼挟浪忽飞去，惊起沙鸥上树枝。

【编年】

道光中，居家研习功课期间作。

客从远方来

东门城上乌，年年尾毕逋[1]。主人有嘉客，招邀入酒垆。垆头何所有？槽滴红珍珠。席上何所设？鲜烹素鳞鱼。中厨臛胎虾，芼以姜桂苏。客来但高坐，酒进双玉壶。饮酣笑谓我，此客非穷儒。十二学骑马，十三称壮夫，十五学击剑，十六读诗书。又谙兵阵事，十九通孙吴。不侯笑李广，作赋轻相如。遂投班吏笔，竟弃终军繻。是时西羌叛，河朔飞兵符。驾我蹑云马，弯我青珊弧[2]，投身向玉关，万里无长途。军门见主将，阵阵先锋俱。一战渡河湟，再战掠穹庐，三战擒格尔，铁山先献俘。将军大叹赏，谓我技勇殊，佩我吕虔刀[3]，骑我汗血驹，拔我为材官，出入同驰驱。众中自顾盼，壮此七尺躯。塞上天兵还，随虏入皇都。诸将倏然贵，见之避路隅。姓名久不达，虮虱生袍襦。深夜行太息，顾影惭头颅。去尔旧时甲，脱身归里间。乡人竞觇窥[4]，恶少争揶揄。翻然忽自悟，混迹山泽癯。低头读经史，抗怀秦汉初。汪洋涉其澜，浩若凌江湖。泛泛得其似，徐徐撷其腴，黯黯窥其绪，纷纷拾其余[5]。此来五六载，经训勤蕴畲[6]。匣中一卷书，颇胜府中趋。君试检其文，慎勿轻区区。我闻主人言，举杯还相于[7]。谓是古贤达，乃非名利徒。男儿生世间，岂必皆樵渔？时来八骏列[8]，富贵骄妻孥。运去双眼白，灯青幽梦孤。我年较客少，我学较客疏，文章求自达，此外无所图。不图南山豹[9]，遇此老于菟[10]；要当共吟啸，掉臂相嬉娱。吾为若楚舞，汝为我巴歈[11]。闲拉老农饮，醉倩村农扶。游戏深山间，得酒即先沽。无烦夸事业，谈笑笞羌胡。

【校记】

一战渡河湟：同治本作"一战度河湟"，渡、度相通。

经训勤蕴畲：底本、同治本均作"经训勤蕴畲"，因形近而讹。

文章求自达：同治本作"文章自求道"。

【编年】

道光中，居家作。诗叙写一智勇双全的客人浴血奋战，战功赫赫，却最终落魄无名，为市井小人所欺，而贪生怕死之辈却无功受禄，升官发财，因而揭露朝廷昏暗，扼杀人才。

【注释】

[1] 毕逋：鸟尾摆动貌。《后汉书·五行志一》："桓帝之初，京都童谣曰：'城上乌，尾毕逋，公为吏，子为徒。'"

[2] 青琱弧：刻画着青色文采的弓。琱弧，亦作雕弧、雕弓。

[3] 吕虔刀：《晋书·王览传》：三国魏刺史吕虔有一宝刀，铸工相之，以为必三公始可佩带。虔以赠王祥，祥后位列三公。祥临终，复以刀授弟王览，览后仕至大中大夫。后遂以"吕虔刀"为宝刀之美称。

[4] 觇覵（chān mǎn）：犹窥视。韩愈《赠张籍》诗："顾视窗壁间，亲戚竞觇覵。"

[5] 得其似：得其相似或类似。擷其腴：采取其精华。

[6] 菑畬：耕耘。《周易·无妄》："不耕获，不菑畬，则利有攸往。"

[7] 相于：相厚，相亲近。王符《潜夫论·释难》："夫尧舜之相于，人也，非戈与伐也。"汪继培笺："相于，亦相厚之意矣。"

[8] 八驺（zōu）：古代贵官出行，有八卒骑马前导，称"八驺"。

[9] 南山豹：刘向《列女传·陶答子妻》："（陶答子）妻言：'妾闻南山有玄豹，雾雨七日而不下食者，何也？欲以泽其毛而成文章也，故藏而远害。犬彘不择食以肥其身，坐而须死耳。'"后因以"南山豹"比喻隐居伏处，全身远害，有所不为的人。

[10] 老于菟：即老虎。春秋楚国人称"虎"为"于菟"，事见楚国令尹斗谷于菟。张耒《挂虎图于寝壁示秬秸》诗："眈然老于菟，举步安不骤。"

[11] 巴歈：指巴渝舞或巴渝歌。

山蚕行

蜀人爱家丝，不及山丝紧而长。黔人重春丝，不若秋丝柔而光。赠君一疋五丈绢，齐纨鲁缟差较强[1]。我识山丝宜瘠土，瘠而能富民争取。劝君树櫒莫树桑，蚕坡正叠祈蚕鼓。

【校记】

劝君树櫒莫树桑：櫒，同治本作"槲"。

【编年】

道光中，居家作。

【注释】

[1] 齐纨鲁缟：古代齐国和鲁国出产的白色绢。后亦泛指名贵的丝织品。杜甫《忆昔》诗："齐纨鲁缟车班班，男耕女桑不相失。"

雌凤曲

虬水寒咽金轮斜[1]，道宫星罗嗁晓鸦[2]。蛮奴火凤檀槽抹[3]，家山入破弹琵琶。笛声裂云寒不动，舞罗雾起湘帬重[4]。镜槛花笼珠箔人[5]，鲤鱼风飐鸳鸯梦[6]。明月鬼哭金勾阑，大刀已入娄山关[7]。铁炮环攻峭壁折，骊珠击碎小江寒。杨花飞尽江水碧，雌凤俔云泣荒宅。红桐一行怨雄龙，紫藟千年殢娇魄[8]。八郡迁移村落稠，九歌哀怨蛮儿讴。后溪渴尽海龙出，水曲声凝雏凤愁[9]。

【校记】

诗题：《黔诗纪略后编》诗题后小字夹注"雌凤杨应龙妻"六字，杨应龙为明代播州世袭土司。

紫藟千年殢娇魄：同治本、《黔诗纪略后编》"殢娇"二字互乙，误。

【编年】

道光中，居家作。

【注释】

[1] 虬水寒咽：李商隐《河内诗二首》其一："鼍鼓沉沉虬水咽，秦丝不上蛮弦绝。"《初学记》引张衡《漏水转浑天仪制》："以玉虬吐漏水入两壶。"金轮：喻太阳。

[2] 道宫：道观。

[3] 蛮奴火凤：琵琶曲名。《唐会要》：贞观中有裴神符者，妙解琵琶，作《胜蛮奴》《火凤》《倾杯乐》三曲，声度清美，太宗深爱之。檀槽：本指檀木制成的琵琶、琴等弦乐器上架弦的槽格，亦指琵琶等乐器。

[4] 湘帬：即湘裙，湘地丝织品制成的女裙。

[5] 镜槛：李商隐《镜槛》诗："镜槛芙蓉入，香台翡翠过。"《才调集》中作"锦槛"。徐逢源曰："锦槛，锦棚也。《开元遗事》：'长安富家每至暑伏中，各于林亭内植画柱，结锦为凉棚，设坐具，召名姝间坐，递请为避暑会。'"珠箔人：即卷珠帘的人。李白《陌上赠美人》诗："美人一笑褰珠箔，遥指红楼是妾家。"

[6] 鲤鱼风：九月的秋风。语出梁简文帝《艳歌篇》："灯生阳燧火，尘散鲤鱼风。"李商隐《河内诗》其二："后溪暗起鲤鱼风，船旗闪断芙蓉干。"冯浩笺注引《提要录》："鲤鱼风，乃九月风也。"鸳鸯梦：比喻夫妻相会的梦境。

[7] 娄山关：原名娄关，是大娄山脉的主峰，在遵义、桐梓两县交界处，北距巴蜀，南扼黔桂，为黔北咽喉。

[8] 红桐一行：李商隐《无愁果有愁曲北齐歌》："推言唾月抛千里，十番红桐一行死。"殢（tì）娇：娇柔貌。

[9] 水曲：宋代西南少数民族舞曲名。《宋史·蛮夷传四·西南诸夷》："一人吹瓢笙如蚊蚋声。良久，数十辈联袂宛转而舞，以足顿地为节。询其曲，则名曰《水曲》。"雏凤：幼凤，比喻有才华的子弟。李商隐《韩冬郎即席为诗相送一座尽惊因成二绝寄酬兼呈畏之员外》

之一："桐花万里丹山路，雏凤清于老凤声。"冯浩笺注："《晋书》：陆云幼时，闵鸿奇之，曰：'此儿若非龙驹，当是凤雏。'"

赠李和甫均[1]

饿鸥声不断，酣饮击黄麈。莲幕得豪士[2]，李生如我狂。高情凌数子，大笑博千觞。岁晚忽相别，令人空断肠。

【编年】
道光中，外出作。
【注释】
[1] 李均：字和甫，生平事迹待考。
[2] 莲幕：幕府。李商隐《自桂林奉使江陵寄献尚书》诗："下客依莲幕，明公念竹林。"

安平旅夜[1]

短后衣长着[2]，初寒酒易醒。霜飞孤戍白，山压百蛮青。岭路层层计，夷歌款款听。黄云天万里，匹马自趋庭[3]。

【编年】
道光十七年（1837）秋冬，黎兆勋秋闱后南下云南路经安平时作。按：黎庶焘《从兄伯庸黎府君行状》："平公尤重之，会雪楼府君令滇南，兄策马趋庭，比至，登五华、泛昆明，尽揽金马、碧鸡之胜，歔吊庄蹻、南诏，益以助其诗境，于功名未尝汲汲也。"平公，指遵义知府平翰，他在道光十六年（1836）十一月任遵义知府，在任三年，对黎兆勋颇为礼遇。黎兆勋《八声甘州》词自序云："秋闱报罢，送表兄张子聘旋里，余束装将往云南。"则知趋赴云南在道光十七年无疑。是时父黎恂仕宦云南。检黎兆勋本卷所作云南诸诗，主要集中在昆明、呈贡、新平、大姚等地，在平彝所作《滇南胜景赠寺僧》有"前年十月雪花开，煮酒山房看老梅"句云云，系返黔途中所作，故确知黎兆勋此次赴滇南侍宦，匹马径直从贵阳下安顺、平彝、昆明，之后随父转宦新平、大姚等地，历时约二年，于道光十九年（1839）返黔。
【注释】
[1] 安平：清置安平县，属贵州安顺府，民国改为平坝县。
[2] 短后衣：后幅较短的上衣，便于活动，多为武士之衣。语出《庄子·说剑》："吾王所见剑士，皆蓬头、突鬓、垂冠，曼胡之缨，短后之衣，瞋目而语难。"
[3] 趋庭：典出《论语·季氏》孔鲤趋庭章，谓子承父教，指诗人奔赴云南侍父。

易隆驿即木密所，武侯盟南蛮于此

马头南去路，放眼乱峰平。日落易隆驿，烟荒诸葛营。蛮儿朝拜树，有古柏，相传武侯所植。关柝夜传更。搔首英雄事，西风猎猎鸣。

【编年】

道光十七年（1837）秋冬，侍宦云南途中作。是时黎恂已经调任新平县令，郑珍是年有《宿普定却寄雪楼舅新平四首》诗。易隆驿，即易龙堡，洪武二十三年（1390）四月置木密关守御千户所，在今云南昆明市寻甸回族彝族自治县境内，是滇东北之要冲。

五华山晓望

汉代旌旗地，唐家烽火楼。鸡鸣关月晓，龙去海天秋。霸气难终古，蛮烟自远愁。谁知万里外，也有帝王州。

【编年】

道光十七年（1837）冬，侍宦云南途中作。五华山在昆明市区北部，为昆明主山蛇山余脉，从昆明东北方向南下，九起九伏，至螺峰山顿开玉屏，再前则脉分五支，吐出五华秀气，因称"五华"，自古为一方之胜。

始泛滇池 [1]

滇池之水云倒流，来观自买城隅舟。江风浩浩客解缆，空明十里随轻鸥。隆冬景短雨初霁，雪浪远叠云边洲。千摇万兀到阔处，始识大地如萍浮。云帆辽远去不息，风涛排拶无时休 [2]。采虹明灭落何处？一角仿佛昆阳州。当年旌旗习战伐，几人饮马天南头？河山莽莽自今古，碧鸡金马骄王侯 [3]。汤沐儿孙擅王禄 [4]，老夫蛮长君何羞。此水可娱亦可溺，慎勿狎浪轻浮沤 [5]。我从今夏到滇省，五华绝顶舒双眸。城头万顷荡雷雨，海气涨溢西山陬。心惊巨浸五百里，头角恍惚飞长虬。当时意气渺湖海，拔剑欲与蛟龙譬。月来病起始亲访，豪气纵横天遣收。牛弩笔力挽忽失，空有万斛胸中愁。好山好水豁心目，烟艇泛泛闻渔讴。况值天寒水落浦，琉璃冻滑风飕飕。买鱼煮酒坐篷底，浩歌绿水销离忧。不须怀古意悲激，山月海风从去留。逆流顺流俱莫辨，水天自写江南秋。

【校记】

当年旌旗习战伐：当年，同治本作"回思"。

汤沐儿孙擅王禄：底本作"汤沐儿孙檀王禄"，误。据同治本改。

【编年】

道光十七年（1837）冬，侍宦云南时作。

【注释】

[1] 滇池：又称昆明湖，在昆明市西南，是云南省最大淡水湖，有"高原明珠"之称。

[2] 排拶（zā）：挤压。韩愈《辛卯年雪》诗："崩腾相排拶，龙凤交横飞。"

[3] 碧鸡金马：云南昆明市西有碧鸡山，东有金马山，相传是汉朝祭祀碧鸡金马神的地方。后以此典咏四川、云南一带风物，亦作歌功颂德之辞。《汉书》卷25下《郊祀志下》："或言益州有金马碧鸡之神，可醮祭而致，于是遣谏大夫王褒使持节而求之。"如淳注曰："金形似马，碧形似鸡。"

[4] 汤沐：即汤沐邑，古代贵族受封的汤沐邑是一种食邑制度。擅王禄：唐代庾承宣《无垢净光塔铭并序》："食王禄者，乐于擅施；荷帝力者，悦而献工。"

[5] 浮沤：本意是指水面上的泡沫。因其易生易灭，常比喻变化无常的世事和短暂的生命。

南中杂感五首

其一

丛山虎豹走班班[1]，石砦柴门昼亦关。旧俗敲残铜铸鼓，南风吹瘦月成环。诗情渐冗能为祟[2]，海色无多莫洗颜[3]。紫蝎金蚕愁蛊毒[4]，故乡惟冀得生还。

【校记】

丛山虎豹走班班：班班，同治本、《清诗汇》作"斑斑"，班、斑通用。

【编年】

盖道光十八年（1838）前后，侍宦云南时作，时黎恂任新平县令。组诗有"不吏不官"及"检点行装"之句，诗人或对仕宦人事颇为不满，遂有返乡之念。

【注释】

[1] 班班：络绎不绝貌，盛多貌。

[2] 诗情：作诗的情绪、兴致。刘禹锡《秋词》之一："晴空一鹤排云上，便引诗情到碧霄。"

[3] 海色：将晓时的天色。李白《古风》之十八："鸡鸣海色动，谒帝罗公侯。"王琦注引杨齐贤曰："海色，晓色也。鸡鸣之时，天色昧明，如海气朦胧然。"

[4] 金蚕：传说中的金色蚕。苏鹗《杜阳杂编》卷上："（弥罗国）有桑，枝干盘屈，覆地而生，大者连延十数顷，小者荫百亩。其上有蚕，可长四寸，其色金，其丝碧，亦谓之金蚕丝。"蛊毒：蛊虫之毒。王士禛《香祖笔记》卷三："两广、云、贵多有蛊毒，饮食后，咀嚼当归即解。"

其二

南来诗礼岁云徂[1]，子舍依依两月无[2]。不吏不官驰驿去，应牛应马任人呼。持书还谢邴根矩[3]，倚势作威冯子都[4]。长揖权门归路永，不妨著论学潜夫[5]。

【注释】

[1] 徂：过去，逝，如岁月其徂。

[2] 子舍：借指儿子；儿女。富弼《韩国华神道碑》："教子舍悉用经术而济之以严。"

[3] 邴根矩：汉末邴原字根矩，家贫早孤，戒酒苦学，初为北海相孔融所举，后归曹操为东阁祭酒、丞相征事，又为五官将长史。史称其闭门自守，非公事不出，陈寿说他"躬履清蹈，进退以道"。

[4] 冯子都：西汉权臣霍光的宠奴，两人的同性恋关系使得冯子都身份虽贱却很得势，朝廷百官争与交结，卑身服侍，仰其鼻息。《汉书·霍光传》："初，光爱幸监奴冯子都，常与计事，及显寡居，与子都乱。"

[5] 潜夫：典出《后汉书·王符传》：王符隐居在家著书三十余篇，以讽刺当时政治得失，为不让名姓被人所知，书名《潜夫论》。后遂以"潜夫"指隐者。

其三

幼安初欲老辽东[1]，岂识行藏类转蓬[2]？世事本难防市虎[3]，弋人何必篡飞鸿[4]。避君三舍敢云战[5]，载鬼一车都是空[6]。夜半尊前还独笑，近来深爱蜡灯红[7]。

【注释】

[1] 幼安句：管宁（158—241）字幼安，北海朱虚（今山东安丘、临朐东南）人，汉末隐士，与华歆、邴原并称"一龙"。汉末天下大乱时，与邴原及王烈等人至辽东避乱，讲解《诗》《书》，谈祭礼、整治威仪、陈明礼让等教化工作，不问世事，魏文帝黄初四年（223）返回中原。此后曹魏几代帝王征召，皆不应命。苏辙《管幼安画赞》："幼安少而遭乱，渡海居辽东，三十七年而归。归于田庐，不应朝命，年八十有四而没，功业不加于人。而予独何取焉？取其明于知时，而审于处己云尔。"

[2] 转蓬：随风飘转的蓬草。《文选》曹植《杂诗》："转蓬离本根，飘飖随长风。"李善注引《说苑》："鲁哀公曰：'秋蓬恶其本根，美其枝叶，秋风一起，根本拔矣。'"

[3] 市虎：市中的老虎。市本无虎，因以比喻流言蜚语。语本《韩非子·内储说上》："庞恭与太子质于邯郸，谓魏王曰：'今一人言市有虎，王信之乎？'曰：'不信。''二人言市有虎，王信之乎？'曰：'不信。''三人言市有虎，王信之乎？'王曰：'寡人信之。'庞恭曰：'夫市之无虎也明矣，然而三人言而成虎。今邯郸之去魏也远于市，议臣者过于三人，愿王察之。'"

[4] 弋人句："篡"，取。鸿雁飞得很高，射鸟的人无所施其技，故有"弋人何篡"之问。

[5] 避君三舍句：舍，古时行军计程以三十里为一舍。避君三舍即主动退让九十里，以喻退让使避免冲突。语本《左传·僖公二十三年》："晋楚治兵，遇于中原，其辟君三舍。"

[6] 载鬼一车：装了一车鬼，形容十分荒诞离奇。语出《周易·睽》："上九：睽孤，见豕负涂，载鬼一车。"

[7] 腊灯红句：此句化用李商隐《无题二首》其一诗句："隔座送钩春酒暖，分曹射覆蜡灯红。"诗写送钩覆射酒暖灯红之乐。送钩覆射两个游戏需多人参加配合才能完成，人影憧憧，酒暖灯红，"暖""红"二字，一个形容春酒，一个形容蜡灯，充溢着恣荡欢笑，一派和谐景象。与前句"夜半尊前还独笑"对比，似令人心生不安。

其四

苏程新喜作比邻[1]，昨日书来独怆神[2]。闻道乌生八九子[3]，更无兄弟两三人。衰年涕泪诸孙夭，冷锉宵炊寡妇贫[4]。检点行装无物寄，不知何以慰吾亲。

【注释】

[1] 苏程：不知谓谁，待考。

[2] 怆神：指伤心。陆游《夜登千峰榭》诗："危楼插斗山衔月，徙倚长歌一怆神。"

[3] 乌生八九子二句：郭茂倩《乐府诗集》卷28《乌生八九子》诗前《乐府解题》曰：古辞云："'乌生八九子，端坐秦氏桂树间。'言乌生子，本在南山岩石间，而来为秦氏弹丸所杀。"后录原诗云："乌生八九子，端坐秦氏桂树间。唶！我秦氏家有游遨荡子，工用睢阳强，苏合弹。左手持强弹，两丸出入乌东西。唶！我一丸即发中乌身，乌死魂魄飞扬上天。阿母生乌子时，乃在南山岩石间。唶！我人民安知乌子处，蹊径窈窕安从通？白鹿乃在上林西苑中，射工尚复得白鹿脯。唶！我黄鹄摩天极高飞，后宫尚复得烹煮之；鲤鱼乃在洛水深渊中，钓钩尚得鲤鱼口。唶！我人民生各各有寿命，死生何须复道前后。"诗借自然界鸟禽的遭际，抒写社会中受迫害、受蹂躏者的凄惨命运。

[4] 冷锉：指久不使用的饭锅。形容家境贫寒。

其五

还乡有客意难遮，一纸烦君早到家。去日能谈天外事，归装不载日南花[1]。姆隅我或吟蛮府，阿堵钱难付画叉[2]。夜半牛车呼早发，绝怜心迹异秦嘉[3]。

【校记】

姆隅我或吟蛮府：姆隅，同治本作"陬隅"，误。

阿堵钱难付画叉：画叉，底本、同治本均作"画义"，误，据韵及意改。

【注释】

[1] 日南花：文彦博《又读平泉花木记》其一诗："如何伊上墅，多是日南花。"诗中自注曰："当时文士咏平泉，有日南太守献名花之讥。"日南，西汉时所设日南郡，以其在日之南而称，属交州，诗中指云南。

[2] 姆（jū）隅：古代西南少数民族称鱼为姆隅，后以借指少数民族语言。阿堵钱：即钱。"阿堵"为六朝时口语"这个"的意思，当时王夷甫因雅癖而从不言"钱"，其妻故将铜钱堆绕床前，夷甫晨起，呼婢"举却阿堵物"，后遂成为钱的别称。画叉：用以悬挂或取下高

处立幅书画的长柄叉子。

[3] 秦嘉：东汉诗人。虞世南《北堂书钞》卷 136 载："（秦）嘉，字士会，陇西人也，桓帝时任郡上计掾，入洛，除黄门郎，病卒于津乡亭。"

呈贡道中

四月八日客行恶，海风卓水高于冈。白龙挟雨度山去，赤日堕地沙茫茫。

【编年】

道光十八年（1838），侍父云南作。云南府呈贡县，今属昆明市呈贡区。

西山人家幽僻处 [1]

密云洒冻雨，芳草绿满庭。谁欤庐此间？岩窦发清磐 [2]。飔飔松下宅，霭霭松间磴。客程倦行役，小憩心且定。回溪青濛濛，石濑入虚听 [3]。

【校记】

芳草绿满庭：《清诗汇》《黔诗纪略后编》作"芳草绿满径"。

【编年】

道光十八年（1838），侍父云南作。

【注释】

[1] 西山：在昆明西郊滇池西岸，又称碧鸡山，元代为"滇南八景"之首，明代居"云南四大名山"之冠。

[2] 岩窦：即岩穴。

[3] 石濑：指水为石激形成的急流。《楚辞·九歌·湘君》："石濑兮浅浅，飞龙兮翩翩。"

寄题烈妇并序

烈妇姓黄，名寅叔，广东人。父官新平典史，婿赖某由贵阳至新平，婚三日，病瘴亡。妇楼居三年，八月十五夜投署井死，与婿合葬于新平城外。张训导椿索题，赋此篇寄之。

西风洒露苔花紫，天半银蟾堕秋水 [1]。瑶弦夜裂独茧丝 [2]，黯黯孤凰声尽死。海南仙人栖瘴乡，箫声淡远迎萧郎 [3]。郎来为妾郎先死，一夜瘴花飞洞房。押不芦花寻不得 [4]，重泉有路侬能识。直取寒波作妾心，敢悲魑魅留南国？红土坡低云断痕，騃女屦童声暗吞[5]。天边蜀魄啼山竹[6]，陌上蛮姬拜墓门。东风吹树离鸾语[7]，前有蝮蛇后猛虎。穷荒俸不饱妻孥，问爷何事来兹土。与爷同出不同归，井底桃花心事微。烈妇死后，井水泛红数年，人不敢饮。莫攀连理坟头树，惊起鸳鸯向北飞。

【编年】

道光十八年（1838）秋，侍宦云南时作，时父亲黎恂官新平县令。

【注释】

[1] 天半：高空，如在半天之上。银蟾：月亮的别称，中国神话传说月中有蟾蜍，故称。

[2] 独茧丝：张华《博物志》："詹何以独茧丝为纶，芒针为钩，荆条为竿，剖粒为饵，引盈车之鱼于百仞之渊，汨流之中，纶不绝，钩不申，竿不挠。"

[3] 海南仙人：诗中指烈妇黄氏。萧郎：诗中指赖某。

[4] 押不芦花：亦称"押不卢"，草名，产自西方，有毒，具有催眠麻醉作用，传说能起死回生。诗中指起死回生药。

[5] 騃女：即呆女。

[6] 天边蜀魄句：天边蜀魄，指蜀中杜宇。《文选》左思《蜀都赋》李善注引《蜀记》曰："昔有人姓杜名宇，王蜀，号曰望帝。宇死，俗说云宇化为子规。子规，鸟名也。蜀人闻子规鸣，皆曰望帝也。"又杜甫《玄都坛歌寄元逸人》诗有"子规夜啼山竹裂"句，仇兆鳌《杜诗详注》引《禽经》："鶗，巂周，子规也。江介曰子规，蜀右曰杜宇。注：瓯越间曰怨鸟，夜啼达旦，血渍草木，凡啼必北向。山竹裂，别有三说。刘云：烧竹爆裂以惊去子规。谢注云：子规啼声如竹裂。伪苏注引窦谊居蜀之津源，子规啼而庭竹裂，出于妄撰。黄希谓子规夜啼，而山竹为之欲裂，得之。"

[7] 离鸾：孤单的鸾鸟，比喻离散的夫妻或与配偶分开的人。

山程

湿林濛朝光，衣雾纷上腾。驾风群霾东，日吐翳复乘。积叶洢涧水，冷碧森鬅鬙[1]。凌巅复下谷，去羡饥飞鹰[2]。浑河悬乱流，沙水腥可憎。趁趣策众足，逆浪纷裂缯[3]。小憩岩下庐，日午犹明灯。筧渐入蛮缸[4]，饮者胸结冰。清怀不足惜，坐愧吾难能。

【编年】

道光十八年（1838）秋，侍宦云南时作，时父亲黎恂官新平县令。

【注释】

[1] 洢：闭塞。鬅鬙（péng sēng）：指头发散乱貌，喻山石花木等参差散乱。

[2] 饥飞鹰：比喻快速下谷。典出《后汉书·吕布传》："譬如养鹰，饥即为用，饱则飏去。"

[3] **趁趖**（cān tán）：左思《吴都赋》："**趁趖**狧猰。"李善注："**趁趖**狧猰，相随驱逐众多貌。"逆浪：迎着波浪。裂缯：缯帛撕裂的声音。皇甫谧《帝王世纪》："妹喜好闻裂缯之声而笑，桀为发缯裂之，以顺适其意。"后遂用"裂缯"比喻宠爱姬妾的典故。此处用以形容湍水过河之声。

[4] 笕澌（jiǎn sī）：指山泉水通过笕流入蛮缸的声音。笕，指引水的长竹管，常安在房檐下或田间。

新化州山中 [1]

浮浮五色虹，避日下山霭。倏焉化为马，腾踔入溪内 [2]。南踰百丈梁，架空走湍濑。疑从天上来，活活写清快。山中乏粮食，饮水亦堪爱。松云不濡衣，结揽在襟带。客程腊月余，此景日相对。我马徒尔劳，我仆倦行迈 [3]。聊为逍遥游，凌风听天籁。

【校记】

南踰百丈梁：《黔诗纪略后编》《清诗汇》作"南逾百丈梁"，踰同逾。

活活写清快：《黔诗纪略后编》《清诗汇》作"活活泻清快"，写同泻。

我马徒尔劳：《黔诗纪略后编》《清诗汇》作"我马亦已劳"。

【编年】

道光十八年（1838）冬，时父亲黎恂当从新平县令调任大姚，赴任途中作。

【注释】

[1] 新化州：明弘治八年（1495）改马龙他郎甸长官司置，属云南布政司，治所在今云南新平彝族傣族自治县西北二十六里新化。清康熙五年（1666）废入新平县。

[2] 腾踔（chuō）：亦作"腾趠"，指跳起，凌空。左思《吴都赋》："狖鼯猓然，腾趠飞超。"

[3] 徒尔：枉然。行迈：行走不止，远行。

观灯归来作

市灯白扑地，营灯红上天。市灯妇女看，营灯军吏观。元夜大营敞，四面灯为垣。中央五彩桥，灯火光若山。人从桥上望，龙从桥下翻。忽然盘旋上，鼖鼓争喧阗 [1]。龙升珠倏坠，龙降珠忽骞。龙如采虹舞，珠似明月圆。不知来何物，下引龙突前。星毬滚桥下，嗅地金毛旋。龙抱珠远飚，狮蹴毬翩翩。前狮方仰距，后狮来连蹻。或一推一挽，或一扑一掀；或再投再抉，或两脱两奔。或火轮腾日，各张口欲吞；或飞星掠水，倏接手遥攀。去如罔求珠，来如僚弄丸 [2]；俯如鹰击鸟，仰如狐炼丹[3]。节以金鼓声，跳跃春风颠。少焉人海沸，狮龙两寂然。但见五色花，煜煜红云端。铜盘然绛蜡，倒蒸千枝莲。光照营内外，荡魄摇精魂。昂昂边将军，堂上开华筵。招邀远游客，我亦虱其间。龙头泻玉盏，鹤氅堆金钱[4]。举杯笑谓我，小技未为妍。还呼都卢橦[5]，并树烟火竿。绿光一线袅，万口禁不喧。忽闻大声发，白羽空中攒。金蛇走百道，赤鳞飞千斑。雷公轰天鼓，冰雹弹云烟。右竿拥楼阁，金碧光华鲜。中有长眉佛，趺坐袒右肩。蛮鬼纷扰市，膜拜来蝉联。座客竞觎矕，拍掌交腾欢。不图山城伎，有此奇巧传。将军起送客，灯火光阑珊。城柝不闻声，县楼门已关。归来西廊下，灯火人不眠。独有娟娟月，尚挂梅窗边。

【校记】

中央五彩桥：同治本作"中央五采桥"。

蛮鬼纷扰市：同治本作"蛮鬼纷绕市"，亦通。

【编年】

道光十九年（1839）元夕观灯后作，时父黎恂在大姚县令任上。

【注释】

[1] 喧阗（tián）：喧闹杂乱，此指敲锣打鼓声。

[2] 罔：古同"网（網）"。僚弄丸：即"宜僚弄丸"的省用，借指表演神妙的技艺。典出左思《三都赋》："昔市南宜僚弄丸，而两家之难解。"

[3] 狐炼丹：中国民间有"狐狸炼丹"的说法：狐狸、黄鼠狼、长虫（蛇）都有灵性，比人容易成仙，狐狸常在深夜的野地里、山坡上或地势高处，口中反复喷吐一个红色火球，以吸收日月精华修炼仙术。

[4] 鹤氅（ǐ）：鹤毛织品。

[5] 都卢橦：同"都卢寻橦"，古代爬竿杂戏名。都卢本为古国名，在南海一带，国中之人善爬竿之技，故亦以都卢为古代杂技名。吴曾《能改斋漫录·事实一》："都卢寻橦，缘竿之伎也。"

晓泊

晓色迷湖天，浦口一帆落。萧疏太华云[1]，带雨度西郭。鹭眠沙岸树，人语烟中泊。残星下远水，宿雾出高阁。湖波界稻畦，夹岸碧参错。时见湖边人，草露湿芒屩[2]。朝光动阡陌，台笠勤早作。久客念桑麻，始识耕田乐。

【编年】

道光十九年（1839），侍宦云南时作，时当在大姚县。

【注释】

[1] 太华云：宋代罗公升《和罗菊潭》诗："安能夜踏文城雪，只合朝看太华云。"

[2] 芒属（juē）：即芒鞋。

黄华老人画松歌 [1]

黄华老人腕是铁，画出松枝劲无敌。一株横卧一株立，枝枝皆带风云色。云南万岭松成林，高岩下壑苍龙吟。西山数珠更奇绝，蛟龙窟宅阴沉沉。此图仿佛得其真，毋乃画师摄魂来寒岑。昔人画松石作土，松气成龙石成虎。此松写干石即根，飒飒寒枝战风雨。滇人画松我未见，仰亭往往留长绢。人言瘦硬已通神，我觉离奇无直干，李侯笔法翁能变 [2]。

【校记】

松气成龙石成虎：《黔诗纪略后编》《清诗汇》作"松气成龙石作虎"。

【编年】

道光十九年（1839），侍宦云南时作，时当在大姚县。

【注释】

[1] 黄华老人：指王庭筠（1151—1202），金代文学家、书画家，字子端，号黄华山主、黄华老人、黄华老子，别号雪溪。辽东人，文名早著，大定十六年（1176）进士，历官州县，仕至翰林修撰。文词渊雅，字画精美，《中州雅府》收其词作16首，以幽峭绵渺见长，其山水画师任询，书法和枯木竹石学米芾，重视笔墨情趣，不为成法所囿。

[2] 李侯：指北宋著名画家李公麟。李氏好古博学，长于诗，精鉴别古器物，尤以画著名，凡人物、释道、鞍马、山水、花鸟，无所不精，时推为"宋画中第一人"。

板桥道中 [1]

鹧鸪哨上鹧鸪啼，策蹇重来迹转迷。仿佛呼灯孤戍黑，昏黄踏月乱山低。即教今日寻鸿雪，未许平生信马蹄 [2]。行到板桥三十里，荒林回首暮鸦栖。

【编年】

道光十九年（1839），侍宦云南，自大姚县返黔途中经过板桥驿时作。

【注释】

[1] 板桥：指板桥驿，在今云南昆明市东40里，为通往贵州要地。《清一统志·云南府》板桥驿："康熙二十四年设驿丞，乾隆二十一年裁，移县丞分驻于此。"

[2] 鸿雪：鸿鸟在雪泥上留下的爪印，比喻陈迹。典出苏轼《和子由渑池怀旧》诗："人

生到处知何似，应似飞鸿踏雪泥。泥上偶然留指爪，鸿飞那复计东西。"信马蹄：放开缰绳任马行走而不加约束。

滇南胜景赠寺僧

前年十月雪花开，煮酒山房看老梅。斯地有缘成独往，故人今日又重来。诗魂淡淡天边月，林影萧萧掌上杯。莫向石虬频话旧，浮生何事不堪哀？寺内有石虬亭[1]。

【编年】

道光十九年（1839），侍宦云南返黔途中经过平彝县作。

【注释】

[1] 石虬亭：在云南曲靖富源县，原名"万里亭"，因战乱被烧毁，清康熙三十四年复建，后人又复建亭前石龙，并更名"石虬亭"。

观瀑渡白水河 [1]

大山复小山，走入银河湾。仙人笑谓我，此客天边还。正须驾白霓，送客出云关。簸扬万斛珠[2]，挥洒双烟鬟。下见水犀甲，时露鲸鱼斑。乍观欲眩坠，静听仍清闲。黔山尽培塿[3]，黔水皆潺湲。龙伯厌涸辙，激荡岩壑间。石立水争峭，水飞山益屓。山石截高下，此水成连环。客程趁朝日，俯爱光斓斑[4]。吟诗寄白水，一洗尘垢颜。

【编年】

道光十九年（1839），侍宦云南返黔至白水河时作。

【注释】

[1] 白水河：指贵州白水河，发源于六盘水市六枝特区，流经镇宁县，在关岭县断桥乡汇入打帮河，全长约50公里，因拥有黄果树瀑布群而闻名于世。

[2] 簸扬：扬洒。

[3] 培塿（pǒu lǒu）：本作"部娄"，小土丘。《左传·襄公二十四年》："部娄无松柏。"

[4] 斓斑（lán bān）：色彩错杂鲜明貌。韩翃《少年行》："千点斓斑喷玉骢，青丝结尾绣缠骔。"

山园柬子尹子聘

秋凉风脱叶，吹我松门关。明月淡将夕，孤云犹未还。怀君花径远，散步柳阴间。怅念羁栖侣，心劳迹自闲。

【校记】

此诗以下同治本归属卷二。

【编年】

道光十九年（1839）秋，侍宦云南返回遵义后作。

寒夜叹为友人吟

凉风萧萧吹我衣，裋褐独向田间归。我身冻立腹不饥，卧听病妇鸣寒机。他家儿女酣睡足，我家篝灯照茅屋。天吴紫凤君岂贫，嗟我尚愧杜陵人[1]。吾儿复裈今未有[2]，且令着襦捉熨斗。

【校记】

卧听病妇鸣寒机：底本"听病"二字互乙，据同治本改。

【编年】

道光十九年（1839）冬，居家遵义作。

【注释】

[1] 天吴：古代传说中的水神，虎身人面，八头八足八尾。紫凤：古代传说中的神鸟，人面鸟身，九头。后以"天吴紫凤"泛指作为应急而用的古旧事物。杜陵人：本是对生活在京城的人的称呼。此当指杜甫，杜甫《季夏送乡弟韶陪黄门从叔朝谒》诗："令弟尚为苍水使，名家莫出杜陵人。"

[3] 复裈：可絮绵絮的夹裤。

春怀三首

其一

春晖丽百卉，光风扇岩巘。道是山中人，却少看山眼。溪口几重花，白云自深浅。有怀长不来，浊醪聊自盏。

【编年】

道光二十年（1840），居家作。

其二

曼卿一丸泥 [1]，化作千岩花。不似武陵桃，洞天私自夸 [2]。丈夫不得意，挥手成云霞。死主芙蓉城 [3]，生前良可嗟。

【注释】

[1] 曼卿：北宋石延年字曼卿。一丸泥：一颗泥丸，指所埋之尘土，比喻极小的力量。典出《东观汉记·隗嚣载记》："（王）元请以一丸泥为大王东封函谷关，此万世一时也。"

[2] 武陵桃二句：本陶渊明《桃花源记》意。

[3] 芙蓉城：欧阳修《六一诗话》："诗，（石）曼殊平生所自爱者，至今藏之，号为三绝，真余家宝也。曼卿卒后，其故人有见之者，云恍惚如梦中，言：我今为鬼仙也。所主芙蓉城，欲呼故人往游，不得，忽然骑一素（一作青）骡，去如飞。"又宋代传说石延年、丁度死后为芙蓉城主，故苏轼《芙蓉城》诗云："芙蓉城中花冥冥，谁其主者石与丁。"后因以"芙蓉城"作为悼友怀人的典故。

其三

架上红珊瑚，终岁焕光采。月夜明丹心，孤根在东海。闻君东南游，慎勿沉网采。惜别念故枝，至今心不改。

【校记】

月夜明丹心：同治本"月夜"二字互乙。

山斋题画

湖东亭子幽且孤，落落长松三两株。湖西林峦特娟好，林外高岩气苍老。画中不著看山翁，我疑孤亭藏客踪。亭上云烟变昏旦，远山横秀分清浓。山光水色回岩下，知有林山带平野。其中约略多水村，画师未写吾能写。虚岩转折层层皴，却于侧面留全神。苦从画外谈风格，不若图中作主人。石林野屋隔江宅，庐中无人水光碧。五月江深草阁寒，少陵诗境人难识 [1]。蓬心笔妙清且遒 [2]，襟怀淡远韦苏州 [3]。晓来画里逢公处，落叶江村独倚楼。

【编年】

道光二十年（1840），家居遵义时作。

【注释】

[1] 少陵：唐代杜甫自号少陵野老。

[2] 蓬心：比喻知识浅薄，不能通达事理。后亦常作自喻浅陋的谦词。语出《庄子·逍遥游》："今子有五石之瓠，何不虑以为大樽，而浮于江湖，而忧其瓠落无所容？则夫子犹有蓬之心也夫！"

[3] 韦苏州：唐代诗人韦应物曾官苏州刺史，故称。

藕塘

大叶沉阴野水隈，夜凉先遣一尊开。儿童笑掬衣香戏，知在藕花深处来。

【编年】

道光二十年（1840），家居遵义时作。

夜闻秋风

钱江铁弩胡儿骑，都被秋风夜挟来。我听林声清不寐，挑灯重把酒尊开。

【编年】

道光二十年（1840），家居遵义时作。

八月十七日自家往泸州宿团泽口 [1]

乱云擘絮晚驰东，鸟道盘回上碧空。寄语衰亲休怅望，儿行尤在此山中。

【编年】

道光二十年（1840），自遵义往泸州途中作。此次奔赴泸州，水陆交替，北上出遵义沿桐梓进入重庆府辖境，下綦江至重庆，再西进经江津至泸州。

【注释】

[1] 团泽口：在今遵义市汇川区团泽镇上。

夜郎三坡 [1]

昔人游剑外，蜀道在青天。回首三坡路，开荒几百年。地偏曾置驿，山尽即乘船。秦栈知何似，愁生落照边。

【编年】

道光二十年（1840），外出泸州途经桐梓时作。

【注释】

[1] 夜郎三坡：在今遵义市桐梓县新站镇境内。夜郎：指桐梓县。唐置夜郎县，宋置播川县，明万历二十九年（1601）设桐梓县，因桐梓驿为名。桐梓驿在渝黔古驿道（又称黔川古道）上，曾经商贾云集。桐梓县境内之黔川过境古道，南起娄山关，北至九盘子，古道上留有旅游景

点多处，其线路为：盐行井—鼎山城—魁岩栈（娄山关—魁岩栈）—麻柳湾—楚米铺—祖师观—夜郎栈—石牛栏—三坡—新站（桐梓驿）—蒙渡—九龙沟—松坎—爬抓溪—韩家店—虹关—九盘子。三坡系由三段条石梯级陡峭山路组成，一坡长，二坡陡、三坡险，自古以来被称为“滴泪三坡”，意即坡道险峻陡峭，背夫们都会被累哭。明代杨慎有诗叹道：“百尺羊肠一径危，林深长见日光迟。三坡险处君须记，正是行人滴泪时。”

七阵溪旅夜[1]

夜半人呼渡，一村天已霜。鸡声催晓色，人影动宵光。慷慨风尘事，攲嶇道路荒[2]。牂柯窥古郡[3]，离思接泸阳。

【编年】

道光二十年（1840），外出泸州时途经桐梓时作。

【注释】

[1] 七阵溪：民国《桐梓县志》记载：北条三水即夜郎三溪水……至城隍寺，有七阵溪水入焉。七阵溪在黔川古道松坎段一带。

[2] 攲嶇（qī qū）：攲嶇以双声成文，谓倾侧不安、不能久立也。或谓同“崎岖”，地面高低不平的样子。

[3] 牂柯：古代贵州境内夜郎国有牂牁江，西汉武帝时开置牂牁郡。

途中杂诗二首

其一

连山如崇墉[1]，曲径度逦迤。肩舆横忽竖，推挽行复止。谷风偃峡林，缺处露村市。鱼贯者谁欤？下见负盐子[2]。危径与猱争，汗滴晚烟里。赪肩难遽呵[3]，升米话生理。我行当晓日，日入行未已。登山招白云，泛艇弄秋水。

【编年】

道光二十年（1840），外出泸州经渝黔古道途中作。

【注释】

[1] 崇墉：高墙，高城。王延寿《鲁灵光殿赋》：“崇墉冈连以岭属，朱阙岩岩而双立。”

[2] 负盐子：背盐的人，俗称“盐巴老二”。黎兆勋此次赴泸州，所行路线为渝黔古道，这是川盐入黔的要道，又称盐茶古道，故有许多“负盐子”鱼贯于古驿道上。

[3] 赪（chēng）肩：肩头因负担重物而发红。

其二

百丈插水岩，壁上迸飞瀑。我舟行瀑下，琤琤鸣碎玉。槎枒大滩来[1]，篙师气先肃[2]。扁舟刷风雨，眩眼雷电速。抛梭出浮澜，冰雹乱追逐。回头一顾间，已下前山麓。谁为性命忧，山气清两目。

【校记】

槎枒大滩来：槎枒，《黔诗纪略后编》作"槎桠"，二词互通。

【注释】

[1] 槎枒（chá yá）：本意是树木枝杈歧出貌，后形容错落不齐之状。

[2] 篙师：撑船的熟手。

綦江晓发 [1]

客行无定程，游目惬幽旷。崇峻渐敛退，哀湍极奔放[2]。高凌蜀山碧，远挹巴水涨。路纡樵者踪，烟深榜人唱[3]。习坎余所躭，发蒙谁更贶[4]？悠悠东溪月，矗矗南山嶂。羁愁萦合沓，滞魄感弦望[5]。昨枉乡里约，道趋江津浪。愆期徒尔劳[6]，缓颊或非诳。危条吟晓光，饥禽逐风飏。耳目移远怀，举举独惆怅。

【编年】

道光二十年（1840），外出泸州经綦江作。是时自黔川古道陆路转入綦江水路下重庆。

【注释】

[1] 綦江：即今重庆市南部綦江区，地处四川盆地与云贵高原结合部，南接贵州遵义市习水县、桐梓县。

[2] 哀湍：湍急的流水。

[3] 榜人：船夫，舟子。

[4] 习坎：从困难中学习并成长。躭：同"耽"，沉溺，过度喜好。发蒙：启发蒙昧。《礼记·仲尼燕居》："三子者，既得闻此言也于夫子，昭然若发蒙矣。"

[5] 弦望：借指时日、岁月。

[6] 愆期：意为失约、误期。

江上书怀

水下渝州城，桡歌销客魂[1]。天秋山月白，日夕江云昏。望远怅遥夜，登舻怀故园。江上晚凉发，霜飞秋叶痕。平沙散灯火，光杂星影繁。萧萧暮蝉咽，活活寒波喧。客愁不可道，买酒开芳尊。更长柝自急，人散江空奔。谁忍孤舟泊，终宵闻断猿[2]？

【编年】

道光二十年（1840）秋，外出泸州经綦江入重庆时作。

【注释】

[1] 桡歌：船歌。

[2] 断猿：孤独悲啼之猿。唐太宗《辽东山夜临秋》诗："连山惊鸟乱，隔岫断猿吟。"

泸州旅夜

浩浩夕波白，泸城初泊船。市灯动沙岸，月出残霞边。风涛自吞吐，万顷虚明天。何处两鸣雁，流音当我前？洲渚不能宿，高飞入长烟。感此念人事，因之情渺然。

【编年】

道光二十年（1840）秋，初进泸州时作。

闷书四绝

其一

帘栊卷江影，烟霏暗林壑。凉雨晚萧萧，风定庭花落。

【编年】

道光二十一年（1841）春，外出泸州时作。

其二

六觚为一握[1]，书吏笑持筹。我非杨叔明[2]，从事求泸州。

【注释】

[1] 六觚句：古代算筹，长短粗细皆有定分。一握271枚，成六棱柱形，称"六觚"；六觚一握，截面呈六角形。《汉书·律历志上》："其算法用竹，径一分，长六寸，二百七十一枚而成六觚，为一握。"

[2] 杨叔明：未详何人，待考。

其三

从事实难得，日日看山色。能解看山色，故乡好消息。

其四

去年岁在亥[1]，我是田舍翁。甫里陆秀才，为文祝牛宫[2]。

【注释】

[1] 去年岁在亥：指道光乙亥二十年（1840）。

[2] 陆秀才：未详何人。牛宫：专指牛栏。唐代陆龟蒙有《祝牛宫辞》。

梦归作

床头饥鼠啮坏壁，卧听空阶檐溜滴[1]。月出四更柝初击，误认晓光泛天色。我有乡愁悬历历，梦中才识醒还逼。屋角青黄带霜摘，阿母分甘我先吃。我妹牵衣啼母侧，母反其一我双得，醒来犹向怀中觅。

【编年】

道光二十一年（1841）春，外出泸州时作。

【注释】

[1] 溜滴：雨水等液体一滴一滴往下坠。

侍雪堂诗钞卷第二

自泸州东归

岷山远夹双江流，奇秀直到江阳收[1]。岂无扁舟溯江上，凌云载酒思一游。治平寺中塔铃语[2]，风雨夜合南山头。闭门一月病难出，更有人事催归舟。思奇好异要有数，天不假汝空强求。吾生去留缘作主，不必水有蛟龙山有虎。故园得归姑早归，莫恋寒灯卧秋雨。舟人鸣钲呼晓发，汉嘉西望重云结[3]。空江濛濛鸡一鸣，好在峨眉半轮月。

【校记】

诗题：底本作《自泸州东归二首》，据同治本、《黔诗纪略后编》《清诗汇》改。

【编年】

道光二十一年（1841）秋，自泸州返黔时作。

【注释】

[1] 江阳：即今四川泸州市江阳区，位于长江、沱江交汇处。

[2] 治平寺：在今泸州市中心城区。塔铃：佛塔上的风铃，治平寺内有报恩塔（一称白塔），宋代安抚使冯揖为报母恩所建，泸州八景之一。

[3] 鸣钲：敲击钲、铙或锣。古代常用作起程的信号。沈璟《义侠记·奇功》："听鸣钲，解奸徒向高唐远行。"汉嘉西望：沿长江东归，回头远望汉州（今广汉，时隶成都府）、嘉定府（今乐山）。

夜泊

篷背声潇潇，湿云堕江浒。扁舟钓鱼城[1]，一夜巴山雨。酒醒离忧集，江空暮涛聚。细数柝声残[2]，天明渡沙浦。

【校记】

诗题：据同治本、《黔诗纪略后编》《清诗汇》题作"夜泊"；底本与上首合为《自泸州东归二首》。

【编年】

道光二十一年（1841）秋，自泸州返黔时作。

【注释】

[1] 钓鱼城：原为钓鱼山，在重庆市合川区嘉陵江南岸。传说古有一巨神在此钓嘉陵江中的鱼，以解一方百姓饥馑，山由此得名。南宋淳祐三年（1243），兵部侍郎、四川安抚制置史兼重庆知府余玠始筑钓鱼城。钓鱼城峭壁千寻，古城门、城墙雄伟坚固，嘉陵江、涪江、渠江三面环绕，俨然兵家雄关，是驰名巴蜀的远古遗迹。宋元交替之际，曾在此发生长达 36 年的"钓鱼城保卫战"，是南宋朝与蒙古大军之间的生死决战。

[2] 柝声：巡夜报更击打木梆的声音。

江夜

江津行不到，昏夜独扬舲[1]。天落一声雁，舟穿万点星。水光萦远白，云影出空青。此夕离乡思，桡歌不忍听。

【编年】

道光二十一年（1841）秋，自泸州返黔途中作。

【注释】

[1] 江津：位于重庆市西南部，以地处长江要津而得名，是长江上游重要的航运枢纽和物资集散地，也是川东地区的粮食产地、鱼米之乡。扬舲：犹扬帆。

重庆舟中

灯影围江岸，高低系短篷。老翁沽酒处，微雨度江风。月落山痕出，天长水气通。谁家楼上笛，撩乱客愁中？

【编年】

道光二十一年（1841），自泸州返黔途中作。

蘅皋吟赠客[1]

一夜杏花白，蘅皋人未归。湛湛楚江水，飘飘鸿雁飞。兰桡不我期[2]，青萝方拂衣。鶗鴂鸣亦歇[3]，芳草绿未滋。岂不念畴昔，行将从采薇？[4]

【校记】

诗题：同治本作《蘅皋吟梦中赠客归》。

【编年】

道光二十二年（1842），离家在外乡作。

【注释】

[1] 蘅皋：生长香草的水边高地。曹植《洛神赋》："尔乃税驾乎蘅皋，秣驷乎芝田。"

[2] 兰桡：小舟的美称。唐太宗《帝京篇》之六："飞盖去芳园，兰桡游翠渚。"

[3] 鶗鴂：即杜鹃鸟。张衡《思玄赋》："恃己知而华予兮，鶗鴂鸣而不芳。"李善注："《临海异物志》曰：'鶗鴂，一名杜鹃，至三月鸣，昼夜不止，夏末乃止。'"

[4] 采薇：《诗经·小雅》中的一篇，歌唱从军将士艰辛的生活和思归的情怀。后世用作思归的典故。

山夜四首

其一

离离月挂斗，凛凛风入户。忧人不成眠，坐听啼乌语。啼乌尔勿语，闻之泪如雨。梦魂思所思，羡尔双飞羽。

【编年】

道光二十二年（1842），居家遵义作。

其二

读书不晓事，寱寐何所思？马磨愧文休[1]，注庄惭子期[2]。今年得心疾，伏枕无眠时。百年日鼎鼎[3]，我歌君岂知？

【注释】

[1] 马磨句：典出《三国志·蜀书·许靖传》："许靖字文休，汝南平舆人。少与从弟劭俱知名，并有人伦臧否之称，而私情不协。劭为郡功曹，排摈靖不得齿叙，以马磨自给。"许靖受其从弟许劭排挤，不得任官，以为人磨米度日。后用此典形容人贫寒，衣食艰难。

[2] 注庄句：魏晋时向秀（字子期）喜谈老庄之学，曾注《庄子》，《世说新语·文学》赞"向秀于旧注外为解义，妙析奇致，大畅玄风"，惜注未成便过世，其后郭象"见秀义不传于世，遂窃为己注"，完成了对庄子的注解。

[3] 鼎鼎：本意指形体怠缓貌，引申为蹉跎。陶潜《饮酒》诗其三："鼎鼎百年内，持此欲何成。"

其三

去年泸州城，典衣登酒楼。酣歌望江汉，气接岷山秋。忽复思东归，孤月随扁舟。弱弟送行处，风云千里愁。

其四

缺月下庭隅，流光上我床。起行揽明星，天高风露荒。南北各有斗，两柄相低昂。元精岂不炯，列宿争光芒。

雨余散步

新涨才销雨脚斜，黄团几处挂篱笆[1]。三家村路细萦石，一顷豆田晴淤沙。丛碧晚凄慈竹笋，淡红低偃刺梨花[2]。萧萧物态吟秋色，独立江头数暮鸦。

【编年】

道光二十二年（1842），居家遵义作。

【注释】

[1] 黄团：瓜蒌，别名栝楼，多年生攀缘型草本植物。韩愈、孟郊《城南联句》："红皱晒檐瓦，黄团系门衡。"

[2] 刺梨花：蔷薇科植物刺梨的花。

谪仙楼柬郑子尹莫邰亭友芝两孝廉[1]

此地清吟亦费才，凭阑眺远暮云开。凉风天末才过雁，明月楼头独举杯。秋渐有声宜小集，客如无事可常来。夜郎旧论皆荒渺，一度登临醉一回。

【校记】

凭阑眺远暮云开：凭阑，同治本、《黔诗纪略后编》《清诗汇》作"凭栏"，阑同栏。

【编年】

道光二十二年（1842）秋，居家遵义作。

【注释】

[1] 谪仙楼：在遵义府城湘山北面的桃源山上。嘉庆中，知府赵遵律在山巅建谪仙楼，并撰《谪仙楼记》，勒石于桃源洞口，录李白《白田马上闻莺》《赠徐安宜》二诗，并一时记咏。郑子尹：郑珍，见前《子尹斗亭看菊》诗注[1]，道光十七年举人。莫邰亭：莫友芝（1811—1871），字子偲，自号邰亭，又号紫泉、眲叟，贵州独山人，道光十一年举人，晚清金石学家、目录版本学家、书法家，宋诗派重要成员。家世传业，通文字训诂之学，与遵义郑珍并称"西南巨儒"。孝廉：明清时对举人的雅称。

喜子聘表兄过我[1]

冻日冲烟出，重云挟雨奔。绕篱嗥怒犬，有客扣柴门。窗霁梅争放，天寒酒可温。高斋今夜月[2]，不是客愁村。

【编年】

道光二十二年（1842）冬，居家遵义作。

【注释】

[1] 子聘表兄：即张朝琮。见前《子聘表兄夜过》诗注。

[2] 高斋：高雅的书斋。

春初过禹门禅院

回溪抱孤光，袅袅挂风磴[1]。言寻高僧庐，荦确入山径[2]。时当春气微，野梅香已孕。苔冻啄寒沍[3]，老鹤饥独醒。树根带残雪，石角落孤磬[4]。叩关访层台，凭高豁清听。心知道场山，地以幽寂胜。仅可娱野人，不堪接骖乘[5]。胡为渐尘土，杂锸奴隶胫？骑从来长官[6]，饭香溢僧甑。吾生事幽独，所往无一定。人去我则来，楼虚客当凭。尚爱西山月，清光发新莹。十载名山怀，道心实堪证。君看水石奇，所乐有余兴。但苦接尘迹，此堂亦难称。茅庵傥可结，似有青壁賸[7]。

【编年】

道光二十三年（1843）春，居家遵义作。

【注释】

[1] 回溪：回曲的溪流。风磴（dèng）：指山岩上的石级。岩高多风，故称。

[2] 荦确：怪石嶙峋貌。韩愈《山石》诗："山石荦确行径微，黄昏到寺蝙蝠飞。"

[3] 寒沍：严寒冻结；极寒。

[4] 孤磬：指禅院孤独的磬声。姚合《过无可上人院》诗："寥寥听不尽，孤磬与疏钟。"

[5] 骖乘：又作"参乘"，陪乘或陪乘的人。古时乘车，尊者在左，御者在中，又一人在右，称车右或骖乘，由武士充任，负责警卫。《史记·项羽本纪》："沛公之参乘，樊哙者也。"诗中指富贵之人。

[6] 骑从：封建时代贵族官僚出门时所带的骑马的侍从。

[7] 青壁：青色的山壁。《晋书·隐逸传·宋纤》："（马岌）铭诗于石壁曰：'丹崖百丈，青壁万寻。'"賸：同"剩"。

社日作 [1]

山桃花落溪东村，田家社日开芳尊。云容雨态黯复暄，鼓声喧喧挝里门。社公皤腹邀鸡豚[2]，迎神酒漉苍山根。日落未落山烟屯，野老轰饮声呼喧。年年报赛农何烦，试以酒脯酬神恩。我惭老农谋灌园，闭门种菜忘朝昏。梨花一株当我轩，十日不出花尽繁。东风吹香入瓦盆，醉中栩栩招吟魂。从渠拜祝千万言，神欲福汝愁无餐。道旁之喻理可援，滑稽莫怒淳于髡[3]。

【编年】

道光二十三年（1843）春，居家遵义作。

【注释】

[1] 社日：古代祭祀土地神的节日，分春社、秋社，宋以后以立春、立秋后的第五个戊日为社日，此处指春社。

[2] 皤腹：大腹便便的样子。

[3] 淳于髡：战国时齐国政治家、思想家，身材矮而博学多才，滑稽多辩，好以"隐语"进谏，数度出使诸侯，未尝屈辱，是稷下学宫中最有影响的学者之一。

日夕田家

山窗灯火明，雨余众喧歇。瓜架栖湿萤，筚门映凉月。散步咏河汉，萧然望林樾。悠悠余所思，无眠待明发。

【编年】

道光二十三年（1843）夏，居家遵义作。

水村

夜气清无虑，浮凉近水村。竹扶云过坞，山抱月当门。鱼鸟依泉响，人天浴露痕。数星低望晓，细吐未全吞。

【编年】

道光二十三年（1843）夏，居家遵义作。

柬子尹望山堂兼示诸弟

其一

择仁固不易，卜筑诚为难[1]。兹岭昔言隘，今辰居乃宽。伐木望远景，结庐有余欢。苟能惬其志，遑计饥与寒。纷吾久病湿[2]，山鞠增愁叹。浃旬掩闱卧[3]，月魄皓以团。良夜念高境，思与君盘桓。达人发清机，妙象澄遐观[4]。欢言庆所获，自觉神理安。永期逐夫子，岁晏青云端。

【编年】

道光二十三年（1843）秋，居家遵义作。

【注释】

[1] 择仁：典出《论语·里仁》："子曰：'里仁为美，择不处仁，焉得知。'"钱穆《论语新解》认为是"择仁道而处"，本诗似就"择居"言，意为"择仁者之地而居"。卜筑：指择地建宅，即定居之意。道光二十年（1840），郑珍葬母黎氏于子午山，并在此营建庐墓和住宅，命名"望山堂"，二十六年（1846），郑珍自尧湾寓宅迁居于此，前后营建20余年，有望山堂、巢经巢、乌柏轩、梅坞、松崖等胜景，咸丰十一年（1861）毁于兵燹。

[2] 纷：《离骚》："纷吾既有此内美兮，又重之以修能。"王逸注："纷，盛貌。"姜亮夫《屈原赋校注》伸之曰："纷，纷然美盛也。"

[3] 浃旬：一旬，十天。

[4] 达人：通达事理的人。诗中指郑子尹。清机：清净的心机。妙象：微妙的景象。澄遐观：使（妙象）能被清楚地纵览。

其二

原野多悲风[1]，岩霜伏辰星。凉生八九月，菊秀兰亦馨。念我诸弟昆，聚散如风萍。请复展良会，有酒同醉醒。世人美角弓，急难歌脊令[2]。谗言偶一中，即复生畦町[3]。君看百足虫[4]，终胜双蜻蜓。蜻蜓岂无侣，身世徒飘零。诚我二三子，休别渭与泾。笃爱不在多，觞豆存前型[5]。百年会有几，我歌君且听。

【注释】

[1] 原野：旷野。悲风：劲风。

[2] 角弓：两端用兽角装饰的弓。语本《诗经·小雅·角弓》，是一首劝告周王不要疏远兄弟亲戚而亲近小人的诗。脊令：亦作"脊鸰"，即鹡鸰，水鸟名，喻兄弟友爱，急难相顾。典出《小雅·鹿鸣之什·常棣》："脊令在原，兄弟急难。"

[3] 畦町：指田垄，田界。

[4] 百足虫：蜈蚣。

[5] 觞豆：觞与豆，古代盛酒肴之具。

冬夜莳烟亭上

日入池南梅树枝，粉墨色映黄玻璃。冻吟老生喜孤往，却有明月将我随。半规晕碧出松岭，一星荡黑明茅茨。清光东南露一角，稍稍梅影相参差。空山无月百忧结，造物笑人成老痴[1]。岂与寒蟾共呼吸，毋乃翠羽堪娱嬉[2]？亭中春风竟先至，深夜细取霏香吹。暗催桃李锦心艳，凋尽美人霜鬓丝。白石苍苔问行迹，故山何物能我遗？独倚繁花望天末，冻呼瘦鹤同支持^[3]。西林残雪入新咏，莫待月落参横时。

【校记】

空山无月百忧结：同治本作"空山无月百忧集"。

【编年】

道光二十三年（1843）冬，居家遵义作。

【注释】

[1]造物句：化用苏轼《叶涛致远见和二诗复次其韵》诗意："那知非真实，造物聊戏尔……笑我老而痴，负鼓欲求亡。"

[2]寒蟾：指月亮。传说月中有蟾，故称。翠羽：翠绿色的羽毛，借指珍宝。

[3]瘦鹤：即鹤，以其嘴长直、脚细长，故云。亦以形容人之清瘦。苏轼《姚屯田挽词》："七年一别真如梦，犹记萧然瘦鹤姿。"

寒夜有怀柬丁吉斋元勋秀才^[1]

其一

风戛门前绿竹杠^[2]，山云寒压影幢幢。地炉榾柮红酣夜，松雪萧梢白上窗^[3]。无梦唤回千里月，余声冻死五更厖^[4]。微吟不寐思君子，手续残膏细剔缸^[5]。

【校记】

松雪萧梢白上窗：萧梢，底本、同治本作萧稍，据意改。

【编年】

道光二十三年（1843）冬，居家遵义作。

【注释】

[1]丁吉斋：名元勋，生平事迹不详。

[2]风戛：风吹动而敲打。

[3]地炉：室内地上挖成的小坑，四周垫垒砖石，中间生火取暖。榾柮（gǔ duò）：木柴块，树根疙瘩，可代炭用。萧梢：萧条，凄凉。江淹《待罪江南思北归赋》："木萧梢而可哀，草林离而欲暮。"

[4]无梦句：本辛弃疾《满江红》（点火樱桃）词句："蝴蝶不传千里梦，子规叫断三更月。"厖（máng）：长毛狗，亦泛指犬。

[5]残膏：残余的灯油，亦指将灭的灯。细剔缸：宋代黄廷璹《宴清都》词："牙签倦展，银缸细剔，悄然归旅。"

其二

此身不仅妻孥累，百折千磨送老来。肝胆到今无可试，光阴如我实堪哀。尽将文史穷为祟，始信人情蠢是才。落落贫交同一慨，相逢须劝早衔杯。

【校记】

尽将文史穷为祟：同治本作"尽教文史穷为祟"。

五月八日溪泛偕郑子尹、丁吉斋、莫芷升、庭芝舍弟少存兆普至禹门山，次子尹韵

不必更谈傩与蜡[1]，茅船送鬼须乘暇[2]。今年疫疬遍童叟[3]，天灾所及谁能谢？笑君不为鬼所虐，得纵吟声永清夜。我从夏初到端午，分秧日日忙犁耙。忽念江湖行乐人，画桡鼍鼓迎神姹[4]。牢溪之波那得此[5]，扁舟且逐凫鹭下。莫嫌黄雀风打头[6]，正赖白鸥波浴骼[7]。瓜皮艇接溪港潮，竹枝弓看儿童射。是时返照荡石壁，将军金碧图成乍。水光揉树碎忽圆，寺影插波登复吓。谁言老柏高蟠云，下有寒泉甘若蔗。老龙爱客傥分餐，风炉茗椀吾能借[8]。播中山水号恶郡，听说峰峦便嗔怕。岂知人世好烟水，似若似雪门前泻[9]。处处栽花波上摇，家家酿酒床头醡[10]。此间林壑颇岑寂，僧舍同君堪结夏。先生文章我所畏，高名不许时人嫁。才思空灵老益幻，妙语纷披清若话。卜筑遥期共此山，补添阑槛容吾架。诗人穷例嗜泉石，拗命而取天当赦。同来野客致不恶，相与洗罛勤慰藉[11]。

【校记】

诗题：同治本"舍弟少存"作"舍弟兆普"。黎兆普（1828—1886）字少存，兆勋幼弟，自幼学医。

【编年】

道光二十四年（1844），居家遵义作。

【注释】

[1] 傩与蜡：指傩祭和腊祭。《风俗通》载："腊者，猎也。因猎取兽祭先祖，或者腊接也，新故交接，狎猎大祭以报功也。"可知"腊"就是打猎，用打来的野兽或自己养的家禽进行祭祀。腊祭的对象是列祖列宗及门、户、天窗、灶、行（门内土地）五位家神。汉代以前腊祭日期不固定，汉以后将腊祭日期定于冬至后第三个戌日。道教则把一年分为五个腊日，凡此五腊日，宜为修斋、祭祀先祖。《云笈七签》卷三七："正月一日名天腊，五月五日名地腊，七月七日名道德腊，十月一日名民岁腊，十二月节日名侯王腊。此五腊日并宜修斋并祭祀先

祖。"东汉高诱《吕氏春秋·季冬纪》注"傩"："今人腊前一日,系鼓驱疫,谓之逐除。"即"傩"与"蜡"前后相连,至少东汉民间视为最大的祭祀。

[2]茅船送鬼:即道教王母教法事中的"打遣送"。明清南方蛮夷之地多信奉王母教(其信徒多火居道士),凡遇要事都行法事作决断,为人驱邪赶鬼治病。其教有"僧做道场道打醮,火居道士行夜教"之说。其法事,常有还福(愿)、点太平烛、打遣送、唱关、上箭(铁蛇)、上锁。其中打遣送又叫还高签、打夜卦、道士祷路,其仪式是:场面中挂上老君的神像或牌座,在启师后,点完太平烛,就用一只小竹篾盘箕,内扎一只茅船,上立茅人(稻草扎成),放上冥纸、肉食、鸡蛋,就在神位前开始造盘,其词长而俗。接着是敕茅人退病、甩碗定卦辞卜吉凶,野外招魂、而后将茅船送到水边烧掉,再回来给病人退病、贴符、送师、息坛,其间或加"送白虎"和"送亡神劫煞"等法事。乘暇:语本《管子·制分》:"攻坚则轫,乘瑕则神。"道教认为鬼神也是有弱点的,故可以进攻其弱点以取得成功。

[3]疫疠(diàn):疟疾。

[4]画桡:有画饰的船桨。鼍鼓:用鼍皮蒙的鼓。其声亦如鼍鸣。

[5]牢溪:即夷牢溪,在遵义市东四十公里,又称洛安江、乐安江(郑珍死后葬江畔子午山上)。

[6]黄雀风:夏天的东南风。《初学记》卷一引晋周处《风土记》:"五月风发,六日乃止。黄雀风,是时海鱼变为黄雀,因以名之。"

[7]白鸥波:指鸥鸟生活的水面。比喻悠闲自在的退隐生活。髂(qià):髂骨,位于腰部下面腹部两侧的骨,左右各一,上缘略呈弓形,下缘与耻骨、坐骨相连而形成髋骨。

[8]风炉:原是唐代一种专用于煮茶的炉子,以铜铁铸造,其形如古鼎,有三足两耳,炉内有厅,可放置炭火,炉身下腹有三孔窗孔,用于通风,上有三个支架(格),用来承接煎茶,炉底有一个洞口,用以通风出灰,其下有一只铁质的用于承接炭灰。见陆羽《茶经》卷中《四之器》。茗,茶。椀,同碗。

[9]似苕似雪:指苕溪(在浙江北部,入太湖)和雪(zhà)溪(在浙江北部湖州市境内)。晁补之《苕雪行和于潜令毛国华》诗:"苕溪清,雪溪绿。"

[10]醡:酒榨的榨床。

[11]斝(jiǎ):古代酒器,青铜制,圆口或方口,无流,三足,用以温酒。

束子聘表兄

明月出松根,山高风露白。茅斋发遥慨,寄尔羁栖客。儒老仍饥驱,虮虱生讲席。违性非故心,丧子惕孤迹?君新有童乌之痛[1]海潮翻夜梦,黑夜荡心魄。暗觅虚无根,益叹身世窄。残秋阴簝寒[2],聆声泪霑臆。虽无夫妻疮,却赖襟袖湿。清溪带柴门,冷醡滴芳汁。何如寻我来,远与尘事隔。

【校记】

君新有童乌之痛：同治本作"兄新有童乌之痛"。

残秋陨箨寒：同治本作"残秋陨蓁寒"，蓁同箨。

【编年】

道光二十四年（1844），居家遵义作。

【注释】

[1] 童乌：扬雄《法言·问神》："育而不苗者，吾家之童乌乎？九龄而与我玄文。"扬雄子童乌九岁能与父亲讨论《太玄》，早卒。后因以"童乌"作为聪明灵慧而夭折的典故。

[2] 残秋：秋将尽。陨箨（tuò）寒：即深秋之寒。《诗经·国风·七月》："八月其获，十月陨箨。"陨箨：剥落笋壳，此指草木枝叶脱落。

书郘亭诗后

精思窥鸿濛，力抉天地根[1]。大哉杜韩业，俎豆百世孙[2]。若人生要荒[3]，束发歌兰荪。中道厌浮薄，冠佩朝厥尊。鲸牙未能拔[4]，此舌焉可扪[5]？斩斩百翻纸，滔滔江汉源。泗渊揽百怪，古鬼生烦冤[6]。正苦太料理，结轖陈黄门[7]。尔来格一变[8]，海波掀日翻。截然提法律，万马腾中原。曩者人所宝，百不十一存。我欲全其碎，披沙拣更番。嗒焉若自失[9]，仰首鹍鹏骞。乃知达神化，不与形色论[10]。会看晞汝发[11]，长啸登昆仑。

【校记】

精思窥鸿濛：《清诗汇》作"精思窥洪濛"，"鸿濛"与"洪濛"通用。

泗渊揽百怪：底本作"泅渊揽百怪"，据《清诗汇》改。

尔来格一变：《清诗汇》作"迩来格一变"，意同。

【编年】

道光二十四年（1844），居家遵义作。

【注释】

[1] 鸿濛：天地形成前的混沌状态。天地根：谓天地万物的根源。《老子》："玄牝之门，是谓天地根。"

[2] 杜韩：唐代杜甫和韩愈，二人对宋以后诗坛影响巨大。俎豆：谓祭祀，奉祀。

[3] 若人：这个人，指莫友芝。要荒：古称王畿外极远之地，此指莫友芝生于黔省边疆之地。

[4] 鲸牙句：化用韩愈《调张籍》诗句："刺手拔鲸牙，举瓢酌天浆。"

[5] 扪舌：按住舌头，表示不说话或不发声。

[6] 泗渊：泗水。《史记·封禅书》："其后百二十岁而秦灭周，周之九鼎入于秦。或曰宋太丘社亡，而鼎没于泗水彭城下。"《水经注》："周显王四十二年，九鼎没于泗渊。"

秦始皇时而鼎见于斯水。始皇自以德合三代，大喜，使数千人没水系而行之，未出，龙齿啮断其系。"古鬼句：化用杜甫《兵车行》诗句："新鬼烦冤旧鬼哭，天阴雨湿声啾啾！"

[7]结轖（sè）：将轖连结起来。比喻心中郁结不畅。轖，用皮革缠迭而成的车旁障蔽物。枚乘《七发》："意者久耽安乐，日夜无极，邪气袭逆，中若结轖。"

[8]尔来句：谓莫友芝诗歌风格的变化。

[9]嗒焉：《庄子·齐物论》："南郭子綦隐机而坐，仰天而嘘，嗒焉似丧其耦。"陆德明释文："'嗒焉'，本又作嗒。"后以形容怅然若失的样子。

[10]不与：不赞成。形色：指形体和容貌。《孟子·尽心上》："形色，天性也，惟圣人然后可以践形。"

[11]晞汝发：晒干你的长发。语出《九歌·少司命》："与汝沐兮咸池，晞汝发兮阳之阿。"盖以美女喻友人，表达缺少知音的落寞情绪。

山虚

枳棘短篱内，山虚灯火妍。一峰凉带月，双燕远流天。秋寂无言后，心空独坐先。庭松疏夜影，光散小窗前。

【编年】

道光二十四年（1844），居家遵义作。

客夜

山影动虚城，夜寒星火明。高楼闻叶下，残月隔江生。别梦惊华发，吟怀怅短檠。不知疏柳外，何处捣衣声？

【编年】

道光二十四年（1844），居家遵义作。

赵子晓峰旭不见数年，近以校书之役下榻县署，相晤于莫五斋中，明日书此柬之 [1]

其一

前年庚子冬 [2]，此月与君别。今年影山堂，遇君亦此月。襟期尚如故 [3]，神采更焕发。盘盘大楼山 [4]，百里见积雪。而我于君家，音尘久隔绝。君才洵华妙，君遇实蹉跌 [5]。自非平生知，孰肯轻叙说？古人亦有言，盘根重错节 [6]。利器之所遇 [7]，不关身世拙。

【校记】

盘根重错节：同治本作"盘错重根节"，误。

【编年】

道光二十四年（1844），居家遵义作。

【注释】

[1] 赵旭：（1812—1866）字石知，号晓峰，遵义桐梓人。幼孤，随其叔至山东腾县祖父官署居住，又游学吴楚，阅历学识极富。回桐梓后，九次乡试不第。长期居家课读，与郑珍、莫友芝、黎兆勋交好，曾任桐梓、荔波教谕。咸丰十年（1860），郑珍为避兵祸，举家迁到桐梓魁岩站杨家河畔，租刘氏宅居住，与赵旭家毗邻四月之久。其间，郑、赵及刘希向（字照书，疑为宅主）临水登山，访胜吊古，唱和遗响。同治元年（1862）任荔波县教谕时，以实绩加翰林院孔目衔兼署都匀府教授。同治五年（1866），农民起义军攻破荔波县城，旭受重伤后投江死。赵旭博学多才，采访桐梓掌故编成《桐鉴》6 卷、《被桐鉴》1 卷、《桐梓耆旧诗抄》1 卷、《桐梓艺文志》4 卷、《文学尔雅注》1 卷、《琴鹤堂先泽拾遗》1 卷、《蜀碧补遗》6 卷、《播川诗抄》8 卷。

[2] 前年：往时。《后汉书·冯衍传》："上党复有前年之祸。"李贤注："前年，犹往时。"庚子：指道光二十年（1840）。

[3] 襟期：襟怀、志趣。

[4] 大楼山：在今遵义市桐梓县。

[5] 蹉跌（cuō diē）：失足跌倒，比喻失误。

[6] 盘根重错节：犹言盘根错节，指树木的根枝盘旋交错，比喻人际关系纷难复杂。

[7] 利器：锋利的武器，比喻杰出的才能。

其二

我昨访莫五 [1]，为言君至诚。亟欲相走谒，地禁不可行。案头有君诗，伏读至五更。乃知别来久，此诣晚益精。读书不论古，岂能蜚英声？论古不创说，亦难垂令名。今君兼所有，笔阵尤纵横。毋怪郑巢经 [2]，两眼先我明。近与子尹论诗，子尹极称晓峰雅炼。

【校记】

为言君至诚：同治本作"为言君至城"，误。

【注释】

[1] 莫五：指莫友芝，莫与俦第五子，故称。

[2] 郑巢经：指郑珍，郑珍书室名"巢经巢"，故称。

其三

诗贵生光芒，言非大而夸。炉鞴娲皇天[1]，取境不我遐。苟无爇空焰，黯淡乌可嘉。时流逞媚姿，婉婉争清华。安知百岁后，一掷成泥沙。我友不数子，逸气凌烟霞。妥贴严古律，滂霈舒天葩。豪情或愤泄，往往轰雷车[2]。迩来各老懒，巨响深秘遮。岂知帐中书，积卷今已奢。如君所存录，先自名一家。

【注释】

[1] 炉鞴（bèi）：亦作"炉鞴"。火炉鼓风的皮囊，亦借指熔炉。苏轼《和犹子迟赠孙志举》："轩裳大炉鞴，陶冶一世人。"

[2] 轰雷车：语本范成大《次韵时叙赋乐先生新居》诗句："光芒无用人诗句，青天白日轰雷车。"

其四

骹驱越崇山[1]，勇往力已果。如何涉吾乡，不肯轻过我？山中足园蔬，鸡黍杂瓜蓏。柴门无市尘，终日竹翠裹。褐夫寡朋好，苦吟甘兀坐[2]。翩翩校书郎，官烛焰宵火。晴冬或暇访，路远来亦可。君能乐命驾，整冠候门左。

【注释】

[1] 骹驱：犹崎岖。

[2] 褐夫：穿粗布衣服的人，古代用以指贫贱者。脱去粗布衣服而入仕则称"释褐"。兀坐：危坐，端坐。

送子尹署古州训导

其一

少壮寡朋友，席砚一子尹。文字劣追攀，学问见绳准。非关我命穷，事事逊精敏。丛山气惨郁，足茧知步窘[1]。迂回待旁通，峭崿谢推引[2]。我师古人意，百困效一忍。断彼径寸带，续此三绝纼[3]。兢兢三十年，微尚孰能泯[4]？萧条共迟暮，相觇以无尽。

【编年】

道光二十五年（1845），居家遵义作。古州，今贵州榕江县，郑珍有诗《往摄古州训导别柏容邵亭二首》。

【注释】

[1] 足茧：亦作"足趼"，脚掌因摩擦而生出的硬皮。喻指跋涉辛劳。

[2] 旁通：广泛通晓。峭崿：高峰，高崖。

[3] 径寸带：径长一寸的带子，也用以喻微才、小才。三绝纼（zhèn）：三次断绝的牵牛绳。

[4] 微尚：微小的志趣、意愿。

其二

从丛天上山，一线接溪洞。睥睨穷儒生，忽纵飞仙鞚[1]。羕羕祖教地，百里入孙梦。嘉庆庚午，时先大父官永从训导，后设古州学，即分永从训导于古州。去者诚独劳，来者益憎恫。固知荒蒙境，枳棘待鸾凤[2]。毋为二鸟吟，或强一瓻送。把酒告西河，古交在容众。

【注释】

[1] 飞仙鞚：飞鞚谓策马飞驰；飞仙鞚，此当指想象或梦游。

[2] 枳棘：枳木与棘木，因其多刺而称恶木。后常用以比喻恶人或小人，亦以喻艰难险恶的环境。

其三

君如妙莲花[1]，寄生淤泥中。芬芳迩可即，隽骨难可同。正恐太自爱，不入蓬莱宫[2]。香山非道资，摩诘非英雄[3]。君近论古常称二公。吾观二子业，致远量亦穷。君持定静力，将为诸老翁。遥遥叔重学[4]，绝徼今可通。

【校记】

君如妙莲花：同治本作"君如沙莲花"，误。

绝徼今可通：同治本作"绝徼今可通"，误。

【注释】

[1] 妙莲花：又作妙莲华，喻佛门妙法。《楞严经》卷五："幻法云何立，是名妙莲华。"丁福宝《佛学大辞典》："（譬喻）真明之佛知见，在染亦不污，故谓为妙莲华。"王安石《再次前韵》诗："能了诸缘如梦事，世间唯有妙莲花。"

[2] 蓬莱宫：指仙人所居之宫。白居易《长恨歌》："昭阳殿里恩爱绝，蓬莱宫中日月长。"

[3] 香山：白居易号香山居士。摩诘：王维字摩诘，号摩诘居士。

[4] 叔重：东汉学者许慎字叔重。

其四

生理重田宅，人人植其根。以之安孝享，亦足勤子孙。奉檄近堪泣[1]，卜居当细论。望山岂不广[2]，规宅难成村。丈夫负盛气，议论多自尊。缪算或一误，欲悔声暗吞。我志在忠告，期君窥其源。

【注释】

[1] 奉檄：尊奉朝廷命令，此指郑珍出任古州训导。

[2] 望山：指郑珍私宅望山堂。

马龙旅社逢张仆为留一日[1]

三年十度宿兹楼，八载重逢汝白头。乍见惊心疑入梦，相迎怪我远来游。铅坑铜窟重重话，雪笠霜鞭款款留。夜半城头吹觱篥[2]，壮怀销尽五更愁。

【编年】

道光二十五年（1845），往云南省亲途经马龙作，时父黎恂任云南楚雄府大姚县令。

【注释】

[1]马龙：当时为云南马龙州，隶曲靖府，今为云南曲靖市市辖区，居昆明市与麒麟区之间。"马龙"一词系彝语"麻笼"译音，意为"驻兵之城"。

[2]觱篥（bì lì）：古簧管乐器名，又称"笳管""头管"，以竹为管，管口插有芦制哨子，有九孔，音调悲凄。本出西域龟兹，后传入内地，为隋唐燕乐及唐宋教坊乐的重要乐器。

安宁月夜[1]

残月下星河，疏钟动城阙。微茫百蛮道，轣辘中夜发[2]。戍雪濛灯痕，野风峭马骨。寒眸射晓光，龙尾一星没[3]。

【编年】

道光二十五年（1845），往云南省亲途经安宁作，时父黎恂任云南楚雄府大姚县令。

【注释】

[1]安宁：即云南安宁州，今属昆明市辖安宁市，为昆明通往滇西的交通重镇，被誉为"螳川宝地，连然金方"。

[2]轣辘：车轮或辘轳的转动声，指代马车。欧阳修《蝶恋花》词："紫陌闲随金轣辘，马蹄踏遍春郊绿。"

[3]龙尾：星宿名，即箕宿，二十八宿之一，居东方苍龙七宿之末，故称。《左传·僖公五年》："童谣云：'丙之晨，龙尾伏辰，均服振振，取虢之旂。'"杜预注："龙尾，尾星也。"

姚州道中观回人聚猎[1]

关隘连山戍，兵戈远客悲。隔林看野猎，驻马立多时。此辈氛难息，时值永昌回匪作乱[2]。遐方事可知。将军非李广，谁识射雕儿？

【编年】

道光二十五年（1845），往云南省亲途经姚州作，时父黎恂任云南楚雄府大姚县令。

【注释】

[1]姚州：今云南姚安县。唐置姚州都督府，故城在今云南姚安县北，宋时大理仍置姚州，

元移今姚安县治，明为姚安府治，清废府，以州属云南楚雄府。

[2] 永昌回匪作乱：道光二十五年（1845）夏，永昌回匪作乱，云贵总督贺长龄檄贵州提督王一凤、云南提督张必禄会兵讨之。永昌自道光元年、十三年、十九年汉回屡次互斗，祸结不解，故诗有"此辈氛难息"之句。

官斋梅花盛开，花下饮酒作长句示杨子春华本妹夫[1]

大姚城中多老梅，官斋一株更奇绝。棱棱劲格排烈风，落落横枝卧残雪[2]。罗浮旧识仙人姿[3]，铁骨兀傲心离奇。寒香晓幻故乡梦，忽悟此身多别离。武侯祠畔一招手，杨生饮我花间酒。酒酣耳热歌且吟，仰视疏星挂南斗。白云不动天苍苍，安得玉笛吹我旁。风花阅尽十年事，旧谱欲按姜尧章[4]。不须更忆江南北，沦落蛮荒亦难得。海风吹瘦瑶台客[5]，令我见子真颜色。淡圈浓点回阳春，正要笔力生清新。君家补之有奇法，脉脉空处传全神。淋漓墨沈能千古[6]，莫遣曾孙愧初祖。卷图即当赠我来，不独色香君醉取。

【校记】

诗题：同治本"妹夫"作"妹婿"。

忽悟此身多别离：此身，同治本作"此生"。

【编年】

道光二十五年（1845），往云南大姚省亲时作，时父黎恂任楚雄府大姚县令。

【注释】

[1] 杨子春：（1804—1889）名华本，字茂实，遵义县人，黎恂次女婿，从黎恂受学。道光五年（1825）举人，后任云南石屏、寻甸等州知州。著有《如不及斋诗文》等。

[2] 棱棱：严寒貌。落落：稀疏；零落，又暗含孤高。

[3] 罗浮句：《广东新语》载："安期生常与李少君南之罗浮，罗浮之有游者，自安期始。自安期始至罗浮，而后桂父至焉，秦代罗浮之仙，二人而已。安期固罗浮开山之始祖也，其后朱灵芝继至，治朱明耀真洞天，华子期继至，治泉源福地，为汉代罗浮仙之宗，皆师乎安期者也。"

[4] 姜尧章：南宋姜夔字尧章，一生转徙江湖，终身未仕，多才多艺，精通音律，能自度曲，其词格律严密。

[5] 瑶台客：瑶台，是传说中的神仙居处。瑶台客，当指仙人。苏轼《中秋见月和子由》诗："明朝人事随日出，恍然一梦瑶台客。"《苏轼诗集合注》引"王注：李公垂《莺莺歌》：恍然梦作瑶台客。施注：卢子《逸史》：许澶暴卒三日，人问其故，乃作诗曰：'晓入瑶台露气清，坐中惟见许飞琼。'乃复寐惊起，改第二句云：'天风吹下步虚声。'曰：'昨日梦到瑶台，有女三百余人，一云是许飞琼，令改二句，云不欲世间知有我也。'"

[6] 墨沈：犹墨迹。

新化邹叔绩^{汉勋}招游雪崖洞席上赋赠^[1]

其一

十年人事说沧洲，忘却城南旧日游^[2]。偶逐雪泥寻故迹^[3]，不堪江水咽寒流^[4]。飞仙自憾乘黄鹤^[5]，演雅谁来赋白鸥^[6]。惆怅回阑重倚处^[7]，几行烟柳隔城头。

【校记】

诗题：同治本作"邹叔绩招游雪崖洞席上赋赠"，题下注云："名汉勋，湖南新化人。"

【编年】

道光二十六年（1846），自云南返黔至贵阳作。

【注释】

[1] 邹汉勋：（1805—1853）字叔绩，号绩父，湖南宝庆府新化人（今属隆回县罗洪镇），其父邹文苏与其六子均精于舆地之学，时称"邹氏七君子"，其中汉勋为最。早年于长沙城南书院师从贺熙龄、丁取忠等名儒习算学和历法。道光十九年（1837）应邓显鹤之约，前往宁乡学舍参与校刊《船山遗书》，从此声名远播。二十五年（1845）协助邓显鹤编纂《宝庆府志》和《新化府志》，不久，宝庆知府黄宅中调任贵阳知府，招汉勋同往。在贵期间，汉勋先后纂修《贵阳府志》《大定府志》《兴义府志》《安顺府志》。其中《贵阳府志》于道光二十五年由举人萧琯初纂，贵州巡抚贺长龄举荐邹汉勋删繁考订，纠正其"体未详，载未备"等缺陷。其时罗绕典、胡林翼也在贵州作官，与邹汉勋深相契合。诸方志成，汉勋遂有"西南方志大家"之称。咸丰元年（1851）举乡试，次年赴京会试不第，归途访乡友魏源于江苏高邮，切磋学术，与魏源同撰《尧典释天》，并为魏源绘制《唐虞天象总图》《璇玑内外之图》《玉衡三建》诸图。咸丰三年（1853），汉勋自高邮回长沙，闻其弟汉章随江忠源军被太平军围于南昌，遂率军赴援解南昌之围，因军功升知县，留军参赞军务，十一月，擢升为直隶同知。四年一月，太平军攻克庐州，城破遇难。邹汉勋虽置身军政，但一生志在学术研究，五经、地理、音韵、小学、金石、字画，无所不研，靡所不究，最长于历史地理学，著述宏富，是清代经学、史学、音韵学名家，更是中国近代舆地学奠基人。《清史稿·儒林》有传。雪崖洞：在贵阳，又名薛家洞，位于贵阳南明河边雪涯路北段西侧，明代建，洞内原塑有佛像，建有玉皇殿，洞前有三官殿、来仙亭（即吕祖颠），亭内有吕纯阳真人刻石像，亭额有"万神来朝""天上人间"等匾额。现该洞已不存，洞后崖壁上仅存有"雪涯秋柳"四字。

[2] 忘却城南句：韩愈、孟郊有《城南联句》诗，当以韩孟二人城南联句事比邹叔绩招游事。又韩愈《游城南十六首》中有《赠张十八助教》诗，云："喜君眸子重清朗，携手城南历旧游。忽见孟生题竹处，相看泪落不能收。"

[3] 偶逐雪泥句：化用苏轼《和子由渑池怀旧》诗句："人生到处知何似，应似飞鸿踏雪泥。泥上偶然留指爪，鸿飞那复计东西。"

[4] 不堪江水句：盖化用刘禹锡《西塞山怀古》诗句：“人世几回伤往事，山形依旧枕寒流。”

[5] 飞仙自憾句：化用崔颢《黄鹤楼》诗句："昔人已乘黄鹤去，此地空余黄鹤楼。黄鹤一去不复返，白云千载空悠悠。"

[6] 演雅句：黄庭坚《演雅》诗四十句，每句写一种禽鸟或昆虫以比况谗佞，演绎成诗，末句为"江南野水碧于天，中有白鸥闲似我"。

[7] 惆怅回阑句：化用温庭筠《更漏子》词句："阁上，倚阑望，还似去年惆怅。"

其二

鼍愤龙愁楚水隈[1]，一帆忽向洞庭开。郭隗敢请今为始[2]，王式何须叹误来[3]。有此才华难遽隐，过时人物总堪哀。凭谁细读桑经注[4]，疏凿荒江出草莱。

【注释】

[1] 鼍愤龙愁：如鼍愤怒，如龙忧愁。

[2] 郭隗句：典出《史记·燕召公世家》："燕昭王于破燕之后即位，卑身厚币以招贤者。谓郭隗曰：'齐因孤之国乱而袭破燕，孤极知燕小力少，不足以报。然诚得贤士以共国，以雪先王之耻，孤之愿也。先生视可者，得身事之。'郭隗曰：'王必欲致士，先从隗始。况贤于隗者，岂远千里哉！'于是昭王为隗改筑宫而师事之。乐毅自魏往，邹衍自齐往，剧辛自赵往，士争趋燕。燕王吊死问孤，与百姓同甘苦。"

[3] 王式句：典出《汉书·儒林传·王式传》：王式因门弟子应博士弟子选成绩甚佳，被推荐为博士，在旅馆出席接风酒宴时，为博士江公所辱，"客罢，让诸生曰：'我本不欲来，诸生强劝我，竟为竖子所辱！'"此以王式比邹汉勋。

[4] 桑经：指《水经》，相传为汉桑钦所作，故称。

其三

一觞一咏亦前因，今日邹阳旧子真[1]。子尹。兀傲江山余我辈[2]，神仙风月待诗人。惯寻冷语听高唱，可许闲情托后尘[3]。明逐桃花流水去，武陵谁更访迷津？遵城东有桃源洞。

【校记】

遵城东有桃源洞：同治本"桃源洞"后有"余家近焉"四字。

【注释】

[1] 邹阳：西汉人，文帝时，为吴王刘濞门客，以文辩著名于世。子真：即郑子真，因其故里为谷口，故又名"谷口子真"，西汉末人，隐逸民间，修身自保，非其所有，决不苟求，耕于岩石之下，名震京师，汉成帝时，大将军王凤以礼相聘，他则不诎而终。

[2] 兀傲：倔强不随俗。

[3] 托后尘：比喻跟在他人之后。张协《七命》："余虽不敏，请寻后尘。"

雪中过杨云卿开秀明经书馆遂登禹门禅院^[1]

雪光夜飑幽梦边，虚堂寂坐忘尘缘。晓起开门浩云海，淮南鸡犬皆登仙^[2]。冲寒独访袁安卧^[3]，乘兴欲掉山阴船^[4]。修竹压墙冰压瓦，冻仆拥灶厨无烟。槎枒老树惨欲裂，只有梅蕊生春妍。山堂更余清洁地，佛光忽露虚明天。上方钟磬晓来涩，落花尚沤团蒲圆。至人无心阅冷暖，璎珞下覆慈云娟^[5]。不见不闻焉用此，剩有灯火光莹然。平生空色两俱寂^[6]，世外无物为尔怜。冻吟先生老无事，倚仗只解听岩泉。冰雪从来自成性，与佛未暇分愚贤。山僧向人有真意，为我茗粥亲烹煎。还堪饱食阇梨饭^[7]，看云独上西峰巅。

【校记】

乘兴欲掉山阴船：同治本作"乘兴欲棹山阴船"。

璎珞下覆慈云娟：同治本作"璎珞下覆慈容娟"，误。

【编年】

道光二十六年（1846），居家遵义作。

【注释】

[1] 杨云卿：名开秀，字实田，号云卿，绥阳人。五十岁方中举人，一生以教书为业。道光末到遵义禹门寺设私塾，各乡学生慕名而来，黎庶焘、庶藩、庶昌及兆铨、兆普等都是他的学生，此时的禹门寺私塾盛况足以与乾隆年间黎安理执教时相辉映。撰有《古文异训》残稿，成一家言，终年67岁。

[2] 淮南句：王充《论衡·道虚》："淮南王刘安坐反而死，天下并闻，当时并见，儒书尚有言其得道仙去，鸡犬升天者。"

[3] 袁安卧：指身处困穷但仍坚守节操的行为。《后汉书·袁安传》李贤注引《汝南先贤传》载：汉时袁安未达时，洛阳大雪，人多出乞食，安独僵卧不起，洛阳令按行至安门，见而贤之，举为孝廉，除阴平长、任城令。此以袁安比杨云卿。

[4] 乘兴句：《晋书·王徽之传》："（徽之）尝居山阴，夜雪初霁，月色清朗，四望皓然，独酌酒咏左思《招隐诗》，忽忆戴逵。逵时在剡，便夜乘小船诣之，经宿方至，造门不前而反。人问其故，徽之曰：'本乘兴而行，兴尽而反，何必见安道邪。'"

[5] 至人句：指道德修养极高的人能超脱世俗。璎珞：原为古印度佛像颈间的一种装饰，由世间众宝所成，寓意为"无量光明"。慈云：比喻佛之慈心广大，犹如大云覆盖世界众生。

[6] 空色：佛家语，缘起假象谓之"色"，"色"指世人执着的一切名相；缘起无性谓之"空"，"空"是破除一切名相执着所呈现的真实。或说无形为空，有形为色。

[7] 阇（shé）梨饭：指僧饭。阇梨，亦作阇黎，梵语"阿阇梨"的省称，意谓高僧，亦指僧人。

二十八日大雪叠前韵

明年岁熟西南边，三白已为麦作缘[1]。书生饱食发清唱，憾难对雪招吟仙。老巢麻衣子尹影山邵亭远，令我空忆沅江船。兀坐幽怀共谁语，冻榻看袅熏炉烟。昨朝笠屐照残雪[2]，溪山影尚生清妍。岂识侵宵又盈尺，洒窗扑帘过午天。遥思太阴黑压处，水沙乱簸风轮圆。九霄无人窥变化，六出有花飘丽娟[3]。昨日之雪我怀歉，才明倏灭山苍然。今朝银海忽归我，我坞我山供我怜。小儿学语强解事，异论诘难如涌泉。天河热甚水凝结，此语似比群儿贤。阴阳炉炭有至理，岂若斥卤须熬煎[4]？坐思儿语不能达，作诗一问层云巅。

【校记】

三白已为麦作缘：底本作"三百已为麦作缘"，据同治本改。

【编年】

道光二十六年（1846），居家遵义作。

【注释】

[1] 三白：三度下雪。苏轼《次韵陈四雪中赏梅》："高歌对三白，迟暮慰安仁。"
[2] 笠屐：指斗笠和雨鞋。
[3] 六出：花分瓣叫出，雪花六角，因称"六出"。
[4] 斥卤：指盐碱地。吴曾《能改斋漫录·辨误三》："咸薄之地，名为斥卤。"

柬邹叔绩怀邵亭再叠前韵

别君忆在秋菊边，寄书空叙会合缘。梦阑欲得缩地术[1]，世上憾少壶中仙[2]。昨者邵亭别我去，访君南掫延江船。弥天凿齿真劲敌[3]，乃一抗手仍风烟。我思二妙皆远隔，纵有好意良独妍。今朝打门声剥啄[4]，喜君书下黔中天。故人颜色虽尚尔[5]，屋梁落月今几圆？山中无物可持赠，只有情语清娟娟。男儿著书奚适用，缓颊枉说皆徒然[6]。后来视今今视昔，此语悲激君当怜。先生文字重根柢，立谈我已惊原泉[7]。似闻诸侯近揖客，座上未有如君贤。人生苦乐岂有极，慎勿膏火相烹煎[8]。南来万里足高唱，愿君矫首昆仑巅。

【校记】

先生文字重根柢：同治本作"先生文字重根底"，义同。

【编年】

道光二十六年（1846），居家遵义作。

【注释】

[1]缩地术，又称缩地法、缩地经，最早见于葛洪《神仙传》，是道教的仙术之一，据称运用此术可以化远为近，实现远距离的瞬间移动。

[2]壶中仙：《后汉书·方术传下·费长房传》："费长房者，汝南人也。曾为市掾，市中有老翁卖药，悬一壶于肆头，及市罢，辄跳入壶中。"后与老翁"俱入壶中，唯见玉堂严丽，旨酒甘肴，盈衍其中"。壶中仙的传说史籍中多有记载，而其说不一，北魏郦道元《水经注·汝水》说此仙翁为玉壶公，唐王悬河《三洞珠囊》说是壶公谢元，宋张君房校编《云笈七签》卷28引《云台治中录》说是施存。

[3]凿齿弥天：苏轼《送杨杰诗》："三韩王子西求法，凿齿弥天两劲敌。"指东晋习凿齿与弥天法师。据《高僧传》说：东晋孝武帝太元四年（379），前秦苻坚攻占襄阳，得道安与习凿齿二人，谓"以十万之师取襄阳，唯得一人半"，"一人"指释道安（即弥天法师），"半人"指习凿齿。又襄阳习凿齿早闻道安之名，曾致书通好，表达思慕之意，及闻道安入襄阳，遂修书造访，见面时自称"四海习凿齿"，道安以"弥天释道安"对，时人以为名答。此处以比邹汉勋、莫友芝。

[4]剥啄：亦作"剥琢"，象声词，敲门或下棋声。

[5]尚尔：仍然，尚且如此。

[6]缓颊枉说：典出《史记·魏豹彭越列传》，"（汉王）谓郦生曰：'缓颊往说魏豹，能下之，吾以万户封若。'郦生说豹，豹谢"不从。后用"缓颊"以称婉言劝解或代人讲情。

[7]原泉：即源泉。《孟子·离娄下》："原泉混混，不舍昼夜，盈科而后进，放乎四海。"

[8]膏火相烹煎：苏轼《游径山》诗："有生共处覆载内，扰扰膏火同烹煎。"膏火，特指夜间读书用的灯火，借指勤学苦读。

聂松岛会通山园梅花甚开，长歌柬寄三叠前韵

五年不到狮山边[1]，梅花笑人多俗缘。主人近亦太孤洁，其所友者惟梅仙。我昔与翁同蛩駏[2]，山行同杖水同船。梅花此时尚岑寂，一枝独隐西林烟。不图数年与翁隔，竟甘伴汝吟清妍。银蟾亦与翁同癖，尽取清光流暮天。一枝花悬一月影，枝枝月抱梅花圆。举杯三人忽得四，乃是绝代真婵娟。萼绿仙人谪尘世[3]，缟衣玉佩神萧然。人言山翁种梅有真诀，造化虽妒仍复怜。和风暖日霭相护，涂涂甘露沾林泉。昨朝令威丁君吉斋。论香雪，过我细说林逋贤[4]。临风北望高兴发，羡尔百斛香螺煎。须妨道人两脚赤[5]，夜半踏雪来云巅。

【编年】

道光二十六年（1846），居家遵义作。

【注释】

[1] 狮山：即狮子山。据《遵义府志》卷四 "山川"："狮子山：凡二，一在城东北四里，凤山背也。上有寺，临演武场。一在城东百三十里，形如蹲师，有佛寺著口中，其首戴文昌阁。茅坡河经其下，上流三里许，有白溪水入之。其水色白，日三涨，鸣声如雷。河干有仙人洞，中石龙数十，蜿蜒起伏，各各生动。有潭，四时不竭。顶多石乳。洞绝深窈，入可数十里，莫能穷也。游人至洞中，辄先有男女足迹若前导然，而不见人，故谓之仙人洞。"

[2] 蛩駏（qióng jù）："蛩蛩駏驉"的省称，传说中的二异兽，样子相似而又形影不离，故亦比喻休戚与共、亲密无间的友谊。

[3] 萼绿仙人：即仙女萼绿华。《增补事类统编·花部·梅》"萼绿仙人"注引《石湖梅谱》："梅花纯绿者，好事者比之九嶷仙人萼绿华云。"绿色的梅花因称"绿萼梅"。

[4] 林逋：字君复，北宋著名隐逸诗人，性孤高自好，喜恬淡，不趋荣利，隐居西湖孤山，不仕不娶，惟喜植梅养鹤，自谓"以梅为妻，以鹤为子"，人称"梅妻鹤子"，死后赐谥"和靖先生"，其《山园小梅》诗有"疏影横斜水清浅，暗香浮动月黄昏"之句，被誉为"千古咏梅绝唱"。

[5] 道人两脚赤：即赤脚大仙，中国古代民间传说和道教传说中的仙界散仙，四处云游，常下凡来人间铲除妖魔，以其赤脚装束最为独特，故称。此以自谓。

效次山体题子尹团湖，即用次山招孟武昌诗韵 [1]

林影秋参差，蝉噪夕阳时。好风湖上来，漾漾清涟漪。主人开轩窗，野花明阶墀。群动带游客，摇弄一杯水。悠悠湖海情，泛泛空明里。莫生来青田 [2]，两耳鸣风泉。黎子出东坞 [3]，微吟溪水边。潺潺溪壑声，山色看不厌。湖中有莲荇，仅可扁舟泛。环湖数间屋，清夜孤弦鸣。醒则载酒歌，醉则踏月行。空山呼白云，天风泠然惊。

【校记】

诗题：同治本、《黔诗纪略后编》题作《效次山体题子尹磬湖即用次山招孟武昌诗韵》，作"团湖"是。同治本此首以下归属卷三。

【编年】

道光二十七年（1847）夏，居家遵义作。

【注释】

[1] 次山：唐代元结字次山，他有多首诗涉及"孟武昌"，《招孟武昌》（风霜枯万物）为其中之一。团湖：遵义禹门沙滩乐安江东岸的子午山南麓有郑珍墓，下临他当年经营的"团湖"。当年郑珍以父母所在，在子午山筑屋曰"望山堂"，望山堂四周广植花木，桃李梅杏，荟蔚成行，中辟半亩荷池称"团湖"，岸柳依依，掩映生姿。

[2] 莫生：当指莫友芝或其家某人。青田：指遵义市新舟镇青田山，莫友芝死后归葬于此。

[3] 黎子：黎兆勋自称。东坞：黎氏所居。

子尹乌柏轩小集 [1]

藻米溪清漫溯洄，女嬃移住碧云隈 [2]。幽人无事或孤往，寒气今秋更早来。
零露萧疏乌柏落，当阶烂漫蜀葵开。晓风燮燮蝉声静，正要先生说饼来 [3]。

【校记】

当阶烂漫蜀葵开：烂漫，同治本作"烂熳"。

【编年】

道光二十七年（1847）秋，居家遵义作。

【注释】

[1] 乌柏轩：郑珍私宅望山堂之一景，望山堂另有书楼巢经巢、柑廊、梅峧、松崖、米楼、
团湖、怪岛等景。

[2] 女嬃：《离骚》："女嬃之婵媛兮，申申其詈予。"一说是屈原之姐，一说是屈原之妾。
嬃也是女子的通称，有美好之意。

[3] 说饼：谈论吃喝或能吃喝之典。吴均《饼说》："公曰：'今日之食，何者最先？'
季曰：'仲秋御景，离蝉欲静，燮燮晓风，凄凄夜冷，臣当此景，唯能说饼。'"

东坞感怀

行藏多被里人猜，门巷萧萧伴草莱。纵不蝇声侪下士 [1]，却怜袜线愧雄才 [2]。
长城五字愁诗到 [3]，老屋层轩面水开。一个虚堂谁载酒，白云还望长公来。己亥
仲春，郡伯平公牓余东坞曰"藏诗坞"，迄今八年，墨气犹新。公名翰，字樾峰，山阴人，
工二王书法。

【编年】

道光二十七年（1847），居家遵义作。按：诗后小字夹注"己亥仲春"为道光十九年（1839），
以"迄今八年"推之，知为道光二十七年。此诗颇郁闷，是年第十次参加乡试仍未中，功名
未就，出处不明，前途未卜，惹来里人猜疑甚至飞语，内心渴望有人欣赏提携。

【注释】

[1] 蝇声：苍蝇营营之声，喻指低劣的诗文。明代王铎《答石寓》："有此如许蝇声兮，
仆声者也，唯筋可为，必有以酬之也，不敢意而不戴。"侪：匹配。下士：才德差的人。

[2] 袜线：孙光宪《北梦琐言》卷五："韩昭仕王氏，至礼部尚书、文思殿大学士。粗有文章，
至于琴棋书算射法，悉皆涉猎，以此承恩于后主。时有朝士李台嘏曰：'韩八座事艺，如拆袜线，
无一条长。'"后因谓艺多而无一精者，亦比喻才学短浅。

[3] 长城句：刘长卿善作五言，尝自许"五字长城"。后陆游有诗戏言："亦岂刘随州，五字矜长城。"

己酉八月奉檄权石阡教授，篆道过飞云岩，游观半日留题而去 [1]

沙滩居士云中君[2]，白衣苍狗愁浮云[3]。青山忽然赠一朵，搴之不来攀则可。云根直从平地起，飞出云头又飞水。云飞水飞岩不知，道人导我观神奇。其上横涌如颓浪，鳞鬣层层向空放。夕阳摇瀑练高垂，人说是云不是嶂。其下空洞云乳悬，岩坳嫩玉萦潭烟。呼龙耕烟作流水，人说是云不是泉。月潭水色如碧玉，潭里云岩成大纛。古木苍藤卷入云，欲飞不飞天半绿。阳明碑侧石笋丛，头角恐是苍精龙。庐山不识识坡老，下一转语烦苏公。名山恨我未登一，今向云岩留半日。江东独秀卿则然，却被山灵自拈出。云头生峰云自闲，峰峰矗立飞云间。忽然数峰远移去，方知是云不是山。云岩光景余欲住，六时风雨生溪树。问君何所闻而来，兹游何所见而去，明日相思隔烟雾。

【校记】

岩坳嫩玉萦潭烟：嫩玉，同治本作"潄玉"，潄同漱。

【编年】

道光二十九年（1849）秋，赴任石阡途中作，权石阡府教授。《清史稿·职官三》：府教授，正七品。郑珍集中有诗《柏容将以乡试了往权石阡教授余明日归志别二首》。

【注释】

[1] 己酉：道光二十九年。石阡：今贵州铜仁市石阡县。教授：掌管石阡县学课试的学官。篆道：绕道。飞云岩：又称飞云崖、飞云洞、东坡山、月潭，位于今贵州黄平县城东北，明清时，由北京至云南、贵州的古驿道从山门而过，景色秀丽，风景宜人，明清卢龙云、顾鉴、姚学塽、林则徐、何绍基、郑珍、田雯等诗人均有题咏。

[2] 沙滩居士云中君：黎兆勋自称。

[3] 白衣苍狗：语出杜甫《可叹诗》："天上浮云似白衣，斯须改变如苍狗。"比喻事物变化不定。

丁敬堂光钊学博招同夏生纯彦王生济川游北塔[1]

其一

江城淡人烟，山径寒云叠。黄花失秋艳，北塔先我接。出城向平沙，旋面风猎猎。眷彼云际鹍，恋此波上楫。江光荡吟怀，万象生两睫。窄径缭而曲，骋足不容捷。小憩待游侣，空林响寒叶。

【编年】

道光二十九年（1849），权石阡府教授任上作。

【注释】

[1]学博：泛指学官。北塔：指石阡北塔。

其二

夏生静者流，馆栖城北隅。讲席淡无语，过门相招呼。连峰带落日，古寺偎烟芜。空苍色惨淡、突兀生浮图。能来信佳客，况与江风俱。酒邀东山云[1]，五老先印须[2]。中有千古愁，幽人同领无？

【校记】

五老先印须：印须，同治本作"邛须"，误。印须、邛须之辨详见曹天晓《"邛须"辨正》（《图书馆研究与工作》2018年第3期）一文。

【注释】

[1]东山：《诗经·东山》："我徂东山，慆慆不归。"朱熹《集传》："东山，所征之地也。"此指招游之地。

[2]五老：指石阡县的五老屏山，又称城东五老山、镇东山、知府山，气势雄伟，横列如屏。五老山中峰为镇山，府治其下，取镇一郡之意。乾隆时，人称"一围耸翠，几叠排空，五峰并起，若昂首然"，郡守罗文思有"五老峰头并，如屏列正东"之咏。南起第一峰，"逢烟飞雾结，有雨雪之兆"，故名龙山，山腹中有风鬼洞。第二峰为云台峰，山巅有云峰寺，有云台石林，怪石突兀，各具形象。北面第五峰如猴状，俗名猴山，元初石阡长官司长官安德勇建寓所于峰麓，后改建为伴云寺。北面第四峰，现已建卫星地面接收站。印须：《诗经·匏有苦叶》有"人涉印否，印须我友"句，借指等待朋友或情人等义。

其三

九龙莽绵联[1]，风雨静平楚。寒涛咽落叶，卷卷去复阻。空江悄无人，白鹭忽轻举。风泉弄琴筑，野老话尊俎[2]。怅望隔江庐，远忆藏诗坞。苔荒过客吟，荷老寒蛩语。白发念游子，宵灯照砧杵。翘首盼行云，临风独延伫。

【校记】

远忆藏诗坞：同治本作"远忆藏诗墅"，误，详见前《东坞感怀》诗后自注。

翘首盼行云：同治本作"矫首盼行云"。

【注释】

[1] 九龙：石阡县有九龙山。

[2] 尊俎：宴席的代称。

题舒筠峰其镖前身觉悟图

劫灰飞尽秦时火，儒冠依旧长巍峨[1]。华严法界一千春[2]，成佛生天两无我[3]。摩诘参禅仆未能[4]，陶潜入社吾犹可[5]。蹉跎四十五年身，一例苦吟如饭颗[6]。筠峰先生古丈夫，照人早握牟尼珠[7]。谈空不用法王法[8]，入市能识壶公壶[9]。南来笑指人中我，请君为证前身图。桫椤林边风萧萧，大千世界同秋毫[10]。蒲团随分老行脚[11]，此翁意象殊超超。吾闻贯休善画阿罗汉[12]，入定相寻笔端现[13]。眉山语言妙天下，前身谓是卢行者[14]。两公神理过来人，笔墨萧闲自写真。三十二相观净因[15]，五十三参朝世尊[16]。恒河沙数去来今[17]，大觉为君转法轮[18]。相逢酣饮黔中酒，不必姓名呼某某。检取百年学道身，画图游戏成乌有。舒夫子，听我歌，男儿岁晚慷慨多。神仙仆令等闲事，竖子英雄名若何。木樨林中山谷子，闻香吾毋隐乎尔。身外之身皆妄矣，读书吃饭从此始。我欲改名刘更生[19]，来识香山老居士[20]。

【校记】

儒冠依旧长巍峨：巍峨，同治本作"嵬峩"，义同。

【编年】

道光二十九年（1849），权石阡府教授任上作。按：诗云"蹉跎四十五年身"，是年诗人45岁。

【注释】

[1] 劫灰二句：言秦始皇虽焚书坑儒，而儒学依旧屹立不倒，茁壮发展。

[2] 华严法界：华严宗把法界分为四种，即事法界、理法界、理事无碍法界、事事无碍法界。所谓"事法界"，指形形色色的现象世界（"杂"）；所谓"理法界"，指清净的本体世界（"纯"）；这两种世界互相包容而无妨碍（纯杂无碍），就叫"理事无碍法界"；各种事物之间也都互相包容而无妨碍，就叫"事事无碍法界"。

[3] 成佛：佛教语，谓永离生死烦恼，成就无上正等正觉。生天：佛教认为现世积善业、福德，死后即能生于天界乐土。《正法念处经·观天品》："一切愚痴凡夫，贪著欲乐，为爱所缚，为求生天，而修梵行，欲受天乐。"

[4] 摩诘参禅：指王维（字摩诘）参禅悟道。

[5] 陶潜入社：《莲社高贤传·陶潜传》：东晋慧远法师与诸贤在庐山结莲社，数以书招陶渊明。渊明说："若许饮，则往。"许之，遂造焉；忽攒眉而出。

[6] 饭颗："饭颗山"的省文，饭颗山相传为唐代长安附近的一座山。典出《本事诗·高逸》："饭颗山头逢杜甫，头戴笠子日卓午。"后遂用"饭颗山"表示诗作刻板平庸或诗人拘守格律，或刻苦写作的典故。

[7] 牟尼珠：即数珠，俗称佛珠，佛教徒念佛、持咒、诵经时用来计数的成串珠子。

[8] 谈空：谈论佛教义理。空，佛教以诸法无实性谓"空"，与"有"相对。法王法：犹言佛法。

[9] 壶公壶：壶公之壶。范晔《后汉书·方术传下·费长房传》："费长房者，汝南人也。曾为市掾。市中有老翁卖药，悬一壶于肆头，及市罢，辄跳入壶中。"

[10] 大千世界：佛教说明世界组织的情形，每一个小世界，其形式皆同。集一千中千世界，上覆盖四禅九天，为一大千世界。因小千世界、中千世界、大千世界都是三个千的倍数，所以大千世界又称为三千大千世界。秋毫：秋天鸟兽身上新长的细毛，比喻最细微的事物。

[11] 蒲团：以蒲草编织而成的圆形、扁平的座垫，又称圆座，供修行人坐禅及跪拜时所用。老行脚：即老行脚僧，游方僧人。

[12] 贯休句：贯休（832—912）是唐末五代僧人，前蜀主王建封为"禅月大师"，有诗名，尝有句"一瓶一钵垂垂老，万水千山得得来"，时称"得得和尚"；亦擅绘画，所画罗汉状貌古野，绝俗超群，笔法坚劲，人物粗眉大眼，丰颊高鼻，形象夸张，所谓"梵相"，在中国绘画史上有很高声誉，《十六罗汉图》为其代表作。阿罗汉：又作阿卢汉、阿罗诃、阿啰呵等，略称罗汉、啰呵，是声闻四果中之四果，属声闻乘中的最高果位。

[13] 入定：入于禅定，即摄驰散之心，入安定不动之精神状态。有时得道者的示寂也称为入定。

[14] 眉山：指苏轼。卢行者：即慧能法师，禅宗六祖。

[15] 三十二相：是转轮圣王及佛之应化身所具足之三十二种殊胜容貌与微妙形象。此三十二相不限于佛，具有此相者，在家必为转轮圣王，出家则必定会证得无上菩提。净因：佛缘。唐顺之《闻石屋彭君置生棺有感为赋四诗》之一："青山结净因，回首迹俱陈。"

[16] 五十三参：《华严经·入法界品》：末会中，善财童子曾参访五十三位善知识，故谓五十三参。后比喻虚心求教，不辞辛苦。世尊：佛陀十号之一，《四十二章经》："尔时世尊既成道已，作是思维。"佛无论在世、出世间都尊贵，所以叫"世尊"。

[17] 恒河沙：恒河为印度五大河之一，又作恒迦河、恒伽河等，意为"由天堂而来"；恒河沙粒至细，其量无法计算，遂多以"恒河沙"一词为喻。

[18] 大觉：指佛。谢灵运《佛赞》："惟此大觉，因心则灵。"法轮：佛家语，轮有二义，一为运转，一为摧碾，佛运转心中清净妙法以度人，且摧毁世俗一切邪惑之见，故用来指佛法无边，普济众生。

[19] 刘更生：西汉刘向（前77—前6）原名更生，好儒学，能诗赋，曾校阅群书，撰成《别录》，为我国目录学之祖，又喜言五行灾异之说，并据以论证现实政治，官至中垒校尉。

[20] 香山居士：白居易号香山居士。

贞女吟并序

贞女吴氏，石阡人，未笄，字於杨。将于归，婿没；女家素丰，遂矢志守贞。既而父母兄弟相继下世。有兄子某，贞女抚育成人，为府学庠生，娶妇年余，吴生言行乖谬，视贞女若仇，家亦中落。贞女年五十余，失所依，纺织以自给。道光二十四年，里人请旌为建贞女坊。二十九年十月病终，里人集钱买棺，葬于吴氏祖茔。余闻而纪以诗。

古雪埋香地，沉沉死不春。百年犹髧彼[1]，一恸且陈人[2]。族大家何在，天寒食自贫。桐棺堪薄葬，闾里共悲辛。

【编年】

道光二十九年（1849），权石阡府教授任上作。

【注释】

[1] 髧（dàn）彼：典出《诗经·邶风·柏舟》"髧彼两髦"句，指头发下垂的样子。髧：头发下垂状。

[2] 陈人：旧人，故人。

日夕宿伴云寺用东坡先生腊日游孤山诗韵示蓝阮两生[1]

梦海岳，思江湖，九州游迹吾全无。兹行滞我有天意，慎勿遽作官人呼。惟怜弟子离尔孥，今宵伴我云中娱。雪峰低昂出槛底，影与佛火光萦纡。俯瞰江城千屋庐，市灯出没城柝孤。风惊岩树夜声发，有似群雁喧菰蒲。两生股慄谓老夫，绝境难到归已晡。九天云卧此游乐，冻死亦向先生图。大云灯影照有余，人间尘梦方蘧蘧[2]。睡蛇梦蝶真两遁[3]，五更呵冻为君摹。

【编年】

道光二十九年（1849），权石阡府教授任上作。

【注释】

[1] 伴云寺：位于石阡县五老屏山之北面第五峰猴山西侧岩壁下，元初时石阡长官司长官安德勇建寓所于猴山峰麓，明代改建为伴云寺。清初为敏树大师道场三昧禅院之下院（上院云峰寺位于第二峰云台峰之巅，有"云台石林"之誉），以"云寺晓钟"著称。腊日游孤山诗：即苏轼《腊日游孤山访惠勤惠思二僧》诗："天欲雪，云满湖，楼台明灭山有无。水清出石鱼可数，林深无人鸟相呼。腊日不归对妻孥，名寻道人实自娱。道人之居在何许？宝云山前路盘纡。孤山孤绝谁肯庐？道人有道山不孤。纸窗竹屋深自暖，拥褐坐睡依团蒲。天寒路远愁仆夫，整驾催归及未晡。出山回望云木合，但见野鹘盘浮图。兹游淡薄欢有余，到家恍如梦蘧蘧。作诗火急追亡逋，清景一失后难摹。"

[2] 薿薿：悠然自得貌．

[3] 睡蛇：《遗教经论》："烦恼毒蛇，睡在汝心。譬如黑蚖，在汝室睡，当以持戒之钩，早摒除之。睡蛇既出，乃可安眠。"喻烦恼困扰、心绪不宁的精神状态。梦蝶：《庄子·齐物论》："昔者庄周梦为蝴蝶，栩栩然蝴蝶也；自喻适志与，不知周也；俄然觉，则蘧蘧然周也。"后多用"梦蝶"表示人生原本虚幻的思想。

人日书怀 [1]

夫子堂阶春满墀，梅花分放隔年枝。六经笑我无奇策，五岳看人留好诗。已遣盘餐供苜蓿，可堪文字镂冰脂。兰陔昼永东风暖 [2]，远客怀归又一时。

【校记】

兰陔昼永东风暖：《黔诗纪略后编》作"兰阶昼永春风暖"，误。

【编年】

道光三十年（1850），权石阡府教授任上作。

【注释】

[1] 人日：农历正月初七，亦称人胜节、人庆节、人口日、人七日等。古代农历正月初一为鸡日，初二为狗日，初三为猪日，初四为羊日，初五为牛日，初六为马日，初七为人日。汉朝开始有人日节俗，魏晋后逐渐隆重，人日有戴"人胜"的习俗，人胜是一种头饰，又叫彩胜、华胜，从晋朝开始有剪彩为花、剪彩为人，或镂金箔为人来贴屏风，也戴在头发上。

[2] 兰陔：《诗经·小雅·南陔序》："《南陔》，孝子相戒以养也……有其义而亡其辞。"晋束皙承此旨而作《补亡》诗："循彼南陔，言采其兰；眷恋庭闱，心不遑安。"后以"兰陔"为孝养父母之典。

独游伴云寺因忆聂松岛秀才

凌晨登陇首，城郭水烟深。飞雨霎然至，苍龙何处吟。山川归独鸟，岁月静双林。坐念丹霞客，临风寄远音。

【编年】

道光三十年（1850），权石阡府教授任上作。

春晚思归盼代者不至

茫茫飞鸟去，遥望白云层。几日生春水，怀归畏友朋。折腰真愧尉 [1]，箸尾不如丞[2]。愁杀羁栖客，情同退院僧[3]。

【编年】

道光三十年（1850），石阡作，当时似离任在即，接替者未至。

【注释】

[1] 折腰句：指屈身事人。语本杜甫《官定后戏赠》诗句："不作河西尉，凄凉为折腰。"

[2] 箝尾句：恭恭敬敬地请上司在纸尾签字署名。典出韩愈《蓝田县丞厅壁记》："吏抱成案诣丞，卷其前，钳以左手，右手摘纸尾，雁鹜行以进，平立睨丞曰：'当署！'丞涉笔占位置，惟谨。"此句指居官尚不如县丞。

[3] 退院僧：脱离寺院的僧人。

子尹奉檄署镇远府训导喜赋二律赠行[1]

其一

山戍碧萧萧，西风雁影遥。穷愁思远道，离别在明朝。花醉重阳酒，霜干十里桥。惟怜多难日，盗贼未全消。

【校记】

诗题：赠行，同治本作"送行"。

【编年】

道光三十年（1850）秋作。诗云"阡山看不远，薄宦与君同"，似仍在石阡府教授任上。

【注释】

[1] 子尹：郑珍字，道光三十年（1850）调任镇远（今属贵州）府学代理训导。训导：官名，明清于府、州、县学均置训导，辅助教授、学正、学谕教诲生员。

其二

潕水浮城郭，京华謦欬通[1]。人烟武陵郡，荆楚岁时风。讲学原非吏，儒官且自公。阡山看不远，薄宦与君同。

【校记】

京华謦欬通：謦欬，底本作"謦欬"，据同治本改。

【注释】

[1] 潕水：黄宗羲《今水经》："源出四川播州与牂牁江隔岭而分者也，其源自黄平所为黄平河，过偏桥司治西东流处洞河入之，至镇远府城南为镇洋江，一名潕水，乃五溪之一，巫、无、潕、舞、潕一水五名，声之变耳。"謦欬：本意指咳嗽声，引申为言笑。

题童二树梅花画帧赠徐正祜秀才[1]

蓬莱宫中飞仙人，夜骑鸾鹤朝上真[2]。一朝谪堕游世尘，百千万亿梅花身[3]。罗浮采蝶孤山春[4]，笔力顿挫为写神，烟螺十斛愁龙宾[5]。乾隆画梅诸老翁，神妙独数山阴童。先生文章擅三绝[6]，寒香万斛摩心胸。行根放干神骨雄，不数同时罗两峰[7]。瑶姿铁骨恣光怪，墨池夜夜腾蛟龙[8]。古来咏梅多绝作，眉山剑南最磅礴[9]。力张奇丽数天葩，瘦岛寒郊无处着[10]。诗成画稿无人托，两公神明愁碧落。先生一笑发其橐，笔花墨采纷交错。瑶台月挂参星小，玉龙哀怨吟难晓。海云汩没孤根翻[11]，至今暗识君怀抱。一布衣耳名九州，梅花点点生奇愁。题诗苏陆死难酬，落笔钟王书不休[12]。徐生徐生珍藏收，此六幅胜明珠投，后来作者谁与俦？

【校记】

力张奇丽数天葩：同治本作"力张奇丽敷天葩"。

【编年】

咸丰元年（1851）春，权石阡府教授任上作。

【注释】

[1]童二树：清代画家童钰（1721—1782）字璞岩，一字树，又字二树，别号借庵、二树山人、树道人、梅道人、梅痴、白马山长等，山阴（今浙江绍兴）人。少时专攻诗、古文，放弃举子业，与同郡刘文蔚、沈翼天、姚大源、刘鸣玉、茅逸、陈芝图结文学社，称"越中七子"。善山水，以草隶法写兰、竹、木石皆工。尤善写梅，宗扬无咎法，袁枚称其"使气入墨，奇风怒云，奔赴毫端"。生平所作不下万本，故有"万幅梅花万首诗"小印。

[2]蓬莱宫：仙人所居之宫。上真：真仙。陶弘景《冥通记》卷二："子良答曰：'枉蒙上真赐降，腐秽欣惧交心，无以自厝。'"

[3]一朝二句：童钰幼时，友人刘凤冈梦童钰化为梅花二树，喜告之，从此即以"二树"为号。

[4]罗浮：柳宗元《龙城录·赵师雄醉憩梅花下》："隋开皇中，赵师雄迁罗浮。一日天寒日暮，在醉醒间，因憩仆车于松林间，酒肆旁舍，见一女人，淡妆素服，出迓师雄。"与语，但觉芳香袭人。至酒家共饮，有绿衣童子，笑歌戏舞。师雄醉寐，"但觉风寒相袭，久之东方已白，师雄起视，乃在大梅花树下。"后遂以"罗浮"喻梅花。孤山：在西湖西北角，位于西湖的里湖与外湖之间，四面环水，一山独特，故名孤山，山多梅花，又名梅屿。

[5]烟螺：螺子黛，旧时妇女画眉用的青黑色颜料。袁枚《随园随笔·物极必反》："隋文帝清俭而受制于独孤后，故宫中取胡粉一两竟不可得；炀帝继之，宫中一日用烟螺五石。"龙宾：指守墨之神。唐代冯贽《云仙杂记·陶家瓶馀事》："玄宗御案墨曰龙香剂。一日，见墨上有小道士如蝇而行。上叱之。即呼'万岁'，曰：'臣即墨之精——黑松使者也。凡世人有文者，其墨上皆有龙宾十二。'上神之，乃以分赐掌文官。"后亦用指名墨。

[6] 三绝：孙德祖《寄龛丁志》："二树山人童钰，乾隆中山阴布衣，诗书画称三绝。先以画猫名，有童猫之目，因弃其故伎而画梅。"

[7] 罗两峰：罗聘（1733—1799）字遯夫，号两峰，金农入室弟子，工诗善画，笔情古逸，思致渊雅，道释、人物、山水、花卉，无不臻妙，别具一格。墨梅、兰、竹，尤其超妙，古趣盎然。其妻方婉仪，子允绍、允缵皆能画梅，被誉为"罗家梅派"。

[8] 瑶姿铁骨二句：极写梅花高洁雅丽、傲然屹立的品节。

[9] 眉山剑南：指苏轼和陆游，据诗意，二句分别指苏轼《卜算子·咏梅》（缺月挂疏桐）和陆游《卜算子·咏梅》（驿外断桥边）二词。

[10] 天葩：非凡的花，常比喻秀逸的诗文。瘦岛寒郊：孟郊、贾岛之诗多凄苦哀婉之词，清峭寒瘦，好作苦语，故称"瘦岛寒郊"，用以形容简啬孤峭的意境。

[11] 孤根：独特的根底。

[12] 钟王：书法家钟繇和王羲之。

次韵莫芷升六弟九日过访之作，余时寓大慈院 [1]

弥勒龛中老吟癖，案上惟留一片石。填词学画无不为，似有精灵深夜获。茶烟吾羡樊川老 [2]，樗散无如广文好 [3]。落木萧萧吟曙秋，晓倚岩窗望晴昊。野寺无门云作扃，客来可藉蒲团凭。月华如水照癯影，是佛非佛僧非僧。空庵借书任颠倒，两眼模糊愁细草。羽檄久假迟不归，难免齐人出师讨。近借友人书册，其徒索归甚急。吾弟吾弟亦寂寞，声名久作鸡群鹤。闻君揽斾吟飞霞，抗心乃在青云之寥廓。黄尘扑面风打头，南溪水深无行舟。何来与我作重九，坐看席上烟波流。客中能闲殊不易，静者转为劳者惜。莫嫌虀粥杯盘窄 [4]，自可陶陶永今夕。

【校记】

两眼模糊愁细草：模糊，同治本作"橅糊"，橅、模古今字。

【编年】

咸丰元年（1851）重阳，权石阡府教授任上作。

【注释】

[1] 莫芷升：莫庭芝（1817—1890）字芷升，别号青田山人，贵州独山人。道光廿九年（1849）拔贡生，次年至京城应礼部试落第，便绝意仕途，专心学问。历任永宁州学正、安顺府学训导、思南府学教授、贵州学古书院山长。一生执教四十年，为贵州文化教育事业作出了贡献。他和黎汝谦编辑《黔诗纪略后编》33卷，为贵州清代诗歌总集，与兄莫友芝所辑《黔诗纪略》有"双璧"之誉。著有《青田山庐诗钞》《青田山庐词钞》，又工小篆及八分书。

[2] 茶烟：茶烟非烟，曰烟者，实云也。云和烟是古代隐逸文化的标志。樊川老：杜牧号樊川居士，又自谓"樊川翁"。樊川本为西汉名将樊哙的封地，后为豪贵名流聚居之地。

[3] 樗散：语出《庄子·逍遥游》，樗木材劣，多被闲置。比喻不为世用，投闲置散。亦常用以自谦，或指不愿为世俗做事。广文：明清时称教官为"广文"，亦作"广文先生"，亦泛指清苦闲散的儒学教官。

[4] 齑（jī）粥：酱菜或腌菜之类熬的粥，指食物粗简微薄。

待归草堂晚饮呈唐子方_{树义}方伯[1]

青藤叶弄纸窗光，萧瑟亭池带夕阳。此地最宜词客至，隔帘常有藕花香。空谈似我徒论战，得暇从公漫举觞。忽忆石湖风月主，不因歌咏识尧章[2]。

【校记】

诗题：方伯，同治本作"先生"。

【编年】

咸丰二年（1852）二月，客寓贵阳作。《黔诗纪略》卷21《杨文骢》下莫友芝按语云："友芝岁壬子（1852）之都匀省墓，道贵阳，伯庸挟《山水移集》偕诣子方方伯，饮待归草堂，遂有纪录黔诗之议。"时唐树义官场失意，引疾退居贵阳，黎兆勋此时亦在贵阳谋求差事。时莫友芝与黎兆勋同访唐树义，共商编纂《黔诗纪略》。

【注释】

[1] 唐树义：（1793—1854）字子方，贵州遵义人，道光二十七年（1847），自陕西布政使调湖北布政使，赈灾有功，人比之"富青天"（富弼）。后与新任巡抚罗绕典意见不合，称病辞官回乡，于贵阳修筑"待归草堂"（俗称唐家花园），闲居养老。事迹见吴敏树《湖北按察使贵阳唐子方先生哀辞》，《清史稿》有传。

[2] 石湖二句：范成大（1126—1193）晚年隐居苏州石湖，自号石湖居士，全力经营石湖范村，"以其地三分之一与梅"，因称"石湖风月主"。范成大曾因杨万里的推荐而结识江湖文人姜夔，淳熙二年（1192）冬，姜来苏谒范，作《雪中访石湖》诗，范作诗见答，姜在范家踏雪赏梅，应邀填《暗香》《疏影》二词，范让家妓习唱，音节谐婉，大为喜悦，把家妓小红赠予姜夔。除夕之夜，姜夔在大雪之中乘舟从石湖返回苕溪之家，途中作七绝十首，过苏州吴江垂虹桥时，写下"小红低唱我吹箫"的名句。

九日傅山人_{汝怀}携酒过访[1]

其一

夜来零白露，江上落芙蓉。怅卧苍洲客，愁听野寺钟。恼人黄菊瘦，背郭水云重。向晓看山色，苍茫独倚筇。

【校记】

怅卧苍洲客：《黔诗纪略后编》作"怅望沧洲客"。

【编年】

咸丰二年（1852）重阳，客寓贵阳作。

【注释】

[1] 傅汝怀：字渊伯，号确园，清代贵州瓮安草塘人，傅玉书之子，嘉庆年间贡生，主讲于贵州黔西万松书院，晚年以贡生选校官。著有《确园诗稿》10余卷。整理其父所辑黔诗，编成《黔风旧闻录》6卷和《黔风鸣盛录》18卷，并增辑《黔风演》数卷。《黔风旧闻录》《黔风鸣盛录》《黔风演》为明清两代贵州诗歌最早的集成书籍。傅汝怀生卒年不详，黎兆勋此诗原注云："山人年七十有八，貌如五十余岁人。"依此诗系年逆推，知其生于乾隆三十九年（1774）。

其二

夫子今诗伯，黔西旧草堂。如何逢此日，亦自客殊方。往事论仙籍，高吟入醉乡。丹经余欲学 [1]，还拟问陵阳 [2]。山人年七十有八，貌如五十余岁人。

【注释】

[1] 丹经：讲述炼丹术的专书。

[2] 陵阳：即陵阳子明，古代传说中的仙人。《史记·司马相如列传》："使五帝先导兮，反太一而从陵阳。"裴骃集解引《汉书音义》："仙人陵阳子明也。"

重城

桂林贼难下，长沙方调兵 [1]。寇氛剧暴虎，官军若孩婴。巉巉贵阳郡 [2]，望气先自惊。城郭苟不固，焉可安民情？但惜修筑晚，经费无余赢。胥吏尔勿嗔，居民尔勿争；众志能久协，砖石在所轻。请掘城北堑，十仞墉先成。负畚聚群力 [3]，拓杵无停声。谁为表掇晞 [4]，坚厚劳经营。国家承平久，雄都空有名。女墙既已隳，濠池亦已平。愿矗云际石，上压山峥嵘。吾闻墨翟法，御寇筹策精。九攻能九却 [5]，巧力先慭荆。虽曰多知勇，何如完我城？

【校记】

谁为表掇晞：表掇，底本作"表啜"，据同治本改。

【编年】

咸丰二年（1852），客寓贵阳作。

【注释】

[1] 桂林二句：指咸丰元年一月太平军起义，是秋攻占永安州（今广西梧州蒙山县），

十二月在永安城分封诸王；次年四月，太平军自永安突围北上，围攻省城桂林。晚清名将江忠源在乡闻讯后，再次在家乡宝庆府（今湖南邵阳市）招募一千士卒，与刘长佑昼夜兼程，赶赴广西。诗盖写是时战事。

[2] 巉巉：形容贵阳山势峭拔险峻。

[3] 负畚（běn）：谓用畚箕负土。

[4] 表掇：仪度，一说标臬。《吕氏春秋·不屈》："惠子曰：'今之城者，或者操大筑乎城上，或负畚而赴乎城下，或操表掇以善睎望，若施者，其操表掇者也。'"高诱注："表掇，仪度。"高亨《诸子新笺·吕氏春秋·不屈》："掇亦表也。表掇犹标臬也。掇字古有表义。"

[5] 九攻九却：谓击败多次攻击。《墨子·公输》："公输盘九设攻城之机变，子墨子九距之。"

闸渠

水行则流恶，水止必纳污。涔蹄积渠水，潢潦时有无 [1]。当年曲岸饰，岂难像潬浯 [2]？至今藉时雨，急溜收街衢 [3]。物穷事必变，巧计生士夫。横堤扼涓浍，积潦争堰瀦 [4]。前闸水抑减 [5]，后闸波萦纡。棱棱十余闸，夹道明长渠。或云水盈科 [6]，人力为乘除。岂知导山源，乃在东北隅。黔地多伏流，咽雷难爬梳。大阺发千汧，交引磬号呼。薄岸奋撞击，灌木翻菰蒲。此渠近城市，迥与溪谷殊。所贵沙汰尽，勿令源水枯。君看溶漓者，秋思生江湖。

【校记】

当年曲岸饰：底本作"当年曲岸饬"，据同治本改。

【编年】

咸丰二年（1852），客寓贵阳作。

【注释】

[1] 涔蹄：路上蹄迹中的积水，形容极少的水量。潢潦：地上流淌的雨水。

[2] 当年二句：语出《淮南子·本经训》："凿污池之深，肆畛崖之远；来溪谷之流，饰曲岸之际；积牒旋石，以纯修碕；抑减怒濑，以扬激波；曲拂遭回，以像潬浯……"谓如果当年将堤岸修整，就不会像水网环绕的番禺和苍梧一样。潬，指番禺，今广州；浯，苍梧，在今湖南宁远南。

[3] 急溜：急速下注的水。

[4] 涓浍：小河。堰瀦：堤坝积水处。

[5] 抑减：控制急流。

[6] 水盈科：指水充满坑坎。

侍雪堂诗钞卷第三

送从弟庶焘、庶蕃计偕北上 [1]

其一

碧云横高天，光辉动岩穴。弱弟远行迈，公车告离别 [2]。有酒亲酌之，斑
骓不可缦。春明七千里，往返易寒热。善保远游躯，兄提弟当挈。吾歌朔风篇，
北徂意转切。孰云凌厉日，中原多屼巇 [3]。王师剿群盗，取次渐歼灭 [4]。羡君
少年游，有怀重明发。起看宝剑光，腰间亮如雪。

【校记】

庶焘、庶蕃：原本为诗题中注文，同治本作诗题正文。

【编年】

咸丰二年（1852）秋冬之际，居家遵义，送从弟赴京会试。诗云"既钻屈穀瓠，屡折明夷股。今年贵阳游，此计更无补"，盖谋事贵阳无所斩获。郑珍有《送表弟黎筱庭椒园赴礼部试》诗。

【注释】

[1] 庶焘、庶蕃：二人皆黎恺之子，黎兆勋堂弟。黎安理二子黎恂（1785—1863）、黎恺（1788—1842）。恂五子：兆勋（1804—1864）、兆熙（1810—1852，字仲咸号寿农）、兆祺（1820—1885，字叔吉号介亭）、兆铨（1826—1895，字季和号衡斋）、兆普（1828—1886，字少存）。恺四子：庶焘（1827—1865）、庶蕃（1829—1886）、庶昌（1837—1898，字莼斋）、庶诚（1841—1905，字和民号夏轩）。庶焘字鲁新，别号筱庭，咸丰元年（1851）举人，此次与弟庶蕃北上参加会试，至澧州而还，后因病魔缠身，终身未参加会试，专心从事诗歌创作，先后应聘为湘川、育才、培英三书院讲席，培育了宧懋庸等一批英才。庶蕃字晋甫，别号椒园，从郑珍学诗，咸丰二年（1852）举人。后与从兄兆祺等办团练，共筑禹门山寨，抵抗民乱，后因功保知州，改官两淮盐大使。一生游历较广，善诗词，诗风略近苏、白，改官扬州后，胸意开阔，豪气纵横，诗风为之一变，其词开豁跳荡。著有《椒园诗钞》7卷，《雪鸿词》2卷。

[2] 公车：汉代已有了以公家车马送应试举人赴京的传统，后指举人进京应试。

[3] 凌厉：指凌空高飞。班固《览海赋》："遵霓雾之掩荡，登云涂以凌厉。"屼巇（yì niè）：山脉中断貌。

[4] 取次：任意、随便。

其二

龙门有高桐，斫琴献君子。隐宜孤子钩，约藉九寡珥[1]。弹琴发妙音，余音寄宫徵。感君立名早，伤余痴叔死。悠悠十年心，家声复继起。巍峨燕台春，远映青云士。仿佛云中君，虚空驰骡驲[2]。旅食两孤儿，梦魂共悲喜。明者岂能知，幽者理如此。

【注释】

[1] 孤子钩二句：典出枚乘《七发》："孤子之钩以为隐，九寡之珥以为约。"指用孤子的衣带钩做琴隐，用九子寡母的耳珠做琴徽。幼丧父者称"孤子"。

[2] 骡驲：古代骏马名，也作骡耳。

其三

富贵先自骄，不殊蛇作龙[1]。拙哉东方生，同胞无所容[2]。去年伯登科，颇觉矜去胸。今年仲乡举，与人貌益恭。始识两弟怀，落落超凡庸。要当固其志，品概尊所宗。吾家世忠厚，秀气天必钟。自树良不易，古贤思始终。安成美康乐，华萼辉重重。正须勉其盛，远绍前哲踪。

【注释】

[1] 蛇作龙：小蛇变大龙，喻咸鱼翻身，仕途转起。李贺《高轩过》："我今垂翅附冥鸿，他日不羞蛇作龙。"

[2] 东方生：指东方朔。《汉书·东方朔传》："同胞之徒无所容居，其故何也？"颜师古注引苏林曰："胞音胞胎之胞也，言亲兄弟。"

其四

纷吾重修能，采芳佩兰杜[1]。麋貉歌尧天，置缶空击鼓[2]。追思畴昔怀，百怪栖肺腑。既钻屈毂瓠，屡折明夷股[3]。今年贵阳游，此计更无补。子舍辞衰亲[4]，文学事官府。虽无靰掌劳，难免交谪苦。伤哉仲咸弟[5]，一卧竟终古。饥饱不同生，含悲向谁语？行当晚学道，读易师先祖。吾家自太高祖文行公受《易》于梁山来矣鲜先生之高弟胡先生，故世传《易》学。[6] 词赋就何益，虚名徒妄取。

【校记】

既钻屈毂瓠：屈毂，底本、同治本作"屈毂"，据《韩非子·外储说左上》改。

【注释】

[1] 纷吾二句：语出《离骚》。修能：通修态，指修饰容态。

[2] 麋貉 (luò) 二句：语出《吕氏春秋·古乐篇》："帝尧立，乃命质为乐，质乃效山林溪谷之音以歌，乃以麋貉置缶而鼓之。"

[3] 既钻二句：以大瓠被钻，喻出仕；以明夷卦夷股爻辞喻指仕途屡挫不顺。屈毂瓠：

典出《韩非子·外储说左上》："齐有居士田仲者，宋人屈穀见之曰：'穀闻先生之义，不恃仰人而食。今穀有巨瓠，坚如石，厚而无窍，献之。'仲曰：'夫瓠所贵者，谓其可以盛也。今厚而无窍，则不可剖以盛物；而任重如坚石，则不可以剖而以斟。吾无以瓠为也。'曰：'然，穀将弃之。'"明夷股：《周易·明夷》："六二。明夷夷于左股。"夷：伤。

[4] 子舍：诸子之舍，指儿子。《史记·万石张叔列传》："建为郎中令，每五日洗沐归谒亲，入子舍，窃问侍者，取亲中帬厕牏，身自浣涤。"

[5] 仲咸弟：胞弟黎兆熙，字仲咸，是年病逝。

[6] 吾家二句：黎氏三世祖黎民忻曾从易学家来知德弟子胡某受易学。

其五

仲冬朔六日，揽袪招惠连[1]。君行渡楚水，当枉济川篇[2]。远闻汉水上，花月多婵娟。但饮大堤酒，勿漫思管弦。春初渡桑乾，并州当我前[3]。飘飘望皇都，甋棱生紫烟[4]。中有凤鸾侣，翱翔五云边。文采耀朝日，和声鸣九天。君往从之游，得交天下贤。

【注释】

[1] 揽袪：《诗经·郑风·遵大路》："掺执子之袪兮。"孔颖达疏："若见此君子之人，我则揽执君子之衣袪兮。"袪：衣袖。惠连：指南朝诗人谢惠连，惠连幼聪慧，十岁能属文，族兄谢灵运深加爱赏，后诗文中常用为从弟或弟的美称。李白《春夜宴从弟桃花园序》："群季俊秀，皆为惠连；吾人咏歌，独惭康乐。"

[2] 济川：渡河，比喻辅佐帝王。《尚书·说命上》："爰立作相，王置诸其左右。命之曰：'朝夕纳诲，以辅台德。若金，用汝作砺；若济巨川，用汝作舟楫。'"

[3] 春初二句：化用唐代诗人刘皂（一作贾岛）《旅次朔方》诗意："客舍并州已十霜，归心日夜忆咸阳。无端更渡桑干水，却望并州是故乡。"

[4] 甋棱：宫阙上转角处的瓦脊成方角棱瓣之形。亦借指宫阙。

其六

送君出门去，日日心随之。既虞寒暑疾，又苦世路危。明年春水深，君衣当染缁。倘能成进士，珍重初牵丝[1]。否则早归来，泉石相娱嬉。江月八弦魄，悬悬含我思。我思岂有极，令名当及时。

【校记】

明年春水深：同治本作"明年春水生"。

【注释】

[1] 初牵丝：指初仕。牵丝指佩绶任官。韩翃《家兄自山南罢归献诗叙事》诗："坐厌牵丝倦，因从解绶旋。"

送邵亭莫五入都

　　皇舆多风尘，英灵满山泽[1]。林栖怅时事，带甲荡心魄。兹行谁使然？栖栖自筹画。坚冰凌鸿陆，朔吹振鹏翮[2]。徘徊中道心，君亦厌于役。缅怀畴昔游，自命必词伯。愁歌宝剑篇，气轶金闺籍[3]。胡为联古欢，廿载滞山宅？我穷闲学仙，君发亦近白。相怜时世文，笔势变新格。轩轩华国才，年少贡圭璧。君当纤妙观，善取珠玉积。辉辉珊瑚钩，晔晔琼林客[4]。勿为桓宽论[5]，往撄汉廷斥。吾党多放言，众口攻其隙。自非科第荣，物论已先戹[6]。卓哉莫夫子，荷戈远驰驿。身愧从军人，才高试士策。韩公逐时趋[7]，于我怨遥夕。名宦倘归来，迟君炼金液[8]。

【校记】

诗题：同治本作"送邵亭五兄入都"。

年少贡圭璧：璧，底本、同治本均作"壁"，据意改。

【编年】

咸丰二年（1852）冬，居家遵义作。诗云"吾党多放言，众口攻其隙。自非科第荣，物论已先戹"，盖诗人因无功名而遭人议论，心中悲苦压抑，遂有学仙学道之念。

【注释】

[1] 英灵：指杰出的人才，此处指莫友芝，亦以自喻。

[2] 鸿陆：《诗经·豳风·九罭》："鸿飞遵陆，公归不复，於女信宿。"《毛传》："陆，非鸿所宜止。"后因以"鸿陆"指不宜止息之地。鹏翮：大鹏的羽翼，借指大鹏。

[3] 宝剑篇：唐代郭震字元振，少有大志，十八举进士，为通泉尉。任侠使气，拨去小节，尝盗铸及掠卖部中口千余，以饷遗宾客。武后召欲诘，既与语，奇之，索所为文章，上《宝剑篇》，后览嘉叹。金闺籍：金门所悬名牒，牒上有名者准其进入；后用以指在朝为官。谢朓《始出尚书省》诗："既通金闺籍，复酌琼筵醴。"

[4] 珊瑚钩：比喻文章书画华丽珍贵。杜甫《奉同郭给事汤东灵湫作》诗："飘飘青琐郎，文采珊瑚钩。"琼林客：指高中进士，成为天子门生。自宋代始，殿试后由皇帝宣布登科进士的名次，并在琼林苑赐宴庆贺。

[5] 桓宽论：汉代桓宽根据"盐铁会议"记录整理编次了《盐铁论》。

[6] 科第二句：指没有科举功名，得不到舆论支持。物论：众人的议论，舆论。戹：古同"厄"，阻塞。

[7] 韩公二句：谓莫友芝远赴京师欲求任用，引起诗人的竟夜思念。韩愈《秋怀诗》十一首其七："低心逐时趋，苦勉祇能暂。"

[8] 金液：指长生不老药。李白《泾溪南蓝山下有落星潭可以卜筑余泊舟石上寄何判官昌浩》诗："所期俱卜筑，结茅炼金液。"

梦归

黄葛花开山茧垂，蚕林白日挂空枝。愁惊乡景入归梦，忍说吾亲迟暮时。
我行仆仆为谁役，世路悠悠焉用斯？东溪渔钓足幽侣，羡尔举家无别离。

【编年】

咸丰三年（1853）夏，客寓贵阳作。诗云："我行仆仆为谁役，世路悠悠焉用斯？"知
是时正在贵阳谋事。

谒阳明祠感赋 [1]

楼船日落大旗红，鳄浪鲸波振海风。岂有兵戈长若此，可怜时世正相同。
皇猷数岁空柔远 [2]，兵法何人拟早通。丞相祠堂濂洛教 [3]，几回翘首万山中。

【编年】

咸丰三年（1853）夏，客寓贵阳作。

【注释】

[1] 阳明祠：位于贵阳城东扶风山麓，始建于清嘉庆十九年（1814）。

[2] 皇猷：帝王的谋略或教化。

[3] 濂洛教：指儒教。"濂洛"指北宋理学的两个学派，"濂"指濂溪周敦颐，"洛"
指洛阳程颢、程颐。

明月入户偕胡子和长新学博并刘李两生灭烛剧谈至深夜

开轩接华月，流影满书帏。尚带水天色，隐含吴楚悲 [1]。清辉宵共挹，圆
魄晓何之 [2]？不尽劳人意，相依欲曙时。

【编年】

咸丰三年（1853）夏，客寓贵阳作。

【注释】

[1] 吴楚悲：咸丰三年一月，太平军攻克武昌，三月攻克江宁（今南京），并宣布在此定都，
改名天京，建立太平天国农民政权。

[2] 圆魄：指月亮。梁武帝《拟明月照高楼》诗："圆魄当虚阆，清光流思延。"

东方日出歌

羿昔落九乌^[1]，精魂无处逃。有时缘星辰，飞上青云霄。扶桑万丈动海色^[2]，旭日因之不敢高。元康老胡朝弟子^[3]，井钺参旗分役使^[4]。双丸跳跃不肯藏，欲狃黄人乱天纪^[5]。丸兮丸兮，斗日争圆；金轮避景，白璧磨天。乌号失弓壮士死^[6]，固知下土无人能扣弦。吾将呼青龙、召白虎、叱朱雀、令玄武。六龙失驭谁所司^[7]？不独虾蟆蚀月罪归汝^[8]。杀劫换红羊^[9]，白日摇精光。为问五诸侯，何时扫欃枪^[10]？东方无云日初出，我歌此曲愁人肠。

【校记】

井钺参旗分役使：分，同治本作"纷"。

【编年】

咸丰三年（1853），客寓贵阳作。

【注释】

[1]羿昔二句：《楚辞·天问》："尧时十日并出，草木焦枯，尧命羿射十日，中其九日，日中九乌皆死，堕其羽翼，故留其一日也。"

[2]扶桑：神话中的古树名，《海内十洲记·带洲》："多生林木，叶如桑。又有椹，树长者二千丈，大二千余围。树两两同根偶生，更相依倚，是以名为扶桑也。"

[3]元康句：不知何解。

[4]井钺参旗：星宿名。中国古代天文家将沿黄道、赤道附近的星空，划分为二十八个不等的区域，每一区域叫作一宿，共二十八宿。二十八宿按东、西、南、北四个方位平均分为四组，东方七宿是角、亢、氐、房、心、尾、箕，总称青龙（又称苍龙）；北方七宿是牛、斗、女、虚、危、室、壁，总称玄武；西方七宿是奎、娄、胃、昴、毕、觜、参，总称白虎；南方七宿是井、鬼、柳、星、张、翼、轸，总称朱雀。元初方回《七月初一日早朝》诗："太白星初上，参旗井钺连。"

[5]双丸：指日月。元代朱德润《题陈直卿一碧万顷》诗："日月双丸吐，江山万古愁。"黄人：《后汉书·五行志五》："熹平二年六月，洛阳民讹言虎贲寺东壁中有黄人，形容须眉良是，观者数万，省内悉出，道路断绝。到中平元年二月，张角兄弟起兵冀州，自号黄天。"

[6]乌号：《淮南子·原道训》："射者扞乌号之弓，弯棋卫之箭。"高诱注："乌号，桑柘，其材坚劲，乌峙其上，及其将飞，枝必桡下，劲能复巢，乌随之，乌不敢飞，号呼其上。伐其枝以为弓，因曰乌号之弓也。一说黄帝铸鼎于荆山鼎湖，得道而仙，乘龙而上，其臣援弓射龙，欲下黄帝，不能也。乌，于也；号，呼也。于是抱弓而号。因名其弓为乌号之弓也。"后以"乌号"指良弓。壮士死：指后羿身死。

[7]六龙失驭：指太阳丧失统治能力。六龙指太阳。神话传说日神乘车，驾以六龙，羲和为御者。《楚辞》所录刘向《远游》："贯澒濛以东罐兮，维六龙于扶桑。"

[8]虾蟆蚀月：汉代神话传说。《史记·龟策列传》引孔子语曰："日为德而君于天下，

辱于三足之乌。月为刑而相佐，见食于虾蟆。"《淮南子·说林训》言"月照天下，蚀于詹诸"。詹诸，即蟾蜍，俗称癞蛤蟆。李白《古朗月行》诗句"蟾蜍蚀圆影，大明夜已残"，卢仝《月蚀》诗句"传闻古老说，蚀月虾蟆精"。

[9] 杀劫句：语本唐代殷尧藩《李节度平虏诗》诗："太平从此销兵甲，记取红羊换劫年。"古代谶纬之说认为丙午、丁未是国家发生灾祸的年份，天干"丙""丁"和地支"午"在阴阳五行里属火，为红色，地支"未"在生肖上属羊，每六十年出现一次的"丙午丁未之厄"便被称为"红羊劫"，用以代指国难。

[10] 欃枪：彗星的别名，用以喻指叛乱，动乱。唐代唐尧臣《金陵怀古》："欃枪如云勃，鲸鲵旋自曝。"

雨程

春初客离家，秋节忽一瞬。束装寻归途，去若飞蓬振。午发贵阳城，北风蠚云阵。对面黑螭蟠[1]，未雨气先横。晚投沙哨宿，风雨势合并。猛如武安军，屋瓦声四震[2]。危坐不能寐，暗待晓光映。凌晨出门去，云雾瀔山径。篮舆蒸馈馏[3]，浮浮气益甑。流潦何纵横，水浅亦没胫。疑行巫山阳，百谷阻人进。缘云涉修坡，蒙蔚出深艳。大阺走高风，怒涌崒高亘。薄岸复骤回，石击水亦峻。翻翻云中君，飞旆拂双鬓。诘朝迎号屏[4]，驾促蛟龙迅。轩轩云水翔，活活山腹孕。石梁走南望，山名。夹道笙镛盛[5]。珠帘挂危石，欲渡仆先侦。璎珞有时碎，小憩徒其定。晚寻曲突烟[6]，役惫余亦病。行李红爨薪[7]，鬼雾绿灯烬。潇潇杂淅沥，欲息响倏更。瓮盎鸣阶除[8]，欹榻复空凭。凄凉江国事，百感一心凝。远闻养龙坑[9]，鸡声沓呼应。微茫行曙辉，龙马终难讯。飞心度延江[10]，江影白可认。或云浪如山，往度轻性命。我行那遽阻，放眼江天尽。如观钱塘潮，云拥雪堆进。来簪扶桑枝，去挹南斗柄。络纬驰浩蜺，盘涡叠争胜[11]。篙师狎狂澜[12]，意气益雄骏。浮空腾云车。坐识铁梢硬。四山风旋转，顷刻各安镇。渡江涉浮沙，始觉故乡近。盘盘老军关[13]，缓步惬归兴。登山如出梦，凭高豁视听。回望江中涛，白马纷蹂躏。豪情凌苏韩，瘦语敌贾孟[14]。夜投关吏食，乡味喜饩饤。百怪愁人肠，挑灯发清咏。

【校记】

欲渡仆先侦：欲渡，同治本作"欲度"。

【编年】

咸丰三年（1853）秋，自贵阳回家途中作，是时已谋得开泰县训导一职。《清史稿·职官三》：训导，从八品，府、州、县各一；府教授、州学正、县教谕掌训迪学校生徒，课艺业勤惰，评品行优劣，以听于学政，训导佐之。

【注释】

[1] 螭蟠：亦作"螭盘"，意为螭龙盘据，此指黑云压城。

[2] 武安军二句：典出《史记·廉颇蔺相如列传》："秦伐韩，军于阏与"，赵王令赵奢将兵救韩，"秦军军武安西，秦军鼓噪勒兵，武安屋瓦尽振"。后因以"武安振瓦"为咏军威的典故。此指风雨交加，雨势极大。

[3] 篮舆：指供人乘坐的交通工具，形制不一，一般以人力抬着行走，类似后世的轿子。馞馏：蒸腾的气体。

[4] 号屏：神话中雨师之别称。干宝《搜神记》卷四："雨师一曰屏翳，一曰号屏，一曰玄冥。"

[5] 笙镛：亦作"笙庸"，古乐器名。

[6] 曲突烟：指有人家的烟囱里冒出的烟。张协《杂诗》之十："里无曲突烟，路无行轮声。"

[7] 爨薪：指烧火煮饭。

[8] 瓮盎：陶制容器。韩愈《岳阳楼别窦司直》诗："余澜怒不已，喧聒鸣瓮盎。"

[9] 养龙坑：在今贵州息烽县北养龙司镇。《方舆纪要》卷121金筑安抚司：养龙坑"在（养龙坑长官）司旁。两山夹峙，潴流其中，泓渟渊深，龙藏其下。春初牧牝马其侧，多产龙驹"。明代杨慎有诗赞道："龙马先朝出养龙，御前赐名飞越峰。人间神骏宁无种，天上孙阳不易逢。"

[10] 延江：乌江的古称之一。

[11] 浩蜺：白色的虹。浩，通"皓"。枚乘《七发》："纯驰浩蜺，前后骆驿。"《文选》李善注："浩蜺，即素蜺也。波涛之势若素蜺而驰，言其长也。"盘涡：水旋流形成的深涡。

[12] 篙师：撑船的熟手。

[13] 盘盘：曲折回环的样子。老军关：又名老君关、镇南关，遵义乌江渡景区之一，位于乌江北岸，地处临江两山相夹的槽谷中，控扼川黔必经孔道，始建于宋元时，是播州宣慰司凭借乌江天险构筑的屯军关隘，原有城墙卡门。1928年贵州省主席周西成修建贵阳至桐梓县的"贵北公路"时，将老君关及北关拆除，今乌江林场有处墙上石刻"老君关"，城门楼上一额曰"镇南关"；老君关还有明时平播之乱中双方战殁将士埋葬地"万人坟"遗址。

[14] 苏韩：指苏轼、韩愈，二人有"韩潮苏海"之称。贾孟：指贾岛、孟郊，二人有"郊寒岛瘦"之称。

十月十五贵定旅舍寄家人书题后

骤寒阻雨行廿里，炉火灯光一榻闲。念我迢迢寄紫绮，知君脉脉涧朱颜。涧云欲腻水边店，松雨忽沉林外山。浊醪买醉不论价，坐听邻歌双髻鬟 [1]。

【编年】

咸丰三年（1853）秋，短暂安置家事后，自遵义南下赴任黎平府开泰县训导一职，途经贵定作。

【注释】

[1]髻鬟: 古时妇女发式,将头发环曲束于顶。元代文信《西湖竹枝词》:"南北两峰船里看,却比阿侬双髻鬟。"

山程

儒冠驱客去,薄宦走山城。云黯初冬雨,烟寒八寨城[1]。马头磨石过,龙脊驭风行。乡国频回望,斜阳放晚晴。

【编年】

咸丰三年(1853)秋,赴任黎平府开泰县训导途中作。

【注释】

[1] 八寨城:雍正八年(1730),于今贵州丹寨县置八寨厅。

都江放船下古州[1]

寒云不堕小蓬窗,夹岸层峦送客艬[2]。此道若教岚气合,更无余地著都江。

【编年】

咸丰三年(1853)秋,赴任黎平府开泰县训导途中作。

【注释】

[1] 都江:清代贵州都江厅,今贵州三都县。古州:贵州榕江县旧称。

[2] 艬:一种小船。

春夜遣怀遥寄舍弟介亭兆祺

重门寒漏接官衙,更鼓频听第四挝。细读仙源陶令记,暗悲诗老杜陵家。晴窗灯倚残经淡,高阁梅栖缺月斜。欲梦故园鸡唱晓,尘沙何处觅烟霞[1]?

【校记】

诗题:同治本无"介亭"二字。

【编年】

咸丰四年(1854)春,黎平府开泰县训导任上作。

【注释】

[1] 尘沙:犹尘世。

挽唐子方先生二首 [1]

其一

力任难能事，明公自有真。风云驰志虑，江汉合精神。廿载丹霄近，孤臣白发新。犹思瞻华岳，爽气尚嶙峋。

【编年】

咸丰四年（1854），黎平府开泰县训导任上作。

【注释】

[1] 唐子方：（1793—1854）名树义，字子方，贵州遵义人。嘉庆二十一年（1815）举人，历任湖北咸丰、监利、江夏知县，道光十四年（1834），擢汉阳府同知；十五年（1835）得林则徐等保荐，升甘肃巩昌府知府，代理道员；十八年（1838）调任甘肃兰州府知府；二十一年（1841），擢升兰州道道员；二十五年（1845）迁陕西按察使，二十六年（1846）署陕西布政使，二十七年（1847）调湖北布政使，曾在道光二十九年（1849）代理巡抚，后因与巡抚罗绕典意见不合，称病辞官回乡，于贵阳修筑"待归草堂"（人称唐家花园），闲居养老。咸丰三年（1853）诏令在籍办团练。张亮基奏调湖北，署按察使。奉命剿灭捻军，扼守随州、应山一带。太平军攻克安庆，威胁湖北，唐树义奉命驻守广济。既而黄州、汉阳相继陷落，树义剿贼德安，进军滠口。咸丰四年（1854），湖广总督吴文镕在黄州大败，唐树义撤回省城，被褫职留任。率舟师御贼金口，船破，死之，予骑都尉世职，谥威恪。《清史稿》有传。方伯：原指一方诸侯之长，后用来指地方长官。参见本书卷二《待归草堂晚饮呈唐子方方伯》、卷四《龚子贞学博以感怀唐子方方伯诗见示赋此奉报》诗。

其二

马革虚言裹，鲸波何处寻 [1]。江流豪杰梦，天屈老臣心。毅魄随云集，兵愁抵海深。飘飘洲畔影，残夜月华临。

挽傅确园先生 [1]

黄公垆下列仙癯 [2]，耆旧文章记事珠。此日清吟归大化，平生高论拟潜夫 [3]。漫歌东野云龙伴，为写襄阳笠屐图。太息茂陵遗稿在，不将封禅愧林逋 [4]。

【编年】

咸丰四年（1845），黎平府开泰县训导任上作。

【注释】

[1] 傅确园：傅汝怀（1774—1854）字渊伯，号确园，清代瓮安草塘人，傅玉书之子。主讲于贵州黔西万松书院，晚年以贡生选校官，死后葬贵阳三桥阿江河。著有《确园诗稿》

十余卷。傅汝怀与祖父傅龙光、父亲傅玉书并称"傅氏三儒"。

[2] 黄公垆："黄公酒庐"的省称。魏晋时王戎与阮籍、嵇康等竹林七贤会饮之处，后诗文常以"黄公酒垆"指朋友聚饮之所，抒发物是人非的感慨。

[3] 潜夫：指隐士。典出《后汉书·王符传》，王符隐居著书三十余篇以讽时政得失而惧名为世人所知，故书名《潜夫论》。后遂以"潜夫"指隐者。此以傅汝怀比王符。

[4] 林逋：北宋隐士，诗人，详见卷二《聂松岛山园梅花甚开长歌柬寄三叠前韵》诗注[4]。

刘侯练勇歌 [1]

刘侯帐下义勇夫，猛气逼人虎豹俱。南山教战杀声急，青天杲杲愁云无。我观侯军勇无敌，疾徐舒敛从指呼。阵势纵横突一炮，铙声霹雳飞连珠。方今猛士实难得，贼如猎犬兵奔狐 [2]。如侯所选胆气粗，健锐三百风霆驱。去年防御粤西贼，窫窳凿齿争缚屠 [3]。荄轸谷分扫萑苻 [4]，雄虺九首先伏诛 [5]。藐兹山贼犬羊耳 [6]，血污吾刃徒区区。近闻募练逐穷寇，余勇请贾侯曰毋。技艺未精愁吾徙，刘侯练勇如是乎。安得与之东南趋，一洗盗薮清皇图 [7]。

【编年】

咸丰四年（1854），黎平府开泰县训导任上作。

【注释】

[1] 刘侯：清军将领，不详何人。

[2] 贼如猎犬兵奔狐：此句将贼比作猎犬，官兵比作狐，形容贼势正盛，官兵狼狈逃窜。咸丰四年（1854）三月，独山杨元保率领布依族民众起义，拉开了贵州同咸起义的序幕，是年5月起义失败，但受杨元保及太平天国运动影响，黔东南苗民在张秀眉、包大度等人领导下爆发了更大规模的苗民起义，此诗即写此时事。

[3] 粤西贼：对太平天国起义军的蔑称。窫窳（yà yǔ）：又称猰貐，古代传说中的神祇名，原为人首蛇身，为天神贰负及其臣危谋杀，黄帝使其复活后化为龙首猫身的猛兽，神智迷乱，居昆仑山弱水中，食人，后被后羿神箭射死。凿齿：也称折齿、打牙，是古代原始部落民俗，将青春期男女上颌两侧对称的牙齿予以敲折、拔除，使更为美观。此用"窫窳凿齿"形容苗民起义军的野蛮凶残。

[4] 荄轸谷分：指山陇相隐，河谷分开。语出枚乘《七发》："初发乎或围之津涯，荄轸谷分。"荄：陔的假借字，山陇。轸：隐。萑（huán）苻：指盗贼；草寇。《左传·昭公二十年》："郑国多盗，取人于萑苻之泽。"杜预注："萑苻，泽名。"后以称盗贼或盗贼出没之处。

[5] 雄虺九首：出自《山海经·海外北经》。郭璞《山海经图赞》："共工之臣，号曰相柳。禀此奇表，蛇身九首。恃力桀暴，终禽夏后。"后因以"九首"指力大无穷的怪兽，此以蔑称起义军。

[6] 犬羊：狗和羊，多以比喻任人宰割者，亦用作对外敌的蔑称。陈与义《伤春》："稍喜长沙向延阁，疲兵敢犯犬羊锋。"

[7] 盗薮：强盗聚集的地方。

古意

蜀山有奇士，侠气横江河。朝挟朱亥游，暮拥燕姬歌[1]。辩论天下事，贤豪日经过。舌端吐虹蜺，长剑挥泰阿[2]。时危国多难，几席环兵戈。诸侯尽延接，王前奈尔何。才大数颇奇[3]，岁晚益坎坷。翩然不得意，草屦寻笠蓑。高蹈青城巅，结茅悬绿萝。学仙三十载，呼吸元气和。黄冠礼北斗，天姥回鸾车[4]。授以紫霞丹，鹤背轻可驮[5]。下视旧游地，积冢千万多。凄然感元化[6]，人我悲殊科。壮夫尽泥滓，艳色成妖魔。因之悔尘网，长啸凌嵯峨。蹑身蓬莱阙，濯足扶桑波。始知飞仙人，永劫无销磨[7]。

【编年】

咸丰四年（1854），黎平府开泰县训导任上作。

【注释】

[1] 朱亥：战国魏人，有勇力，隐于市井，为大梁屠者，与侯嬴相友善。侯嬴为信陵君上客，策划窃符救赵，约他相助，他随同信陵君北上到邺，在合符时刺杀魏将军晋鄙，夺权代将，遂解邯郸之围。燕姬：泛指燕地美女。鲍照《舞鹤赋》："燕姬色沮，巴童心耻。"刘良注："巴童、燕姬，并善歌者。"

[2] 虹蜺：虹的别名，比喻才气横溢。旧时以虹蜺色彩艳丽，比喻人的才华藻绘。泰阿：中国古代十大名剑之一。

[3] 才大数颇奇：才华高但命数不好。数：命数。奇：不偶。古代占法以偶为吉，奇为凶。

[4] 黄冠：道士所戴黄色冠帽，后用以指代道人。礼北斗：中国道教及民间信仰之一，是对北斗七元星君的崇拜。天姥回鸾车：化用李白《梦游天姥吟留别》诗意。

[5] 授以二句：指炼食丹药，修炼成仙，驾鹤飞升。

[6] 元化：造化。

[7] 永劫：佛教语，谓永无穷尽之时。

寓侧多枫寒声夜烈不寐感怀

我久塞两耳，恶人谈甲兵。如何枫树林，夜半闻杀声？西风本无事，惨淡徒悲鸣。岂识羁人愁，中宵魂梦惊。起视月在斗，坐待东方明。恍见乡国垒，十里联长营。时闻桐匪作乱，攻遵城。[1] 褐夫感身世 [2]，杀贼心纵横。时危壮士拙，天地非无情。

【编年】

咸丰四年（1854），黎平府开泰县训导任上作。

【注释】

[1] 桐匪作乱：咸丰四年（1854）八月，桐梓县斋教领袖杨凤、舒光富起义，攻占桐梓、仁怀后，大举围攻遵义城。莫友芝有《遵乱纪事》诗二十六首。

[2] 褐夫：穿粗布衣服的人，古代用以指贫贱者。语出《孟子·公孙丑上》："视刺万乘之君，若刺褐夫。"

初冬夜雨二首

其一

开轩望南山，百丈寒云蟠。风雨夜深合，小屋生波澜。羁怀自无定，抱影心未安。短檠在我侧 [1]，急溜喧檐端。始虞梦魂缩，渐觉宙合宽。客心寄浩荡，短歌自成欢。

【编年】

咸丰四年（1854），黎平府开泰县训导任上作。

【注释】

[1] 短檠：矮灯架，借指小灯。韩愈《短灯檠歌》："长檠八尺空自长，短檠二尺便且光。"

其二

短歌激浮云，长歌念乡里。极知来日难，沉吟待之子。漂摇问茅屋，补萝方未已 [1]。那无塞修期，日暮层阴起。宝瑟有奇音，调苦不能理。知音时所难，怀君梦秋水。

【注释】

[1] 补萝二句："牵萝补屋"之意，指拿藤萝补房屋的漏洞，比喻生活贫困，挪东补西。杜甫《佳人》："侍婢卖珠回，牵萝补茅屋。"

奉府檄委办南路团练途中感事

牵牛织女隔河梁，明月昭昭子夜光。欲赋青衣瞻井柳，晓行愁杀蔡中郎[1]。

【编年】

咸丰五年（1855），黎平府开泰县训导任上作。黎庶焘《从兄伯庸黎府君形状》："未几古州苗变，洊扰黎平，兄奉檄防堵，出入蛮乡瘴岭间，濒危者屡矣"。咸丰五年（1855）黔东南苗民起义，兆勋奉黎平府命委办南路团练。

【注释】

[1] 青衣二句：蔡邕《青衣赋》有"停停沟侧，嗷嗷青衣。我思远逝，尔思来追"之句，表达了对一个出身卑微，但容貌美丽端庄，心灵高尚纯洁的青衣女子的赞赏爱慕之情。青衣，指婢女或侍童。蔡中郎：蔡邕，东汉名臣，文学家、书法家，曾官左中郎将，世称"蔡中郎"。

闻遵义贼氛太剧排闷

其一

国家兵事我何知，独向乡关哭乱离。仿佛大陵尸气白[1]，夜扪井鬼挽参旗[2]。

【编年】

咸丰五年（1855），黎平府开泰县训导任上作。按：咸丰四年八月，桐梓县斋教领袖杨凤与遵义人舒光富，在桐梓九坝场发动起义，以"除暴安民"为宗旨，反对"折征"，自称"黄兵"，建立了以赛波府（九坝场）为中心，包括兴州（桐梓）、新开（仁怀）和遵义城周围的根据地，尊舒光富为皇帝，杨凤（即杨龙喜）为都督大元帅，建号"江汉"。清廷派云南总督罗绕典率云南、四川和贵州等地官兵围剿，起义军南退归化（紫云）、罗斛（罗甸）、都匀、独山、麻哈（麻江）、平越（福泉）、瓮安、余庆和石阡等地。咸丰五年（1855）四月，杨凤举家殉难于石阡的葛彰河边，余部坚持斗争到咸丰九年（1859）。

【注释】

[1] 大陵尸气：此指兵戈兴起，国家动乱。段玉裁《说文解字注》一篇上"示"部"禳"字注解"磔禳"："祀除厉殃也。厉殃，谓厉鬼凶害，各本作疠，误。月令：三月，命国难，九门磔禳，以毕春气。此月之中，日行历昴，昴有大陵积尸气，佚则厉鬼随而出行。命方相氏驱疫，又磔牲以禳于四方之神，所以毕止其灾。"

[2] 井鬼、参旗：皆星宿名，详本卷《东方日出歌》注[4]。

其二

闻道罗浮葛稚川[1]，全家避难入蛮烟。神仙也苦兵戈劫，抱朴空成内外篇。

【注释】

[1] 葛稚川：原名葛洪，字稚川，东晋道教学者、著名炼丹家、道士、医药学家，曾受

封为关内侯，后为避乱世，携家隐居罗浮山炼丹，著有《抱扑子》《神仙传》《金匮药方》《西京杂记》等。

三月十一日谒何忠诚公墓于西佛崖，有怀胡咏之_{林翼}方伯，盖墓道为方伯守黎平时所修 [1]

山水郁灵芬，清光漫田野。城西锁江亭，溪溜快清泻。危崖漱云根，荒陇带松槚。龙吟潭口烟，人酹坟前斝。缅怀冢中人，自是成仁者。东风飘林阴，惨淡云旗下。灵兮俨可接，烟雨度神马。谁欤表忠阡，沉幽力宣写。前修凛英豪，文学振风雅。惟公才识卓，吏治今日寡。苍茫湖海人，寂寞栾公社 [2]。_{闻方伯近日督师在楚。}

【校记】

此诗以下同治本归属卷四。

【编年】

咸丰五年（1855）春，黎平府开泰县训导任上作，时奉府檄委办南路团练。

【注释】

[1] 何忠诚公：何腾蛟（1592—1649），字云从，贵州黎平府人，天启元年举人，历任多地县吏，晋升兵部员外郎。崇祯失国，南明弘光、隆武政权任其总督湖广、四川、云南、贵州、广西军务。驻长沙收编李自成余部十余万，组织荆襄十三家军抗清。镇守长沙三年，政局得以暂时稳定，永历帝拜为武英殿大学士，加太子太保。永历三年兵败湘潭，被俘自杀。康熙时表彰已故明臣，谥号"忠诚"，建何忠诚公祠于黎平。著有《明中湘王何腾蛟集》。胡咏之：当作润芝，胡林翼字贶生，号润芝，湖南益阳人，湘军重要首领。道光十六年进士，授编修，先后充会试同考官、江南乡试副考官。历任安顺、镇远、黎平知府，其中咸丰元年（1851）六月至咸丰四年（1854）春任黎平府知府，不久升任贵东道（治古州），旋迁四川按察使，次年调湖北按察使，升湖北布政使、署巡抚，后咯血而死，是湘军重要统帅。著有《胡文忠公遗书》等。

[2] 栾公社：《史记·季布栾布列传》："（栾布）以军功封俞侯，复为燕相。燕齐之间皆为栾布立社，号曰'栾公社'。"后因以为祭祀功臣的典故。

城北有古冢为明陆沧浪沬先生之幽宫，颓圮已久，甲寅八月重修仲冬墓道落成，赋诗二律 [1] 先生淮阴人，官御史，以忤刘瑾遣戍湖广五开卫，卒葬卫所

其一

龙窝醉语忤权奴 [2]，一笑公能捋虎须。客过夷门多涕泪，人封柳墓重樵苏 [3]。传闻家事邻淮海，或恐声名类灌夫 [4]。弹指屯军三百载，荒坟碑志半模糊。

【编年】

咸丰五年（1855），黎平府开泰县训导任上作，时奉府檄委办南路团练。按：诗题言"甲寅"为咸丰四年，诗盖五年作。

【注释】

[1]陆沧浪：陆沬，字沧浪，号似水，以字行，江苏兴化人，明朝正德年间著名画家、诗人，官至工部侍郎，因作诗惹怒宦官刘瑾，被刑折齿贬至贵州省黎平县，约殁于明嘉靖年间，葬于黎平县城关北门。《黎平府志》记载："沧浪磊落不羁，正德年间（1506—1521）以诗闻于上，待诏金马门，晋工部侍郎。以诗讽逆刘瑾，瑾怒，中伤之，折其齿，流五开卫黄团驿。"

[2]龙窝：龙的居处，盖指京城。洪迈《夷坚支志景·楚阳龙窝》："吴兴郑伯膺监楚州盐场曹局，与海绝近。尝观龙挂，或为黄金色，或青，或白，或赤，或黑，蜿蜒夭矫，随云升降，但不觑其头角。土人云：'最畏龙窝，每出则必有涨潦，大为盐卤之害。'一旦，忽见之，乃平地窦出一巨穴，傍穿深窴，盖龙出入处也。"权奴：指宦官刘瑾。

[3]柳墓：当指柳宗元之墓。柳宗元于唐宪宗时期被贬多年，死于柳州。

[4]灌夫：（？—前131），字仲孺，西汉颍川郡颍阴人，本姓张，因父亲张孟曾为颍阴侯灌婴家臣，赐姓灌，以勇猛闻名，因军功官至太仆、燕相，后犯法免官，居长安，交好魏其侯窦婴，卷入窦婴与丞相田蚡的政斗，在田蚡婚宴上使酒骂坐，以不敬之罪被杀。

其二

谁谓风尘蝉蜕地，竟甘终古郁青霞 [1]。斯文天末余孤冢，万鬼丛中自一家。扫墓有云愁北郭，招魂待我读南华 [2]。重封难免嗔多事，蝼蚁王侯计总差。

【注释】

[1]蝉蜕地：指人世间摆脱烦恼的地方。魏庆之《诗人玉屑》："观其诗，知其蝉蜕尘埃之中，浮游万物之表者也。"郁青霞：浮云惨淡无光。

[2]招魂：《楚辞》中的一篇，乃后人代屈原招楚怀王魂而作，或说屈原自招魂，或屈原招楚怀王魂，或宋玉招屈原之魂，或宋玉招楚襄王之魂。南华：指《庄子》。

开泰县署铜鼓歌 并序

　　鼓形如敦，无花镂文，在县署二堂楼上，封闭不令有声。相传此鼓一鸣，主县官不利。楼有狐，朔望必祀之，否则不静。

　　五开卫立屯所设 [1]，生苗铜鼓声销歇。三百余年不一鸣，蛮君土目精魂灭 [2]。庙堂礼乐陈灵鼍，四夷不复论干戈。五溪十洞静兵燹 [3]，苗人只解耕田歌。相沿牛斗击铜鼓，小面铿然迎鬼祖。芦笙吹月来虎精，男女淫歌杂风雨 [4]。隆然此鼓难再得，一丸遗镇县官宅。鼓身二尺面一尺，战血模糊蚀朱碧。皮林各洞环溪蛮 [5]，宋元杀戮无长官。砰訇铜鼓赛诸葛 [6]，古州八万非人寰。战鼓声沉蛮部落，铜关铁寨全销铄。名将吾思邓子龙，雄才早服张经略 [7]。此鼓沧桑几百秋，大声闷响楼上头。屋梁月落猿啾啾，狐狸欲击愁复愁，似此顽物公焉留。吁嗟！似此顽物公焉留。

【编年】

　　咸丰五年（1855），黎平府开泰县训导任上作，时奉黎平府檄委办南路团练。

【注释】

　　[1] 五开卫：明洪武十八年（1385）为"镇抚苗蛮"，在今黎平县城关后街一带设五开卫城，属湖广都司，五开卫下辖各所、屯、堡、驿形成一个联系紧密的防戍之网。清雍正三年（1725），湖广之五开、铜鼓二卫来属黎平府，五年（1727）改五开卫为开泰县、铜鼓卫为锦屏县，属贵州黎平府。道光十二年（1832），锦屏县改为乡，设县丞，属开泰县。

　　[2] 土目：土司手下的头目。魏源《圣武记》卷七："东川虽改流三十载，仍为土目盘据。"

　　[3] 五溪十洞：指今湘西、黔东南一带。唐文宗开成四年（839），杨居本由淮南（江苏扬州）承调守叙州（今湖南黔阳、会同一带），治龙标（今黔城），开拓湘黔五溪（舞阳河、清水江、渠阳河、辰水、巫水）侗寨；其子杨再思随父守叙州，后因功知叙州事，守沅州（今芷江），创建"五溪十洞"，设洞长，定洞制，众尊为十洞长史。

　　[4] 牛斗四句：苗族在苗年节、鼓藏节等民族节日上，会表演跳芦笙、跳铜鼓、斗牛、斗鸡、斗鸟等隆重活动，跳芦笙主要以女性为主，跳铜鼓则男女老少齐上阵，斗牛则是在吃新过年、吃鼓藏这些重大节日中举办的隆重活动之一。民间流传《斗牛古词》唱道："孔明天相号召娱乐，苗侗祖宗凑银买牛，吹笙斗牛，乐而忘返。"

　　[5] 皮林：属五开卫辖地。

　　[6] 砰訇（pēng hōng）：形容撞击或大物落地的声音。

　　[7] 邓子龙：（1528—1598），江西南昌人，字武桥，号大千，别号虎冠道人，明朝抗倭将领、军事家，曾率军平定金道侣起义和五开卫兵变，后在万历朝鲜战争之露梁海战中战死。善书法、好吟咏，著有《风水说》《阵法直指》《横戈集》等。张经略：指张元勋（1533—1590），字世臣，号东瀛，台州府太平县（今浙江温岭）人，追随戚继光，在浙闽抗倭史上为名震东南的良将。后镇守广东，官至都督，在剿平闽粤动乱中功勋卓著，授封"护国庇民大将军"，

熟习《左传》，著有《镇粤疏稿》《暇堂集》。

锤生诗

罗城县东有锤生[1]，欲诛贼盗团苗兵。天寒足茧来见我[2]，牛酒愿合群蛮盟[3]。劝生整冠谒太守，请联大款诛横行[4]。欢然得见获愿去，竟走木刻排长营。壮哉锤生气纵横，县官酉长皆吞声。角声呜呜华鼓鸣，观汝部勒心暗倾[5]。壮哉锤生智勇并，聆汝言论何可轻。时危保障独雄立，姓名惜不闻公卿。

【编年】

咸丰五年（1855），黎平府开泰县训导任上作，时奉黎平府檄委办南路团练。

【注释】

[1] 罗城县：今属广西河池市管辖。

[2] 足茧：又作足跰，脚掌因摩擦而生出的硬皮，喻指跋涉辛劳。元载《故相国杜鸿渐神道碑》："自西徂东，足跰头蓬，简稽衣食，赋政理戎。"

[3] 牛酒：牛和酒。古代用作馈赠、犒劳、祭祀的物品。

[4] 横行：谓胡作非为。

[5] 部勒：部署。

南泉山 [1]

翠壁缘岩转，长林上碧空。泉飞龙洞雪，人坐鹤巢风。佛火诸天迥，香云大壑通。非非真想处，还拟问灵宫。

【编年】

咸丰五年（1855），黎平府开泰县训导任上作，时奉黎平府檄委办南路团练。

【注释】

[1] 南泉山：位于贵州黎平县城南，是黔、桂、湘交界地带的佛教圣地，有"黔省第一名山"之称。据《黎平府记》记载："南泉山叠嶂丛林，明建三寺于山，游人络绎不绝，为最名胜。"寺近有南泉亭，亭旁有井泉，凿石为龙，水从龙口涌出，注入井内，其水夏凉而冬温，饮之清心爽口，南泉山因以得名。山有八景：即石龙吐水、古松若虬、曲径盘空、双井霭雾、桂苑秋香、空中楼阁、孤顶浮岚、夕阳返照。南泉山有大佛殿、灵宫殿、宝顶庵正殿、四楹楼阁、蛟亭、南泉亭等建筑物，依山就势，建于半山腰，层层叠上，既有明代之端庄持重，亦不失清代之玲珑秀丽。寺殿山门呈八字形，上有一横匾书"雅若祇园"，大门两旁有一副对联："马足车尘世路不知何处尽，山花涧月禅心应自此中生。"

由南泉陟天香阁遂登宝顶

石磴腻寒绿，风高湿雾消。披香丹桂阁，拄杖碧云霄。日下群山伏，钟鸣一月邀。崇高窥帝阙，想像百灵朝。

【编年】

咸丰五年（1855），黎平府开泰县训导任上作，时奉黎平府檄委办南路团练。南泉山寺有宝顶庵，宝顶正殿有天香阁，为南明兵部尚书何腾蛟幼年读书之所。

暑夕

竹径一声鹤，花阴几个萤。月华遥隐约，天影暮空灵。群动有时息，孤云何事停？他乡应自悔，灯火夜温经。

【编年】

咸丰五年（1855），黎平府开泰县训导任上作，时奉黎平府檄委办南路团练。

手缉黎平明季诗系二卷呈赵雨三国霖校正索赋二律 [1]

其一

腐儒无俗虑 [2]，着意缉残篇。纪事虽多录，论才岂尽传？江山空阅世，文字竟如烟。耆旧嗟寥落，从君吊昔贤。

【校记】

诗题：同治本无"赵""国霖"三字。

【编年】

咸丰五年（1855），黎平府开泰县训导任上作，时奉黎平府檄委办南路团练。

【注释】

[1] 手缉黎平明季诗系：黎兆勋在黎平府开泰县训导任上，曾蒐辑明末贞臣逸士零章断句为《黎平诗系》。赵雨三（禹三）：名国霖，出身晚清文化世家贵阳花溪青岩赵氏，廪贡生，曾任黎平府训导，以军功保直隶顺昌县知县，候补知府，是云贵两省第一个文状元赵以迥的伯父。

[2] 腐儒：迂腐不通世事的儒生，此处自嘲。

其二

朱何勋业尽 [1]，天地岂忘情？荒微有奇士，偏邦无大名。衣冠同学盛，风雅异时清。细检遗编读，西楼月魄生。

【注释】

[1] 朱何勋业：指何腾蛟拥护的南明王朝。南明重臣何腾蛟与李自成旧部农民军合作，共同抵御清军，后在湘潭兵败被俘，遇害于长沙。

高微山寨旅夜

更阑板阁落蚁蛾[1]，第二层楼月满扉。画角声寒清宇合[2]，金波光远望庭闱。折腰元亮辞官早[3]，多事昌黎荐士非[4]。若使还乡归有路，不应辛苦着戎衣。

【编年】

咸丰五年（1855），黎平府开泰县训导任上作，时奉黎平府檄委办南路团练。

【注释】

[1] 更阑：更深夜残。方干《元日》："晨鸡两遍报更阑，刁斗无声晓露乾。"板阁：木板楼阁。苏轼《二十七日自阳平至斜谷宿于南山中蟠龙寺》："板阁独眠惊旅枕，木鱼晓动随僧粥。"蚁蛾（yī wēi）：一种小虫，体椭圆形，灰褐色，生活在阴暗潮湿处，俗称地鸡、地虱子或地虱婆。

[2] 画角：古乐器名，形如竹筒，以竹木或皮革制成，外加彩绘，故称"画角"，发音哀厉高亢，古代军中常以警报昏晓。

[3] 折腰句：《宋书·陶潜传》："为彭泽令……郡遣督邮至，县吏白应束带见之。潜叹曰：'我不能为五斗米折腰向乡里小人。'即日解印绶去职，赋《归去来》。"

[4] 多事句：《旧唐书·韩愈传》："愈性弘通，与人交，荣悴不易。少时与洛阳人孟郊、东郡人张籍友善。二人名位未振，愈不避寒暑，称荐于公卿间……而颇能诱厉后进，馆之者十六七，虽晨炊不给，怡然不介意。大抵以兴起名教，弘奖仁义为事。"

罗里阻雨旅馆书壁[1]

朝来山雨暗平皋，闲倚岑楼思郁陶[2]。龙虎气蒸云雾峡，马牛风截石江涛[3]。秋生衾枕诗怀瘦，路绕峰峦箐戍高。自信防身双宝剑，不须持赠吕虔刀[4]。

【编年】

咸丰五年（1855）秋，黎平府开泰县训导任上作，时奉黎平府檄委办南路团练。

【注释】

[1] 罗里：古代黎平府辖区有两个"古州"：一个是自宋理宗至清顺治沿袭的"古州军民（蛮夷）长官司"（治今黎平县罗里乡），由土著大姓家族世袭"土司"；另一个是雍正年间设置的"古州厅同知"的古州（治今榕江县城），由外地流官任长官。

[2] 郁陶：忧思积聚貌。王念孙《广雅疏证》指出"郁陶"兼忧、喜二义："大抵喜忧不能舒，

结而为思。"

[3] 龙虎气：兵戎之气。杜甫《喜闻盗贼总退口号》之一："北极转愁龙虎气，西戎休纵犬羊群。"马牛风：马牛奔逸。语出《尚书·费誓》："马牛其风。"

[4] 吕虔刀：《晋书·王览传》：三国魏刺史吕虔有一宝刀，铸工相之，以为必三公始可佩带。虔以赠王祥，祥后位列三公。祥临终，复以刀授弟王览，览后仕至大中大夫。后遂以"吕虔刀"为宝刀之美称。

由赖洞山行出九潮二首 [1]

其一

绿萝冒水涧花春，九曲屏风不见人。小队弓刀行晓色 [2]，远乘疏雨度前津。

【编年】

咸丰五年（1855），黎平府开泰县训导任上作，时奉黎平府檄委办南路团练。

【注释】

[1] 九潮：今黎平九潮镇一带。赖洞：村名，属九潮。

[2] 弓刀：弓指弓箭，刀指长柄武器。卢纶《塞下曲》其三："月黑雁飞高，单于夜遁逃。欲将轻骑逐，大雪满弓刀。"

其二

盗泉恶木水田湾，火繖当空任往还。夜半军符呼客去，和云高筑九潮关。

【校记】

火繖当空任往还：任，同治本作"惮"。

【注释】

[1] 火繖（sǎn）：同"火伞"。杨万里《夏夜月下独酌》诗："明朝火繖上，别作一经营。"

[2] 军符：兵符，古时调遣军队的符节凭证。

罗里为古州长官司，沿江三十余里沃土平衍皆稻畦焉，余由高微回城复经其地爱而咏之

清风细雨一篮舆 [1]，来往江头秋月初。欲霁山如新染画，重游路比旧温书。草棉花落红沙冷 [2]，杉木皮多屋瓦疏。为报长官须爱惜，连云香稻石溪鱼。

【校记】

草棉花落红沙冷：草棉，同治本、《黔诗纪略后编》作"草绵"，误。

【编年】

咸丰五年（1855），黎平府开泰县训导任上作，时奉黎平府檄委办南路团练。

【注释】

[1] 篮舆：古代供人乘坐的交通工具，形制不一，一般以人力抬着行走，类似后世的轿子。

[2] 草棉：也叫非洲棉或小棉，一年生草本植物，株型矮小，叶掌状。宋应星《天工开物·布衣》："（棉花）种有木棉、草棉两者，花有白、紫二色，种者白居十九，紫居十一。"红沙：柽柳科植物红砂的枝叶。

由宰蒿泛带练勇逐贼至平定堡，晓行大雾中，因忆鲍明远"腾沙郁黄雾，翻浪扬白鸥"之句，遂用其字为韵 [1]

其一

朝霏飏旌旆 [2]，光挟流云腾。徒侣递明灭，戈戛层蛮冰 [3]。蛮山无直径，草木森鬅鬙 [4]。揽辔发遥慨，白云安可乘？

【校记】

诗题"练勇"：同治本作"练丁"。

【编年】

咸丰五年（1855）秋，黎平府开泰县训导任上作，时奉黎平府檄委办南路团练。

【注释】

[1] 宰蒿：即今贵州榕江县宰（寨）蒿镇。平定堡：今寨蒿镇平定村。鲍明远：南朝诗人鲍照字明远，"腾沙"二句出自其诗《上浔阳还都道中》。旌旆：亦作"旌斾"，旗帜。

[2] 朝霏：早上的浓雾。

[3] 徒侣：同伴，党羽，这里指练勇。戈戛：两种兵器，即戈矛。张衡《东京赋》："立戈迤戛。"

[4] 鬅鬙（péng sēng）：原指头发散乱，喻山石花木等参差散乱。

其二

西行阅寒暑，睹物惊岁华。徒令戍关客，幞被增尘沙。壮夫志四海，达人辞世哗 [1]。令德戒迟暮，此怀今孔嘉 [2]。

【注释】

[1] 达人：通达事理之人。世哗：世俗人的哗众取宠。

[2] 孔嘉：很好。

其三

阴岩悬风门，冷露湿拂拂。峡径纤江潭，水石气森郁。重冈纳众诡，虚心鉴群物[1]。自非明哲人，胡为志不屈？

【校记】

冷露湿拂拂：冷露，同治本作"冷雾"。

【注释】

[1] 重冈：重迭的山冈。众诡：众多差异。虚心句：语出卢纶《清如玉壶冰》："既有虚心鉴，还如照胆清。"

其四

登高望吴楚，不见湖与湘。回瞻夜郎道，黯黯愁云黄。哀鸿集中泽，行旅思故乡。世事竟寥落，俯仰悲投荒。

其五

韝鹰思原野[1]，林豹隐山雾。人心虽各殊，谁能事攀附？朝光散戎服[2]，目极寒云戍。既往难怨尤，来日当自悟。

【注释】

[1] 韝（gōu）鹰：蹲在臂套上的苍鹰。比喻摆脱羁绊欲展鸿图的人。

[2] 朝光：早晨的阳光。鲍照《代堂上歌行》诗："阳春孟春月，朝光散流霞。"

其六

昔年二十余，飞鞚轻郊原。每闻战斗事，意气如电奔。今持蛮部伍，魂梦常惊翻。我行岂得已，此意勿复宣。

其七

兹乡连三苗，妖氛压颓浪[1]。楚失群蛮盟，吴困七奔将[2]。谁为形胜策，筑关侈雄抗。河山非魏宝[3]，恃险终无当。

【注释】

[1] 兹乡：指古州，古州素有"黔省东南锁钥，苗疆第一要区"之称。三苗：《史记·五帝本纪》认为是中国上古传说中黄帝至尧舜禹时代的部落名，又称"有苗"；汉魏学者多言三苗是以蚩尤为君的九黎部落的后裔，他们是从北方移居到江西，最后又被迫西迁的古老族群。诗中指黔东南苗人所居之地。颓浪：颓波，向下流的水势。

[2] 楚失群蛮盟，不知典出何处。七奔：《左传·成公七年》"子重子反于是乎一岁七奔命。"谓一岁中七次奔走应命。后以"七奔"谓一再奔波。鲍照《代东武吟》："密涂亘万里，宁岁犹七奔。"

[3] 河山句：谓山河形势之险不足以凭恃，国家政权的稳固主要在施德于民。典出《史记·孙子吴起列传》："（魏）武侯浮西河而下，中流，顾而谓吴起曰：'美哉乎山河之固，此魏国之宝也！'起对曰：'在德不在险。昔三苗氏左洞庭，右彭蠡，德义不修，禹灭之。

夏桀之居,左河济,右泰华,伊阙在其南,羊肠在其北,修政不仁,汤放之。殷纣之国,左孟门,右太行,常山在其北,大河经其南,修政不德,武王杀之。由此观之,在德不在险。若君不修德,舟中之人尽为敌国也。'"

其八

江头榕树丛,根繁柯远扬。我行复披折,密叶蒙清霜。树旁屯军宅,十室九流亡。屋庐积余烬,寓目增感伤。

其九

故人渺千里,先我避山泽。清尘久难达,思君离忧积。绻怀桑者吟[1],孰赠绕朝策[2]?归思成旅愁,华发星星白。

【注释】

[1] 桑者吟:采桑之人的歌唱。《诗经·魏风·十亩之间》:"十亩之间兮,桑者闲闲兮,行与子还兮。"

[2] 绕朝策:《春秋左传正义》卷十九下"文公·传十三年":春秋晋大夫士会因事奔秦,为秦所用。晋人患秦之用士会,乃使魏寿馀伪以魏叛而入秦,诱士会返晋。计得逞,士会欲行,秦大夫绕朝赠之以策,曰:"子无谓秦无人,吾谋适不用也。"按,策有二义,一为策书,即简策之策;一为马樋,即鞭策之策。汉服虔主前一义,晋杜预主后一义。绕朝,秦大夫。后以"绕朝策"喻指有先见的谋略。

其十

耿耿倚天剑,锈涩惭吴钩[1]。时无英雄人,持此将安投?古来名利子,低心傥与仇[2]。往事为谁辨,吾将盟白鸥。

【注释】

[1] 倚天剑:极言剑之长。宋玉《大言赋》:"方地为车,圆天为盖,长剑耿耿倚天外。"吴钩:兵器,形似剑而曲,春秋吴国善铸钩,故称。后也泛指利剑。

[2] 低心:犹屈意。韩愈《秋怀诗》之七:"低心逐时趋,苦勉祇能暂。"

病起率书

阳气侵淫满大宅,楚太子今有起色[1]。百年强半病愁中,老矣尚作蛮乡客。夜阑独坐共谁语,眼中人物初相识。回思家山渺何处,兵戈四阻遥悽忆。秋风白遍江岸露,冬雪冻生山径石。是身思归如病狙,日餐豆粥行太息。方今用人虽破格,愧我提戈难杀贼。盐车在坂乏骏足,函牛有鼎愁鸡肋[2]。挂冠行待早归来,南亩力耕勤稼穑。

【校记】

阳气侵淫满大宅：侵淫，同治本作"侵滛"，误。

【编年】

咸丰五年（1855），黎平府开泰县训导任上作，时奉黎平府檄委办南路团练。

【注释】

[1] 阳气句：点题，说自己病已好转。语出枚乘《七发》："然阳气见于眉宇之间，侵淫而上，几满大宅……然而有起色矣。"阳气：喜气。侵淫：渐进貌。大宅：面部。

[2] 盐车二句：抒发才疏学浅，无补于时政之意。《战国策·楚策四》："夫骥之齿至矣，服盐车而上太行，蹄申膝折，尾湛胕溃，漉汁洒地，白汗交流，中阪迁延，负辕不能上。"李白《天马歌》："盐车上峻坂，倒行逆施畏日晚。"峻坂：险峻的山坡。函牛之鼎：能容纳一头牛的大鼎。鸡肋：鸡的肋骨，比喻意义不大又弃之不甘的事物。杨炎正《谢朱宰借船》："函牛之鼎着鸡肋，涓滴渠须瓢五石。"

两生行

丈夫不必虎头食肉称王侯[1]，但愿杀贼清四方。老夫心雄万人敌，正赖猛士相低昂[2]。朱生力捷南山虎[3]，搏击群盗如犬羊。王生阴鸷饥苍鹰[4]，草间狐兔难久藏。吾当指挥得二子，龙泉太阿来吾旁[5]。惟忧溪硐甚獠贼，官军不见旌旆扬。谁欤惜汝好身手，晋郑头白吁可当[6]。昔者伍员霸吴国，七荐孙武登庙堂[7]。蛮山老儒有深意，每思古谊愁人肠。朱兮王兮骥絷野，安得天路观腾骧[8]。延津剑化懔神物，仰观阊阖烟茫茫[9]。

【校记】

丈夫不必虎头食肉称王侯：王侯，同治本作"侯玉"，误。

延津剑化懔神物：懔神物，同治本作"凛神物"。

【编年】

咸丰五年（1855），黎平府开泰县训导任上作，时奉黎平府檄委办南路团练。

【注释】

[1] 虎头食肉称王侯：语出《后汉书·班超传》："燕颔虎颈，飞而食肉。"形容王侯的贵相或武将相貌威武。

[2] 低昂：指争高下。

[3] 捷：战胜。南山虎：《晋书·周处传》载：南山白额猛虎为患，周处入山射杀之。

[4] 王生句：喻其上阵搏杀如捕食猛、准、狠、快的饥饿的苍鹰。阴鸷：凶残狠辣。张华《鹪鹩赋》："苍鹰鸷而受缧，鹦鹉慧而入笼。"

[5] 龙泉太阿：古代的两件宝剑，常以比喻有才能的人总会有所表现，此指朱生、王生二人。

[6] 晋郑句：典出《越绝书》卷十一："（楚王）作为铁剑三枚……晋郑王闻而求之，不得，兴师围楚之城，三年不解。仓谷粟索，库无兵革。左右群臣、贤士，莫能禁止。于是楚王闻之，引泰阿之剑，登城而麾之。三军破败，士卒迷惑，流血千里，猛兽欧瞻，江水折扬，晋郑之头毕白。"

[7] 伍员霸吴国：《史记·伍子胥列传》："当是时，吴以伍子胥、孙武之谋，西破强楚，北威齐、晋，南服越人。"伍子胥名员。孙武：《史记·孙子吴起列传》："孙子武者，齐人也。以兵法见于吴王阖庐。"

[8] 腾骧：飞腾，指地位上升，宦途得意。

[9] 延津剑：指龙泉、太阿两剑。阊阖：传说中的天门。

三月十六日柬胡子何学博 [1]

春入吟怀浩荡机，道心如水自生肥 [2]。欲思造化精神远，能黜聪明智虑稀。五岳寻仙辞不借，三年服药待当归 [3]。黄尘碧海人间事 [4]，莫漫相逢论是非。

【编年】

咸丰六年（1856），黎平府开泰县训导任上作，时奉黎平府檄委办南路团练。

【注释】

[1] 胡子何：胡长新（1819—1885），字子何（一作子和），黎平人，幼受业于莫友芝、郑珍。道光二十七年（1847）进士。以知县分发江苏。因受其父降职影响，淡于荣进，弃知县不就，改任贵阳、铜仁等府教授。学使以学异推荐他，擢升翰林院典簿，又不受。遂辞职还乡，主讲于黎平书院，终老不倦。著有《籀经堂诗钞》《籀经堂文钞》等，曾与黎兆勋一起编辑《上里诗系》。

[2] 道心：悟道之心。明代彭年《祠部五台陆公请告归省却寄原文》："欲事空王赋遂初，道心如水净涵虚。"

[3] 五岳寻仙：化用李白《庐山谣寄卢侍御虚舟》诗句："五岳寻仙不辞远，一生好入名山游。"三年服药待当归：盖化用刘义庆《幽明录》"刘阮遇险"事。

[4] 黄尘碧海：又作"黄尘清海"，比喻世道变化，时为沧海，时为桑野。李贺《梦天》诗："黄尘清水三山下，更变千年如走马。遥望齐州九点烟，一泓海水杯中泻。"

羁客吟

春风太不静，日夕吹羁愁。春风如解语，罪我当深尤。既非济时姿，胡为此淹留？我欲乘风归，人言道阻修 [1]。蛮云望不尽，家信来无由。梦魂觅昆弟，永夜悲衾裯 [2]。鸣琴在我侧，欲鼓增离忧 [3]。仰视虚明天，星月光西流。茫然若无适，意岂为身谋？

【校记】

永夜悲衾裯：衾裯，同治本作"裘裯"。

【编年】

咸丰六年（1856），黎平府开泰县训导任上作，时奉黎平府檄委办南路团练。

【注释】

[1] 道阻修：《诗经·秦风·蒹葭》："溯洄从之，道阻且长。"

[2] 衾裯：指被褥床帐等卧具，用以指离别。孟浩然《送王昌龄之岭南》诗："数年同笔砚，兹夕异衾裯。"

[3] 鸣琴二句：反用阮籍《咏怀诗》"夜中不能寐，起坐弹鸣琴"句。

肩舆行罗里山中闻松声而作

山翠扑衣岩径清，两耳谡谡吟松声[1]。林阴十里转绝壁，轻白流云争道行。停舆小憩老松下，白云穿岩如走马。苍官掀髯一长啸[2]，松雨潇疏洒林野。蛮山古树多奇松，枝干俨是苍精龙。鳞鬣空撄雷电风，精气惨与星辰通。松乎尔虽劲直物，枉向穷荒骋奇崛[3]。元气奔腾自吞吐，正声悲愤空蟠郁[4]。我抱牙生之孤琴[5]，天风海水思深深。榑桑飘摇白日晚[6]，世间丝竹烦人心。孰是黄钟大吕音，至乐乃向空林寻。六年鼙鼓天南北，江山格斗无休息。吹笙人坐陶家楼，迟我故林归未得。

【校记】

鳞鬣空撄雷电风：空撄，同治本作"空攫"。

元气奔腾自吞吐：吞吐，同治本二字互乙。

【编年】

咸丰六年（1856），黎平府开泰县训导任上作，时奉黎平府檄委办南路团练。

【注释】

[1] 谡谡（sù）：象声词，形容风声呼呼作响。

[2] 苍官：松或柏的别称。

[3] 奇崛：奇特挺拔。

[4] 蟠郁：盘曲郁结。司空图《与王驾评诗书》："河汾蟠郁之气，宜继有人。"

[5] 牙生之孤琴：《列子·汤问》载春秋时期，伯牙善鼓琴，钟子期善听，二人引为知音，后钟子期病故，伯牙断琴绝弦，终身不复鼓琴。

[6] 榑桑：同扶桑，传说中的神木，有"日出扶桑"说。

古州长官司杨占先阵殁 [1]

阴风走旋沙，霾日依孤城。幽幽古州道，扰扰贼围并。城中粮食尽，输绝两卫秔。城外援军少，救倚九潮兵 [2]。九潮无多兵，四百成戍营。司官杨虽少，其人勇且英。虎豹气腾上，干镆光纵横。流星激羽檄，布露摩橃枪。遂出八匡口，下窥车寨坪。红巾勒黑首，青标飞绛缨。生苗行杂沓 [3]，长梢争递迎。十里接群寇，伏莽纷难争。廿里绝后应，贼锋穷力撄。男儿尽命地，城角遥哀鸣。忆昔乙卯夏，奉檄觇贼情 [4]。远戍得壮士，以君佐我行。高羊寨名战风雨，九虎山名窥峥嵘。境险贼歧入 [5]，将分兵始精。苦君聚部曲，沸鼎愁奸氓。顽梗事反侧 [6]，断指邀蛮盟。高羊之役，内民为外匪煽惑，君断一指为誓以安众志。旋佩总理符，特标分剿旌。余时困高微，山名。久病弓难抨 [7]。计拙军自溃，粮罄谋无成。朔风折冻骨，雪夜寻归程。闭门谢尘鞅，行乐随茶枪 [8]。闻君蛮触斗 [9]，报捷雷霆轰。十战壮伟绩，万口腾英声。奈何古城援，倏而大命倾。当君行迟迟，顾影心怦怦。兵单帅令急，名盛身益轻。遂令崑玉碎，耻作脂韦生 [10]。同时有杨生，名含春，黎平府学生员。忠直难自呈。握符共君死，得士为谁荣？吾闻土职中，世爵因父兄。黎司十有二，大义谁能明？君才拟秋隼，剑气摧奔鲸 [11]。徒观志鼪鼯 [12]，岂识心忠贞？峩峩丹枫宸，霭霭白玉京。九重焕天章，万里生光晶。土司阵亡邮赠予荫，特召自杨占先始。慰君慈母泪，崇尔新阡茔。招魂示血甲，侑酒馐瑶觥。迎神奏凯音，虎瑟兼鸾笙。

【校记】

长梢争递迎：同治本作"长稍争递迎"。

内民为外匪煽惑：煽惑，同治本作"煽感"，误。

【编年】

咸丰六年（1856），黎平府开泰县训导任上作，时奉黎平府檄委办南路团练。

【注释】

[1] 杨占先：古州九潮成戍营将官，生平事迹不详。

[2] 九潮：地名，在今贵州省黔东南州黎平县西部。

[3] 杂沓：纷杂繁多貌。

[4] 乙卯句：指诗人于咸丰五年（1855）遵奉命令侦查苗民叛乱事。

[5] 歧入：指苗民叛乱居止不定。

[6] 顽梗：愚妄而不顺服。反侧：反复无常。

[7] 弓难抨：指因病不能弹响弓弦，虚作射势。

[8] 谢尘鞅：解除世俗事务的束缚。茶枪：茶未展的嫩芽。苏轼《儋州》诗之一："茶

枪烧后出，麦浪水前空。"

[9] 蛮触斗：《庄子·则阳》："有国于蜗之左角者，曰触氏；有国于蜗之右角者，曰蛮氏。时相与争地而战，伏尸数万，逐北，旬有五日而后反。"后以"蛮触"为典，指为小事而争斗，亦指战争。

[10] 脂韦生：喻处事油滑柔顺的人。"脂韦"，语出《楚辞·卜居》："将突梯滑稽，如脂如韦，以洁楹乎？"脂，油脂。韦，柔软的熟皮。

[11] 奔鲸：奔跑的鲸鱼，喻指不义凶暴之人。谢朓《和王著作八公山》诗："长蛇固能翦，奔鲸自此曝。"

[12] 臲卼(niè wù)：指不安的样子。《周易·困》："困于葛藟，于臲卼，曰动悔有悔，征吉。"

清江逆苗陷古州城乡杀掳殆尽，有上江营外委柴大明之孙女年十六，为贼所逼，女骂贼，毙命；古州民陈登魁之妻董氏年十九，贼破昇平堡，迫之，董氏亦骂贼，投塘而死，古州军功千总陈生建元语余云并纪之

生男勿欢喜，生女勿怨詈。女能全伦理，大胜奇男儿。纤纤柴氏娃，生小含令姿。十七尚未及，十五已过期。从母上江来，寄迹榕江湄。罗敷自有夫，十六未展眉。常虞粪壤辱[1]，污此白玉肌。蛮腥忽相近，死心无转移。骂贼声未终，委土流香脂。棱棱董氏女，陈郎新结褵[2]。晓从姑嫜逃[3]，暮牵女萝披。一贼迫进前，两贼顾而嬉。蛮奴尔勿嬉，苟生鸡犬为。方塘当我前，清风吹明漪。敛襟入水府，永与姑嫜辞。贼怒掷以刃，刃失石压之。魂为水上云，身沉水中尸。问年十有九，皎洁常独持。哀哉古州陷，妇女遭鞭笞。驱行不能去，枕藉死路歧。逆苗屠三寨，生者无孑遗。阿婆牵弱孙，老婢扶淑姬[4]。鱼腹与雉经[5]，姓氏谁得知。柴女与陈妇，性命神所司。璧月照颜色，光采无盈亏。湛湛九霄露，煌煌五色芝。为君掇环佩，清香作容仪。清香自高烈，尘世徒兴悲。嗟彼芙蓉花，飘零能几时？

【编年】

咸丰六年（1856），黎平府开泰县训导任上作，时奉黎平府檄委办南路团练。

【注释】

[1] 粪壤：秽土。此指女子被他人糟蹋。

[2] 棱棱：威严方正的样子。结褵：代称成婚。

[3] 姑嫜：古代妻子对丈夫的母亲和父亲的口语称呼。

[4] 淑姬：贤淑美丽的姑娘。

[5] 鱼腹与雉经: 指投水与自缢。《国语·晋语二》: "骊姬退, 申生乃雉经于新城之庙。" 雉, 通"缢"。

七夕感念往事

七夕银河星月寒, 三年秋梦影珊珊。风篁凉露戛清韵, 遥夜音尘迟采鸾。

【编年】

咸丰六年（1856）, 黎平府开泰县训导任上作, 时奉黎平府檄委办南路团练。诗云"三年秋梦影珊珊", 诗人自咸丰三年秋赴任开泰县训导, 已届三年。

不寐偶成

半轮月出树惊鸦, 七字诗成自煮茶。卷幔灯摇蟋蟀壁, 隔窗露滴牵牛花。

【编年】

咸丰六年（1856）, 黎平府开泰县训导任上作, 时奉黎平府檄委办南路团练。

七月十七日寓轩同胡子何学博顾云逵立志秀才观风雨而作

欹轩地高洁, 俯瞰西南郭。闲庭接幽侣[1], 笑言展欢乐。炎温蒸市尘[2], 野阴集寥廓。殷雷在南山[3], 白日黯西阁。莽莽横风来, 猎猎飞雨落。断虹出没低, 野鹰高下攫。千山浮海潮, 万木戛岩壑。我持静定心, 观化谢尘缚[4]。须臾视听异, 灵怪俨交错。洋洋帝乐音, 盎盎云雷酌。人天各净性, 物我豁幽托。翩翩禾黍情, 萧飒琴书幕。晚凉同洗心, 把酒望林薄。庭宇带残照, 披襟话秋获[5]。遄归信迟迟, 乡思集园藿。

【编年】

咸丰六年（1856）, 在黎平府开泰县训导任上, 往来贵阳时作, 时奉黎平府檄委办南路团练。按: 据卷四《上承尊生观察》诗云: "因缘河鱼疾, 来趋贵阳垣。蒙公重拂拭, 接待礼数宽……遂求隶公部, 草檄供文翰。进可谢行列, 退可崇儒冠。不图所谋异, 有似风沙抟。复作鐔城役, 瘴疠蒸肺肝", 盖诗人此次因腹疾至贵阳, 欲通过贵州按察使承龄谋一差事, 事竟未成, 只得又回到黎平。

【注释】

[1] 幽侣: 清幽的伴侣, 指胡子何学博、顾云逵秀才。

[2] 市尘: 城市的喧嚣。

[3] 殷雷：轰鸣的雷声，亦指大雷。

[4] 尘缚：世俗事务的束缚。

[5] 秋获：秋季收割庄稼。

夜梦东溪晓起杂感二首寄舍弟少存 [1]

其一

林蔚澄虚碧，山晖丽昏旦 [2]。升高眺平楚 [3]，墟烟霭江岸。人家场稼登，旁舍鸡豚散。篱瓜悬夕阴，茸茸绿零乱。敝庐隐虚洞，山色照书案。坞树寒欲疏，风水碧初涣。梦回宵气冏，晓发羁人叹。坐念长头弟，山园亲溉灌。看云忆远人，贮月卷秋幔。悲来与谁言，一洒临风翰。

【校记】

林蔚澄虚碧：同治本作"林蔚涵澄虚"。

【编年】

咸丰六年（1856），黎平府开泰县训导任上作，时奉黎平府檄委办南路团练。

【注释】

[1] 少存：黎兆勋幼弟黎兆普，字少存。

[2] 虚碧：清澈碧蓝。晖丽：使动用法，使灿烂美丽。

[3] 平楚：谓从高处远望，丛林树梢齐平。

其二

深识观世情，小心与流俗。勿凭憎爱正，情伪已深伏。世机变无尽，年光苦奔促。谋道圣所忧，求富众所欲。吾衰心两忘 [1]，汝少志何属？试筑田中庐，环以松桂竹。无邻遮远山，有月挂茅屋。同为耦耕人，卧听儿童读。汝歌东溪诗，我醉南山绿。张翰待秋风 [2]，家厨酒应熟。

【注释】

[1] 两忘：指"谋道"与"求富"都不再关心。

[2] 张翰句：典出《晋书·文苑·张翰传》："张翰字季鹰，吴郡吴人。善属文，有清才，纵任不拘，时人号曰'江东步兵'。齐王冏辟为大司马东曹掾……翰因见秋风起，乃思吴中菰菜、莼羹、鲈鱼脍，曰：'人生贵得适志，何能羁宦数千里以要名爵乎！'遂命驾而归。"

月下望南泉山因念子尹 [1]

旧时月色岭云边，戍火妖星照夜禅 [2]。坐念吟仙今老矣，回思游迹意茫然。丽谯角语更将尽 [3]，夕嶂灯明客未眠。一赋遂初归更早 [4]，故乡谁共好林泉？

【编年】

咸丰六年（1856），黎平府开泰县训导任上作，时奉黎平府檄委办南路团练。

【注释】

[1] 南泉山：见卷三《南泉山》诗注释 [1]。子尹：指郑珍，时已回遵义讲学。

[2] 戍火：戍卒在驻地所燃之火。妖星：古代指预兆灾祸的星，如彗星等。夜禅：夜间打坐参禅。王维《蓝田山石门精舍》诗："朝梵林未曙，夜禅山更寂。"

[3] 丽谯：华丽的高楼。《庄子·徐无鬼》："君亦必无盛鹤列于丽谯之间。"郭象注："丽谯，高楼也。"成玄英疏："言其华丽嶕峣也。"

[4] 一赋遂初：西汉刘歆作《遂初赋》。《昭明文选》："歆少通诗书，能属文，成帝召为黄门侍郎、中垒校尉、侍中奉车都尉、光禄大夫。歆好《左氏春秋》，欲立于学官。时诸儒不听，歆乃移书太常博士，责让深切，为朝廷大臣非疾，求出补吏，为河内太守。又以宗室不宜典三河，徙五原太守。是时朝政已多失矣，歆以论议见排摈，志意不得，之官，经历故晋之域，感念思古，遂作斯赋，以叹征事，而寄己意。"

归兴四首

其一

莽莽蛮云鼓角多，前军深入仗天戈 [1]。贼虽狡黠攻心易，役太迁延奈客何？狐守村墟翻瓦砾，鸟衔人肉集林柯。五开屯所千家泪，传语招徕信又讹 [2]。逆苗之变，开泰县地方受害最多，境内如洪州所、四乡所、平茶所、新化所、隆里所、中潮所、平阳屯，阳潮屯等处居民各有一二千户均被焚毁，所余惟焦土耳。

【校记】

四乡所：底本作"四邻所"，据同治本、光绪《黎平府志》开泰县境图改。

【编年】

咸丰六年（1856），因病离职，但对兵乱仍很挂怀，据第四首诗，黎兆勋对仕途仍抱很大幻想。

【注释】

[1] 鼓角：战鼓和号角，古代军队中为了发号施令而制作的吹擂之物。天戈：古指帝王的军队。韩愈《石鼓歌》："周纲陵迟四海沸，宣王愤起挥天戈。"

[2] 五开屯所：黎平古城初为五开卫城。明洪武十八年（1385），设五开卫于五开洞（驻

今黎平县城关后街），"以镇抚苗蛮"。五开卫辖内外16所（守御千户所）、72屯、308堡、8驿。据《黎平府志》载，"凡近司寨地方设屯弹夺"，卫、所、屯、堡形成了一个联系紧密的防戍之网。招徕：招抚。

其二

流亡死矣缓须臾，或恐天心有后图。政不必苟哀猛虎[1]，屋虽能止泣慈乌[2]。山桥野寺无家别，伏雨阑风逐疫符[3]。往日豪华今饿殍，几人到此保妻孥？各屯所居民逃难者，多寄处桥亭寺观之中，暑日炎蒸，疫死甚众。

【注释】

[1]猛虎句：化用《礼记·檀弓下》语典："子识之，苛政猛于虎也。"《礼记》用"苛政猛于虎"指陈统治者的苛刻统治比吃人的老虎还要凶恶暴虐，此指苗蛮叛乱如猛虎杀人，令人哀伤。

[2]慈乌：乌鸦的一种，相传此鸟能反哺其母，故称。一指慈母。白居易《慈乌夜啼》诗："慈乌失其母，哑哑吐哀音。"

[3]伏雨阑风：指夏秋之际的风雨，亦泛指风雨不已。杜甫《秋雨叹三首》之二："阑风伏雨秋纷纷，四海八荒同一云。"

其三

安得神奇数百兵，潜师黑夜斫蛮营。疾从六硐鞭生獠，回薄双江上江、下江。击大坪。山名。辛苦元戎烦一战[1]，萧条千里系孤城。不须细较量沙术，转恐粮多将弗行[2]。时有兵粮不给不能追剿之议。

【校记】

不须细较量沙术：底本作"不须细较量沙数"，据同治本改。

【注释】

[1]元戎：主将，统帅。

[2]量沙：《南史·檀道济传》："道济时与魏军三十余战多捷，军至历城，以资运竭乃还。时人降魏者具说粮食已罄，于是士卒忧惧，莫有固志。道济夜唱筹量沙，以所余少米散其上。及旦，魏军谓资粮有余，故不复追，以降者妄，斩以徇。"后以"量沙"为安定军心，迷惑敌人之典。

其四

北海郡当群寇路[1]，南冠囚奏土音琴[2]。已离职守长拘客，可是明公苦用心[3]。鸟下书堂还独啸，日斜山馆忽沉吟。虚舟不系吾何适[4]，泾渭同流辨浅深[5]。黎平处万山中，为楚粤入黔必由之道，教匪勾结夷匪，攻城劫寨，实难防守。

【注释】

[1]北海郡当群寇路：盖用典《后汉书·孔融传》："时黄巾寇数州，而北海最为贼冲，

（董）卓乃讽三府同举孔融为北海相。"此以北海指黎平。

[2]南冠句：典出《左传·成公九年》："晋侯观于军府，见钟仪。问之曰：'南冠而絷者，谁也？'有司对曰：'郑人所献楚囚也。'使税之，召而吊之。再拜稽首。问其族，对曰：'泠人也。'公曰：'能乐乎。'对曰：'先父之职官也，敢有二事。'使与之琴，操南音。公曰：'君王何如？'对曰：'非小人之所得知也。'固问之，对曰：'其为大子也，师保奉之，以朝于婴齐，而夕于侧也，不知其他。'公语范文子。文子曰：'楚囚，君子也。言称先职，不背本也；乐操土风，不忘旧也；称大子，抑无私也；名其二卿，尊君也。不背本，仁也；不忘旧，信也；无私，忠也；尊君，敏也。仁以接事，信以守之，忠以成之，敏以行之，事虽大必济，君盍归之，使合晋楚之成。'公从之，重为之礼，使归求成。"后因以"南冠囚"或"楚囚"，借指被囚禁的人，也比喻处境窘迫、无计可施的人。

[3]已离职守二句：当指此时因病离职回家静养，但仍放不下苗民叛乱。

[4]虚舟：即"不系之舟"，比喻人生漂泊，行止无定。《庄子·列御寇》："泛若不系之舟，虚而遨游者也。"

[5]泾渭同流：比喻是非、好坏不分。泾渭，泾水、渭水。

十一月十八日因患病由省垣回家，值手植江梅花盛开，病稍减，偕诸弟往观二首

其一

手携绿蚁新醅酒[1]，来与江梅叙岁华。自我连年长作客，不曾一日饱看花[2]。蛮烟路远频通讯，野水吟香忽到家。百罚深杯吾竟醉[3]，尊前无复问天涯。

【校记】

诗题：患病，同治本作"患疮毒"；病稍减，同治本作"毒病"。

【编年】

咸丰六年（1856）冬，因疟疾自贵阳回遵义沙滩，居家作。按：据卷四《上承尊生观察》诗云："因缘河鱼疾，来趋贵阳垣。蒙公重拂拭，接待礼数宽……遂求隶公部，草檄供文翰。进可谢行列，退可崇儒冠。不图所谋异，有似风沙抟。复作鳛城役，瘴疠蒸肺肝。戍卒死原野，人命同草菅。我行亦病痁，去意空盘桓……太守行遣归，萍梗漂风湍。"可知诗人在黎平曾两次患病，此系第二次，黎平知府将他遣归，先于贵阳治疗，再回遵义，但黎兆勋趁机已托承龄谋求他职。

【注释】

[1] 绿蚁新醅酒：语出白居易《问刘十九》诗："绿蚁新醅酒，红泥小火炉。"绿蚁：指浮在新酿的没有过滤的米酒上的绿色泡沫。

[2] 自我句：指自道光二十九年（1849）到咸丰六年（1856）数年间离家先后出仕石阡府、黎平府，公务烦剧，又参与平定苗民叛乱，没有几天休闲。

[3] 百罚：指多次罚酒。

其二

忧患何烦付两忘，山亭风细晚苍苍。人归老屋春生影，月上空林雪幻香。
清润气含云水近，高寒枝护石苔荒。微吟忽悟天花落[1]，尽可谈禅作道场[1]。

【注释】

[1] 天花：此指梅花。
[2] 道场：指修行学道的处所，也泛指佛教、道教中规模较大的诵经礼拜仪式。

泰山十残字拓本次莫邵亭韵

其一

琅邪邹峄无秦刻，岱顶星精亦化云[1]。谁似蒋侯有深意，力与造物争余焚[2]。
苍凉晓日生残梦，断烂亭碑见拓文。煮茗山斋重识古，碧霞灵气远缤纷[3]。

【编年】

咸丰六年（1856）冬，在遵义养病居家作。

【注释】

[1] 琅邪：通琅琊。邹峄无秦刻：《史记·秦始皇本纪》：秦始皇二十八年，"东巡郡县，
上邹峄山，立石，与鲁诸儒生议，刻石颂秦德"，丞相李斯书，篆文，其后碑石不存。岱顶：
指泰山之巅。星精：犹言星之灵气。庾信《周太子太保步陆逞神道碑》："祥符云气，庆合星精。"

[2] 蒋侯：蒋子文，三国吴时被封为中都侯，为蒋山之神。干宝《搜神记》卷五："蒋子文者，
广陵人也。嗜酒，好色，挑挞无度。常自谓'己骨清，死当为神'。汉末，为秣陵尉，逐贼
至钟山下，贼击伤额，因解绶缚之，有顷遂死。及吴先主之初，其故吏见文于道，乘白马，
执白羽，侍从如平生。见者惊走。文追之，谓曰：'我当为此土地神，以福尔下民。尔可宣
告百姓，为我立祠。不尔，将有大咎。'是岁夏，大疫，百姓窃相恐动，颇有窃祠之者矣。
文又下巫祝：'吾将大启佑孙氏，宜为我立祠；不尔，将使虫入人耳为灾。'俄而小虫如尘虻，
入耳，皆死，医不能治。百姓愈恐。孙主未之信也。又下巫祝：'吾不祀我，将又以大火为
灾。'是岁，火灾大发，一日数十处。火及公宫。议者以为鬼有所归，乃不为厉，宜有以抚之。
于是使使者封子文为中都侯，次弟子绪为长水校尉，皆加印绶。为立庙堂。转号钟山为蒋山，
今建康东北蒋山是也。自是灾厉止息，百姓遂大事之。"余焚：烟火祭祀。

[3] 碧霞：青色的云霞，多用以指隐士或神仙所居之处，此指泰山极顶南侧的"碧霞祠"，
为道教全真派圣地，初建于宋真宗大中祥符二年（1009），原名"昭真祠"，又称"昭真观"，
明弘治年间改名"碧霞灵应宫"，又称"碧霞灵佑宫"，乾隆三十五年（1770）重修后改称"碧
霞祠"，沿用至今。

其二

劫灰尚种阿房火，明月长窥玉女池[1]。绝笔世传丞相篆，高吟谁续杜陵诗[2]？八分变体纷摹古，十字征题亦费词[3]。深恐岱宗青护处，风轮磨灭到臣斯。

【注释】

[1] 玉女池：即泰山玉女池，在泰山顶部碧霞祠西墙外，原为天然水池，汉代砌为方井。宋真宗东封泰山时，在玉女池内发现玉女石像，遂易以玉像，建龛奉祭，并册封为"天仙玉女泰山碧霞元君"，从此香火大盛。

[2] 丞相篆：玉女池侧有天陨巨石，高耸黝黑若鼎，秦李斯篆书《泰山刻石》，曾镶嵌石内，又称"斯碑崖"。明人查志隆题之为"天柱"，斯碑崖南，原有明代建西公署，额称"仰止亭"，旧时达官贵人登山，多止宿于此，清代废。杜陵诗：指杜甫《岱宗》诗。

[3] 八分：即八分书，隶书的一种，带有明显的波磔特征，亦称"分书"或"分隶"。十字征题：指拓本所见泰山十残字。

读长庆集[1]

香山忠州诗，意境难开扬。及官苏杭日，才大谁与量[2]？平生说理篇，老仙阅兴亡[3]。曲注漆园泪，虚乘般若航[4]。洛中有园池，庐山开草堂[5]。老怀重山水，妙义自成章。气或逊李杜，笔能排元张[6]。韩奇未可敌，刘丽真足当[7]。勿嫌用意尽，意尽才思昌；勿言辞语浅，语浅神理长。鸾鹤在九霄，其音中清商。下可啾百鸟，上可谐凤凰。

【编年】

咸丰六年（1856）冬，居家遵义养病作。

【注释】

[1] 长庆集：指《白氏长庆集》，白居易别集名，因编纂于唐穆宗长庆年间，故名。

[2] 香山以下四句：谓白居易忠州任上所作诗意境尚不开阔，但担任杭州、苏州刺史后所作诗，才气纵横。香山居士白居易在元和十年（815）因"越职言事"被贬为江州司马，十三年岁末，改官忠州刺史；十五年还京，任尚书司门员外郎，转主客郎中、知制诰，累迁中书舍人。因朝中朋党倾轧，于穆宗长庆二年（822）请求外放，任杭州刺史。四年五月任满，以太子左庶子召回。宝历元年（825）出任苏州刺史。文宗大和元年（827），拜秘书监，明年转刑部侍郎，四年，定居洛阳，以诗、酒、禅、琴及山水自娱。后历太子宾客、河南尹、太子少傅等职，武宗会昌二年（842）以刑部尚书致仕。

[3] 说理篇：指作于元和十三年江州司马任上的诗《达理二首》。老仙阅兴亡：化用苏轼《舟中听大人弹琴》诗"有如老仙不死阅兴亡"句，白居易自长安至江州途中有《读庄子》（去国辞家谪异方），表露其时心境；老仙，指南华老仙，即庄子。《旧唐书·玄宗纪》：天宝

元年，诏封庄子为南华真人。

[4] 曲注漆园泪：白居易大和八年（834）以太子宾客分司东都，有《读庄子》（庄生齐物同归一），对庄子"齐物论"表达其所见之异同。虚乘般若航：指白居易《读禅经》诗。洛中有园池：《旧唐书·白居易传》："居易罢杭州，归洛阳，于履道里得故散骑常侍杨凭宅，竹木池馆，有林泉之致。"

[5] 庐山开草堂：《草堂记》卷43："匡庐奇秀甲天下山，山北峰曰'香炉'，峰北寺曰'遗爱寺'，介峰寺间，其境胜绝，又甲庐山。元和十一年秋，太原人白乐天见而爱之，若远行客过故乡，恋恋不能去，因面峰腋寺，作为草堂。"白居易自称"遗爱草堂"，有《题别遗爱草堂兼呈李十使君》诗。

[6] 李杜二句：指白诗气势上不如李白和杜甫，但白文胜过以诗名世的元稹和张籍。

[7] 韩奇二句：谓白居易诗风不能与以奇崛险怪著称的韩愈相比，但与诗风清丽沉着的刘禹锡足可匹敌。晚年白居易与刘禹锡在洛阳为诗友，并称"刘白"。

寄怀赵祉庭

清江趋风涛，岩门散虚翠。一壑纡幽踪，万物不奸志[1]。平生紫霞想，复结沧洲思。赞善惭蒲且，报书得班嗣[2]。哲兄斯文秀，少壮笃真谊。常师恭友怀，洒扫门庭事。老境逐尘鞅，十载违謦欬[3]。遥知空江吟，晚闻明月吹。壎箎激高唱[4]，江海入清寐。故山隐泉石，里人良不易。若华翳当折[5]，春芳崇可遗。因君问渔竿，岂与枫人醉[6]？岁晏倘相迎，沿洄期避地。

【校记】

诗题：同治本、《黔诗纪略后编》"庭"后有"二兄"二字。

十载违謦欬：謦欬，底本作"謦欬"，据同治本改。

里人良不易：里人，同治本作"里仁"。

【编年】

咸丰六年（1856）冬，居家遵义作。

【注释】

[1] 一壑二句：《汉书·叙传上》："渔钓于一壑，则万物不奸其志；栖迟于一丘，则天下不易其乐。"

[2] 蒲且：人名，相传是古代善于射鸟的人。《列子·汤问》："蒲且子之弋也，弱弓纤缴，乘风振之，连双鹤于青云之际，用心专，动手均也。"张湛注："蒲且子，古善弋射者。"班嗣：班斿之子，班彪之兄长，班固之伯父，为两汉之际道家名人。

[3] 老境二句：言己老大出仕，错过很多与赵氏言谈的机会。尘鞅：世俗事务的束缚。十年：数年，概数。謦欬（qǐng kài）：本指咳嗽，引申为言说，谈笑。《庄子·徐无鬼》："又况乎昆弟亲戚之謦欬其侧者乎。"

[4] 壎箎（xūn chí），同"埙篪"，喻兄弟。《诗经·小雅·何人斯》："伯氏吹埙，仲氏吹篪。"

[5] 若华：古代神话中若木的花。曹植《感节赋》："折若华之翳日，庶朱光之常照。"

[6] 枫人：即"枫鬼"。刘恂《岭表录异》卷中："枫人岭多枫树。树老多有瘤瘿。忽一夜遇暴雷骤雨，其树赘则暗长三数尺。南人谓之'枫人'。越巫云，取之雕刻神鬼，易致灵验。"

侍雪堂诗钞卷第四

上承尊生龄观察 [1]

南纪骋魑魅，妖星飞百蛮。战士激剑光，出入苗峒间。上江日凄黯，沅水烟凋残。末秋奉征调，远戍九虎山。兵微贼氛炽，粮尽元戎还。驰驱返故廨，十日九得餐 [2]。因缘河鱼疾 [3]，来趋贵阳垣。蒙公重拂拭 [4]，接待礼数宽。自分从军子，顾步诚蹒跚 [5]。徒观孙楚揖，未识田子魂 [6]。遂求隶公部，草檄供文翰。进可谢行列，退可崇儒冠。不图所谋异，有似风沙抟 [7]。复作鐔城役，瘴疠蒸肺肝。戍卒死原野，人命同草菅。我行亦病痁，去意空盘桓 [8]。凌晨发幽唱，深夜来忧端。秋风扫落叶，贼路纡巉岏 [9]。太守行遣归，萍梗漂风湍。仓皇逐徒侣，悄度苗塘关。纡回楚江曲，西上何漫漫。霜气下屋角，青黄悬橘丸。白发见游子，泪渍衣裳干。捧檄有程期 [10]，敢歌行路难。蹦躄竹城道 [11]，石磴重跻攀。层闉列官府，望气欣旌竿 [12]。诘朝肃冠带，山斗重瞻韩 [13]。华灯丽图籍，初月辉池阑。诗声闻侯喜，古貌聊郊寒 [14]。芝升明经。名论挹高雅，惊魄生平安。却忆向来境，欲语心悲酸。蛮天涨杀气，触目锋刃攒。苍生半沟壑，贼势腾峰峦。岂无云中守，蛮触心力殚 [15]。伤哉召募客，事过空长叹。念自乱离始，天命吾徒悭 [16]。草莱隐经术，戎马摧词坛。短后曼胡服，气象不可干 [17]。夫子今龙门，六代澄遐观。高文炳星日，光采清人寰。天机逗灵奥，道眼标神奸。乞公牟尼珠，照我浊水澜 [18]。壮士惜迟暮，大弨难遽弯 [19]。方知无终马，力老鞭策艰。飘飘风中蓬，郁郁庭前兰。依依旧吟侣，促促征夫鞍。行将别公去，扁舟凌楚滩。劳生有奇尚 [20]，讵解矜微官？江汉问黄鹤，风月何时闲？大雅几尘沙，萧条才屈蟠 [21]。公度千顷波，公心明月盘。谬蒙𥳑蒉识，上结荀公欢 [22]。玉梅雪艳艳，珠斗星珊珊。飞觞会嘉客，座上皆龙鸾。人事感离合，别绪成连环。安得辽城箭 [23]，一笑开心颜？

【校记】

触目锋刃攒：锋刃，同治本作"刀锋"。

仓皇逐徒侣：仓皇，同治本作"仓惶"，可通用。

【编年】

咸丰六年（1856）冬，黎兆勋得授官湖北，行前至贵阳辞别贵州按察使承龄作。据此诗，黎氏授官湖北，盖承龄有力焉。黎庶焘《从兄伯庸府君行状》云"以防苗功，擢湖北鹤峰州州判……丙辰秋赴鄂"，时间有误。黎兆勋除授鹤峰州州判，赶赴武昌，此诗云"玉梅雪艳艳，珠斗星珊珊"，已在冬天；又据赴任途中《晓雪山行》《腊月十八夜舟行大江风剧不能泊岸》诸诗，可证其赴任湖北已在季冬。郑珍有诗《送柏容之鹤峰州州判任二首》。

【注释】

[1]承龄：（1814—1865）字子久，又字叔度，号尊生，又号藏庵，别号净业渔人，裕瑚鲁氏，满洲镶黄旗人。道光十六年（1836）进士，累官至贵州按察使、布政使。与莫友芝相交最契。黎庶昌落魄时，得其赠诗抚慰，期许甚厚，论者谓有古贤爱才之风。喜吟咏，著有《大小雅堂诗集》4卷及《冰蚕词》1卷。其诗词颇受晚清以来诗词评家的称誉，其诗清新雅健，其词严整端华，人有就驾銮仪，矜栗竦峙之评，认为满人中仅在纳兰性德之下。

[2]南纪以下十二句：参见卷三《刘侯练勇歌》"贼如猎犬兵奔狐"一句注释，谓咸丰四、五年间黔东南苗民相继叛乱，凶狠残暴，破坏性大，官军与之激战而不胜，黎兆勋亦奉命参与平叛，屡历险境。南纪：南方。《诗经·小雅·四月》："滔滔江汉，南国之纪。"末秩：低级官吏，此为自称。

[3]河鱼疾：即河鱼腹疾，典出《左传·宣公十二年》："叔展曰：'有麦曲乎？'曰：'无。''河鱼腹疾，奈何？'"鱼烂先自腹内开始，后因用"河鱼"为腹疾者的典故。

[4]拂拭：提拔、赏识。

[5]顾步：徘徊自顾；回首缓行。蹒跚：行步缓慢，往来徘徊的样子。

[6]孙楚揖：指傲慢地行礼。据《晋书·孙楚传》：孙楚"才藻卓绝，爽迈不群，多所陵傲，缺乡曲之誉。年四十余，始参镇东军事。文帝遣符劭、孙郁使吴，将军石苞令楚作书遗孙皓，劭等至吴，不敢为通。楚后迁佐著作郎，复参石苞骠骑军事。楚既负其材气，颇侮易于苞，初至，长揖曰：'天子命我参卿军事。'因此而嫌隙遂构。苞奏楚与吴人孙世山共讪毁时政，楚亦抗表自理，纷纭经年，事未判，又与乡人郭奕忿争。武帝虽不显明其罪，然以少贱受责，遂湮废积年"。田子魂：田子方的魂灵。一说"魂"通"云"，指田子方讲的话。

[7]风沙挎：比喻聚而易散。

[8]病痁（shān）：患疟疾。

[9]巑岏（cuán wán）：山高锐貌。

[10]捧檄：奉命就任。骆宾王《渡瓜步江》诗："捧檄辞幽径，鸣根下贵洲。"有程期：有规定期限或者限定日期。杜甫《前出塞九首》其一："公家有程期，亡命婴祸罗。"

[11]蹩躠（bié xuè）：腿脚不便，尽力前行的样子。引申为用心尽力。《庄子·马蹄》："及至圣人，蹩躠为仁。"

[12]层闉（yīn）：高耸的瓮城城门。亦泛指城门。刘子翚《建康六感·吴》诗："停桡眺迥陆，裂蔓登层闉。"望气：古代方士的一种占候术，观察云气以预测吉凶。旌竿：旗竿。

[13]瞻韩：犹言"久仰"。唐代韩朝宗曾作荆州长史，喜拔用后进，为时人所重。李白

《与韩荆州书》："白闻天下谈士相聚而言曰：'生不用封万户侯，但愿一识韩荆州。'何令人之景慕一至于此耶！"后因以"瞻韩"为初见面的敬辞，意谓久欲相识。

[14]侯喜：字叔起，与韩愈交好，后经韩愈举荐，于贞元十九年（803）中进士，曾任校书郎、国子主簿等职。韩愈有《赠侯喜》诗。郊寒：唐代孟郊作诗，清峭寒瘦，好作苦语，故称。

[15]云中守：汉文帝时，魏尚曾任云中太守，镇守边陲，深得军心，作战有功，匈奴不敢犯边。蛮触心力殚：似指官方内部因私隙引起的争吵和内讧。典出《庄子·则阳》，谓两个建立在蜗牛角上的国家，右角上的叫蛮氏，左角上的叫触氏，双方常为争地而战，伏尸数万。后因以"蛮触"比喻因小事争吵的双方。

[16]念自二句：诗人自谓苗变以来，命中注定有此一劫。

[17]短后句：语出《庄子·说剑》："曰：'庶人之剑，蓬头突鬓，垂冠，曼胡之缨，短后之衣，瞋目而语难，相击于前，上斩颈领，下决肝肺。'"

[18]牟尼珠：参见卷二《题舒筠峰前身觉悟图》注释[7]。浊水澜：陆机《拟青青陵上柏诗》："人生当几时，譬彼浊水澜。"孟郊《汴州留别韩愈》："不饮浊水澜，空滞此汴河。"

[19]大弨难遽弯：韩愈《雪后寄崔二十六丞公》："脑脂遮眼卧壮士，大弨挂壁何由弯。"弨：弓名。

[20]劳生：《庄子·大宗师》："夫大块载我以形，劳我以生，佚我以老，息我以死。"后以"劳生"指辛苦劳累的生活。奇尚：不寻常的喜爱。

[21]尘沙：犹尘世。屈蟠：枝干弯曲盘绕。

[22]颛（zōng）蔑识：此自比颛蔑被人赏识。春秋时郑国大夫颛蔑，或称颛明。《左传·昭公二十八年》："叔向适郑，颛蔑恶，欲观叔向，从使之收器者而往，立于堂下。一言而善。叔向将饮酒，闻之，曰：'必颛明也。'下，执其手以上，曰：'……子若无言，吾几失子矣……'遂如故知。"荀公欢：不知何典。

[23]辽城箭：当作"聊城箭"。《战国策·齐策六》：战国时，燕攻齐，夺取七十余城。齐将田单欲收复聊城，攻之年余，而城不下。齐人鲁仲连乃写信系于箭，射入城中，劝燕将撤军。燕将得信，悦服，罢兵而去，遂解齐国之围。后遂以"聊城箭"为典，比喻助力。

三度关旅夜[1]

别酒犹在襟，行人屡回顾。离家四十里，日夕隔烟雾。自惭归程晚，此去或多误[2]。月出云际峰，风吹道旁树。肠断夜猿声，尚是家山路。

【编年】

咸丰六年岁（1856）冬，自遵义县禹门老家赴任湖北途经三渡关时作。

【注释】

[1]三度关：当作"三渡关"，三渡镇的别名，清朝隶属遵义县，今属遵义市红花岗区。三渡关是明万历间播州宣慰司东部关隘之一，时从湄潭进入播州，三渡关的官道有两条：一

条从湄潭县城西渡湄江河，经窄溪、麦子寨、五里坎（坡）、天生桥、煎茶溪（今晓河）进三渡关；一条从湄潭县西渡湄江河，经窄溪、合同水、岩孔坝、煎茶溪进三渡关。播州宣慰使杨应龙在今三渡关场东侧、晓河（煎茶溪）西侧之间峡谷中结石为闸，架木为楼，构筑大、小三渡关，防御外来侵犯。

　　[2] 此去句：指赴任湖北，前途未卜又有违初心。

七星关晓发 [1]

　　诸峰散霞雨，初日光氤氲 [2]。濛濛远天白，下界铺蛮云 [3]。昨陟困徒侣，今旦新见闻。高寒神所超，清浊气自分。尘海茫无垠，岩壑低缤纷。谁怜两客鸟，矫翼乘朝氛 [4]？持谢山泽癯，愧兹鸾鹤群 [5]。

【编年】
咸丰六年（1856）冬，赴任湖北途经凤冈作。

【注释】
[1] 七星关：在今遵义市凤冈县王寨乡。
[2] 氤氲：形容烟或云气浓郁。
[3] 蛮云：蛮云瘴雨的省称，指南方有瘴气的烟雨，亦泛指十分荒凉的地方。
[4] 矫翼：展翅，比喻施展才能。陆云《登台赋》："万禽委蛇于潜室兮，惊风矫翼而来翔。"
[5] 山泽癯：山野瘦儒。鸾鹤：鸾与鹤，相传为仙人所乘，借以指神仙。

晓雪山行

　　苍然露岩巆，皓色浸山绿。初疑云融液，远爱峰尽玉。蛮山叠清棱，竹树天花簇。脱然尘梦破 [1]，吾生恋幽独 [2]。杖笠行迢遥，楚歌共谁续？

【编年】
咸丰六年（1856）冬，赴任湖北途中作。

【注释】
[1] 脱然：不经意的样子。尘梦：尘世的梦幻。
[2] 幽独：静寂孤独。亦指静寂孤独的人。

舟中望明月庵

　　山月晚逾白，江天寒更青。小峰如有待，去棹且为停。薄暮中流望，含愁孤屿亭。残阳沙岸暝，风水自泠泠。

【编年】

咸丰六年（1856）季冬，赴任湖北途中作。

腊月十八夜舟行大江风剧不能泊岸

浩浩寒涛影，扁舟一叶微。风连平野动，帆拥大星飞[1]。飘泊原凭命，升沉已息机[2]。向来歌小海[3]，到此悔全非。

【编年】

咸丰六年（1856）冬，赴任湖北途中作。

【注释】

[1] 大星：星宿中大而亮者，或指启明星。

[2] 息机：息灭机心。杜甫《将赴成都草堂途中有作先寄严郑公》诗之五："侧身天地更怀古，回首风尘甘息机。"

[3] 小海：曲名。《晋书·隐逸传·夏统》："（贾）充又谓曰：'……卿颇能作卿土地间曲乎？'（夏）统曰：'……伍子胥谏吴王，言不纳用，见戮投海，国人痛其忠烈，为作《小海唱》。今欲歌之。'众人金曰：'善。'统于是以足叩船，引声喉啭，清激慷慨，大风应至，含水嗽天，云雨响集，叱咤欢呼，雷电昼冥，集气长啸，沙尘烟起。王公已下皆恐，止之乃已。"

正月十九日出游登眺

漭漭东流水，青山大别横。长风千里舵，战舰九江城。云拥旌旗色，江腾鼓角声。正须招玉笛，辛苦写南征。

【校记】

此诗以下同治本归属卷五。

【编年】

咸丰七年（1857）春，任职湖北，巡抚胡林翼以黎兆勋为其黎平旧吏，留为湖北布政使司照刷磨勘兼盐库大使。按：黎庶焘《从兄伯庸黎府君行状》："丙辰秋赴鄂，至则益阳胡文忠公方开府是邦，以兄才士，又黎平故吏也，留居省垣摄藩照磨。"黎庶昌《从兄伯庸先生墓表》："以防苗功，选湖北鹤峰州州判。至楚，檄署藩照磨兼盐库大使。"按：藩，指承宣布政使司。据《清史稿·职官三》：清代承宣布政使司下设有各类内部机构、属官，其中照磨所"照磨"，从八品，掌照刷案卷；"库大使"，正八品，掌库藏籍帐。《元典章·吏部八》："明察曰照，寻究曰刷，复核曰磨，检点曰勘。"以检查官府文件有无稽迟、失错、遗漏、规避、埋没、违枉等情弊，有则限期改正。盐库大使全称盐运司库大使，职掌盐课的收纳，并监理库贮诸事，系杂职。时湖北布政使为马秀儒。

陆镇寓窗望江中落月 [1]

孤光翻不定，远水黑无边。破影倏然逗 [2]，半轮仍欲圆。盈亏惊海客，离合倚江烟。似惜千樯静 [3]，流辉照客船。

【编年】

咸丰七年（1857），檄署藩照磨兼盐库大使时作。

【注释】

[1] 陆镇：即陆口镇，在湖北嘉鱼县西南，今名陆溪口，陆水入江处，三国吴以此为控制要地，孙权使鲁肃、吕蒙屯陆口。

[2] 逗：停留。

[3] 千樯：千帆。樯：指古时帆船的桅杆。

蒲圻舟中念少存弟 [1]

野色碧如水，江光寒入云。月明孤雁语，客子倚蓬闻。忆尔嫌程迫，临歧悔袂分。沙羡音移。春夜泊 [2]，离绪黯纷纷。

【编年】

咸丰七年（1857），檄署藩照磨兼盐库大使时作。

【注释】

[1] 蒲圻：今湖北赤壁市的古称。少存：黎兆勋幼弟兆普字少存。

[2] 沙羡（yí）：古县名，今湖北武昌西金口。

金塘客寓 [1]

麦熟湖云暖，茶香山雨晴。小桥多碍马，芳树不闻莺。亦是催租吏 [2]，难忘遯野情 [3]。君看道旁水，浑激使鱼惊。

【编年】

咸丰七年（1857），檄署藩照磨兼盐库大使时作。

【注释】

[1] 金塘：今湖北崇阳县金塘镇。

[2] 催租吏：黎兆勋选授鹤峰州州判，到达武昌后因与巡抚胡林翼有旧属之谊，留为省府藩台照刷磨勘兼盐库大使，负责对本省的收支进行审计。

[3] 遯野：亦作"遁野"，谓隐居民间。

野游

地僻游偏早，官闲迹自清。客愁萦野色，林曲聚秋声。耳绝尘嚣事，心寒故旧盟。凉风吹短策，遥忆武昌城。

【注释】

咸丰七年（1857），檄署藩照磨兼盐库大使时作。

武昌秋夜

置身卑湿地，何敢望琼楼[1]。忽作高寒想，偏惊离乱秋。神仙虽有术，鸿雁若为俦[2]。黯黯临江堞，空余黄鹤愁。

【编年】

咸丰七年（1857），檄署藩照磨兼盐库大使时作。

【注释】

[1] 琼楼：形容华美的建筑物。诗文中有时指仙宫中的楼台。

[2] 神仙术：一种宗教仪式的行为，通常与巫术、魔法有关，用来呼唤某一个神明或多位神明出现在仪式现场。鸿雁句：明代释函是《读仍千雁影诗》："知时贵哲人，不如鸿雁俦。"

闻曾涤生国藩侍郎兵过武昌剿办浙西贼匪[1]

督帅东征去，旌旗过武昌。天开庐阜远[2]，霜肃楚云长。儒将心孤迥[3]，秋风气激昂。安危赖公策，早晚度钱塘。

【校记】

诗题：同治本无"国藩"二字。

【编年】

咸丰七年（1857），檄署藩照磨兼盐库大使时作。

【注释】

[1] 曾国藩：（1811—1872），字伯涵，号涤生，清代政治家、军事家、理学家、文学家，湘军的创立者和统帅，与胡林翼并称曾胡，与李鸿章、左宗棠、张之洞并称"晚清四大名臣"。

官至两江总督、直隶总督、武英殿大学士，封一等毅勇侯，谥曰文正。

[2] 庐阜：庐山。

[3] 孤迥：寂寞，寂寥。

暑夜卧病柬徐镜秋学博[1]

去年书夏五，卧病黎平城。自审来岁事，可以安性情。今年江汉天，梅雨昼夜并。蛙黾上衾枕[2]，鱼鳖生轩楹。阳乌或捩目，甑釜生光晶[3]。此室虽借栖，南窗颇高明。何以饱我腹？江村白雪秔[4]。何以安我眠？短榻铺桃笙[5]。奈何不自慰？时有呻吟声。回思去年暑，旧病今岂轻？是非时使然，我体百感撄。昔为释氏学，梦幻观我生。细思两间事，伦理孤心萦。生人具百骸，模范归五行。生老病死苦，造物司权衡。扰扰大块中[6]，智勇纷相争。岂知无言表？因物形枯荣。不为拙者绌，不为巧者盈。愿君安四体，寤寐除心兵[7]。毋将尘海魔，扰我白水盟[8]。不病身良佳，多病神益清。愔愔苦吟身，无亏亦无成。春鹏与秋蟀，各自鸣其鸣[9]。

【编年】

咸丰七年（1857），檄署藩照磨兼盐库大使时作。

【注释】

[1] 徐镜秋：生平事迹不详，盖黎兆勋在鄂友人。

[2] 蛙黾：即蛙，此指蛙声。

[3] 阳乌：神话传说中在太阳里的三足乌，此指雨后的阳光。捩目：指阳光刺眼。甑釜：古炊煮器名。《孟子·滕文公上》：“‘许子以釜甑爨，以铁耕乎？’曰：‘然。’”朱熹《集注》：“釜，所以煮；甑，所以炊。”

[4] 白雪秔：雪白的粳米。秔，同粳。

[5] 桃笙：桃枝竹编的竹席。左思《吴都赋》：“桃笙象簟，盛于筒中。”《文选》李善注引刘逵曰：“桃笙，桃枝簟也，吴人谓簟为笙。”

[6] 大块：大自然，大地。《庄子·齐物论》：“夫大块噫气，其名为风。”成玄英疏：“大块者，造物之名，亦自然之称也。”

[7] 心兵：《吕氏春秋·荡兵》：“在心而未发，兵也。”后以“心兵”喻心事。

[8] 尘海：茫茫尘世。白水盟：指着水起誓，指辞官养老。《左传·僖公二十四年》：“所不与舅氏同心者，有如白水！”杨伯峻注：“‘有如白水’即‘有如河’，意谓河神鉴之，《晋世家》译作‘河伯视之’，是也。”后遂用作誓词，表示信守不移。

[9] 春鹏二句：语本晋代王赞《杂诗》：“昔往鸧鹒鸣，今来蟋蟀吟。”

杨缉园秀才以浔阳平诗见示短歌奉和

江空月堕行云停,鹍鸡弦裂江风鸣[1]。楚夜萧条曙光白,高歌声激城乌惊。浔阳捷书五更鼓[2],听君歌罢醉起舞。中有哀时吊死之远愁,使我流亡泪如雨。君诗悲壮歌且休,沧烟漭漭孤城浮。青山客异白司马,循吏人期元道州[3]。

【编年】

咸丰八年(1858),檄署藩照磨兼盐库大使时作,是年罗遵殿代马秀儒为湖北布政使。

【注释】

[1] 鹍鸡弦:又称鲲弦,鹍弦。《乐府杂记》:"贺怀智以鹍鸡筋作琵琶弦,用铁拨弹。"鹍鸡:古书上指形状像鹤的鸟。

[2] 浔阳捷书:咸丰六年(1856)秋,太平天国发生天京内讧,湘军攻占武昌,进逼九江。七年春,湘军李续宾部开始攻城,采取长围坐困之策,至八年五月,终于攻占了由林启容等太平军据守近五年的九江。浔阳,九江旧称,又称江州。此处"捷书",即指湘军攻占九江一事。

[3] 白司马:白居易曾官江州司马。元道州:唐代元结晚年任道州刺史,免徭役,收流亡。

江堤早泊

横笛江楼暮色催,布帆斜卷不能开。汉川西上天门远,风紧云寒雁阵来。

【校记】

横笛江楼暮色催:笛,同治本作"篴",篴,古同笛。

【编年】

咸丰八年(1858),檄署藩照磨兼盐库大使,赴安陆府(钟祥)公干途径汉川时作。

汉川舟中

其一

草绵花落岸沙黄,风雨连天接武昌。离恨不因江水阔,重阳五载客他乡。

【编年】

咸丰八年(1858),檄署藩照磨兼盐库大使,赴安陆府(钟祥)公干途径汉川时作。

其二

东溪黄菊酒人疏[1],红树青山隐敝庐。一夜秋风乡思发,莫疑张翰为鲈鱼[2]。

【注释】

[1] 酒人：好酒之人。

[2] 一夜二句：用张翰事典，参见卷三《夜梦东溪晓起杂感二首寄舍弟少存》其二注释 [2]。

到安陆寓僧舍不得舍弟消息 [1]

去留难汝料，昨日发吾书。穷鸟双飞远 [2]，寒衣九月初。不才常自愧，有弟总离居。急棹来应早 [3]，槎头学钓鱼 [4]。

【校记】

诗题：舍弟，同治本作"铨普两弟"，"铨普"小字夹注。

【编年】

咸丰八年（1858），檄署藩照磨兼盐库大使，赴安陆府（治钟祥）公干时作。

【注释】

[1] 安陆：指安陆府，治钟祥。

[2] 穷鸟：无处可栖的鸟。比喻处境困穷的人。赵壹《穷鸟赋》："有一穷鸟，戢翼原野。"

[3] 急棹：谓船急行。张说《岳州观竞渡》诗："低装山色变，急棹水华浮。"

[4] 槎头：船头。杜甫《解闷》诗之六："即今耆旧无新语，漫钓槎头缩颈编。"

僧舍观王右军思想帖石刻 [1] 石城蒋仁昌所勒

颜公迹已远 [2]，何论王右军。世人夸拓本，体态如浮云。缅怀王与颜，造化为精神。此事如参禅，离即存乎人。学不通二篆，力难书八分 [3]。颜公如河岳，在地形斯文。逸少如星辰，垂辉照千春。此石陈寺壁，摹勒由蒋君。跋语详珍藏，好古情何真。惟观所刻石，圆滑不足珍。骊珠三十三，圣处吾难云 [4]。或疑赵承旨 [5]，萌芽发清新。遗墨传后代，来者增所闻。僧房冬日暖，洗剔明窗尘。墨拓倦老眼，意象思浑沦 [6]。即看青梧枝，落叶鸣纷纷。

【校记】

来者增所闻：同治本作"来者增见闻"。

【编年】

咸丰八年（1858），檄署藩照磨兼盐库大使，外出钟祥公干时作。

【注释】

[1] 王右军：东晋王羲之之历官会稽内史，领右将军，故世称"王右军"，善书法，广采众长，备精诸体，冶于一炉，摆脱了汉魏笔风，自成一家，有"书圣"之称。思想帖：王羲之书帖，

本帖挥洒自如，率意畅达，有纸本墨拓传世，此指石城（钟祥）蒋伫昌所勒王帖。

[2] 颜公：指唐代名臣颜真卿，曾为平原太守，世称“颜平原”。安史之乱时，颜真卿率义军对抗叛军，官至吏部尚书、太子太师，封鲁郡公，故又称“颜鲁公”。颜真卿书法精妙，擅长行、楷，初学褚遂良，后师从张旭，得其笔法。其行书气势遒劲，正楷端庄雄伟，称“颜体”，对后世影响很大。

[3] 八分：指八分体，古汉字一种书体的名称，又称楷隶，字形方正，有规整的波势、挑法，横划起笔顿抑，终端上扬，所谓“蚕头”“燕尾”，书体庄严典雅。

[4] 骊珠：宝珠，比喻珍贵的人或物。《庄子·列御寇》：“夫千金之珠，必在九重之渊，而骊龙颔下。”圣处：此指蒋伫昌所勒王羲之《思想帖》的精髓之处。

[5] 赵承旨：指赵孟頫，宋末元初官员、书法家、画家、诗人，累官至翰林学士承旨，故称“赵承旨”。善篆、隶、真、行、草书，尤以楷、行书著称于世。其书风遒媚秀逸，结体严整、笔法圆熟，创“赵体”，与欧阳询、颜真卿、柳公权并称为“楷书四大家”。

[6] 浑沦：道教语，义同混沌、太极、无极等形容道之初始状态的名词，引申为模糊不清，以及各行业道之大者。

石牌镇感事 [1]

晓出献王城 [2]，汉水鳞鳞黄。早行惮朔风，眼缬生清霜。此都古郊郢，近悉斯民伤。江光与云影，南北相低昂。涣漫狮子口，千夫筑堤防。横流本无定，旷野尘沙荒。吾徒窃微禄，揽辔增慨慷。愿假华山石，壁立汉水旁。更需泰宗雪，千尺埋遗蝗。竭来牛马走 [3]，自识须鬓苍。平生实多难，不复怜行藏。惟忧岁华晚，独滞天一方。妻子且勿惜，自惜生颓光 [4]。百年长若此，尘鞅愁人肠。

【校记】

狮子口：原作“师子口”，据本卷《三月三日偕舍弟游元佑观诸寺感事》诗中注及钟祥下辖地名“狮子口”改。

【编年】

咸丰八年（1858），檄署藩照磨兼盐库大使，外出钟祥公干时作。

【注释】

[1] 石牌镇：清属安陆府钟祥县，在今钟祥市西南部，东临汉江，水路交通便捷，商贾云集，古时有“小汉口”之称，为“中国历史文化名镇”。

[2] 献王城：即钟祥，为明宪宗第四子朱祐杬封地，死后明武宗赐谥“献”，史称兴献王。

[3] 牛马走：谓像牛马般奔波劳碌。李宣远《近无西耗》诗：“自怜牛马走，未识犬羊心。”

[4] 颓光：犹余晖，比喻暮年。李白《短歌行》：“富贵非所愿，为人驻颓光。”

行路难

行路难，乃在汉皋之水涯[1]，老河水浅船不行，白日杲杲飞黄沙[2]。客子倚篷语，衔碑奈何许[3]。陆地难行舟，青天绝行雨。大鱼人立向我前，倔强泥沙自言苦[4]。行路难，客勿忧，小雪尾交大雪头。滕六酿雪[5]，河汉不流，明朝风雪移君舟，独我遑遑沙岸愁复愁。去亦不能得，住亦不能得。心在天南身在北，何人假我乘风翼？脂吾车，秣吾马[6]；行路难，石城下[7]。

【校记】

滕六酿雪：酿，同治本作"酿"，酿，古同酿。

【编年】

咸丰八年（1858），檄署藩照磨兼盐库大使，外出钟祥公干时作。

【注释】

[1] 汉皋：汉水周边。

[2] 杲杲：形容日光明亮。《诗经·卫风·伯兮》："其雨其雨，杲杲出日。"

[3] 衔碑：含悲的隐语。碑，音同"悲"。《乐府诗集·清商曲辞三·读曲歌二九》："奈何许，石阙生口中，衔碑不得语。"

[4] 大鱼二句：杜甫《又观打鱼》："大鱼伤损皆垂头，屈强泥沙有时立。"

[5] 滕六酿雪：滕六，古代神话传说中的雪神。程登吉《幼学琼林》"天文篇"："云师系是丰隆，雪神乃是滕六。"明代张岱《夜航船》有"滕六降雪"条："唐萧志忠为晋州刺史，欲出猎，有樵者见群兽，哀请于六冥使者。使者曰：'若令滕六降雪，巽二起风，则使君不出矣。'天未明，风雪大作，萧果不出。"《韩诗外传》："凡草木花多五出，雪花独六出。"阴极之数，立春则五出矣。雪花曰霙。

[6] 脂吾车，秣吾马：韩愈《送李愿归盘谷序》："膏吾车兮秣吾马。"苏辙《寒食赠游压沙诸君》："僧言我意两相值，欲往屡已脂吾车。"

[7] 石城：胡曾《咏史诗·石城》："古郢云开白雪楼，汉江还绕石城流。"又李商隐《石城》："石城夸窈窕，花县更风流。"冯浩引《元和郡县志》："郢州郭下长寿县，即古之石城。"唐代郢州长寿县，即钟祥，故石城即钟祥。

崇果寺七铜佛歌

化人城远象教繁，九州四海朝世尊[1]。铜山施舍铸宝相，金身丈六婆罗门[2]。眼前铜佛卧风雨，谁软造此供只园[3]？法王香火二百载，浩刹钟鼓晨昏喧[4]。宫观珍珑阅人世，兵燹烧爇存烬痕[5]。顽然七佛了无识，击揢不碎顾顾蹲[6]。迩来数载半苔蚀，掀公于淳无人援[7]。当年炉炭发愿力，历劫为洗祥金冤[8]。

彼法度人本无相，金刚不坏徒妄言[9]。泥丸木偶已多事[10]，寿以金石毋乃烦。带甲百万歉兵饷，扰扰盗贼窥屏藩。县官索赋走原野，关吏括税搜鸡豚。法身如如苦铜臭[11]，幻化试以钱神论。我为吾人作佛事，水衡赤仄宏财源[12]。一如来现一阿堵[13]，百千万亿身长存。毋论供养由帝力，誓以普济苏黎元。委形无用为世用，佛心本自忘风幡[14]。过去未来谁不朽？荼毗鬼已鲲鹏骞[15]。西方火化有遗俗，渣滓勿种烦恼根[16]。

【校记】

法身如如苦铜臭：底本作"法身如来苦铜臭"，据同治本改。

【编年】

咸丰八年（1858），檄署藩照磨兼盐库大使，外出钟祥公干时作。崇果寺，在钟祥石牌古镇上。

【注释】

[1] 化人城：唐代鲍溶《宿悟空寺赠僧》："迷路喜未远，宿留化人城。"象教：释迦牟尼离世，诸大弟子想慕不已，刻木为佛，以形象教人，故称佛教为象教。梁元帝《内典碑铭集林序》："象教东流，化行南国。"世尊：佛陀十号之一，佛无论在世、出世间都尊贵，所以叫"世尊"。

[2] 宝相：佛的庄严形象。金身：装金的佛像。婆罗门：印度佛教中，祭司被人们仰视如神，称为"婆罗门"。

[3] 只园：梵文"只树给孤独园"的简称，印度佛教圣地之一，与王舍城的竹林精舍是佛教最早的两大精舍。

[4] 法王：佛教对佛的尊称，后来也引申为对菩萨、阎王及西藏、日本某些佛教领袖的称呼。"王"有"最胜"及"自在"义；佛为法门之主，以自在化众生，故称法王。《无量寿经》卷下："佛为法王，尊超众圣，普为一切天人之师，随心所愿皆令得道。"浩刹：道家称宫观的阶层为浩刹。

[5] 珍珑：韩愈《题百叶桃花》诗："百叶双桃晚更红，窥窗映竹见珍珑。"烧爇（ruò）：焚烧。

[6] 顽然：愚钝无知貌。七佛：谓过去庄严劫中三佛和贤劫中四佛，即释迦牟尼佛及在其以前出现的六位佛陀，分别是毗婆尸、尸弃、毗舍浮三佛，与俱留孙、俱那含牟尼、迦叶、释迦牟尼等四佛。七佛皆已入灭，故又称"过去七佛"。击掊句：谓铜佛被击倒，却高高蹲在地上。

[7] 掊公句：谓无人将铜佛从烂泥里扶起来。《左传·成公十六年》："乃掊公以出于淖。"

[8] 发愿力：佛教语，谓普度众生的广大愿心。祥金：精金，吉金。刘禹锡《故吏部侍郎奚公神道碑》："推是风鉴，移于大冶，则镕范之内无非祥金。"

[9] 度人：传授别人修心之法。无相：佛教语，与"有相"相对，指摆脱世俗之有相认识所得之真如实相。《金刚经》："凡所有相，皆是虚妄。若见诸相非相，即见如来。"金

刚不坏：此指铜塑金身之佛。

[10]泥丸木偶：指泥菩萨、木菩萨。

[11]法身：佛教语，谓证得清净自性，成就一切功德之身。"法身"不生不灭，无形而随处现形，也称为佛身，又作法佛、理佛、法身佛、自性身、法性身、如如佛、实佛、第一身等。如如：佛教语，谓诸法皆平等不二的法性理体。慧远《大乘义章》卷三："诸法体同，故名为如……彼此皆如，故曰如如。"

[12]水衡：即水衡钱，汉代皇室私藏的钱，因由水衡都尉、水衡丞掌管、铸造，故称。赤仄：又作"赤侧"，古代一种外边为赤铜的钱币，汉武帝时始铸。水衡、赤仄均泛指国帑。

[13]阿堵：即"阿堵物"，指钱币。《世说新语·规箴》："（王）夷甫晨起，见钱阂行，呼婢曰：'举却阿堵物。'""阿堵"为六朝时口语"这个"的意思。

[14]佛心句：典出《坛经·行由品》：六祖慧能"出至广州法性寺，值印宗法师讲《涅槃经》。时有风吹幡动，一僧曰风动，一僧曰幡动，议论不已。慧能进曰：'不是风动，不是幡动，仁者心动。'"

[15]茶毗：又作茶毗，佛教语，梵语音译，意为焚烧，指僧人死后将尸体火化。《翻译名义集·名句文法》："阇维：或耶旬，正名茶毗，此云焚烧。"鲲鹏：古代神话传说中出现的神兽，是奇大无比的两种生物。《庄子·逍遥游》："北冥有鱼，其名为鲲。鲲之大，不知其几千里也。化而为鸟，其名为鹏。鹏之背，不知其几千里也；怒而飞，其翼若垂天之云。"

[16]西方二句：谓佛陀寂灭后即火化，而中国人却为他塑造金身，这是自寻烦恼。

雪夜有怀山中故人

回飚激树惊栖鸦[1]，蓬蓬白云飞雪花。橧棹怀人望天末，孤琴再鼓期瑶华[2]。冠盖纷纷满乡国，怅尔能飞无羽翼。生无斩蛟射虎之雄才，皂帽辽东计亦得不尔[3]？名山采药无人识[4]。涧芳习习萝径春，桂绿团团冰雪辰[5]。洞庭归客阻徒侣，汉江啼鸠思音尘[6]。我行落拓伤迟暮，书剑年深叹如故[7]。四海兵戈杜甫愁，一官事业邯郸步[8]。思君乃在播山阳，云寒路夐苍烟荒。虞卿著书亦安用[9]？奈彼海水群飞扬[10]。五经涉四州游八，今古高怀几雄拔？江夜歌残招隐篇[11]，卧听行舟橹咿轧。

【校记】

冠盖纷纷：同治本作"寇盗纷纷"。

【编年】

咸丰八年（1858），檄署藩照磨兼盐库大使，外出钟祥公干时作。

【注释】

[1]回飙：旋转的狂风。贾谊《惜誓》："临中国之众人兮，托回飙乎尚羊。"

[2] 天末：天边，天际。瑶华：本指玉白色的花，喻指霜雪。张九龄《立春日晨起对积雪》诗："忽对林亭雪，瑶华处处开。"

[3] 皂帽辽东计：指归隐田园。据《三国志·魏书·管宁传》：管宁字幼安，北海朱虚人。魏文帝黄初至魏明帝青龙年间，几次下诏书请他出仕，他都辞不赴命。魏明帝"诏书问青州刺史程喜：'宁为守节高乎，审老疾尪顿邪？'喜上言：'宁有族人管贡为州吏，与宁邻比，臣常使经营消息。贡说："宁常着皂帽、布襦袴、布裙，随时单复，出入闺庭，能自任杖，不须扶持。四时祠祭，辄自力强，改加衣服，着絮巾，故在辽东所有白布单衣，亲荐馔馈，跪拜成礼。宁少而丧母，不识形象，常特加觞，泫然流涕。又居宅离水七八十步，夏时诣水中澡洒手足，阚于园圃。"臣揆宁前后辞让之意，独自以生长潜逸，耆艾智衰，是以栖迟，每执谦退。此宁志行所欲必全，不为守高。'"管宁不出仕的原因，不是由于老疾智衰，而是由于清高守志，处乱世之中不愿与统治者合作。他所常戴的"皂帽"，也是辽东产物，故称"辽东帽"。后遂以"辽东帽"为清高守志，不在乱世鄙俗中同流合污，坚持节操的典故。

[4] 名山采药：谓在名山采集药物，指隐居避世或求仙修道。《后汉书·逸民传·庞公》："后遂携其妻子登鹿门山，因采药不反。"

[5] 涧芳习习：山涧中的花香飞动。桂绿团团：似桂一样的绿色簇聚在一起；比喻才能杰出者集聚在一起。唐代黄滔《祭陈侍御峤》："别来辇下，归自瓯中，尘忝而郄诜桂绿，因依而王俭莲红。"

[6] 徒侣：朋辈、同伴、党羽。音尘：指音信，消息或踪迹。

[7] 书剑句：书剑是古代士人随身所带之物，象征文武之道，书指文事，剑指武艺。《史记·项羽本纪》："项籍少时，学书不成，去；学剑，又不成。"

[8] 四海二句：诗人自比杜甫，谓其心忧太平军席卷全国，却未能乱世立功，在仕途上前进一步，反而因官场束缚而失去人身自由和快乐。

[9] 虞卿著书：《史记·虞卿列传》：战国时，虞卿因秦应侯求捕魏齐甚急，便弃相印，与魏齐一起投奔信陵君；信陵君疑而未决，魏齐自杀，故虞卿失去相位，乃居住魏国，穷愁著书，作成《虞氏春秋》。后用为咏不得其志之典。韩愈《李员外寄纸笔》诗："莫怪殷勤谢，虞卿正著书。"

[10] 海水群飞扬：比喻国家不安宁。扬雄《太玄经·剧》："海水群飞，终不可语也。"

[11] 招隐篇：当指淮南小山《招隐士》，表现王孙不可久留，早日归隐的急切心情。

腊月十四日接望山先生贵阳来书 [1]

古人老林壑，今人老风尘 [2]。嗟我与夫子，仆仆同今人。我生渐凋耗，白发日夜新。官事且勿道，忆远劳予神。岂无故乡书，行旅诚艰辛。屡惊乱离信，然疑传未真。君书天上来，喜极翻生嗔。怜君亦客鸟，依刘聊食贫 [3]。岑寂梅坮月，山堂空好春。平生淮海心 [4]，书来约刊孙淮海先生遗书数种。著述争嶙峋。古道羡君业，谬学惭吾身。赠言倘不食，退省当书绅[5]。

【编年】

咸丰八年（1858），檄署藩照磨兼盐库大使，外出钟祥公干时作。

【注释】

[1] 望山先生：不详何人。

[2] 林壑：树林和山谷，指隐居之地。皇甫冉《赠郑山人》："忽尔辞林壑，高歌至上京。"风尘：指入仕做官，也比喻客宦在外，旅途艰辛之境况。高适《人日寄都二拾遗》："一卧东山三十春，岂知书剑老风尘。"

[3] 客鸟：外地飞来的鸟，多以喻旅人。晋代王赞《杂诗》："人情怀旧乡，客鸟思故林。"依刘：《三国志·魏志·王粲传》："（王粲）年十七，司徒辟，诏除黄门侍郎，以西京扰乱，皆不就。乃之荆州依刘表。"后因以"依刘"谓投靠有权势者。

[4] 淮海心：淮海指明代孙应鳌（1527—1586），字山甫，号淮海，谥文恭，贵州清平卫（今凯里）人，嘉靖三十二年（1553）进士，历官陕西提学副使、四川右参政、金都御史，隆庆六年（1572）建清平山甫书院，吴国伦提学贵州时，亲晤孙应鳌于山甫书院。官至工部尚书。嶙峋：形容气概不凡。

[5] 书绅：把要牢记的话写在绅带上，亦称牢记他人的话为书绅。《论语·卫灵公》："子张书诸绅。"邢昺疏："绅，大带也。子张以孔子之言书之绅带，意其佩服无忽忘也。"

题龚子贞昌运学博焦山望海图[1]

龚侯有侠气，吴蜀称壮游。既弄钱塘月，复咏江南秋。斯图净墨气，棹欹焦山舟[2]。海色照今古，广泽增奇搜。想当凌顶时，凭眺东升楼[3]。潮来宙合隘，日抱云雷浮。下视但一气，汗漫东瀛洲。斯时代君想，富贵皆浮沤。谁为焦隐居[4]，神仙不可求。万里白无际，孤峰青欲流。蓬山渺何处？待驾烟中虹。我少急过此，金山三日留[5]。未瞻天海阔，岂识东南忧[6]？披图发遥慨，楚水聊夷犹[7]。徂川去无极，坐听菱歌愁[8]。

【校记】

棹欹焦山舟：棹欹（yǐ），同治本作棹欤。欹欤同。

【编年】

咸丰八年（1858），檄署藩照磨兼盐库大使，外出钟祥公干作。龚昌运《〈侍雪堂诗钞〉序》云："黎君伯庸之官楚北也，余司铎钟祥，耳其名而未识其人……咸丰四年秋，流寇逼郢郡，合境团练为防御计。钟祥，太守治所也，黎君以藩署参军奉檄来司，馈饷捐输事，余始获与订交。"

【注释】

[1] 龚子贞：名昌运，字子贞，湖北监利人，黎兆勋在鄂诗友，时掌管钟祥文教事业，生平事迹不详。

[2] 焦山：位于江苏镇江东北面，在万里长江中犹如中流砥柱，满山苍翠，宛若碧玉浮江。东汉末年，焦光隐居在此，灵帝曾三度下诏请他出仕，他拒不应召，隐居在荒野河边草庐中，见人不语，冬夏不穿衣，睡不铺席，数天吃一顿饭，相传活了一百多年。他还在山上采药炼丹，治病救人，后人为了纪念他，改樵山为焦山。

[3] 东升楼：焦山亭台楼阁之一。

[4] 焦隐居：指焦光。

[5] 金山：位于镇江市西北，风景幽绝，形胜天然，自古有"江心一朵美芙蓉"之称誉。

[6] 东南忧：指诗人心忧太平天国之乱。

[7] 夷犹：迟疑不前，从容自得。

[8] 徂川：流水，比喻流逝的岁月。李白《月夜江行寄崔员外宗之》诗："归路方浩浩，徂川去悠悠。"菱歌：采菱之歌。

雪夜书事

黑夜大风雪，未觉旅社春。地炉暖无火，灯影寒益亲。飞雪撒沙响，打窗霏玉尘[1]。老仆踞觚语[2]，各诉冷冻身。弱弟影卷曲，朝报纷横陈。夜阑风转剧，倾耳增悲辛。邻家哭声苦，新有冻死人。老病绝汤粥，求活终无因。念之怆我怀，哀此惸独民[3]。

【编年】

咸丰九年（1859）春，檄署藩照磨兼盐库大使，在钟祥作。是年，湖北布政使罗遵殿擢福建巡抚，庄爱祺来替。

【注释】

[1] 霏玉尘：飘洒雪花。玉尘：喻雪。白居易《酬皇甫十早春对雪见赠》诗："漠漠复雰雰，东风散玉尘。"

[2] 踞觚：谓倚着灶角。《南华逸编》："仲尼读《春秋》，老聃踞灶觚而听。"

[3] 惸（qióng）独：孤苦伶仃的人。

正月念九日舍弟兆铨步登阳春台山顶观汉上风雪回述其景

人天同一梦，飞入空明境[1]。谁辟种玉田[2]，稜稜烟万顷。望极了无象[3]，约略郢山顶。天光成黄昏，城郭转高迥。玉尘浮空来，墨点战鸦影。霏林飑素花，引风续修绠[4]。阳春本无春，冰条恣清挺。近爱绵铺台，讵嫌鹤没胫？孰去玉京渺[5]，寓目发深省。五云楼阁寒，千劫壶天永[6]。何论白雪歌，不数梅仙井。汉梅福炼丹井在钟祥县城南门外，井旁有梅仙故宅。弱弟好奇观，图绘滇蜀景。迩来从我游，留滞倦中郢。回望洞庭波，天末频引领。作书慰汝怀，乡思西南骋。

【编年】

咸丰九年（1859），橄署藩照磨兼盐库大使，在钟祥作。

【注释】

[1] 空明境：指空旷澄净的天空。

[2] 玉田：形容冰雪覆盖的田野。

[3] 无象：没有形迹，没有具体形象。

[4] 修绠：指汲水用的长绳。

[5] 玉京：道家称天帝所居之处。

[6] 五云楼阁：指豪华富丽的楼阁。花蕊夫人《宫词》："五云楼阁凤城间，花木长新日月闲。"千劫：佛教语，指旷远的时间与无数的生灭成坏。壶天：《后汉书·方术传下·费长房》：东汉费长房为市掾时，市中有老翁卖药，悬一壶于肆头，市罢，跳入壶中。长房于楼上见之，知为非常人。次日复诣翁，翁与俱入壶中，唯见玉堂严丽，旨酒甘肴盈衍其中，共饮毕而出。后即以"壶天"谓仙境，胜境。

二月朔旦登孟亭观雪[1]

虚堂寒结裘[2]，皓色纸窗焕。言登孟公亭，一盼雪花乱。同雪铺江天，极浦辨楼观[3]。黑湛水光阔，白压山痕断。空亭迷蔡州[4]，尘梦豁清汉。冻面寒不欺，野情愁忽散。岸柳吟霏霏，檐花飘粲粲。盈尺荣麦苗，失喜春未半。清吟企千载，裋褐发幽叹[5]。惟怜诗境滞，愧尔青云翰。

【编年】

咸丰九年（1859），橄署藩照磨兼盐库大使，在钟祥作。

【注释】

[1] 孟亭：唐代孟浩然去世后，王维将其像绘制在郢州刺史亭内，后称之为"孟亭"，在郢州州治钟祥。

[2] 虚堂：高堂。南朝梁萧统《示徐州弟》诗："高宇既清，虚堂复静。"

[3] 极浦：遥远的水滨。《楚辞·九歌·湘君》："望涔阳兮极浦，横大江兮扬灵。"

[4] 空亭迷蔡州：未详所用何典。

[5] 裋褐：汉服的一种款式，又称竖褐、裋打、短褐，便于劳作。

次日雪消往直河 [1]

久无游山屐，济胜苦失具 [2]。邻翁知我心，篮舆忽亲付。城南绿鳞鳞，汉水清可沂。平畴云欲消，积陇雪犹冱。远碧濛柳色，近视转枯树。艳妆骑驴女，笑语晴郊路。贺岁礼姻娅，游春杂稚孺。直河新涨遥，草屋春曦煦。虽惭凫雁家 [3]，实获云水趣。东风吹酒人，待唤过江渡。

【编年】

咸丰九年（1859），檄署藩照磨兼盐库大使，在钟祥作。

【注释】

[1] 直河：指今湖北钟祥市北长寿河，注入敖水，故敖水亦有直河之称。《方舆纪要》卷 77 安陆府钟祥县：直河"在府北十五里。其水直入汉江，故名。俗讹为'池水'"。

[2] 济胜：攀登胜境。

[3] 凫雁家：指如皋胜境。《清一统志·通州》：芹湖"北通溪河，西通泰兴。《旧志》以芹湖凫雁为如皋胜境，盖湖水明净，葭苇如室，凫雁家焉。乃眺咏最胜处"。

三月三日偕舍弟游元佑观诸寺感事 [1]

堤外水成湖，汉江入村坞。麦苗青被波，沙岸望春雨。农夫沿旧俗，鸡酒祠田祖 [2]。今年春雪深，或免飞蝗舞。惟忧熟麦天，春征急官府。上忙粮未齐，久旱怨乾土。吾观汉水流，悽怆思神禹 [3]。风横沙浪骄，堤溃居民苦。洪涛沉平畴，雁户谁能数 [4]？愁来观地势，不复论今古。咸丰四年，钟祥狮子口决堤，潜江、天门大受水灾。九年二月始合堤，而郭外积水尚浸淫数十里。

【校记】

诗题：舍弟，同治本作"铨弟"。

【编年】

咸丰九年（1859），檄署藩照磨兼盐库大使，在钟祥作。

【注释】

[1] 元佑观：即元佑宫，位于钟祥郢中镇南隅、镜月湖北岸，为明嘉靖帝朱厚熜御敕所建，供皇帝返乡、皇室宗亲和州府官员朝奉显陵或举行其他重大祭祀活动的焚修祝厘之所。《钟祥县志》载：明正德年间，"纯一道人居玄妙观，道行甚高，兴王（嘉靖皇帝之父朱祐杬）尝与之游，一日假寐，见纯一入宫中，及觉问左右曰：'纯一来此乎？'俄报宫中生世子矣！"世子，即嘉靖帝。纯一道人法号元佑，自幼修道法无边，与兴王朱祐杬结为至交。朱厚熜所生之日，正是纯一道人羽化之时，故朱厚熜被说成是纯一道人的化身。朱厚熜继皇位后，敕建此宫，题名元佑宫，以示纪念。"元佑"者，取玄天元佑之意。

[2] 田祖：传说中始耕田者。《诗经·小雅·甫田》："琴瑟击鼓，以御田祖。"毛传："田祖，先啬也。"孔颖达疏："以迎田祖先啬之神而祭之。"朱熹集传："谓始耕田者，即神农也。"但《山海经·大荒北经》说后稷的后代"叔均乃为田祖"。

[3] 神禹：禹成功治理洪水，世人把他敬为神人，尊为"大禹"或"神禹"。

[4] 平畴：平坦的田野。雁户：也叫客户，唐宋元时期由外地逃亡或迁徙至某一地的民户的通称，他们大都成为当地豪族地主的庄客、奴婢、部曲、佃客，沦落为流民，少数走投无路者居山为王，啸林成匪。宋元之际，户籍中主、客户名目已逐渐消失，"客"专指佃客。

汉上舟夜有怀胡子何教授 [1]

春风东南来，吹断黔山青。何似碧天月，苍苍依客舲。思君不能见，延望行云停。斗酒劝羁影，飞心子云亭 [2]。君书久不达，楚水空泠泠。日下洞庭野，风暗天南星。乱离各分影，何异云飘零。飘零勿复道，旧梦如尘扫。我发成星星，君谋太草草。生死随蛮烟，战守托丛葆 [3]。臣朔饥何如 [4]？徒伤我怀抱。人逭刘季陵，惜已同寒蝉 [5]。我重郭林宗，覼论不一宣 [6]。二子实高士，古怀君皎然。湛湛汉江水，飘飘江上船。夕风吹衣薄，山月印水圆。遥知忆我处，此时君未眠。远客固多谬，不行未为贤。安得雍门曲 [7]，和尔牙生弦 [8]。

【编年】

咸丰九年（1859），檄署藩照磨兼盐库大使，外出钟祥作。

【注释】

[1] 胡子何：黎兆勋在黔诗友，见本书卷三《三月十六日柬胡子何学博》注释 [1]。

[2] 子云亭：即西蜀子云亭，位于西山脚玉女泉东侧，亭基传为西汉大辞赋家扬雄（字子云）的读书台。

[3] 丛葆：丛生而茂盛的草。

[4] 臣朔：《汉书·东方朔传》："朱儒长三尺馀，奉一囊粟，钱二百四十。臣朔长九尺馀，亦奉一囊粟，钱二百四十。朱儒饱欲死，臣朔饥欲死。"后因以"臣朔"为东方朔的省称。

[5] 人逭二句：语出《后汉书·党锢列传·杜密》："（杜）密去官还家，每谒守令，多所陈托。同郡刘胜，亦自蜀郡告归乡里，闭门埽轨，无所干及。太守王昱谓密曰：'刘季陵清高士，公卿多举之者。'密知昱激己，对曰：'刘胜位为大夫，见礼上宾，而知善不荐，闻恶无言，隐情惜己，自同寒蝉，此罪人也。今志义力行之贤而密达之，违道失节之士而密纠之，使明府赏刑得中，令问休扬，不亦万分之一乎？'昱惭服，待之弥厚。"刘季陵：即刘胜，东汉人，生卒年不详。寒蝉：即噤若寒蝉，指像寒冷季节时的蝉，一声不响，比喻不敢说话。

[6] 郭林宗：东汉名士郭太（一作郭泰），字林宗，终身不仕，却游走官场；一介布衣，却名震四海；份属清流，却无党锢之祸；不掌握朝廷征选，却能识拔后进。当时大名士范滂

评价他："隐不违亲，贞不绝俗，天子不得臣，诸侯不得友。"覈论：同核论，深刻的言论。《后汉书·郭太传》："林宗虽善人伦，而不为危言覈论，故宦官擅政而不能伤也。乃党事起，知名之士多被其害，唯林宗及汝南袁闳得免焉。"李贤注："覈，犹实也。"

[7] 雍门曲：指战国琴家雍门子周琴谏向孟尝君所弹之曲。刘向《说苑·善说》："雍门子周以琴见乎孟尝君。孟尝君曰：'先生鼓琴亦能令文悲乎？'雍门子周曰：'臣何独能令足下悲哉？臣之所能令悲者，有先贵而后贱，先富而后贫者也。不若身材高妙，适遭暴乱，无道之主，妄加不道之理焉；不若处势隐绝，不及四邻，诎折侯厌，袭于穷巷，无所告愬；不若交欢相爱无怨而生离，远赴绝国，无复相见之时；不若少失二亲，兄弟别离，家室不足，忧蹙盈匈。当是之时也，固不可以闻飞鸟疾风之声，穷穷焉固无乐已。凡若是者，臣一为之徽胶援琴而长太息，则流涕沾衿矣。今若足下千乘之君也，居则广厦邃房，下罗帷，来清风，倡优侏儒处前选进而谄谀；燕则斗象棋而舞郑女，激楚之切风，练色以淫目，流声以虞耳；水游则连方舟，载羽旗，鼓吹乎不测之渊；野游则驰骋弋猎乎平原广囿，格猛兽；入则撞钟击鼓乎深宫之中。方此之时，视天地曾不一指，忘死与生，虽有善琴者，固未能令足下悲也。'孟尝君曰：'否！否！文固以为不然。'雍门子周曰：'然臣之所为足下悲者一事也。夫声敌帝而困秦者君也；连五国之约，南面而伐楚者又君也。天下未尝无事，不从则横，从成则楚王，横成则秦帝。楚王秦帝，必报雠于薛矣。夫以秦、楚之强而报雠于弱薛，譬之犹摩萧斧而伐朝菌也，必不留行矣。天下有识之士无不为足下寒心酸鼻者。千秋万岁后，庙堂必不血食矣。高台既以坏，曲池既以渐，坟墓既以下而青廷矣。婴儿竖子樵采薪荛者，踯躅其足而歌其上，众人见之，无不愀焉，为足下悲之曰："夫以孟尝君尊贵乃可使若此乎？"'于是孟尝君泫然泣涕，承睫而未殒，雍门子周引琴而鼓之，徐动宫征，微挥羽角，切终而成曲，孟尝君涕浪汗增，歔而就之曰：'先生之鼓琴令文立若破国亡邑之人也。'"

[8] 牙生弦：《世说新语·伤逝》："昔匠石废斤于郢人，牙生辍弦于钟子，推己外求，良不虚也。"此指挚友知音之间的合奏。

龚子贞学博以感怀唐子方方伯诗见示赋此奉报 [1]

文字论交重今古，文字伤离心独苦。君看欢吟醉饮场，故人一别皆如雨。君交唐公方少年，我拜唐公草堂前。当时莫邵亭明府。郑子尹广文。兼黄子寿编修。傅，青余庶常。坐中名士皆吟仙。我才于世老无用，唐公爱我情尤重。白羽军辞谢簿麾，断云客为房公恸 [2]。弹指风烟七载余，蜀山未寄一行书 [3]。公子鄂生明府官蜀。播云楚雨迷乡国，肠断江头唱鹧鸪 [4]。与君相逢郫山侧 [5]，知是唐公旧词客。惟怜凿齿与弥天，犹话行衣兼坐席 [6]。君今归隐荆南山，萝月松云自往还。羊何一见能通讯 [7]，为道相思冰雪颜。谓王子寿比部郭南村处士。

【编年】

咸丰九年（1859），檄署藩照磨兼盐库大使，外出钟祥作。

【注释】

[1] 龚子贞：即龚昌运，湖北监利人，时掌管钟祥文教，黎兆勋在鄂诗友。唐子方，即唐树义，贵州遵义人，生平事迹参见卷三《挽唐子方先生二首》注释 [1]，卷二《待归草堂晚饮呈唐子方方伯》注释 [1]。

[2] 白羽军辞谢簿麀：盖用南朝谢惠连辟辞本州主簿事。白羽：古代军中主帅所执的指挥旗，又称白旄，亦泛指军旗。《吕氏春秋·不苟》："武王左释白羽，右释黄钺，勉而自为系。"断云客：黎氏以游子自喻。房公恸：以唐代名相房玄龄的去世比喻唐树义的去世使黎氏恸哭。

[3] 弹指二句：谓唐树义离家游宦在外已七年，未曾一寄家书。唐树义自咸丰三年署湖北按察使，奉命与湖北督抚共办军务，次年战死金口殉职，至咸丰九年，刚好"七载"。公子鄂生：唐树义之子唐炯（1829—1909）字鄂生，晚号成山老人，道光二十九年（1849）举人，咸丰四年（1854）三月，在贵阳办乡团，统兵入川作战，同治元年（1862）统领安定营，于长宁败太平军石达开部，随后又助四川总督骆秉章剿灭石达开。同治三年（1864）调任陕西治理营田，期间打败捻军张总愚部。同治六年（1867）率川军援黔，围剿何德胜黄号军，因功获迁道员，赐号"法克精阿巴图鲁"。光绪六年（1880）代理四川盐茶道，革除盐务弊病。光绪八年（1882）任云南巡抚，中法战争中因守城不力被捕入狱，被赦免官归乡。光绪十三年（1887）复官，赴云南督办矿务，前后达十五年。光绪三十四年（1908）加太子少保衔。宣统元年（1909）病逝于贵阳。

[4] 播云二句：写唐树义在鄂为官，战死沙场不得归家。

[5] 郂山：盖即荆山，位于湖北省西部、武当山东南、汉江西岸，盘亘省境西北部，呈北西—南东走向，北始房县青峰镇大断层，南止荆门—当阳一线。

[6] 凿齿与弥天：指东晋习凿齿与弥天法师，详见本书卷二《柬邹叔绩怀邵亭再叠前韵》诗注释 [3]，此处指龚黎二人互相称赏，引为知音。行衣：出行所穿的服装。坐席：宴席。李商隐《谢河南公和诗启》："坐席行衣，分为七覆，烟花鱼鸟，置作五衡。"

[7] 羊何：不详典故所出，此以羊何二人比王子寿和郭南村。王子寿，《侍雪堂诗钞》中凡数见，即王柏心，详见卷五《王子寿比部以诗寄怀奉报二律》诗注释 [1]；郭南村，据本卷《芦中吟》诗，指郭谱，监利处士。

汉江早行

溶溶水气暗生春，丰乐河头野色新。柔橹数声帆不动，荒鸡残月渡江人。

【编年】

咸丰九年（1859），檄署藩照磨兼盐库大使时作，时外出钟祥馈饷捐输事。

江堤送客

沙堤雨霁晓云闲，岸柳新垂近可攀。江水茫茫人欲去，东风吹绿郢门山[1]。

【编年】

咸丰九年（1859），檄署藩照磨兼盐库大使时作，时外出钟祥馈饷捐输事。

【注释】

[1] 郢门山：古山名，又作楚门山、荆门山，在今湖北省宜都市西北，东北与虎牙山隔长江相望。温庭筠《送人东游》诗："高风汉阳渡，初日郢门山。"此诗所送之地在郢州（钟祥），而所送之客盖赴宜都者。

自安陆府舟行赴黄州谒胡中丞[1]

衙参趋帅府，襆被下黄州[2]。城豁山川气，烟深吴楚愁。片帆来暮雨，断岸泊扁舟。漭漭江东水，仍深守险谋。

【编年】

咸丰九年（1859），檄署藩照磨兼盐库大使，外出钟祥公干返回随州时作。

【注释】

[1] 安陆府：治今钟祥市。胡中丞：指胡林翼（1812—1861），字贶生，号润芝，湖南益阳人，湘军重要首领。道光十六年进士。授编修，先后充会试同考官、江南乡试副考官。历任安顺、镇远、黎平知府及贵东道。咸丰四年（1854）迁四川按察使，次年调湖北按察使，升湖北布政使、署巡抚，在军事上开始独当一面。咸丰六年（1856）十二月，胡林翼率军占领武昌、汉阳，并水陆东下，对太平军实施追击，旬日之间，连克武昌县（今鄂州市）、黄州、大冶、蕲水、兴国（今阳新）、广济、黄梅，因功实授湖北巡抚。咸丰七年，太平军年青将领陈玉成统率大军自安徽入湖北，出英山直插蕲水，然后回军广济、黄梅，威胁围困九江、小池口的湘军后方。胡林翼亲自赶赴黄州督师。九月十一日，知府李续宜部败太平军于蕲水马家河，将太平军再度赶出湖北境内。十月二日攻占九江对岸要隘小池口，为攻占九江创造了条件。当天，胡林翼到九江城外，与都兴阿、李续宾、杨载福"会商进取之策"，确定先取湖口，进一步切断九江太平军的外援。咸丰八年（1858）三月，胡林翼部由李续宾、杨载福督军围攻九江，占领全城，九江太平军守将林启荣战死。胡林翼因调度有方，赏太子少保衔。次年，胡林翼会同曾国藩、多隆阿、鲍超等部击败太平军石达开、捻军张洛行、龚瞎子联军，攻克太湖城，收复潜山。后曾国藩授两江总督，督师，于咸丰十一年（1861）八月攻克安庆，曾国藩推胡林翼为首功，加太子太保衔，给骑都尉世职。不久病逝于武昌。赵尔巽主编《清史稿》说："胡林翼综核名实，干济冠时。论其治事之宽严疏密若不相侔，而皆以长驾远驭，驱策群材，用能丕树伟绩。所莅者千里方圻，规画动关军事全局。使无其人，则曾国藩、左宗棠诸人失所匡扶凭藉，其成功且较难。缅怀中兴之业，二人所关系者岂不钜哉？"

[2] 衙参：旧时官吏到上司衙门，排班参见，禀白公事。此指黎兆勋赴郢州（钟祥）公干结束后回黄州复命述职。襆被：用袱子包扎衣被，准备行装。

雪堂新构廖益堂文善司马留宿其中漫赋[1]

夕阴搴木末，明月上高寒。以此虚堂景，延君清夜欢。林栖惊聚散，星火照凋残。怅念昔人迹，从公赋达观[2]。

【编年】

咸丰九年（1859），檄署藩照磨兼盐库大使，作于黄州。

【注释】

[1]雪堂：苏轼在黄州，寓居临皋亭，就东坡筑雪堂。故址在今湖北省黄州市东。苏轼《雪堂记》："苏子得废圃于东坡之胁，筑而垣之，作堂焉，号其正曰'雪堂'。堂以大雪中为之，因绘雪于四壁之间，无容隙也。起居偃仰，环顾睥睨，无非雪者。"此言"雪堂新构"，盖重修雪堂。

[2]怅念二句：谓在心绪不佳时怀想、学习苏轼的达观态度。

江上杂诗二首

其一

我岂飘零者？皇皇徒尔为。男儿重迟暮，风雨阻归期。林鸟依依息，山云黯黯移。劳生堪自笑，莫遣物华知。

【编年】

咸丰九年（1859），檄署藩照磨兼盐库大使时作，诗自伤老大。

其二

大江浮落日，废垒出层阴。舣棹初怀古，鸣蝉正满林。云蒸山壁断，烟洉石台深。俯仰成今昔，胡为向夕吟。

舍弟介亭自成都来楚，适予由武昌赴新堤，相遇于乌陵江上[1]

客中闻汝到，疑信竟忘言。鬓面惊难识[2]，乡音喜尚存。急呼家在处，深幸贼拘原[3]。赤壁今宵酒[4]，凭谁寄故园？

【校记】

诗题：介亭，同治本无此二字，"弟"字后小字夹注"兆祺"。

【编年】

咸丰九年（1859），檄署藩照磨兼盐库大使，外出赴新堤公干作。雍正七年（1729），安陆府通判署迁到新堤；咸丰七年（1857），湖广总督在新堤设立海关，专征长江过往关税。

【注释】

[1] 新堤：在今洪湖市城区，清朝属汉阳府，北接滨湖，东连乌林，西临螺山，南与岳阳江南镇隔江相望，清代中晚期后，新堤行栈、店铺鳞次栉比，富商大贾多往来投资。乌陵江：通常作乌林江，赤壁之战孙刘破曹处，与长江南岸赤壁（今属赤壁市）隔江相对，又名乌林矶。

[2] 黧面：乌黑的脸。

[3] 拘原：拘之于战场，指遵义、桐梓一带匪乱暂被朝廷平定。《左传·僖公三十三年》："武夫力而拘诸原，妇人暂而免诸国。"

[4] 赤壁：指乌林，历史上著名的"赤壁之战"实际上在此发生，即赤壁之战非火烧赤壁，乃火烧乌林。

介亭口述望山先生将有入蜀之行 [1]

长忆先生隐，梅花屋数椽。九经罗子侄，七字夏云天 [2]。贼问康成里 [3]，名惊博士船。蜀山游咏日，早晚寄诗篇。

【编年】

咸丰九年（1859），檄署藩照磨兼盐库大使，外出赴新堤公干时作。

【注释】

[1] 望山先生：姓名生平不详，参读本卷《腊月十四日接望山先生贵阳来书》诗。

[2] 九经：九部儒家经典的合称。七字：意思为七言诗。元稹《见人咏韩舍人新律诗因有戏赠》诗："七字排居敬，千词敌乐天。"

[3] 贼问康成里：《后汉书·郑玄传》：郑玄字康成，北海郡高密县（今山东高密市）人，"建安元年，自徐州还高密，道遇黄巾贼数万人，见玄皆拜，相约不敢入县境"。叶廷琯《浦西寓舍杂咏》诗："真个读书贼亦钦，纤尘不使讲帷侵。黄巾知避康成里，汉季儒风今又见。"

陈补之克勤参军以其母吴孺人所写兰轴属题孺人为吴兰雪刺史之女 [1]

母写兰，儿尚幼；儿日长，兰长秀。不愿儿肥，祇愁母瘦。祝兰似庭萱，我母年长寿。一解。母不留兮儿悲啼，东邻窃兰儿不知。兰沦落，儿漂泊；我母魂兮将何托？二解。同禀母气，我兄兰弟。弟长流落，兄今遇尔。执兰大哭悲风起，

儿兮兰兮两心死。三解。街头买归，泣语阿妪。朝夕事兰，如奉我母。兰茁其芽，
与汝共守。但令兰弟长相见，岂惜饥寒独奔走？四解。江之云兮徘徊，山之庐兮
蒿莱。朝华夕堇安在哉？松楸飒飒吟风哀，盍与兰兮归去来！五解。

【校记】

祇愁母瘦：同治本作"祇愁母瘦"，祇、祇同只。

【编年】

咸丰九年（1859），檄署藩照磨兼盐库大使，外出赴新堤公干时作。

【注释】

[1] 陈补之：黎兆勋在鄂同僚，生平事迹待考。吴兰雪：吴嵩梁（1766—1834）字子山，
号兰雪，晚号澂翁，别号莲花博士、石溪老渔，江西东乡人，清代文学家、书画家，有"诗佛"
之誉。曾从蒋士铨学诗法，以杜甫为宗，兼及唐宋各家之要，诗名渐起，弱冠入都，与当时
名流交游酬唱，王昶、翁方纲、法式善、吴锡麒等并相推重，与黄景仁齐名，并称为"一时
之二杰"。嘉庆五年（1800）中举，授国子监博士，旋改内阁中书。道光十年（1830）擢贵
州黔西知州，时年已65岁，上任次年在黔西东山开元寺修建阳明书院，有惠政。因事得罪上司，
转为长寨厅（今长顺县）同知。后曾两任乡试同考官。卒于道光十四年。《清诗汇》称其诗"纵
横排再，议论藻采足以佐之"。吴氏一门风雅，吴嵩梁不但能诗，亦工文词书画，但为诗名所掩；
书学苏、米，画从汪梅鼎学写兰，出笔即秀逸。其女吴萱、妹素云、妻蒋徽都是当时有名的
女画家，小女吴芸华是诗人。

登安陆城晚眺 [1]

江涨极山止，城头浪影重。云阴栖雁鹜，风色上鱼龙。水积洪流地，田悲
饿死农。向来筹汉沔 [2]，三患梗尧封 [3]。

【编年】

咸丰九年（1859），檄署藩照磨兼盐库大使，安陆府作。

【注释】

[1] 安陆城：当指安陆府城，即钟祥。

[2] 汉沔：指汉阳和沔州（今仙桃），时隶汉阳府。

[3] 三患梗尧封：三患：指君子所忧之三事：不得闻、不得学、不能行。《礼记·杂记下》：
"君子有三患：未之闻，患弗得闻也；既闻之，患弗得学也；既学之，患弗能行也。"梗尧封：
杜甫《夔府书怀四十韵》："楚贡何年绝，尧封旧俗疑。"仇兆鳌注："《左传》：管仲责
楚曰：'尔贡包茅不入。'《史记·周纪》：'封尧之后于蓟。'"又仇注引郭知达注："楚
贡，如岭南小梗。尧封，谓燕蓟疑贰。"此句盖自谓缺少理财能力，担心不能完成巡抚胡林
翼及布政使司交代的工作任务。

和子贞自赠贼犯宝庆，寇氛甚炽，子贞感愤自赠 [1]

招隐宁无避世龛，几曾天柱折东南 [2]。太行左转思河济，函谷东来羡老聃 [3]。七泽帆樯疏鄂渚，九疑风雨暗湘潭 [4]。龙争虎战缘何事？悔取韬钤壮客谈 [5]。

【编年】

咸丰九年（1859），檄署藩照磨兼盐库大使，外出公干时作。

【注释】

[1] 宝庆：即今湖南邵阳市。咸丰九年（1859）五月，石达开率八万大军围攻宝庆府，史称宝庆战役，自五月战至八月，以失利告终，战后石军转入广西。

[2] 折东南：指太平天国攻占清朝东南吴越之地。

[3] 太行左转思河济：《汉书·诸侯王表第二》："常山以南，太行左转，度河、济，渐于海，为齐、赵。"函谷东来羡老聃：《史记·老子列传》："老子修道德，其学以自隐无名为务。居周久之，见周之衰，乃遂去。至关，关令尹喜曰：'子将隐矣，强为我著书。'于是老子乃著书上下篇，言道德之意五千余言而去，莫知其所终。"

[4] 七泽：相传古时楚有七处沼泽。后以"七泽"泛称楚地诸湖泊。司马相如《子虚赋》："臣闻楚有七泽，尝见其一，未睹其余也。臣之所见，盖特其小小者耳，名曰'云梦'。"帆樯：船帆与桅樯，常指舟楫。《旧唐书·高骈传》："风伯雨师，终阻帆樯之利。"九疑：亦作"九嶷"，山名，在湖南宁远县南。此处盖化用元好问《湘夫人咏》"九疑山高猿夜啼，竹枝无声堕残露"诗意，表达对宝庆战役及离乱时局的忧虑。

[5] 龙争虎战：形容斗争或竞赛很激烈。孙光宪《河传》词："龙争虎战分中土，人无主，桃叶江南渡。"韬钤：古代兵书《六韬》《玉钤篇》的并称，泛指兵书，亦借指用兵谋略。

客舍无事示祺铨两弟

离离树影郢城西 [1]，晓起惟闻鸦乱啼。剥啄衡门自寥落 [2]，羁栖形影相提携。还丹转赤我无分 [3]，明月流黄宵更凄 [4]。盍遣长须问予季 [5]，疗饥应早致刀圭 [6]。

【编年】

咸丰九年（1859），檄署藩照磨兼盐库大使，外出至新堤公干时作。

【注释】

[1] 郢城：当指楚国郢城遗址，位于荆州古城东北三公里处，楚平王为防卫吴国入侵而修筑。秦时为南郡治所，西汉为郢县治所，东汉并入古江陵县，城遂废。

[2] 剥啄：象声词，敲门或下棋声。苏轼《次韵赵令铄惠酒》："门前听剥啄，烹鱼得尺素。"衡门：横木为门，此指简陋的屋舍。语出《诗经·陈风·衡门》："衡门之下，可以栖迟。"

也指隐士的居处。陶渊明《癸卯岁十二月中作》诗："寝迹衡门下，邈与世相绝。"

[3] 还丹转赤：道家合九转丹与朱砂再次提炼而成的仙丹，自称服后即可成仙。葛洪《抱朴子·金丹》："若取九转之丹，内神鼎中，夏至之后，爆之鼎，热，内朱儿一斤于盖下，伏伺之。候日精照之，须臾，翕然俱起，煌煌辉辉，神光五色，即化为还丹。取而服之一刀圭，即白日升天。"诗人自指无缘修炼神仙术。

[4] 明月流黄：沈佺期《独不见》诗："谁谓含愁独不见，更教明月照流黄。"流黄，黄紫相间的丝织品，此指帷帐。

[5] 长须：王褒《僮约》："资中男子王子渊，从成都安志里女子杨惠，买亡夫时户下髯奴便了，决贾万五千。"后因以"长须"指男仆。予季：我最小的儿子。《诗经·魏风·陟岵》："予季行役，夙夜无寐。"

[6] 疗饥：解饿，充饥。张衡《思玄赋》："聘王母于银台兮，羞玉芝以疗饥。"刀圭：中药量器名，此指医术。

吏隐

僮约难书茗自煎[1]，晚凉星散白榆天。楚宫萤照前朝瓦，汉水人呼何处船。已谢声名张俭党[2]，不离文字白家禅[3]。惟怜吏隐吾兼久，梦泽萧条又两年[4]。

【编年】

咸丰九年（1859），檄署藩照磨兼盐库大使，外出至新堤公干时作。

【注释】

[1] 僮约：王褒作《僮约》，记奴婢契约。后因以"僮约"泛称主奴契约或对奴仆的种种约束规定。

[2] 张俭党：据《后汉书·党锢列传》：东汉桓、灵之际，始兴党锢，正直废放，邪枉炽结，海内希风之流，遂共相标榜，指天下名士，为之称号。山阳郡高平县人张俭字元节，与岑晊、刘表、陈翔、孔昱、苑康、檀敷、翟超为"八及"。及者，言其能导人追宗者也。张俭乡人朱并，承望中常侍侯览意旨，上书告张俭与同乡二十四人别相署号，共为部党，图危社稷。灵帝诏刊章捕张俭等。

[3] 白家禅：指白居易所修之禅。白修洪州禅，其诗亦多染禅学思想。

[4] 梦泽：即云梦泽，代指楚地。

珩儿歌 并序

子贞十一兄第三孙宝珩试周[1]之日，予先客贺，子贞属作。

头玉硗硗如乃翁，目光紫棱声气雄[2]。宾客觇覘呼阿龙[3]，满堂飒爽生英风。

丈夫万卷压肝腑，大胜豪奴坐官府。诗史传家公莫侮，文葆瑶环绳祖武[4]。王家灵秀成三株，老翁击碎红珊瑚[5]。置汝清明广大文章都，我歌作券君知乎？

【编年】

咸丰九年（1859），檄署藩照磨兼盐库大使，时在新堤公干，间至监利作客时作。

【注释】

[1] 子贞：龚昌运。试周：即试儿，又称抓周。旧俗于小孩满周岁时，长辈将书本、算盘、笔墨等各种物品摆在幼儿面前，让他随意抓取，由此来推测他未来的志向。宋代叶寘《爱日斋丛钞》卷一："《玉壶野史》记曹武惠王（曹彬），始生周晬日，父母以百玩之具罗于席，观其所取，武惠王左手提干戈，右手提俎豆，斯须取一印，余无所视。曹，真定人。江南遗俗乃在此，今俗谓试周是也。"

[2] 头玉：如美玉一般的头骨。硗硗（qiāo qiāo）：隆起突出貌；高峻貌。李贺《唐儿歌》："头玉硗硗眉刷翠，杜郎生得真男子！"目光紫棱：形容眼光锐利有神。紫棱，刘恂《岭表录异》："陇川山中多紫石英，其色淡紫，其质莹彻，随其大小皆五棱，两头如箭镞。"紫石英，即紫水晶。

[3] 觇觊（chān mǎn）：犹窥视。韩愈《赠张籍》诗："顾视窗壁间，亲戚竞觇觊。"阿龙：东晋丞相王导小名。

[4] 文葆：亦作"文褓"，绣花的襁褓。瑶环：指玉环，用作耳饰或佩饰。

[5] 王家灵秀成三株：《世说新语·赏誉》："阮光禄云：'王家有三年少：右军、安期、长豫。'"击碎红珊瑚：《世说新语·汰侈》："石崇与王恺争豪，并穷绮丽，以饰舆服。武帝，恺之甥也，每助恺。尝以一珊瑚树，高二尺许赐恺。枝柯扶疏，世罕其比。恺以示崇。崇视讫，以铁如意击之，应手而碎。恺既惋惜，又以为疾己之宝，声色甚厉。崇曰：'不足恨，今还卿。'乃命左右悉取珊瑚树，有三尺四尺，条干绝世，光彩溢目者六七枚，如恺许比甚众。恺惘然自失。"

有怀子尹

梅屺松岩应好在，寄声一讯巢云仙[1]。鸥盟愧汝东溪水，龙战愁人南国船[2]。历乱峰峦多难日，荒凉天海中兴年。鸡鸣风雨遥相忆，鼙鼓乡关思黯然[3]。

【编年】

咸丰九年（1859），檄署藩照磨兼盐库大使时作。

【注释】

[1] 巢云仙：《太平广记》卷四十引《传奇》："唐大中初，有陶太白、尹子虚二老人，遇仙人赠以万岁松脂、千秋柏子服饵，后巢居华山莲花峰上，颜脸微红，毛发尽绿。"

[2] 龙战：《周易·坤》："上六，龙战于野，其血玄黄。"龙战，指阴阳交战。因阴阳交战流出了血，说明此爻是凶爻，故以喻人事，则为上下交战，至于死伤流血的情形。

[3] 鼖鼓:《说文》:"鼖,骑鼓也。"指代军队或者战争。

悲湘吟

楚天去无极,秋黯衡山云。悲风湘上来,落木何纷纷。蛮虏始为患,此道腾妖氛。蹉跎八九载,弧矢难为军[1]。猾夏嗟尔蛮[2],气焰徒嚣熏。沅湘几兵燹,鸿雁纷失群[3]。野哭多夜声[4],哀哀风雨闻。毋从首祸说,思之忧孔殷[5]。呜呼拨乱才[6],何由远从君。谁为凭轼人[7],待汝旂常勋。

【编年】

咸丰九年(1859)六七月间为宝庆战役而作,时檄署藩照磨兼盐库大使。

【注释】

[1] 蛮虏以下四句:太平军自咸丰二年(1852)五月进入湖南境内,至九年(1859)石达开率部西征发起宝庆会战,故云"蹉跎八九载"。弧矢:本意为弓箭,用以指兵事,战乱。杜甫《草堂》诗:"弧矢暗江海,难为游五湖。"

[2] 猾夏句:指少数民族侵扰中原。《尚书·舜典》:"蛮夷猾夏,寇贼奸宄。"

[3] 沅湘二句:指湖南境内因战乱而造成焚烧破坏,百姓流离失所。

[4] 野哭:乡野百姓的哭声。

[5] 孔殷:很紧急;很急迫。

[6] 拨乱才:能平定乱世,使天下恢复安定的人才。《诗经·大雅·江汉序》:"《江汉》,尹吉甫美宣王也。能兴衰拨乱,命召公平淮夷。"

[7] 凭轼人:指能轻松戡定战乱之人。凭轼,亦作"凭式",指倚在车前横木上坐车。引申为驾车,出征。《汉书·郦食其传》:"韩信闻食其凭轼下齐七十余城,乃夜度兵平原袭齐。"

喻蜀吟

人言粤西寇,将远窜巴蜀[1]。那无御寇策,用告我邦族。曩者达州乱,三川恣屠戮[2]。圣主沉西忧,士马困驰逐。谁陈清野谋[3],尽括乡里粟。贼来聚族战,贼去播田谷。遂令豕突徒,尽作羝羊触[4]。梁益古名区,往事森在目。一将定存亡,治乱如转烛[5]。萧萧蜀江流,波涛莽翻覆。呜咽夔巫间,一泻不可复。毋骄士马雄,毋炫财货足。古来觊觎子,百祸起心腹。心惊豪侠儿,远为寇盗属。此辈谁发奸,吾将问民牧[6]。

【编年】

咸丰九年（1859）作，时檄署藩照磨兼盐库大使。

【注释】

[1] 人言二句：咸丰九年（1859）六七月间，石达开宝庆战役失利，转入广西休整，并扬言北上渡江入川，十一年九月，石达开率部自桂南北上，北渡长江，转战蜀、黔、滇三省，先后四进四川。

[2] 曩者二句：当指明末清初四川三十余年战争浩劫：张献忠农民军三进蜀中，与各地明军相戈不休；清军、地方武装围剿与张献忠反围剿拉锯战；南明与清军之战及南明内部间厮杀；姚天动、黄龙十三家民军掠杀川东北州县；吴三桂反清拉锯战等。其杀戮甚惨，触目惊心。与之同时，旱、饥、疫、虎患席卷大半个四川，人口锐减。

[3] 清野：作战时暂时转移周围的人口、牲畜、财物、粮食，清除附近的房屋、树木等，使敌人无所获取。《后汉书·鲜卑传》："元初二年秋，辽东鲜卑围无虑县，州郡合兵固保清野，鲜卑无所得。"李贤注："清野谓收敛积聚，不令寇得之也。"

[4] 豕突徒：此喻石达开部太平军像野猪一样奔突窜扰。羝羊触：《周易·大壮》："羝羊触藩，不能退，不能遂。"孔颖达疏："退谓退避，遂谓进往。"羝，公羊。藩，篱笆。

[5] 转烛：风摇烛火，用以比喻世事变幻莫测。杜甫《佳人》诗："世情恶衰歇，万事随转烛。"

[6] 民牧：旧时指治理民众的君王或地方长官。

郢客吟

风蝉吟萧萧，旦暮荫疏柳。长对郢山愁，难醉郢城酒。日下樇木阴，月上新堤口。自计还自怜，顾影独搔首。洞庭荒风波，汉水插星斗。萧条多病夫，官事谢已久。醉言惭未能，养拙愧衰朽。城西孟家亭，我寓接窗牖。日暮吟古忧，清风洒林薮。名山成独往，诗卷吾何有。苍郁百年心，萧条千载后。

【编年】

咸丰九年（1859），檄署藩照磨兼盐库大使，外出新堤公干时作。"郢客""多病夫"云云，皆自嘲不偶。

芦中吟

不出匪高尚，沉忧江汉遥。幽幽苦吟客，古愁心自邀。我怀南村叟，名谱，监利处士。山水方风骚。又识傅征士，名必可，崇阳明经。兰苕不同条。江山郁神秀，明哲成清操。思君丛桂月，幽光如可招。东城老诗友，龚子贞学博。奇气行超超。菰芦结遐想[1]，斗酒远共浇。怜我求友怀，望云歌古谣。因嗟林栖者，窮歌达中宵。

方今湖海才，英采腾华镳[2]。二子岂能尔？风笙徒自调。悠悠感元化，日夕闻鸣蜩。君听庄舄吟[3]，知我思郁陶。

【编年】

咸丰九年（1859），檄署藩照磨兼盐库大使，外出新堤公干时作。

【注释】

[1] 菰芦：菰和芦苇。借指隐者所居之处。

[2] 华镳：精美的马勒。亦用以指马。韩愈《和李相公摄事南郊览物兴怀呈一二知旧》诗："上宰严祀事，清途振华镳。"

[3] 庄舄吟：即庄舄越吟，越人庄舄吟唱越国乐曲，形容怀念故国。《史记·张仪列传》："（秦）惠王曰：'子去寡人之楚，亦思寡人不？'陈轸对曰：'王闻夫越人庄舄乎？'王曰：'不闻。'曰：'越人庄舄仕楚执珪，有顷而病。'楚王曰：'舄，故越之鄙细人也，今仕楚执珪，贵富矣，亦思越不？'中谢对曰：'凡人之思故，在其病也。彼思越则越声，不思越则楚声。'使人往听之，犹尚越声也。今臣虽弃逐之楚，岂能无秦声哉？'"

霹雳引并序[1]

监利某乡有社神祠甚著，祸福于民。虽仿佛有物时现，乡人不为异，异其祷辄灵应耳。一日雷击社神，有巨鼋毙其下，剖腹刳肠矣。始知神幻于鼋，摘伏无人而天戮之，罚无赦焉。吾友龚君子贞作《霹雳引》纪其事，辞特伟丽，予亦兴言成篇。

山嵸巃兮水冲瀜[2]，蝮蛇蛟鳄牙角雄。精灵幽幻无常踪，吾方买剑从猿公[3]。吁嗟海水群飞起，物反为妖肆干纪。风霆夜击荒江水，监利城西社鼋死[4]。霹雳东壁明五星，霆之来兮风雨冥。鳌掷鲸翻宁遽刑[5]，天不假汝殃生灵。圣王治民穀士女[6]，惟土有神民所主。年丰报赛诗吹豳[7]，神燕乐兮式歌舞。尔鼋非神亦非祇，祸福愚民获食危。王法不及天听卑，尸汝于社民噫嘻。民噫嘻，民自知，人心奸慝靡不为。如山罪案神未司，纵有霹雳神难施，九州人事当语谁？

【编年】

咸丰九年（1859），檄署藩照磨兼盐库大使，外出新堤公干时作。

【注释】

[1] 霹雳引：古琴曲名，《乐府诗集·琴曲歌辞一·霹雳引》，郭茂倩题解："谢希逸《琴论》曰：'夏禹作《霹雳引》。'《乐府解题》曰：'楚商梁游于雷泽，霹雳下，乃援琴而作之，名《霹雳引》。'未知孰是。"霹雳：强雷电，雷击。

[2] 嵸巃（zǒng lóng）：形容山势高峻。冲瀜：水波荡漾貌。

[3] 猿公：指剑术高明的隐者。《吴越春秋》卷九《勾践阴谋外传·勾践十三年》："处

女将北见于王，道逢一翁，自称曰袁公。问于处女："吾闻子善剑，愿一见之。"女曰："妾不敢有所隐，惟公试之。"于是袁公即杖箖箊竹，竹枝上颉桥，未堕地，女即捷末。袁公则飞上树，变为白猿。遂别去。"

[4] 监利：地处今湖北省西南部，东临洪湖市（治新堤）。

[5] 遽刑：突遭刑罚，此指雷击。

[6] 穀士女：养活万千男女子民。《诗经·小雅·甫田》："以介我稷黍，以穀我士女。"

[7] 诗吹豳：指《诗经·豳风·七月》。《周礼·春官·籥章》："中春，昼击土鼓，龡《豳诗》，以逆暑。"郑玄注："《豳诗》，《豳风·七月》也。吹之者，以籥为之声，《七月》言寒暑之事，迎气，歌其类也，此'风'也而言'诗'，'诗'总名也。"宋代罗仲舒《芦苇江八咏·祠堂议礼》："仪物修孔时，击鼓吹豳诗。"

断虹引 并序

郭处士谱著《断虹引》序沔阳孝妇投崖事，谓孝妇无姑夫，殁无子，事其八十翁甚诚，而里人诬之，孝妇投崖自明，为涧虹曳之腾起，且带断虹以归，人咸曰"异哉"。

杞梁妻哭夫，一痛崩长城。[1] 东海孝妇冤，六月飞霜清。古来精诚格天感如此，沔阳投崖孝妇今可比。身如落叶涧虹起，虹曳妇身送归里。断虹在襟光陆离，孝妇入门乌啄枝。邻媪来窥虹化衣，妇身疑死复疑非。崇崖之阴，鬼神是宅。女贞有木，望夫无石。翁僵于床，鬼哭于侧。白日沉沉照此心，国狗猜猜吠何益[2]？呜呼观人节烈求其全。吾诚不欲妇以神灵传，死生于妇何有焉，天命不尽虹精缠。君不见，寒女神仙谢自然[3]。

【编年】

咸丰九年（1859），檄署藩照磨兼盐库大使，外出公干时作。

【注释】

[1] 杞梁妻哭夫二句：杞梁妻的故事初载《左传·襄公二十三年》：齐将杞梁在莒战死，齐庄公在郊外见到杞梁妻，对她表示吊慰；杞梁妻认为郊野不是吊丧之处，拒绝接受，于是庄公专门到她家里进行了吊唁。"哭夫"情节的增加，见《礼记·檀弓》载曾子说："杞梁死焉，其妻迎其柩于路，而哭之哀。"之后《孟子》又引淳于髡的话说"华周、杞梁之妻，善哭其夫而变国俗"。《韩诗外传》也引淳于髡的话说："杞梁之妻悲哭而人称咏。""杞梁妻拒齐庄公郊外吊唁"由此变成"杞梁妻哭夫"，故事的重心发生偏移，突出了凄怨感人之哭。"哭崩城"情节的增设，见西汉刘向《说苑·善说篇》："昔华周、杞梁战而死，其妻悲之，向城而哭，隅为之崩，城为之阤。"东汉王充《论衡》、邯郸淳《曹娥碑》进一步演义，说杞梁妻哭崩的是杞城，并且哭崩了五丈。至唐末贯休《杞梁妻》诗，才使杞梁妻和

秦代的万里长城发生联系："秦人筑土一万里,杞梁贞妇啼呜呜。"明代大修长城,招致民怨沸腾,故事遂改杞梁妻为"孟姜女",改杞梁为"万喜梁"或"范喜梁",加了诸如招亲、夫妻恩爱、千里送寒衣等情节,形成了今天流传的"孟姜女哭长城"。"崩城之哭",用以表示丈夫死后妻子悲痛至极。

[2] 国狗:《左传·哀公十二年》:"国狗之瘈,无不噬也。"杨伯峻注:"《庄子·徐无鬼》:'是国马也,而未若天下马也。'国狗与国马同,一国之名马、一国之名狗也。"一说,犹家狗。孔颖达疏:"国狗犹家狗。言家畜狂狗必啮人也。"后以喻指妨贤害能的人。猲猲(yín)吠:《楚辞·九辩》:"猛犬猲猲而迎吠兮,关梁闭而不通。"朱熹《楚辞集注》:"猲,犬争吠声。"

[3] 寒女:贫家女子。谢自然:唐代女道士,世号"东极真人",传说在西山(今四川南充)飞仙石上飞升得道。

题汤问堂故乡山海图 汤大理人,家苍山洱海之间 [1]

苍苍十九峰,蜿蜒东下如游龙。汩汩西洱海[2],佛光明灭鱼龙在。汤子家佛国,山水灵奇闲泼墨,妙香域中多采云,汤子即是云中君。迩来游迹思乡境,雪嶂松崖气萧冷。我是滇云旧迹人[3],点笔为题发清迥。炮车云起群魔来[4],海光卓火沧溟开。道场香散鬼神灭,丹山碧水云徘徊。我哀汤子空成图,乔木为君悲故都。蛮氛战血几时静[5],时大理城尚为回逆抗据。灵鹫峰头啼暮乌[6]。欲往从之在万里,白云天末嗟吾庐。卷图掷向青天语,古佛无灵泣风雨。登高遥数故乡程,云气茫茫接吴楚。

【校记】
此诗以下同治本归属卷六。
【编年】
咸丰九年(1859),檄署藩照磨兼盐库大使,外出公干时作。
【注释】
[1] 汤问堂:云南大理人,生平事迹待考。
[2] 西洱海:即洱海,古代文献中曾称为叶榆泽、昆弥川、西洱河、西二河等,位于云南大理郊区,为云南省第二大淡水湖,北起洱源县江尾乡,南止大理下关,湖的形状酷似人耳,故名洱海。
[3] 我是一句:黎恂曾长期居官云南,黎兆勋因此数次至云南探亲,故云"我是滇云旧迹人"。
[4]炮车云起:苏轼《六月七日泊金陵阻风得钟山泉公书寄诗为谢》诗:"今日江头天色恶,炮车云起风欲作。"《苏轼诗集合注》引王注:"《国史补》:暴风之候,有炮车云。"查注:

"《王直方诗话》：舟人占云若炮车起，急避之。"

[5] 蛮氛战血：咸丰六年（1856），在清朝地方官挑拨下，杜文秀联合回、汉、白、彝等族人民，为争夺南安石羊银矿而发生冲突，遂转化为起义，攻克大理，建立大理属帅府，推举杜文秀为"总统兵马大元帅"。同治十二年（1873），清军兵临大理城下，杜文秀服毒后出城与清军议和，被清军杀害，云南回民起义宣告失败。

[6] 灵鹫峰：大理苍山古名灵鹫山，苍山十九峰，巍峨雄壮，与秀丽的洱海风光形成强烈对照。

别子贞三首[1]

其一

文字结交地，相亲如弟兄。君赋还山吟，我亦伤别情。我归未可必，君归将学耕。百年诚未满，吾道何足荣。得聚且行乐，相忆勿悲鸣。惟应别离处，长怀车笠盟[2]。我生实多难，此情心自明。秋风不可诉，虫语为吞声。行矣龚夫子，立身期令名。

【编年】

咸丰九年（1859），檄署藩照磨兼盐库大使时作。据本书卷五《监利奇士龚子贞予旧好也三年不见音问亦绝……》诗有"念昔石城别，三岁不见君"云云，知此诗作于石城（钟祥）。

【注释】

[1] 子贞：即龚昌运，湖北监利人，黎兆勋在鄂诗友，时将归家。

[2] 车笠盟：谓不以贵贱而改变友情的盟誓。李渔《风筝误·贺岁》："老夫与令先尊有车笠之盟，又受妻孥之托，怎敢以生死变交。"

其二

君诗尚豪逸，我志好幽古。悠悠千载怀，文字漫倾吐。惟怜乱离日，久隔同心侣。鸡鸣多悲歌，往往杂风雨[1]。我往本贫贱，谬志入官府。徒邀丈人嗔，颇累群儿侮[2]。君看云间鹤，矫翼避洲渚。翱翔不肯下，岂为无飞羽？

【注释】

[1] 鸡鸣二句：《诗经·郑风·风雨》："风雨凄凄，鸡鸣喈喈。"

[2] 群儿侮：《神异典》卷二五八引《苏州府志》："（苏州裴庆）以弹絮为业。落魄嗜酒，每卧人户外无醒时，群儿侮之，不以为意。居大石头巷，用二大缸，一承一覆，自处其间。嘉靖间，龙虎山张真人入朝，舆请于舟中，称裴仙而拜之，遂延往龙虎山。

其三

归晤南村翁[1]，为我致饥渴。倦客好孤吟，寄翁诗卷末。斯文有真伪，古道无穷达。无令迟暮心，自遣吟怀遏。哲兄气凌厉，参军共机筈[2]。矫枉诚特雄，过疾终虞蹶[3]。乾坤日寥落[4]，兵事付飘忽。良会讵无时，离忧难遽掇。遥遥千里怀，因之寄明月。

【注释】

[1] 南村翁：指处士郭谱。

[2] 机筈：亦作"机栝"，弩上发矢的机件，喻治事的权柄或事物的关键。

[3] 矫枉：将弯曲的木头正过来，借指纠正偏差。过疾：速度过快。虞蹶：担心跌倒。

[4] 寥落：冷落，冷清。

岁暮怀人五首

郑子尹学博[1]

路引山桥碧涧风，门邻溪口白凫翁。此间无我君真独[2]，两地怀人意不同。岁晚峰峦筇杖健，天涯诗酒客囊空。梅花三百应相念，笑我行藏类转蓬。经巢梅岯香雪百余株高拥书楼，为君著书所。

【编年】

咸丰九年（1859），檄署藩照磨兼盐库大使时作。

【注释】

[1] 郑子尹：即郑珍（1806—1864），黎兆勋舅舅表兄弟，道光十七年举人，选荔波县训导，咸丰间告归，同治初补江苏知县，未行而卒。以经学、诗歌闻名当世。治经学、小学，与独山莫友芝并称"西南巨儒"，亦工书善画，又为晚清宋诗派代表作家，诗风奇崛，时伤艰涩，张裕钊《国朝三家诗钞》将他和施闰章、姚鼐并列为清代三大诗人。所著有《仪礼私笺》《说文逸字》《说文新附考》《巢经巢经说》《郑学录》《巢经巢诗钞》等。

[2] 真独：独处时谨慎。刘义庆《世说新语·品藻》："真独简贵，不减父祖。"

杨子春孝廉[1]

近传乡讯或讹言，路出娄山贼盗繁。清梦每寻杨监宅，离忧难画大姚村。销磨侠骨豪情敛，冷落名场古道存[2]。莫怨沙哥轻远别[3]，劳生心曲与谁论？

【注释】

[1] 杨子春：即杨华本，黔北遵义人，参见本书卷二《官斋梅花盛开花下饮酒作长句示杨子春妹夫》诗注释[1]。

[2] 古道：传统的正道。今通称不趋附流俗，守正不阿为古道。桓宽《盐铁论·殊路》："夫重怀古道，枕籍书诗，危不能安，乱不能治，邮里逐鸡难，亦无党也。"

[3]莫怨二句：化用白居易《杨六尚书新授东川节度使代妻戏贺兄嫂二绝》其一诗意："刘纲与妇共升仙，弄玉随夫亦上天。何似沙哥领崔嫂，碧油幢引向东川。"杨六，指白居易妻兄杨汝士，小字沙哥。中唐牛李党争中，杨白两家血脉相连，关系极为亲密。

胡子何进士 [1]

武昌鱼饯送寒杯，小酉书探著录才 [2]。名念消时君独往，音尘寂处梦偏来。江山吟遍蛮溪雪，乡国愁生楚望台 [3]。每忆谈经风月地，离情难向酒边开。

【注释】

[1]胡子何：黎平人，黎兆勋在黔诗友，见本书卷三《三月十六日柬胡子何学博》注释 [1]。

[2]小酉：即小酉山，藏书地。《太平御览》卷四九引南朝盛弘之《荆州记》："小酉山上石穴中有书千卷，相传秦人于此而学，因留之。"此句比喻读书甚多，学识丰富精湛。

[3]楚望台：位于武昌起义门东面山岗上，朱元璋第六子楚王朱桢为表不忘父皇之恩，在此建台遥望帝京，故称"楚望台"。

莫芷升明经 [1]

碧山明月人何处？楚客瑶琴向夕弹。风雪南飞频梦鹤，烟波西上欲骖鸾 [2]。残年饥走牂柯道 [3]，饱食春生苢蓿盘。料得归来愁更远，东风影里梦长安。其令兄部亭大令，留滞都下未归。

【校记】

诗题：莫芷升，同治本作"莫子升"，误。

【注释】

[1]莫芷升：（1817—1890），字芷升，别号青田山人，贵州独山人。莫友芝弟，擅长诗词古文，以教育文学名世。道光廿九年（1849）拔贡生，次年应礼部试落第，便绝意仕途，专心研究学问。历任永宁州学正、安顺府学训导、思南府学教授、贵州学古书院山长，一生执教四十年。他和黎汝谦编辑《黔诗纪略后编》，为贵州清代诗歌总集，与莫友芝辑《黔诗纪略》有"双璧"之誉。著有《青田山庐诗钞》《青田山庐词钞》。

[2]梦鹤、骖鸾：江淹《别赋》："驾鹤上汉，骖鸾腾天。"比喻高蹈遁世或修行成仙的处世态度。

[3]残年：晚年。牂柯道：汉设牂牁郡，地在今贵州东境及北部一带。

赵晓峰学博 [1]

怀白亭伤访古心，郎官湖引客愁深 [2]。仙人黄鹤碧霄语，楚泽苍龙寒夜吟 [3]。小隐何心今更远 [4]，故交如梦渺难寻。天涯怅尔桐溪雪，不为文章感陆沉 [5]。

【注释】

[1]赵晓峰：即赵旭，遵义桐梓人，黎兆勋诗友。

[2]怀白亭：又名碑亭，位于今遵义市桐梓县城北新站镇，与太白书院和古桐梓坡驿站

遗址隔河相望,亭中左右立李白诗碑各一块,砂石,无碑帽,正面以三寸行草刻录李白诗各三首,无题面,左下方仅书"李白题"三字。郎官湖:本名南湖,在今湖北汉阳。李白流放夜郎,与故人尚书郎张谓、沔州牧杜公、汉阳宰王公,觞于南湖。张请李白为湖标一嘉名,以传不朽,白因举酒酹水,改南湖为郎官湖,并赋《泛沔州城南郎官湖》诗,云:"四坐醉清光,为欢古来无。郎官爱此水,因号郎官湖。"

[3] 仙人句:化用唐代崔颢《黄鹤楼》"昔人已乘黄鹤去,此地空余黄鹤楼。黄鹤一去不复返,白云千载空悠悠"诗意。楚泽:古楚地有云梦等七泽,后以"楚泽"泛指楚地或楚地的湖泽。苍龙:传说中的祥瑞之物青龙。《楚辞·九辩》:"左朱雀之茇茇兮,右苍龙之躣躣。"

[4] 小隐:指隐居山林。

[5] 陆沉:陆地无水而沉,比喻隐居,此处比喻文章埋没,不为人知。

腊月十八夜史幹甫二尹斋前观梅[1]

花隐寒光映绮寮[2],小庭如水欲生潮。芳阶人倚中天月,别院谁吹子夜萧?历尽风尘香始放,照来冰雪影全消。乖厓亭畔一尊酒[3],几许春痕侍白描。

【编年】

咸丰九年(1859),檄署藩照磨兼盐库大使时作。

【注释】

[1] 史幹甫:江苏常州人,生平事迹不详,先后担任过十任县令,光绪十二年(1886)自湖北潜江县令任上退休归乡常州,买下意园,辑有《云深处印存》1卷。二尹:明清时对县丞或府同知的别称。据诗中"乖厓亭",知史氏时为崇阳县丞。

[2] 绮寮:雕刻或绘饰精美的窗户。左思《三都赋》:"雷雨窈冥而未半,曒日笼光于绮寮。"吕向注:"寮,窗也。"

[3] 乖厓亭:即乖崖亭,在今湖北崇阳县,为纪念宋代张咏而建。张咏(946—1015)字复之,号乖崖,曾知崇阳县,政绩卓著,口碑甚佳,为缅怀其功德,故建乖崖亭以示纪念而激励来者。

送舍弟介亭归里

其一

官阁垂帘地,晨昏抱牍人[1]。灯花寒有影,书卷晚随身。情与沧波接,秋从白发新。南楼非不古[2],久寓亦伤神。

【校记】

诗题:同治本无"介亭"二字,而"弟"后小字夹注"兆祺"。

【编年】

姑系于咸丰九年（1859），檄署藩照磨兼盐库大使时作。

【注释】

[1]垂帘地：指在政府潜心致力，不预闻他事。抱牍人：自谓，指抱持案牍，办理公文的人。

[2]南楼：在南面的楼。依行迹，当指湖北省江陵县东南南楼，唐代张九龄尝登此楼赋诗，宋代张栻重修，改名曲江楼。又武昌黄鹤山顶也有南楼，一名白云楼，又名岑楼，乾隆中毁，毕沅重修之。

其二

东窗寒叶下，归计夜低回。霜紧柝声峭[1]，月斜花影来。楼台依幕府，鸿雁感江隈。不寐还思远，家书几度裁。

【校记】

归计夜低回：同治本作"归计夜低徊"。

【注释】

[1]霜紧句：指霜夜的击柝声峭急。

其三

风雪拥蛮山，琱弓未许弯[1]。人皆新戍去，汝定几时还？僰道惊艰险[2]，儒衣送老羁。赠行无长物，惆怅觅刀环[3]。

【注释】

[1]琱弓：有雕饰的弓。庾信《周大将军司马裔神道碑》："藏松宝剑，射柳琱弓。"

[2]僰道：古县名，汉属犍为郡，为僰人所居，故名。此指黎氏所居西南之地。

[3]刀环：刀头上的环。环、还同音，后因以"刀环"为"还归"的隐语。

其四

亦有蚜蝛感[1]，萧萧忆故林。病边儿女少，愁外雪霜深。王税无余业[2]，山云共此心。还将渔隐意，为我写瑶琴。

【注释】

[1]蚜蝛：同"伊威"，一名"鼠妇"，一种小虫，体椭圆形，灰褐色，生活在阴暗潮湿处，俗称"地鸡""地虱子"或"地虱婆"，遇惊吓常盘曲身子。《诗经·豳风·东山》："伊威在室，蟏蛸在户。"

[2]王税：王朝的赋税。

侍雪堂诗钞卷第五

感春十五首

其一

楚泽上朝碧，江流浩以寒。年芳倏骞散[1]，春事宁遽阑？东逝渺何极，利涉轻波澜。劳逸各自适，于途未为宽。我思日泱泱，古道诚漫漫。一心且难靖，讵必群情安？

【编年】

《感春十五首》，咸丰十年（1860）春，檄署藩照磨兼盐库大使时作。是年，随胡林翼治军多年的湖北按察使严树森迁湖北布政使，接替庄爱琪。未经年，严树森擢河南巡抚，出身曾国藩幕府的湖北按察使唐训方接替严树森为湖北布政使。《感春》其一自伤岁月飘忽，老大不偶。其二咏宦海失意及公务之外的生活，表达思乡之情。其三咏唐代诗人孟浩然与陆羽，尤其对陆羽的出处行着笔较多，以此类比当时太平天国事及己之怀抱。其四言顺应自然，努力人事。其五咏怀，叹无人提携，伯乐难求。其六咏剑士，自伤沦落。其七客宦思家。其八歌颂侠义之士重诺轻命。其九将海客与山人比较，说明地域与人才培养的关系。其十咏战国名将李牧、乐毅事，盖忧国伤世，悲慨太平军之乱。其十一借景抒情，咏今思古，伤慨国事。其十二旨在"时危重高节，志郁生沉哀"二句。其十三书写战乱之后荒芜萧条的武汉在地方官胡林翼等人的经理下，虽日渐恢复往日秩序，但有些繁华却不会再出现。其十四既写游宦江汉的思乡之情，亦伤时事。其十五写时光易逝，事业无成，归隐林泉之思。

【注释】

[1] 倏骞：即倏忽。春事：指春色，春意。

其二

萧然掩关坐，不识在官府。时契无言子[1]，岑寂忘尔汝。幽幽舍人居，蔼蔼物华睹。禽喧知林霁，庭响识宵雨。茗香童仆来，酒醒客愁聚。三年劳奔走[2]，一室闲情补。海岳有仙人，思之不能语。

【注释】

[1] 时契：时机、契机。言子：即孔子学生言偃，字子游。

[2] 三年句：自谓从咸丰七年任职湖北至今，已奔走官场三年。

其三

三楚多秀士，古人谅难见。远怀孟浩然，复念陆鸿渐[1]。浩然洵清发，士源匪虚赞[2]。羽也为伶正，出处抑何谩。不逢李齐物，身世日羁绊。吁嗟布褐囊，徒悲禄山乱。一赋天未明，沈忧满淮甸[3]。

【注释】

[1] 孟浩然：（689—740），湖北襄阳人，世称孟襄阳，未曾入仕，又称孟山人，唐代著名诗人。陆鸿渐：陆羽（733—804）字鸿渐，复州竟陵（今湖北天门）人，字季疵，号竟陵子、桑苎翁、东冈子，又号"茶山御史"，唐代著名茶学家，被誉为"茶仙""茶圣"，祀为"茶神"，著《茶经》3 卷。

[2] 士源句：王士源《孟浩然集序》赞孟"骨貌淑清，风神散朗，救患释纷，以立义表。灌蔬艺竹，以全高尚"。

[3] 羽也以下八句：陆羽撰《陆文学自传》，追述自己上半生遭遇，寄寓对国事的关心，其文有云："天宝中，郢人酺于沧浪，邑吏召予为伶正之师。时河南尹李公齐物出守，见异，捉手拊背，亲授诗集，于是汉沔之俗亦异焉……自禄山乱中原，为《四悲诗》，刘展窥江淮，作《天之未明赋》，皆见感激当时，行哭涕泗。著《君臣契》1 卷，《源解》30 卷，《江表四姓谱》8 卷，《南北人物志》10 卷，《吴兴历官记》3 卷，《湖州刺史记》1 卷，《茶经》3 卷，《占梦》上、中、下 3 卷，并贮于褐布囊。"沈忧：亦作"沉忧"，深忧。

其四

黄公称善医，寝食必先治[1]。侯生称善筮，说卦重人事。名理为枢机，大道绝私意[2]。一技歧其途，于术未为至。感君机变才，自是青云器。惟怜多难日，不惜劳心伪。

【注释】

[1] 黄公二句：清代名医黄退庵辑著《友渔斋医话》中记载了隋代文中子的话："善养生者，先寝食而后医药。"

[2] 名理：名称与道理。枢机：《周易·系辞上》："言行，君子之枢机，枢机之发，荣辱之主也。"王弼注："枢机，制动之主。"孔颖达疏："枢谓户枢，机谓弩牙。"比喻事物的关键部分。大道绝私意：《礼记·礼运》："大道之行也，天下为公。"

其五

剪彩成阳春[1]，不及芳华新。结交多嘉客，不如逢故人。我思洵纤结，幽意竟何陈[2]。青阳耀冠盖[3]，入门谁与亲？讵无瑶台月，照君琼树林[4]？婉婉晓禽语，和鸣殊有因。物情自相感，所贵全其真。

【注释】

[1] 剪彩：犹剪裁。

[2]纤结：郁积不畅。《后汉书·冯衍传下》："心怫郁而纤结兮，意沉抑而内悲。"幽意：幽深的思绪。江淹《灯夜和殷长史》："客子依永夜，寂寞幽意长。"

[3]青阳：春天。

[4]瑶台：神话传说中神仙所居之地，也是道教理想中的神仙境界，在昆仑山上。李白《清平调词》诗："若非群玉山头见，会向瑶台月下逢。"调名本意即咏月照神仙所居的瑶台。琼树：树木的美称，喻品格高洁的人，《晋书·王戎传》："王衍神姿高彻，如瑶林琼树。"

其六

客歌古侠吟，倚剑望遥夕。惟观物锈涩，不入珍异席[1]。徐君没已久，庄生说堪掷[2]。世途有迁易，智士羞短策[3]。感君多黄金，不重沉沦客。及锋宁有时[4]，持此将安适？神交非尔心，解赠亦当剧[5]。

【注释】

[1]锈涩：生锈。李白《独漉篇》："雄剑挂壁，时时龙鸣。不断犀象，锈涩苔生。"珍异：《周礼·地官·廩人》："凡珍异之有滞者，敛而入于膳府。"郑玄注："珍异，四时食物也。"贾公彦疏："凡珍异之有滞者，谓四时珍美异味，买者遂少，沉滞不售者也。"

[2]徐君句：《史记·吴太伯世家》："季札之初使，北过徐君。徐君好季札剑，口弗敢言。季札心知之，为使上国，未献。还至徐，徐君已死，于是乃解其宝剑，系之徐君冢树而去。从者曰：'徐君已死，尚谁予乎？'季子曰：'不然。始吾心已许之，岂以死背吾心哉！'"庄生说：指《庄子·说剑》说服赵文王停止斗剑取乐之说。

[3]短策：笨拙的策略，亦用为谦词。韩愈《归彭城》诗："我欲进短策，无由至彤墀。"

[4]及锋：谓趁有利时机采取果断行动为及锋而试。《汉书·高帝纪上》："吏卒皆山东之人，日夜企而望归，及其锋而用之，可以有大功。"

[5]解赠：解囊赠送。

其七

山雨濯林春，惊飙涨红紫[1]。纷吾魂梦劳，风光念乡里。在昔侣溪山，剧谈治乱理。三王递秦汉[2]，议论无终始。闲从老农游，田间话耒耜。螬衣与陵舄[3]，气化求所以。十载离索思[4]，予亦就衰矣。曼胡逢故人[5]，怅怅儒冠子。

【注释】

[1]惊飙：突发的暴风；狂风。

[2]三王：夏、商、周三朝的第一位帝王大禹、商汤王、周武王及周文王的合称。《旧唐书·郑畋传》："代有忠贞之士，力为匡复之谋。我国家应五运以承乾，蹑三王之垂统，绵区饮化，匝宇归仁。"

[3]螬衣二句：《庄子·至乐》："种有几，得水则为继，得水土之际则为蛙螬之衣，生于陵屯则为陵舄，陵舄得郁栖则为乌足，乌足之根为蛴螬，其叶为胡蝶。"螬衣：即蛙螬之衣，生在水边而能遮盖蛙蚌之类的如蕴藻、浮萍之类的植物，楚人成为"蛙螬之衣"。陵

舃（xì）：车前、泽泻一类植物。

[4] 十载句：黎兆勋自道光末年踏入仕途，至此十余年。

[5] 曼胡：长而无刃之戟。

其八

时平尚礼乐，世变求奇英。豪侠有真士，出门生命轻。信陵重朱亥[1]，宣孟逢弥明[2]。剧孟感袁盎[3]，赵氏存程婴[4]。古人忠烈性，不必深知兵。义非侠不立，侠非义不成。卓哉赞皇语，似惜英特情。

【注释】

[1] 信陵重朱亥：《史记·魏公子列传》："侯生谓公子曰：'臣所过屠者朱亥，此子贤者，世莫能知，故隐屠间耳。'公子往数请之，朱亥故不复谢，公子怪之……朱亥笑曰：'臣乃市井鼓刀屠者，而公子亲数存之，所以不报谢者，以为小礼无所用。今公子有急，此乃臣效命之秋也。'"

[2] 宣孟逢弥明：《左传·宣公二年》："秋，九月，晋侯饮赵盾酒，伏甲，将攻之。其右提弥明知之，趋登，曰：'臣侍君宴，过三爵，非礼也。'遂扶以下。公嗾夫獒焉，明搏而杀之。盾曰：'弃人用犬，虽猛何为！'责公不养士，而更以犬为己用。斗且出，提弥明死之。初，宣子田於首山，舍于翳桑，见灵辄饿，问其病。曰：'不食三日矣。'食之，舍其半。问之。曰：'宦三年矣，未知母之存否，今近焉，去家近，请以遗之。'使尽之，而为之箪食与肉，置诸橐以与之。既而与为公介，倒戟以御公徒而免之。问何故。对曰：'翳桑之饿人也。'问其名居，不告而退，不望报也。遂自亡也。"《史记·晋世家》亦载此事。宣孟：晋国正卿赵盾卒谥宣孟。

[3] 剧孟感袁盎：《史记·袁盎列传》："袁盎病免居家，与闾里浮沉，相随行，斗鸡走狗。洛阳剧孟尝过袁盎，盎善待之。安陵富人有谓盎曰：'吾闻剧孟博徒，将军何自通之？'盎曰：'剧孟虽博徒，然母死，客送葬车千余乘，此亦有过人者。且缓急人所有。夫一旦有急叩门，不以亲为解，不以存亡为辞，天下所望者，独季心、剧孟耳。今公常从数骑，一旦有缓急，宁足恃乎！'骂富人，弗与通。诸公闻之，皆多袁盎。"

[4] 赵氏存程婴：《史记·赵世家》："赵朔妻成公姊，有遗腹，走公宫匿。赵朔客曰公孙杵臼，杵臼谓朔友人程婴曰：'胡不死？'程婴曰：'朔之妇有遗腹，若幸而男，吾奉之；即女也，吾徐死耳。'……及赵武冠，为成人，程婴乃辞诸大夫，谓赵武曰：'昔下宫之难，皆能死。我非不能死，我思立赵氏之后。今赵武既立，为成人，复故位，我将下报赵宣孟与公孙杵臼。'"

其九

海客从东来，罗缕溟渤景[1]。纵横济时略，群材纷退屏。山人能说山，狭隘出机警。自非江海才，欲语先退省。祁连有冰山，蜀郡有火井[2]。地气使之然[3]，两境不能并。

【注释】

[1] 罗缕：枚举陈述。西晋傅咸《上事自辨》："而结一旦横挫臣，臣前所以不罗缕者，冀因结奏得从私愿也。"溟渤：溟海和渤海，多泛指大海。鲍照《代君子有所思》诗："筑山拟蓬壶，穿池类溟渤。"

[2] 蜀郡有火井：即今四川邛崃市西部山区火井镇。火井，产可燃天然气的井，古代多用以煮盐。左思《蜀都赋》："火井沉荧于幽泉，高爓飞煽于天垂。"刘逵注："蜀郡有火井，在临邛县西南。火井，盐井也。"宋应星《天工开物·井盐》："西川有火井，事奇甚，其井居然冷水，绝无火气。但以竹剖开去节，合缝漆布，一头插入井底，其上曲接，以口紧对釜脐，注卤水釜中，只见火意烘烘，水即滚沸。"

[3] 地气：玄学所说的地中之气，是土地山川所赋的灵气。《礼记·月令》："孟春之月，天气下降，地气上腾，天地和同，草木萌动。"

其十

荒哉吴会云[1]，渺渺发悲慨。苕苇承堂榱[2]，愚亦知其悖。吾伤武安君，括也将必败[3]。吾怜望诸君，骑劫焉能代[4]？人言山可挟，未见挶恒岱[5]。白日明天关，畴能通帝载[6]。矫诬自昭昭，坐毙诚愦愦[7]。

【校记】

吾伤武安君：同治本"君"误作"军"。

【注释】

[1] 吴会：秦汉会稽郡治吴县，郡县连称吴会。东汉分会稽郡为吴、会稽二郡，并称吴会，后亦泛称此两郡故地为吴会。唐以后，俗亦称平江府（今苏州）为吴会。

[2] 苕苇：即苇苕，指芦苇。《荀子·劝学》："以羽为巢，而编之以发，系之苇苕。"杨倞注："苕，苇之秀也。"陈琳《檄吴将校部曲文》："鹪鸠之鸟，巢于苇苕，苕折子破，下愚之惑也。"堂榱：正房上的椽子。

[3] 吾伤二句：事在《史记·廉颇蔺相如列传》，咏战国赵国李牧、赵括事。武安君：战国末赵将李牧因军功封为武安君，后赵王因信秦将王翦反间之计而诛杀李牧，最终导致被俘国灭。括：指赵括，赵将马服君赵奢之子，好纸上谈兵，代廉颇将长平，与秦将白起战，括军败，数十万之众被秦军坑杀。

[4] 吾怜二句：《史记·乐毅列传》："燕惠王固已疑乐毅，得齐反间，乃使骑劫代将，而召乐毅。乐毅知燕惠王之不善代之，畏诛，遂西降赵。赵封乐毅于观津，号曰望诸君。尊宠乐毅以警动于燕、齐。齐田单后与骑劫战，果设诈诳燕军，遂破骑劫于即墨下，而转战逐燕，北至河上，尽复得齐城，而迎襄王于莒，入于临菑。"

[5] 挶（jú）：《说文》："挶，戟持也。从手，局声。"《诗经·豳风·鸱鸮》："予手拮挶，予所捋荼。"孔颖达疏："谓以手爪挶持草也。"恒岱：恒山和泰山。

[6] 天关：犹天门。庾信《周祀圜丘歌·雍乐》："回日辔，动天关。"畴能：谁能。陶渊明《自祭文》："识运知命，畴能罔眷？"帝载：帝王的事业。《尚书·舜典》："咨

四岳：有能奋庸熙帝之载，使宅百官揆，亮采惠畴。"孔传："载，事也。"

[7] 矫诬：谓假借名义以行诬罔；虚妄。《尚书·仲虺之诰》："夏王有罪，矫诬上天，以布命于下。"愦愦：昏庸；糊涂。班固《咏史》："百男何愦愦，不如一缇萦！"

其十一

夜步黄鹄矶[1]，夕月已低坠。列宿垂光芒，其精实在地。倒景凌长虚，形色了无异。君看江汉流，陈迹迷人思。古来英雄业，勋名岂虚寄？烈烈龙虎姿，矫矫勤王志。

【注释】

[1] 黄鹄矶：在武汉蛇山西北，旧时其上有黄鹤楼。

其十二

嘉辰气清霁，行复登高台。长啸纵春目，幽幽天海怀。缅怀鲁连子[1]，怅望乐生才[2]。时危重高节，志郁生沉哀。硡磷雷室车[3]，大泽空徘徊。洪波振不息，日晏蛮云颓。劲草撄飘隧，饥禽号水隈。岂不念良会？江蓠非我媒[4]。

【注释】

[1] 鲁连子：指鲁仲连，战国齐人，有计谋但不肯做官，常周游列国排难解纷，是一个兼有隐士、侠客和政治家特点的人，后世视之为奇伟高蹈、不慕荣利的代表人物。事见《史记·鲁仲连列传》。

[2] 乐生：指乐毅，战国后期杰出军事家，魏将乐羊后裔，拜燕上将军，受封"昌国君"，辅佐燕昭王振兴燕国。公元前284年，他统帅燕国等五国联军攻打齐国，连下70余城，创造了中国古代战争史上以弱胜强的著名战例，报了强齐伐燕之仇。后因受燕惠王猜忌，投奔赵国，被封于观津，号为"望诸君"。事见《史记·乐毅列传》。

[3] 硡磷雷室车：司马相如《大人赋》："径入雷室之硡磷郁律兮，洞出鬼谷之崛礧嵬石衰。"雷室：雷渊，神话中水名。硡磷：一说形容深峻，一说是雷声。

[4] 江蓠：一种香草，苗似芎藭，叶似当归，香气似白芷。

其十三

墙头红紫花，藤蔓蔽荒厦。婀娜摇春烟，蒙茸出乱瓦[1]。念昔飞妖燎[2]，九衢变荒野。白骨连湖寒，空城接山赭。迩来事结构，大道耀舆马。栋宇虽未崇，士女复都雅[3]。惟楚繁会区，楼观耀华夏。豪富讵无因？丧乱匪虚假。往事日萧索，春凄鄂城下。

【注释】

[1] 蒙茸：蓬松、杂乱的样子。

[2] 飞妖燎：迸飞的火焰。

[3] 都雅：美好娴雅。《三国志·吴志·孙韶传》："身长八尺，仪貌都雅。"

其十四

羁客念乡国，悲来成啸歌。鹈鴃尔何鸣[1]，讵识乡愁多？念昔与君别，衡门依女萝。风雨生离声，眷兹庭树柯。睠墟洵阻绝，竹庙空嵯峨。音尘隔长路，鸿雁难经过。瓯脱久相视[2]，奈此蛮虏何。

【注释】

[1] 鹈鴃（tí guì）：杜鹃鸟。欧阳修《鹈鴃》："鹈鴃杠缘催节物，年华不信有伤春。"

[2] 瓯脱：古代少数民族屯戍或守望的土室；此指屯戍之人。陆游《送霍监丞出守盱眙》诗："空闻瓯脱嘶胡马，不见浮屠插霁烟。"

其十五

事业何草草，少年今忽老。百岁诚偶然，梦幻自颠倒。愧兹和光子[1]，似识声华好[2]。欢乐方荣身，阴虫食其脑[2]。谁云丈夫志，百念谢机巧。要当守支离[3]，来复神所保。淡泊多好怀，幽子发其道[4]。

【注释】

[1] 和光子：谓才华内蕴，不露锋芒的人。声华：美好的名声，声誉。白居易《晏坐闲吟》："昔为京洛声华客，今作江湖老倒翁。"

[2] 阴虫：冰蚕。

[3] 支离：流离，流浪。杜甫《咏怀古迹》之一："支离西北风尘际，飘泊东南天地间。"

[4] 幽子：隐士。韩愈《别赵子》诗："海上诸山中，幽子颇不无。"

八月十一日招刘瀶之孝廉、徐子楞山人、龚九曾农部、陆用皆记室饮酒，席上送陆君返常州[1]

东南有涨海[2]，西北有高楼。不假风雨声，安知天地秋。战伐羡壮士，锦带腰吴钩[3]。长缨岂不贵，斑白增予愁[4]。乾坤洵多事，国患何日休[5]？北门思寇准，江海怀钱镠[6]。阵拓龙虎军[7]，风清帝王州。萧萧凉秋节，楚水多寒流。惊飙振白日，逸兴凌沧州[8]。徐叟发遥慨，陆子娴清讴。斗酒醉江汉，空言谁见收？明日鄂城东，送君东南游。行客勿太息，居人聊自留。丈夫历艰险，抚剑生百忧。零落顾荣扇，凄凉张翰舟[9]。挂冠东都门，逢萌真我俦[10]。孰云意气轻，临难多绸缪[11]。为君歌一曲，乡思飞黔陬。

【编年】

咸丰十年（1860），檄署藩照磨兼盐库大使时作。

【注释】

[1]刘濬之：生平事迹不详。徐子楞：参见本卷《挽徐子楞山人》诗，诗题下注："名华廷，常州布衣，无子，所著有《一规八棱砚斋诗集》，咸丰十年九月客死武昌。"龚九曾：生平事迹不详。陆用皆：生平事迹不详。

[2]涨海：南海的古称。《琼州府志》："南溟者，天池也，地极燠，故曰炎海；水恒溢，故曰涨海。"

[3]吴钩：春秋时期流行的一种弯刀，以青铜铸成，是冷兵器里的典范，充满传奇色彩，被历代义人写入诗篇，成为驰骋疆场、励志报国的精神象征。

[4]长缨二句：谓有心追求功名富贵但年龄老大，壮志销磨。长缨，指华衣美服者或达官显贵。江淹《效陆机羁宦》："朱黻咸髦士，长缨皆俊人。"斑白：头发黑白相杂，谓年老。

[5]乾坤二句：伤时事，望太平天国运动早日平定。

[6]北门思寇准：指景德年间宰相寇准力主宋真宗御驾亲征抗敌辽国，订立"澶渊之盟"，使宋辽边境干戈宁息，贸易繁荣，人民生活安定。江海怀钱镠：钱镠在唐末乱世中占据以杭州为首的两浙十三州，在位期间先后臣服中原各王朝，保境安民，发展经济文化，致使钱塘文士荟萃，富庶盛于东南。

[7]龙虎军：前身是唐太宗的"百骑禁卫"，后成为唐朝禁卫军，是唐朝最精锐的军队。

[8]惊飙：谓狂风。曹植《吁嗟篇》："惊飙接我出，故归彼中田。"逸兴凌沧州：超逸豪放的意兴凌越沧海。此句合李白《宣州谢朓楼饯别校书叔云》诗句"俱怀逸兴壮思飞"和《江上吟》诗句"诗成笑傲凌沧州"而用之。

[9]零落二句：自谓既无顾荣之胆略决策和能力，也无张翰之风流洒脱和淡泊。顾荣扇：《晋书·顾荣传》："明年，周玘与顾荣及甘卓、纪瞻潜谋起兵攻敏。荣废桥敛舟于南岸，敏率万余人出，不获济。荣麾以羽扇，其众溃散。"晋八王之乱后，广陵相陈敏想割据一方自称王，他的右将军、丹阳内史顾荣反对他这样做，便私下联络周玘、甘卓、纪瞻等人起兵反陈敏。陈敏率军征讨他们，桥早被顾荣毁坏，渡船也被敛走，陈敏军无法过河。顾荣却手挥羽扇，指挥作战，陈敏军纷纷溃散。后因以"顾荣扇"为指称儒将的典故，亦用作据江破敌之典。张翰舟：参见卷三《夜梦东溪晓起杂感二首寄舍弟少存》其二注释[2]。

[10]挂冠二句：《后汉书·逸民列传》："逢萌字子康，北海都昌人也。时王莽杀其子宇，萌谓友人曰：'三纲绝矣！不去，祸将及人。'即解冠挂东都城门，归，将家属浮海，客于辽东。"

[11]绸缪：情意殷切。李陵《与苏武诗》之二："独有盈觞酒，与子结绸缪。"

涧兰

其一

涧泻寒泉苔满岑，红芽低簇碧云深。九秋珠露石林闭[1]，黯黯芳风何处寻？

【编年】

咸丰十年（1860），檄署藩照磨兼盐库大使时作。

【注释】

[1] 九秋：指秋天。张协《七命》："晞三春之溢露，溯九秋之鸣飙。"

其二

画稿吟怀久寂寥，夜来乡思绕山椒。菖蒲花紫不归去，秋暝沙滩平板桥。

溪竹

其一

苍云十亩绿漪侵，疏引溪风接远林。晚岁穷交谁健在，尽教青士伴孤吟[1]？

【编年】

咸丰十年（1860），檄署藩照磨兼盐库大使时作。

【注释】

[1] 青士：竹的代称。陆游《晚到东园》诗："岸帻寻青士，凭轩待素娥。"

其二

三分水竹一茅椽，每对月明思辋川[1]。雨叶烟梢入宵梦，此君相待凉风天。

【注释】

[1] 辋川：在今蓝田县城西南尧山间，是秦岭北麓一条风光秀丽的川道。唐代诗人王维曾在此筑"辋川别墅"，后逐渐成为文人理想山川的卧游地，是士大夫精神生活所向往的"神境"。

中秋夜登黄鹤楼圮址月下偕庄麟之少尉饮酒[1]

鹤楼一炬成焦土，铁锁横江走蛮虏。战舰东驰南楚空，残垣破屋悲三户[2]。今岁洪流忽横溃，楚甸波涛杂风雨。已拌春夏愁漏天，岂复郊原事禾黍？前日江风秋怒号，四山云雾豁清睹。城头朗朗挂明镜，江上晴云摇白羽。我屋深沉近戟辕，姮娥例不窥官府。策杖来登城上台，凌云下瞰烟中浦。城阙星河近郭低，戍楼灯火沿江吐。冰轮照人若可掇，玉露点衣轻欲举。坐念年时阅忧患，鼍愤龙愁潀无所[3]。几曾清景从庾公[4]，却笑参军异孙楚[5]。丛桂山寒忆乡国，尘寰我愧飞仙侣。中秋得月诚偶然，万顷寒光濯肝腑。朗吟不去歌徘徊，明日新诗讵堪补？

【校记】

已拌春夏愁漏天：已拌，同治本作"已挤"。

【编年】

咸丰十年（1860）中秋，檄署藩照磨兼盐库大使，在武昌忧时伤怀，思念乡国之作，诗旨在"坐念年时阅忧患，鼍愤龙愁溔无所"二句。

【注释】

[1] 黄鹤楼：原址在武昌蛇山黄鹄矶头，始建于三国东吴黄武二年（223），《元和郡县图志》记载：孙权始筑夏口故城，"城西临大江，江南角因矶为楼，名黄鹤楼"，古代的"鹄"与"鹤"二字一音之转，互为通用，故名"黄鹤楼"。唐代黄鹤楼已具规模，但兵火频繁，屡建屡废，明清两代更被毁七次，重建和维修了十余次，故有"国运昌则楼运盛"之说。庄麟之：生平事迹不详。少尉：属典史一类官职，设于州县，为县令的佐杂官，不入品阶，但须经由吏部铨选、皇帝签批任命，属于"朝廷命官"，位在县丞、主簿下。

[2] 鹤楼以下四句：写太平天国之乱给荆楚之地和武汉造成的破坏。三户：古楚地，此指荆楚之地。《史记·项羽本纪》："夫秦灭六国，楚最无罪。自怀王入秦不反，楚人怜之至今，故楚南公曰：'楚虽三户，亡秦必楚'也。"

[3] 鼍愤龙愁溔无所：如鼍愤怒，如龙忧愁，比喻乐曲的情调悲愤，广阔无际。

[4] 几曾清景从庾公：化用李白《陪宋中丞武昌夜饮怀古》诗意："清景南楼夜，风流在武昌。庾公爱秋月，乘兴坐胡床。龙笛吟寒水，天河落晓霜。我心还不浅，怀古醉余觞。"

[5] 孙楚：字子荆，西晋官员、诗人。见卷四《上承尊生观察》注释 [6]。

都抚堤藕花行二首[1]

咸丰二年粤寇陷武昌行省，此水为妇女死难之所

其一

藕风寒，芙蓉湿；露珠白，姁娃泣[2]。香明香灭人不知，堤阴又见鸳鸯集。蛮云尽敛荒波香，藕丝夜绩冰弦长[3]。华容鼓瑟明月珰，湖飙永夜吹清霜。

【编年】

咸丰十年（1860），檄署藩照磨兼盐库大使，在武昌作。

【注释】

[1] 都抚堤：位于今武汉市武昌区都抚堤社区，临江大道一带。

[2] 姁娃（jū wá）：指间姁和吴娃，古美女名。

[3] 藕丝：纯白色。李贺《天上谣》："粉霞红绶藕丝裙，青洲步拾兰苕春。"王琦汇解："粉霞、藕丝，皆当时彩色名。"叶葱奇注："藕丝即纯白色。"夜绩：夜间绩麻。冰弦：古代名琴，以冰蚕丝为琴弦，此指蚕丝。

其二

楚王台榭成荒烟，都堤荷花清且妍。凌波宛约离尘缘，芳心夜葬清凉天。
清凉天，玲珑月，年年风露荷花发。罗袜成尘艳骨销[1]，瑶台幽恨无时歇。

【注释】

[1] 罗袜成尘：曹植《洛神赋》："休迅飞凫，飘忽若神，凌波微步，罗袜生尘。"此处"凌波宛约离尘缘""罗袜成尘艳骨销"均指妇女遇难。

晚出公府登城上楼

暮云西下楚山青，夜色昏黄入杳冥。我爱长江洗明月，天从低树掠飞星。
登楼客去怜王粲[1]，灭烛秋空望洞庭。领取十年尘鞅梦，戍灯渔笛酒初醒。

【编年】

咸丰十年（1860），檄署藩照磨兼盐库大使，在武昌作。

【注释】

[1] 登楼客去怜王粲：建安九年（205），王粲在荆州登麦城（今当阳）城楼，作《登楼赋》，起句"登兹楼以四望兮，聊暇日以销忧"赋写心境，"虽信美而非吾土兮"透露身在异乡客地的愁怀，抒发了在社会动乱中只身飘零，"人情同于怀土兮，岂穷达而异心"的故土之情，暗示他要离开所依附的荆州牧刘表，并希冀时世早日清平，以施展平生之才力，但此种期望又迟迟不见到来，所依非人而抱负难展，因而"气交愤于胸臆""夜参半而不寐"。

早起

涛飞云起海天荒，王濬楼船拥万樯[1]。影落星河人早起，声严鼓角夜初长。
蒙尘忍忆唐天宝[2]，对镜沉思晋武昌[3]。不奈五更骑马夫，汉南山色晓苍苍。

【编年】

咸丰十年（1860），檄署藩照磨兼盐库大使，在武昌作。

【注释】

[1] 王濬楼船：西晋名将王濬（207—286）利用长江上游地势之利，修造战船，组建强大水军，于咸宁六年（280）率兵自益州（成都）顺流而下，发动灭吴之战，熔毁横江铁链，攻克丹阳郡，并率先攻取石头城，接受吴末帝孙皓投降，完成西晋统一大业。刘禹锡《西塞山怀古》诗："王濬楼船下益州，金陵王气黯然收。"

[2] 蒙尘忍忆唐天宝：指不忍回忆使唐明皇蒙尘的安史之乱。蒙尘：古代指帝王失位逃亡在外，蒙受风尘。

[3] 对镜沉思晋武昌：当咏东晋陶侃（259—334）安定荆楚一带事。陶侃曾任武昌太守，荆州刺史，率军平定荆楚一带陈敏、杜弢、张昌之乱，又作为主帅平定苏峻之乱，为稳定东晋政权立下赫赫战功，史称他治下的荆州"路不拾遗"。

九日偕刘瑞符鉁十一兄小饮刘曲阜人 [1]

中原丧乱话悲辛，九土黄流日怆神 [2]。坐久危言乡国泪，饮醋回首战场春。地当十部来从事，秋到重阳忆故人。歌罢紫芝招隐士 [3]，菊花萸酒且相亲。

【编年】

咸丰十年（1860），檄署藩照磨兼盐库大使，在武昌作。

【注释】

[1] 刘鉁：字瑞符，山东曲阜人，生平事迹不详。

[2] 九土：九州。黄流：泛指洪水。张元幹《贺新郎·送胡邦衡待制谪新州》词："底事昆仑倾砥柱，九地黄流乱注。"

[3] 紫芝：比喻贤人。《淮南子·俶真训》："巫山之上，顺风纵火，膏夏紫芝，与萧艾俱死。"高诱注："膏夏、紫芝皆喻贤智；萧、艾，贱草，皆喻不肖。"

王子寿柏心比部以诗寄怀奉报二律 [1]

其一

未曾识面频通讯，细读新诗意洒然。公自读书酐岁月，我疑避世学神仙。乾坤歌哭天难问，江汉风骚集已传。深惜阳湖诗老逝 [2]，一篇谁与共缠绵？阳湖诗人徐子楞读君《漆室吟》，心深慨慕。

【校记】

诗题：柏心，同治本无此二字，诗题末双行小字夹注："王名柏心，湖北监利人。"

一篇谁与共缠绵：篇，同治本作"编"。

【编年】

咸丰十年（1860），檄署藩照磨兼盐库大使，在武昌作。

【注释】

[1] 王子寿：（1799—1873）名柏心，黎兆勋在鄂诗友，湖北荆州府监利县人，道光二十四年（1844）进士，授刑部主事，乐于穷经，无意仕途，不久返里主持"荆南书院"二十余年，长期从事著述。著有《导江三议》《百柱棠集》《螺州文集》《子寿诗抄》。晚年专工史地之学，编纂了道光《黄冈县志》、续修同治《东湖县志》及《宜昌府志》《汉阳

县志》《当阳县志》《临湘县志》《监利县志》等。

[2]阳湖诗老：指徐子楞，阳湖诗人，终身布衣，死于咸丰十年九月，见下首《挽徐子楞山人》诗题夹注。

其二

老我流年少宦情，苦吟寒夜数残更。潮乘缺月九江动，楼倚繁星孤角鸣。长柄携鑱怀故侣[1]，短衣射虎怅平生[2]。捷书盼断淹留客，那许愁过汉将营。

【注释】

[1] 长柄携鑱：即长鑱，古代的一种犁头，又是一种挖草药的器具，此指农耕生活。

[2] 短衣射虎：比喻有勇力。杜甫《曲江三章章五句》之三："短衣匹马随李广，看射猛虎终残年。"典出《史记·李将军列传》：李广射猎，"见草中石，以为虎而射之，中石没镞，视之石也。"

挽徐子楞山人 名华廷，常州布衣，无子，所著有《一规八棱砚斋诗集》，咸丰十年九月客死武昌

望古情生文，感旧泪如霰。朝出东郭门，独挂徐君剑[1]。忆昨识君日，尘埃走伧贱[2]。抗心古兰陵，词赋识豪彦。妙语骈连珠，清词约歌扇[3]。孝穆之家法，绮丽才笔擅。下贤藤筏游，罗隐白衣谴[4]。十上难遂名，华藻黯心艳。镂尘析微芒，深刻自成卷。孤吟绝众获，晚境特一变。平生呕心诗，神瘁八棱砚[5]。老屋毗陵城，归期梦魂魇。酣饮黄鹄矶，悲吟自邀饯。诚知多难日，客游心益倦。胡来旅人占，焚巢哭乡县。庚申四月，贼陷常州，君闻之数日不食。自然忧患深，殒命谁能见？伤心长往日，尚约访丞掾。藉予菊花尊，慰尔悲秋宴。有怀不吾语，忽睹城东窆[6]。无家魂空翔，席地孤坟奠。看洁忆芳仪，忤物太高狷。骨相怜虞翻[7]，哀歌遂成传。

【校记】

君闻之数日不食：闻之，同治本作"闻信"。

尚约访丞掾：同治本"掾"作"椽"，误。

【编年】

咸丰十年（1860），檄署藩照磨兼盐库大使，在武昌作。

【注释】

[1]徐君剑：《史记·吴太伯世家》："季札之初使，北过徐君。徐君好季札剑，口弗敢言。季札心知之，为使上国，未献。还至徐，徐君已死，于是乃解其宝剑，系之徐君冢树而去。"

[2]伧贱：粗俗鄙贱。

[3]歌扇：为歌女写上曲目的折扇。庾信《和赵王看伎》："绿珠歌扇薄，飞燕舞衫长。"

[4] 罗隐句：唐代诗人罗隐一生求仕而蹭蹬科场，白衣终身。

[5] 八棱砚：砚台之一种。

[6] 竁：墓穴。《汉书·外戚传下·定陶丁姬》："时有群燕数千，衔土投于丁姬竁中。"

[7] 虞翻：（164—233）字仲翔，本是会稽太守王朗部下功曹，后投奔孙策，自此仕于东吴。善使长矛，精通易学，兼通医术。性情疏直，多次犯颜谏争，且性多不协俗，屡使孙权大怒，先后被贬谪到丹杨泾县和交州等地，见《三国志·虞翻传》。

喜莫郘亭五兄自都下至武昌 [1]

昔别期早归，能来梦不到。两枉燕市书，楚客缺一报 [2]。情知去国远，客久日虚耗。回车计初失 [3]，覆辙戒重蹈。奈何延秋门，夜半城乌噪。都人仓皇奔，朝市走夷盗 [4]。此时远相念，心类风中纛。路阻音讯迟，忧来谁与告 [5]？汉水断行客，朔风三日暴。黄花媚幽独，闭户惬清好。剥啄惊打门 [6]，仆呼远客造。披襟出相见，一叟老而耄。初疑非故人，细视欲惊倒。君颜诚近凋，挥泪相慰劳。尚羡齿牙牢，共饱官仓糙。楚天渍云雨，江汉因秋涝。薄寒峭灯影，炉火发新灶。听雨宵联床，檐溜走壁瀑 [7]。读君潜江诗 [8]，我心增感悼。款曲洲渚情，促膝心自祷。鄂城新笋熟，虾蟹深夜犒。同话出山事，我悔君亦懊。乡愁从中来，可遏不可导。

【校记】

披襟出相见：同治本"披襟"作"被襟"，被与披通用。

【编年】

咸丰十年（1860），檄署藩照磨兼盐库大使，在武昌作。莫友芝《〈石镜斋诗略〉序》云："咸丰庚申秋，余自京师还，道鄂，尊酒话旧，流连浃辰。"按：咸丰十年八月，英法联军攻入北京，洗劫焚烧了圆明园，莫友芝避乱出都，自河南独树驿下湖北，与黎兆勋有此一聚。

【注释】

[1] 莫郘亭五兄：即莫友芝，莫与俦第五子，字子偲，自号郘亭，晚清金石学家、目录版本学家、书法家，宋诗派重要成员，与郑珍并称"西南巨儒"。

[2] 两枉句：指莫友芝曾两来书信告知武昌之行，但黎兆勋因故没有收到。

[3] 回车：《离骚》："回朕车以复路兮，及行迷之未远。"

[4] 奈何以下四句：用唐安史叛乱事喻指是年英法联军攻占北京，火烧圆明园。延秋门：唐代长安禁苑西门。天宝十四载冬，安禄山起兵叛乱，先后攻进洛阳、长安两京，次年六月，唐玄宗即由延秋门出长安，赴蜀避难。杜甫《哀王孙》诗："长安城头头白乌，夜飞延秋门上呼。"

[5] 此时以下四句：谓对莫友芝逃难京城的担忧。

[6] 剥啄：亦作"剥琢"，象声词，敲门或下棋声。苏轼《次韵赵令铄惠酒》："门前听剥啄，

烹鱼得尺素。"

[7] 听雨宵联床：即整夜对床听雨，并床听雨之意。指友情，亦言兄弟亲情。辛弃疾《临江仙·再用前韵送祐之弟归浮梁》："记取小窗风雨夜，对床灯火多情。"檐溜走壁瀑：指顺着房檐流下的雨水像瀑布一样往下倾灌。

[8] 潜江诗：指莫友芝《潜江阻风寄柏容》诗："风声断潜江，雨气暗云梦。千帆一时落，寸步不得送。椓柯摇自拔，束柂稳犹弄。摆簸彻深宵，伊鸦杂喧冻。我舟倚轻装，开头强违众。尺进退且寻，泊晨晚仍共。此行已淹滞，及舟意舒纵。宁争百里速，惜此一程空。故人劳久迟，愿嘖触仓偬。明约武昌楼，晴川看飞蚴。"

送邵亭之怀宁县署

初雪辞残秋，鸿游江海地。灊山无道人[1]，湖波惨苍翠。坐念皖公山，此道行不易。孤帆待游客，迈往必深至。南中诸故人，邵亭实好事[2]。撷胜窥精灵，钩隐窍神异。斯行匪得已，陟冈望予季[3]。飘飏江汉云，迟留且虚寄。怀君不吾与，既与复见弃[4]。遑遑谋道心，岁晚不一遂。穹苍今何时，海岳混魑魅。皇风日衰颓，汉道岂凋坠[5]？于忽庞公歌，冷落新亭泪[6]。罪言毋遽陈，谠论已高置[7]。可堪三空谋[8]，枉博一官累。吾衰多好怀，避俗学沉醉。揽镜逢衙官，著书薄宾戏[9]。谁酹斗升粟，换汝怀中刺[10]？平生飞动心，苍鹰期在臂[11]。君行傥归来，射猎尚堪试。

【编年】

咸丰十年（1860），檄署藩照磨兼盐库大使，在武昌作。是年冬，莫友芝自武昌往省怀宁县令九弟莫祥芝，并于大雪节气到达怀宁县临时治所石牌。

【注释】

[1] 灊（qián）山句：灊山，亦作潜山，又称霍山、皖（公）山、天柱山，在今安徽潜山市西北，潜山市在怀宁西，佛教文化浓厚。潜山有三祖寺，位于潜山南面景色怡人的风形山上，为南朝国师宝志禅师开创，梁武帝赐名山谷寺。隋初，禅宗三祖僧璨来此弘法教学，传衣钵给四祖道信，并在此立化，故称三祖寺，后唐肃宗赐名三祖山谷乾元禅寺。三祖寺的辉煌地位使文人墨客纷至沓来，仅北宋一朝，就有林逋、王安石、苏东坡、黄庭坚、李公麟、陆宰等游寺题诗，有"禅林谁第一，此地冠南州"之称。

[2] 好事：此指莫友芝好游名山大川，探奇穷异。

[3] 斯行二句：谓莫友芝此行乃是去探望九弟莫祥芝。陟冈：《诗经·魏风·陟岵》："陟彼冈兮，瞻望兄兮。"后因以"陟冈"为怀念兄弟之典。予季：我的幼弟。

[4] 飘飏以下四句：写二人伤离、无奈与不舍。

[5] 穹苍以下四句：写朝政腐败，又有太平天国之乱。"于忽"以下六句写怀，言出处。

[6]庞公歌：庞公，指东汉庞德公，躬耕于襄阳岘山之南，曾拒绝刘表的礼请，隐居鹿门山而终。后成为隐士的典故。皇甫谧《高士传》卷下："庞公者，南郡襄阳人也，居岘山之南，未尝入城府，夫妻相敬如宾。荆州刺史刘表延请不能屈，乃就候之曰：'夫保全一身，孰若保全天下乎？'庞公笑曰：'鸿鹄巢于高林之上，暮而得所栖；鼋鼍穴于深渊之下，夕而得所宿。夫趣舍行止，亦人之巢穴也，且各得其栖宿而已，天下非所保也。'因释耕于垄上，而妻子耘于前。表指而问曰：'先生苦居畎亩，而不肯官禄，后世何以遗子孙乎？'庞公曰：'世人皆遗之以危，今独遗之以安，虽所遗不同，未为无所遗也。'表叹息而去。"新亭泪：《世说新语·言语》："过江诸人，每至美日，辄相邀新亭，藉卉饮宴。"

[7]罪言：奏议或议论时政得失的文章为"罪言"。《新唐书·杜牧传》："刘从谏守泽潞，何进滔据魏博，颇骄蹇不循法度。牧追咎长庆以来朝廷措置亡术，复失山东，钜封剧镇，所以系天下轻重，不得承袭轻授，皆国家大事。嫌不当位而言，实有罪，故作《罪言》。"谠论：指直言，正直之言。

[8]三空：佛教术语，有不同解释。一、据《大毗婆沙论·大正》，指空三昧、无相三昧、无愿三昧的三三昧。谓观于空、无相、无愿，使心集中，置于不乱的状态。亦称三解脱门。二、于唯识、法相宗，以三性（遍计所执性、依他起性、圆成实性）各具空义，而立无性空、异性空、自性空的三空。三、人空、法空、俱空成为三空。

[9]衔官：刺史的属官，泛指下属小官，此处自谓。宾戏：东汉班固文，班固才高位低，内心不平，遂仿效东方朔《答客难》与扬雄《解嘲》而作《宾戏》，通过文中宾客对主人的戏诘以抒发失意不平之情。后以"宾戏"为才士失意的典故。

[10]怀中刺：怀中所藏名片，谓准备谒见。语本《后汉书·文苑传下·祢衡》："建安初，来游许下。始达颍川，乃阴怀一刺，既而无所之适，至于刺字漫灭。"

[11]平生二句：申述平生"臂苍鹰"，射猎原野，娱心忘机、达生自放之志。化用《史记·李斯列传》语典："（李）斯出狱，与其中子俱执，顾谓其中子曰：'吾欲与若复牵黄犬俱出上蔡东门逐狡兔，岂可得乎！'"

君不见二章

其一

君不见，六鳌失戴沧溟东，阴火蒸浪烧长空[1]。月魄圆缺无始终，天门荡荡多悲风，劫灰飞到蓬莱宫。孰云江河灌注成瀛海，黄尘走马沧桑改[2]。越裳重译公当悔[3]，中国徒矜圣人在。

【校记】

黄尘走马沧桑改：同治本"沧"作"苍"。

【编年】

咸丰十年（1860），檄署藩照磨兼盐库大使，在武昌作。

【注释】

[1]六鼋二句：盖以神话言时事。六鼋：亦作六鳌，神话中负载五仙山的六只大龟。据《列子·汤问》：渤海之东，有一深壑，中有岱舆、员峤、方壶、瀛洲、蓬莱五山，乃仙圣所居之地。然五山皆浮于海，常随潮波上下往还。"帝恐流于西极，失群仙圣之居，乃命禺彊使巨鼋十五，举首而戴之。迭为三番，六万岁一交焉。五山始峙而不动。而龙伯之国有大人，举足不盈数步而暨五山之所，一钓而连六鼋，合负而趣归其国，灼其骨以数焉。于是岱舆、员峤二山流于北极，沉于大海，仙圣之播迁者巨亿计。"阴火：磷火的俗称，又叫鬼火，磷化氢燃烧时的火焰。

[2]瀛海：浩瀚的大海。王充《论衡·谈天》："九州之外，更有瀛海。"黄尘走马：喻尘世如急奔之骏马。

[3]越裳：亦作越常，古南海国名，始见于《尚书大传·归禾》："交趾之南，有越裳国。周公居摄六年，制礼作乐，天下和平，越裳以三象重九译而献白雉曰：'道路悠远，山川阻深恐使之不通，故九译而朝。'"《汉书·平帝纪》："元始元年春正月，越裳氏重译献白雉一，黑雉二，诏使三公以荐宗庙。"颜师古注："译谓传言也。道路绝远，风俗殊隔，故累译而后乃通。"

其二

君不见，尧年鹤语无人觉[1]，飞入南天望河朔。北方毡帐排云幄，雪里元螭长头角[2]，鳞爪拏风弄冰雹。太阴峥嵘积寒无日开[3]，雪山五岳同崔嵬。黄竹歌残神鬼哀，穆王八骏何时回[4]？

【注释】

[1]尧年鹤语：南朝刘敬叔《异苑》卷三："晋太康二年冬，大寒。南洲人见二白鹤语于桥下，曰：'今兹寒不减尧崩年也。'于是飞去。"后以此典形容历时久远，世事沧桑；也用以形容天寒。

[2]元螭：即玄魑，避康熙讳改，黑色无角龙。王褒《九怀》："驾玄螭兮北征，向吾路兮葱岭。"

[3]太阴：指月亮。

[4]黄竹二句：怜伤百姓。化用李商隐《瑶池》诗意："瑶池阿母绮窗开，黄竹歌声动地哀。八骏日行三万里，穆王何事不重来。"冯注：《穆天子传》卷三："天子宾于西王母，天子觞西王母于瑶池之上。西王母为天子谣曰：'白云在天，山陵自出。道里悠远，山川间之。将子无死，尚能复来。'天子答之曰：'予归东土，和治诸夏。万民平均，吾愿见汝。比及三年，将复而野。'"黄竹歌：冯注引《穆天子传》卷五："日中大寒，北风雨雪，有冻人，天子作诗三章以哀民，曰：'我徂黄竹，□员闭寒'云云。"八骏：周穆王的八匹名马，名目记载不一，《穆天子传》作赤骥、盗骊、白义、踰轮、山子、渠黄、华骝、绿耳。

将进酒戏柬赵雨三大令 [1]

赵侯善饮不成醉，心田黄稗骄性禾 [2]。抽琴去轸试一叩 [3]，酌酒劝侯金叵罗 [4]。南北从游万余里，羡侯英英好儿子。栝柏豫章气已成 [5]，公今胡为劳未已？不耕而食惭力作，矧可风尘久栖托？明年郁郁难久居，我亦求归专一壑。夜雪风横天阙高，抱寒痛饮歌离骚。投闲自是一生事，况有醉乡侯我曹 [6]。

【校记】

诗题：同治本"三"字后小字夹注"国霖"。

【编年】

咸丰十年（1860）岁末，檄署藩照磨兼盐库大使，在武昌作。

【注释】

[1] 赵雨三：即赵国霖，生平事迹待考，今北京图书馆藏有（清）赵雨三主修《大港赵氏斗星分宗谱》十二卷，清光绪八年（1882）活字本十二册，盖江苏镇江人，在鄂为官者。大令：县令。

[2] 心田：佛教语，即心，谓心藏善恶种子，随缘滋长，如田地生长五谷黄稗，故称。

[3] 抽琴去轸：《韩诗外传》卷一："孔子南游，适楚，至于阿谷之隧，有处子佩瑱而浣者。孔子曰：'彼妇人其可与言矣乎！'……抽琴去其轸，以授子贡，曰：'善为之辞，以观其语。'子贡曰：'向子之言，穆如清风，不悖我语，和畅我心。于此有琴而无轸，愿借子以调其音。'妇人对曰：'吾，野鄙之人也，僻陋而无心，五音不知，安能调琴。'"

[4] 金叵罗：金制酒器。《北齐书·祖珽传》："神武宴寮属，于坐失金叵罗，窦泰令饮酒者皆脱帽，于珽髻上得之。"

[5] 栝柏豫章：《南史·王俭传》："栝柏豫章虽小，已有栋梁气矣，终当任人家国事。"此以喻赵氏儿子已经成才。

[6] 醉乡侯我曹：封我辈为"醉乡侯"。皮日休《夏景冲淡偶然作》诗之二："他年谒帝言何事？请赠刘伶作醉侯。"后因以"醉侯"为嗜酒善饮者的美称。

长春观早春 [1]

其一

东风不动湖阴雪，山碧微茫堕晓寒。何处春归芳树合？浓烟冻雨卷帘看。

【编年】

咸丰十一年（1861）春，檄署藩照磨兼盐库大使，在武昌作。

【注释】

[1] 长春观：位于今武汉洪山区大东门东北角双峰山南坡，是我国道教十方丛林之一，

称"江南一大福地"。元初时兴建，因全真派著名道士"长春真人"丘处机来此修炼和传教，故名"长春观"。

其二

九陌黄尘驿路通[1]，洪山吹断渡江风[2]。道人尚有残钟在，催尽啼鸦度晚空。

【注释】

[1] 九陌黄尘：人间大道。

[2] 洪山：古名东山，又名黄鹄山，位于今武汉洪山区，唐贞观四年（630）尉迟敬德在此监修弥陀寺，南宋宝祐五年（1257）孟珙把随州大洪山的幽济禅寺迁移到这里，改黄鹄山为洪山，改弥陀寺为崇宁万寿禅寺。

二月十一日纪事

贼窥云梦泽南州，远识官军空上游。借问五更闻警日，鄂城鸡犬几家留？

【编年】

咸丰十一年（1861）春，檄署藩照磨兼盐库大使，在武昌作。

清明日用黄诗《次韵文潜立春日三绝句》韵[1]

其一

涧溜新澌泛落梅，鹿门上冢德公回[2]。故园春色今何似？昨梦林花冉冉开。

【编年】

咸丰十一年（1861）春，檄署藩照磨兼盐库大使，在武昌作。

【注释】

[1] 黄诗：即黄庭坚《次韵文潜立春日三绝句》诗。

[2] 鹿门：鹿门山之省称，在湖北襄阳市。东汉庞德曾携妻子登鹿门山，采药不返，后因用指隐士所居之地。

其二

蓦地兵戈惊客梦，连朝官府免衙班[1]。重闉气肃东风软，好语樯乌认海幡[2]。

时夷船已去三留一。

【校记】

时夷船已去：同治本"时"字后有"叹"字。

【注释】

[1] 连朝：犹连日。杜甫《奉赠卢参谋》诗："说诗能累夜，醉酒或连朝。"

[2] 樯乌：指桅杆上的乌形风向仪。

其三

六街如水人踪绝，万户不烟军令新。事后思量频太息，守陴不去即良臣[1]。

【注释】

[1] 守陴：守城；守卫。《左传·宣公十二年》："楚子围郑，旬有七日。郑人卜行成，不吉，卜临于大宫，且巷出车，吉。国人不临，守陴者皆哭。"

半山楼书壁

其一

海燕便翾影掠双[1]，山楼孤倚拓晴窗。风波暗振鼋鼍窟[2]，春色端能早渡江。

【编年】

咸丰十一年（1861）春，檄署藩照磨兼盐库大使，在武昌作。

【注释】

[1] 便翾（biàn xuān）：轻捷飞动貌。

[2] 鼋鼍，汉族神话传说中指巨鳖和猪婆龙（扬子鳄）。

其二

药苗花藟绕楼阴，绿泛阳坡径草深。耐可清吟常到此，参差芳树有鸣禽。

王子寿比部以诗寄讯次韵奉答

寂寂江城夜，残星望少微[1]。薜萝人去远，风雨雁来稀。纵有惊魂在[2]，何能奋翼飞？心伤归路永，无计典朝衣[3]。

【编年】

咸丰十一年(1861)春，檄署藩照磨兼盐库大使，在武昌作。同治本诗后附王子寿诗云："惊定询黎子，将无赋式微？城虚民去久，春尽吏还稀。潜鳄江湖伺，伤禽日夜飞。丛忧与孤愤，迸作泪沾衣。"

【注释】

[1] 少微：星座名，共四星，在太微垣西南。亦用以称处士。

[2] 惊魂：惊慌失措的神态。

[3]典朝衣：指典当官服，辞官归隐。白居易《问诸亲友》诗："占花租野寺，定酒典朝衣。"

迟李眉生鸿裔驾部不至 [1]

江风洒残照，雨色散余清。坐念袁生趾 [2]，难忘闵贡情 [3]。山花成独酌，窗竹自虚声。此夕琴台意，和愁寄长卿 [4]。

【编年】

咸丰十一年（1861），檄署藩照磨兼盐库大使，在武昌作。

【注释】

[1]李鸿裔：（1831—1885）字眉生，号香严，又号苏邻，四川中江人，与剑阁李榕、忠县李士棻，合称"蜀中三李"。咸丰元年（1851）举人，才高学赡，受曾国藩器重，遂投至曾国藩幕下，参与机要。曾任十府粮道，因镇压捻军起义有功，补官为徐海道，擢升江苏按察使加布政使衔，官兵部主事。以耳疾辞官，居于苏州，与吴县潘祖荫、独山莫友芝等友善，交谊极深。工于书法、古诗文，治经之余，对金石、文字颇有研究。著《苏邻诗集》等。

[2]袁生趾：对人脚步的敬称。应璩《与侍郎曹长思书》："幸有袁生，时步玉趾。樵苏不爨，清谈而已。"

[3]闵贡：字仲叔，东汉太原人，《后汉书》卷五十三："（闵仲叔）客居安邑。老病家贫，不能得肉，日买猪肝一片，屠者或不肯与，安邑令闻，敕吏常给焉。仲叔怪而问之，知，乃叹曰：'闵仲叔岂以口腹累安邑邪？'遂去，客沛。"

[4]此夕二句：盖用岑参《司马相如琴台》诗意："相如琴台古，人去台亦空。台上寒萧瑟，至今多悲风。荒台汉时月，色与旧时同。"长卿：司马相如字长卿，成都人。《益部耆旧传》云："相如宅在州西笮桥北百许步，有琴台在焉。"又，武汉市汉阳龟山西脚下月湖之滨有古琴台，始建于北宋，清嘉庆初重建，相传为俞伯牙抚琴之处。

但幼湖培良农部自都下来武昌今将旋里赋赠 [1]

帝里情如故，黔阳梦已真。君归宜作客，江远独浮春。良会继心赏，久要隆我亲。未堪家国恨，去住只伤神。庚申七月 [2]，贼陷广顺，君之伯兄全家死难。

【编年】

咸丰十一年（1861），檄署藩照磨兼盐库大使，在武昌作。

【注释】

[1]但幼湖：但培良（？—1910）字幼湖，贵州广顺（今长顺）人。但明伦之子，广顺学监生，后中贡生。曾任江西知府，酷爱文史，著述较多，诗作尤佳。

[2]庚申七月：咸丰十年（1860）七月。

送李眉生偕但幼湖往长沙

其一

迴飓太蚤计[1]，江永溯源深。言向洞庭野，悽含蜀客心。我行经几载？别恨寄孤吟。之子能先去，沅湘春可寻。

【校记】

迴飓太蚤计：迴飓，底本作"迴飓"，误。

【编年】

咸丰十一年（1861），檄署藩照磨兼盐库大使，在武昌作。按：其一送但幼湖，其二送李眉生。

【注释】

[1] 迴飓：即回帆，指船返航。《世说新语·豪爽》："（王）敦尝坐武昌钓台，闻行船打鼓，嗟称其能。俄而一槌小异，敦以扇柄撞几曰：'可恨！'应侍侧曰：'不然，此是回飓槌。'"

其二

近局喜重聚，南归忽漫催。故人皆若此，平楚正悠哉。磊落陈琳檄，萧闲贾谊才[1]。长沙行未远，尺一待君来[2]。

【注释】

[1] 陈琳檄：《三国志·魏志·王粲传》："军国书檄，多琳瑀所作也。"裴松之注引三国魏鱼豢《典略》："琳作诸书及檄，草成呈太祖。太祖先苦头风，是日疾发，卧读琳所作，翕然而起曰：'此愈我病。'数加厚赐。"后因以"陈琳檄"泛指檄文。贾谊才：泛指杰出的才学，贾谊为汉文帝时大才子。

[2] 尺一：天子的诏书。《汉书·匈奴传上》："汉遗单于书，以尺一牍，辞曰：'皇帝敬问匈奴大单于无恙。'所以遗物及言语云云。"

积雨

腻寒喧白昼，作势警深宵。云雨深于梦，风霆悄不骄。角声催客枕[1]，屋漏搅心潮。毋寐疑龙战[2]，孤灯几次挑。

【编年】

咸丰十一年（1861），檄署藩照磨兼盐库大使，在武昌作。

【注释】

[1] 角声：画角之声，古代军中吹角以为昏明之节。

[2] 龙战：参见卷四《有怀子尹》注释[2]。

张墨樵思翰参军署园七咏[1]

柏

翠郁若无色，相迫诚独难。市嚣动尘影，时虞忧患干。庭宇讵能肃？积阴常自寒。盘根俨涸迹，守异惭苍官[2]。

【编年】

咸丰十一年（1861），檄署藩照磨兼盐库大使，在武昌作。

【注释】

[1] 张墨樵：名思翰，生平事迹不详。

[2] 苍官：柏的别称。

丛竹

晴阶散疏影，日转阴细移。宁因地卑湿，遂失幽人期？石角藤蔓络，庭阴苔草滋。篁韵自成响，秋声君未知。

紫薇

省郎不可接[1]，户宇特清敞。朝阳云锦辉，夕月薇垣想。我情宁独妍？百日契心赏。清艳扬天葩，神飙自来往。

【注释】

[1] 省郎：指紫微郎，唐代中书舍人的别称。唐开元元年，改中书省曰紫微省。白居易《紫薇花》诗："独坐黄昏谁是伴，紫薇花对紫微郎。"

石榴

横枝如老梅，崛强势难已。看碧还成朱，结子秋霜里。红酣夜来梦，色与蟠桃比。口渴思琼浆，灵妃粲玉齿[1]。

【注释】

[1] 灵妃句：形容成熟的石榴剥开后露出排列整齐如齿的石榴籽。语本郭璞《游仙诗》之二："灵妃顾我笑，粲然启玉齿。"

萱

扬扬茎上花，薄薄石洼土。翠带舒以长，罗生近窗户。忘忧娱远人，树背眷新睹。风日清南陔，笙诗正堪补[1]。

【注释】

[1] 南陔：《诗经·小雅》篇名，六笙诗之一，有目无诗。

菊

晚芳实自谬，幽意将谁酹。一尊对佳色，风露聊淹留。遗我碧溪月，怅君
琼树秋。栽植不择地，落英生古愁。

石假山

卷石俨邱壑[1]，小大同一原。时闻叠嶂响，孤琴与谁援？横侧寄咫尺，巉
岩移云根[2]。居卑乃成玩，锋棱宁遽扪[3]？

【注释】

[1] 卷石：指如拳大之石。

[2] 巉岩：指高而险的山岩。

[3] 锋棱：指物体的锋芒，棱角。司马光《怪石》诗："圭角老龙脊，锋棱秋剑铗。"

洪流

波臣腾小海[1]，神女怨行云[2]。风雨滂无极，江湖浩不分。逋途沦上俊，
逋寇怯南军[3]。拯溺全民命，惟应策水勋。南岸之贼不能进窜，为水所阻也。

【编年】

咸丰十一年（1861），檄署藩照磨兼盐库大使，在武昌作。

【注释】

[1] 波臣：指水族，古人设想江海的水族也有君臣，并将被统治的臣隶称为"波臣"，
后亦称被水淹死者为"波臣"。《庄子·外物》："（庄）周顾视车辙中，有鲋鱼焉。周问
之曰：'鲋鱼来，子何为者邪？'对曰：'我，东海之波臣也。君岂有斗升之水而活我哉？'"

[2] 神女句：宋玉《高唐赋·序》：昔者楚襄王与宋玉游于云梦之台，望高唐之观，其
上独有云气，崪兮直上，忽兮改容，须臾之间，变化无穷。王问玉曰："此何气也？"玉对曰：
"所谓朝云者也。"王曰："何谓朝云？"玉曰："昔者先王尝游高唐，怠而昼寝，梦见一
妇人，曰：'妾，巫山之女也，为高唐之客。闻君游高唐，愿荐枕席。'王因幸之，去而辞曰：
'妾在巫山之阳，高丘之阻，旦为朝云，暮为行雨，朝朝暮暮，阳台之下。'旦朝视之，如言，
故为立庙，号曰朝云。"

[3] 逋寇：逃寇，流寇。《晋书·陶璜传》："夷帅范熊世为逋寇，自称为王，数攻百姓。"

战舰

长龙船名。严部伍，飞鹚乱旌旗。今岁攻蛮虏，洪流赖水师。爪牙千艇错，
肘腋九江持。水师驻九江。君视蕲黄贼，毋嫌撤队迟。北岸之贼不能渡江，为战船所阻也。

【校记】

今岁攻蛮虏：底本作"今岁供蛮虏"，据同治本改。

【编年】

咸丰十一年（1861），檄署藩照磨兼盐库大使，在武昌作。

海客

上海程途远，三朝到武昌。人扶江梦坐，船挟火轮翔。魑魅依番舶[1]，锱铢括楚疆。此曹多意计，祸水藉重洋。

【编年】

咸丰十一年（1861），檄署藩照磨兼盐库大使，在武昌作。

【注释】

[1] 番舶：旧称来华贸易的外国商船。

部曲

将星光坠地[1]，军帐影凄烟。一哭余双泪，孤忠竟十年[2]。酧恩虚有日[3]，黜罪岂非天？敢谓任安去[4]，犹依素旐眠[5]？

【编年】

咸丰十一年（1861），檄署藩照磨兼盐库大使，在武昌作。此篇为痛悼胡林翼而作，亦自伤失去依靠。

【注释】

[1] 将星光坠地：指胡林翼之死。咸丰十一年八月，胡林翼病逝于武昌，据说为见洋船往来江上迅捷如风，忿而吐血身亡。

[2] 一哭二句：既指太平天国运动兴起至今，胡林翼受命领兵平乱整整十年；亦指黎兆勋自咸丰三年（1853）在黎平府为胡林翼属下，至今已近十年。

[3] 酧恩句：黎兆勋在黎平府及武昌，均受恩于胡林翼，今胡死，故云无法报答恩德。酧恩：报答恩德。

[4] 任安：字少卿，西汉荥阳（今属河南）人，征和二年（前91）时为益州刺史，曾写信给司马迁，劝他"推贤进士"，后因戾太子事获罪被判腰斩，司马迁在其行刑前作《报任少卿书》，使任安青史留名。

[5] 素旐（zhào）：俗称魂幡，出丧时，在灵柩前引路的白色旗幡。

李眉生驾部自长沙至武昌，移寓予室时甫晴复雨，新得菊花数种，深夜对酌各书所怀

其一

落木窗虚菊影疏，也偕仙客到吾庐。南楼灯火初繁夜，岁晚何人念索居？

【校记】

同治本此篇以下归属卷七。

同治本此诗末附李眉生诗二首，其一："春明门内部亭诗，短薄风流梦想之。霜菊上肩螯在手，去年十月见君时。"其二："居然春饼上秋筵，况有霜花照晚天。唤起黄州三月梦，孤城斜月断炊烟。"

【编年】

咸丰十一年（1861）秋，檄署藩照磨兼盐库大使，在武昌作。

其二

哀时身世感离群，花事经年绝见闻。客梦已同秋影瘦，鬓丝禅榻我怜君[1]。

【注释】

[1]鬓丝句：杜牧《题禅院》诗："今日鬓丝禅榻畔，茶烟轻飏落花风。"

其三

尽敛才华难入道，细参禅悦不离香[1]。临风三嗅杜陵老[2]，凉夜萧萧共此堂。

【注释】

[1]禅悦：谓入于禅定，使心神怡悦。《维摩诘经·方便品》："虽服宝饰，而以相好严身；虽复饮食，而以禅悦为味。"

[2]临风句：嗟老之叹。杜甫《秋雨叹三首》其一："堂上书生空白头，临风三嗅馨香泣。"

其四

芙蓉木末水迢遥，风雨寒江暗落潮。坐念陶家孤隐处[1]，一尊谁与寄山椒[2]？谓子尹。

【注释】

[1]陶家孤隐处：刘眘虚《浔阳陶氏别业》："陶家习先隐，种柳长江边。"此指郑珍所居之处。

[2]山椒：谢庄《月赋》："洞庭始波，木叶微脱；菊散芳于山椒，雁流哀于江濑。"李善注："山椒，山顶也。"

其五

联床听雨作离声，花气清寒望晓晴。别后寻思渺陈迹，不如吟对短灯檠。

监利奇士龚子贞,予旧好也,三年不见音问亦绝。昨夜梦泛小舟游湖曲,濒湖多人烟竹木,船人指予曰:龚君家也。亟舣舟登岸访之,扣门则子贞先出,白发飘萧。予惊其老状,相与坐谈,为予诵近作七律数首,寤后不能记忆;且谓予曰:吾以山水待君久矣。二子亦侍侧,屡止予行,予以公事谢之。及出门,水天星汉非复来时景色,次夜兀坐怅念梦游,纪之以诗

朔风振虚馆,缺月窥勾陈。积雪带庭宇,孤灯怀故人。念昔石城别,三岁不见君[1]。频聆空中书,征鸿杳无闻。自惭所守薄,荒伦难远亲。昨梦荆渚游,寻君湖水滨。结庐带茅茨,蔼蔼嘉木春。新诗递矜许,词意多艰辛[2]。太息勖出处,各自勤其勤。残阳动斋壁,烟篆萦炉熏。二子适侍侧,阻止情意真。我言未可留,行当来卜邻。出门水天异,恍惚攀三辰[3]。苍苍青冥天,下有孤飞云。飘飖映林壑,历乱霏烟尘。狂狷圣所与[4],富贵神所嗔。惟念长往人,委心耕稼民。夫子竟能尔,寤寐劳予神。

【编年】

咸丰十一年(1861)冬,檄署藩照磨兼盐库大使,在武昌作。

【注释】

[1]念昔二句:指咸丰九年黎、龚二人在钟祥分别后,已经三年。详见卷四《别子贞》诗。

[2]新诗二句:谓二人在诗中虽尚存抱负和自负,但龃龉于仕,坎壈其身也显露在诗中。

[3]三辰:指日、月、星。《左传·桓公二年》:"三辰旂旗,昭其明也。"杜预注:"三辰,日、月、星也。"

[4]狂狷圣所与:《论语·子路》:"子曰:'不得中行而与之,必也狂狷乎!狂者进取,狷者有所不为也。'"

石太守诗[1]

高允长揖中常侍[2],汲黯不拜大将军[3]。古人立朝峻风概,黔虽小国今有人。石公一官自落拓,雁门太守歌天津[4]。燕冠虽无子孙侍[5],书马乃必四足真。伤心离宫之危惊,燕云道茂所请非虚云。此时太守不屈节,岂有呵护烦明神?吾皇睿鉴邀特识,大官胡乃嗔孤臣。为公作诗纪岁月,想见肝胆森轮囷[6]。

【编年】

咸丰十一年(1861)冬,檄署藩照磨兼盐库大使时作。

【注释】

[1] 石太守：指石赞清（1805—1869），字次臬，一字襄臣，贵州黄平县旧州镇人，道光十八年（1838）进士，以知县即用分发直隶。补阜城知县，署献县知县，调正定、卢龙知县，升芦台抚民通判，署永定河北岸同知，升顺天府治中，署通永道、霸昌道。咸丰六年（1856）补天津知府，十年擢顺天府尹。同治元年（1862）以府尹兼署刑部右侍郎、迭充辛酉科举人复试阅卷大臣、壬戌科会试搜检大臣、顺天乡试监临官、稽察右翼觉罗学，九月补授直隶布政使。二年，调湖南布政使，次年曾奉旨祭告南岳，后又护理湖南巡抚。五年（1866）招入为太堂寺卿、稽察左翼觉罗学、转宗人府府丞。六年补授都察院左副都御史，再补工部右侍郎。八年病逝于京师，归葬贵阳宅吉坝。

[2] 高允长揖中常侍：未详典之所出。

[3] 汲黯不拜大将军：《史记·汲郑列传》："大将军（卫）青既益尊，姊为皇后，然（汲）黯与亢礼。人或说黯曰：'自天子欲群臣下大将军，大将军尊重益贵，君不可以不拜。'黯曰：'夫以大将军有揖客，反不重邪？'大将军闻，愈贤黯。"

[4] 雁门太守歌天津：时逢第二次鸦片战争，英法联军于咸丰十年（1860）攻占天津，百姓惨遭蹂躏，清政府各级官员多俯首帖耳，天津知府石赞清径往敌营，慷慨而谈，陈说大义，要英法速罢兵议和，被劫往南营作人质，软禁中表现出崇高的民族气节，天津百姓有民谣颂赞他："为国为民天府，刚毅不挠胸有主！"落拓：豪放不羁。

[5] 燕冠：日常闲居时所戴的头饰。

[6] 轮囷：硕大貌。

风雪行招徐处士 [1]

窗寒烛明风雪粗，凝愁悄坐思吴都。此邦讵为我乡里，推愁若去行复吁 [2]。哀哉吴会旧相识，落落数子皆吾徒。去岁毘陵走蛮虏 [3]，鬼车号导趋姑苏 [4]。其时我友北楚客，惊魂逐队飞勾吴。已因乡信哭庐墓 [5]，更雪涕泪伤妻孥。鹦鹉洲寒惨春色，酒人散尽黄公垆 [6]。琴樽一载倏零落，深夜念之孤影孤。人言吴师素股栗，畏贼如虎为贼奴。长城一坏事已矣 [7]，可惜死者张国梁与徐 [8]。有壬。逃亡半已成饿殍，死妇不复携生雏。此时达官远奔窜，拥兵卫已矜良图。国家财赋东南区，扬一益二称上腴。数年尽弃为贼有，未必天意非庸夫。江南之哀赋庾信 [9]，中有悲愤能续无？天寒月黑梦不到，我有斗酒堪歌呼。城东滑涹莫嫌远 [10]，明宵蜡屐君行乎？

【校记】

诗题：同治本诗题后小字夹注"邦燮，常州人"五字。

去岁毘陵走蛮虏：毘陵，同治本作"昆陵"，误。

琴樽一载倏零落：倏，同治本作"俀"，义同。

可惜死者张与徐：同治本"张"字后小字夹注"提督"，"徐"字后小字夹注"巡抚"。

【编年】

咸丰十一年（1861）冬，檄署藩照磨兼盐库大使时作。

【注释】

[1] 徐处士：据同治本诗题后夹注，知其为徐邦燮，常州人。

[2] 推愁：指排解缠绕的愁怨。

[3] 去岁毗陵走蛮房：常州在咸丰十年（1860）四月六日被李秀成所率太平军攻克。

[4] 鬼车号导趋姑苏：继攻克常州后，咸丰十年（1860）四月十三日，李秀成所率太平军又攻克苏州、江阴。鬼车：又称九头鸟、鬼鸟，是中国神话传说中的妖鸟，因在夜里发出车辆行驶的声音，得名鬼车。"鬼车"传说起源甚早，传播极广，文献记载颇多，在久远的传播中，各时代各地区差异很多，追溯其起源十分困难。清代破额山人《夜航船》卷五"酱汁鬼车鸟"条引崔豹《古今注》云："夜行娘子，怪鸟也。相传产妇亡魂所化。昼伏夜行，行则啼哭有泪。人家晒小儿衣服无收，鸟泪滴着，小儿必丧。并主一切不祥。一名望板，一名快扛，一名休留，言鸟经过者必死。南方人呼变九头鸟，以其声音密穆，如九口齐鸣。每于月黑荒村，凄风惨雨，磷火星星，鬼鸟嘻嘻，始颃颃而过。统名鬼车，以其两翅如车轮推行。"姑苏：苏州的别称。

[5] 庐墓：房舍和祖墓。

[6] 酒人：好酒之人。黄公炉：即黄公垆，指朋友聚饮之所，抒发物是人非的感叹。《世说新语·伤逝》："王浚冲为尚书令，着公服，乘轺车，经黄公酒垆下过，顾谓后车客：'吾昔与嵇叔夜、阮嗣宗共酣饮于此垆，竹林之游，亦预其末。自嵇生夭、阮公亡以来，便为时所羁绁。今日视此虽近，邈若山河。'"

[7] 长城一坏：此指抗击太平军的清军大将张国梁、徐有壬殉职。长城，据《南史·檀道济传》：檀道济是南朝宋的大将，与北魏作战战功赫赫，功高震主，权力很大，受到君臣猜疑，后来宋文帝借机杀他时，檀道济大怒道："乃坏汝万里长城！"后便用"万里长城"指守边的将领。

[8] 张与徐：指张国梁和徐有壬。张国梁，（1823—1860）字殿臣，广东高要人（一说梅州人），年轻时曾为盗，至越南，后归镇南关，按察使劳崇光闻其名招降之，以助剿匪。太平天国起，随向荣援救湖南，迭破太平军于醴陵、益阳、湘阴、武昌。咸丰九年（1859）秋，太平军二破江北大营后，率部渡江北援，与李秀成、陈玉成部太平军战于扬州、仪征等地。十年春，太平军以围魏救赵之计，调动江南大营赴救杭州，然后回师急攻江南大营。张国梁率部往援大营西路，旋折返，以小水关大营本部被突破，遂率溃军退守丹阳。五月十五日，太平军主力东征苏州、常州，十九日占丹阳城，张国梁率溃兵东撤时遭混入溃卒中的太平军猝击，溺死河中。徐有壬，（1800—1860）字钧卿，顺天宛平（今北京）人，道光九年（1829）进士，历任户部四川司、山西司、陕西司主事，后升任郎中。道光二十三年（1843）出为四川成绵龙茂兵备道。二十七年（1847）署四川按察使，平定啯噜。二十八年（1848）擢广东盐运使，署广东按察使，四川按察使。咸丰帝即位，下诏求言，徐有壬密疏，论事切直，迁云南布政使。

咸丰三年（1853），调湖南布政使。五年（1855）以母忧回原籍。浙江巡抚何桂清奏起用徐有壬治团防。八年（1858）服阕，任江苏粮台，擢江苏巡抚。十年（1860）春，太平军复犯湖州。徐有壬咨商两江总督何桂清，遣游击曾秉忠率舟师往援，水陆夹击，重创太平军。太平军寻复出东坝、溧阳，间道径趋杭州，急请调提督张玉良驰援，杭州得以陷落不久后收复。未几，和春等师溃，退守丹阳，徐有壬急运粮械济之，而张国梁、和春先后战殁，何桂清弃常州不守。四月，太平军长驱犯苏州，城陷时徐有壬被杀。《清史稿》卷395有传。

　　[9] 江南之哀赋：即庾信创作的《哀江南赋》，伤悼南梁灭亡和哀叹个人身世，凝聚着作者对故国和人民遭受劫乱的哀伤。

　　[10] 滑溚：泥泞滑溜。赵蕃《问宿》诗："川原泥滑溚，山岭石粗疏。"

曲阜刘瑞符十一兄为予述梦游兼及山左兵事赋赠

　　君所思兮在岱东，夜深忽窥海日红。醒来两眼荡寒碧，神马尚踔天门风[1]。五岳未登我愁积，齐鲁烽烟君恨剧。虚言蠡勺窥三韩[2]，孰假风云排六翮？东方明星低复高，青天白龙不可招。榑桑上古跃九日，下有风尘濆洞不息之波涛[3]。君家去海千余里，迩闻群盗纷如蚁[4]。夜阑坐念昌平乡[5]，十年游宦离妻子。神州沉陆公莫怒，在昔随何不能武[6]。平乘楼上悲中原，至今人怨王夷甫[7]。君持乡梦攀峻嶒[8]，使我东望心飞腾。会须岳云河雨净海岱，相与行睹东封瞻孔陵。

【编年】

　　咸丰十一年（1861）冬，檄署藩照磨兼盐库大使时作。

【注释】

　　[1] 神马：以精神为马，比喻委心随化，超脱尘世的精神境界。语本《庄子·大宗师》："浸假而化予之尻以为轮，以神为马，予因以乘之，岂更驾哉！"

　　[2] 蠡勺：一瓢勺。

　　[3] 濆洞：水势汹涌。

　　[4] 迩闻群盗纷如蚁：当指咸丰十年秋，捻军自安徽北进山东及当时山东各州县发生的团练叛乱事件。

　　[5] 昌平乡：刘瑞符曲阜人，故云。《史记·孔子世家》："孔子生鲁昌平乡陬邑。"

　　[6] 随何：汉高祖刘邦军中的谒者，被派去说服九江王英布降汉，使英布投降，官至护军中尉。

　　[7] 平乘楼二句：《晋书·桓温传》："温自江陵北伐，行经金城，见少为琅邪时所种柳皆已十围，慨然曰：'木犹如此，人何以堪！'攀枝执条，泫然流涕。于是过淮泗，践北境，与诸僚属登平乘楼，眺瞩中原，慨然曰：'遂使神州陆沈，百年丘墟，王夷甫诸人不得不任

其责！'袁宏曰：'运有兴废，岂必诸人之过！'温作色谓四座曰：'颇闻刘景升有千斤大牛，啖刍豆十倍于常牛，负重致远，曾不若一羸牸，魏武入荆州，以享军士。'意以况宏，坐中皆失色。"王衍（256—311）字夷甫，西晋末年重臣，玄学清谈领袖，笃好老庄学说，官至司徒，位高权重却不思为国还恃宠固位，遭时人鄙夷。后转任太尉兼尚书令。永嘉五年（311），东海王司马越去世，王衍奉其灵柩返回东海，途中为石勒俘获，劝石勒称帝，被活埋。

[8] 峻嶒（céng）：陡峭不平貌。

苦寒行

今夕何夕歌苦寒，门外苍精龙影蟠。白玉庭阶门径窄，四尺五尺雪成石。雪能死蝗活江国，正苦今年民乏食。春夏之民多菜色，不死于蝗死于贼。连朝雪气寒塞天，人说今年甚去年。老翁冻死不足惜，可怜万户无炊烟。近日徽州数百里饥民冻饿，死者甚众。

【编年】

同治元年（1862）春，檄署藩照磨兼盐库大使时作。是年，湖北布政使唐训方擢安徽巡抚，出身曾国藩幕府的厉云官自湖北按察使迁布政使，接替唐训方。

读欧阳涧东诗 [1]

晴窗春意静，坐读涧东诗。文字不相替，古怀徒尔思。江空残梦迥，岁晚旅人悲。为问九歌意，哀时知者谁？

【编年】

同治元年（1862）春，檄署藩照磨兼盐库大使时作。

【注释】

[1] 欧阳涧东：生平事迹不详，黎兆勋友人。

步月登石镜山望江上夜景

寒月邀人去，微行上岭斜。峭风催暮鼓，独树语栖鸦。星火昏黄散，林山黯澹遮。踰高才咫尺，眯眼动尘沙。

【编年】

同治元年（1862）春，檄署藩照磨兼盐库大使时作。

春夜江雨有声

更定群动息，掩关人未眠。悄闻檐滴溜，起看云满天。寒暝赴清闷，夜声归静妍。甫疏入丛篠，徐密依修椽 [1]。泽润朝市下，心舒原隰先 [2]。农事重岁始，孰云情虑捐。

【编年】

同治元年（1862）春，檄署藩照磨兼盐库大使时作。

【注释】

[1] 丛篠：茂密的小竹林。修椽：长椽子。

[2] 原隰：广平与低湿之地，泛指原野。

王中丞帛书 [1]

蝇头帛上书，纯是中丞泪。千秋睢阳城，今日杭州事 [2]。昨阅苏抚疏 [3]，远自京国寄。上言潮抚臣 [4]，临难不夺志。登陴守孤城，粮尽援不至。下言泗水书 [5]，代奏非造次。层闉倚钱江 [6]，四面贼氛炽。遮蔽数百里，夹击乃空议。外既无援军，内亦缺储积。两城横饿莩，死已三万计。所余残弱卒，掘鼠不到隧。臣龄日守陴，苫作未肯避。五旬衣讵解，怅望空裂眦 [7]。海门绝粮艘，衢严阻战骑。贼势日飞腾，百击不一遂。倘能借商饷，商饷非海致。或令残喘夫，力出余生地。不然报国躯，生还岂能冀？此书天下知，徒知亦无济。哀哉建子月，梼杌益横恣 [8]。临安帝王都，虎狼竞吞噬。方今争召募，私养钱难继。黄金买斗心 [9]，主将各猜忌。譬诸秦王痈，溃获一车赐。所治能愈下，得必十倍利 [10]。中丞本孤军，独立伤待毙。况闻朝夕池 [11]，海运久淹滞。此意宁非天，风涛亦灾祟。时危壮士懦，运蹇英雄踬。呜呼复何言，努力事忠义。

【编年】

同治元年（1862）春，檄署藩照磨兼盐库大使时作。

【注释】

[1] 王中丞：指王有龄（1810—1861），字英九，号雪轩，侯官（今福州）人，为人倜傥有奇气，不屑为八股之学，长于理财。道光十四年（1834）报捐盐大使，有治才，累官至定海同知。咸丰元年（1851）奉旨署湖州府，旋调补杭州府，迁江苏按察使、布政使。咸丰十年（1860）太平军长驱南下，清江、广德州、杭州相继失守，有龄昼夜思谋图救。适张玉良一军抵苏，二人合力逼退太平军。杭州克复，经何桂清举荐，擢为浙江巡抚。咸丰十一年（1861）后，江南战局愈紧，王有龄受命兼顾江苏太湖军务。太平军迭陷苏州、常州、嘉兴、

诸暨等城，浙省诸城亦失守、收复、再失守……杭州城解围又被围，王有龄忧愤弥深，操劳过甚，致病重，但仍"一身撑挂，百计补苴"，其中筹饷募勇、分发调拨、内外攻防、两军对仗等情形万言难述。十月，余杭、绍兴等地失陷，饷源断绝，援师阻隔，而曾国藩与何桂清之间上演派系内斗，导致杭州"成孤注无可解救"，城破，王有龄从容以身殉节。

[2]千秋二句：以唐安史之乱中张巡、许远同守睢阳孤城相继遇难事比喻王有龄死守杭州事。

[3]苏抚：江苏巡抚，徐有壬战死后，继任江苏巡抚的是薛焕（公元1860—1862年在任）。

[4]溯抚臣：即浙抚臣，溯同浙。此指浙江巡抚王有龄。

[5]泗水书：此书内容阙如。

[6]层闉：高耸的瓮城城门，亦泛指城门。

[7]怅望以上十四句：描写王有龄抱病率孤军守城，粮尽援不至的悲愤。

[8]建子月：指夏历十一月。梼杌：古代传说中的一种猛兽，借以指凶恶的人，此指围困杭州的太平军将士。

[9]黄金买斗心：谓用征调来的财物犒赏将士，以收买、换取将士们的斗志。李商隐《随师东》诗："东征日调万黄金，几竭中原买斗心。"

[10]秦王痈以下四句：痛斥当时各路清军利用镇压太平军之机，拥兵自重，大肆敛财，用丧失战士之尊严作代价去换取财富，不以为耻，反以为荣。语本《庄子·列御寇》："秦王有病召医。破痈溃痤者得车一乘，舐痔者得车五乘，所治愈下，得车愈多。"

[11]朝夕池：海的别名。枚乘《上书重谏吴王》："游曲台，临上路，不如朝夕之池。"张铣注："朝夕池，海也。"

忆邵亭眉生 [1]

莫侯久不见，李生亦远别。王融斋壁诗[2]，空为文畅缀。皖南幕府士[3]，英英天下杰。惟怜军务劳，寄我新诗缺。尚书今沈范[4]，四海仰贤哲。利锥与钝锤，爱士分品节。我行不能往，思君意弥切。短李如鲍壶，中外气澄澈。老莫似玉佩，琼瑶夸古玦[5]。想见游谳时，清吟粲冰雪。牛毛麟角喻[6]，文字无言说。宝刀横月明，我心信愁结。企君怀卓荦，愧我志迂拙。自非嵇延祖，启事望先触[7]。作书贻二子，此腰宁久折[8]？行当息尘机，远与风云绝[9]。愿君慎其仪，云月自高洁。颜谢毋相讥，应刘实同列[10]。恶札寄明朝，飞艎过武穴[11]。

【编年】
同治元年（1862）春，檄署藩照磨兼盐库大使时作。
【注释】
[1]邵亭：莫友芝自号邵亭。眉生：李鸿裔字眉生。

[2] 王融：（466—493）字元长，琅琊临沂人，东晋宰相王导六世孙，举秀才出身，为竟陵王萧子良幕府"竟陵八友"之一，极受赏识。累迁太子舍人，兼任主客郎中，累迁中书侍郎，加号宁朔将军。齐武帝病重时，支持竟陵王萧子良的夺嫡活动，失败下狱，为孔稚圭奏劾，赐死。

[3] 皖南幕府士：指莫友芝。咸丰十年冬，莫友芝因避乱自京南下武昌，与黎兆勋短暂重逢后，于是年十一月往见安徽怀宁县县令莫祥芝，数月后随胡林翼返回武昌，为胡校勘《读史兵略》。咸丰十一年七月，莫友芝父子由武昌乘船东下，到达东流大营，见到故友曾国藩，遂为其幕客。

[4] 尚书今沈范：李商隐《漫成》诗之三："此时谁最赏，沈范两尚书。"沈范是南朝诗人沈约、范云的并称。此借指曾国藩。咸丰十年（1860）二月，曾国藩破陈玉成于太湖，加兵部尚书衔实授两江总督，以钦差大臣身份督办江南军务。

[5] 短李以下四句：指李眉生、莫友芝高洁的品格有如玉壶，美好的文采有如美玉。短李：本指唐代诗人李绅。《新唐书·李绅列传》："（绅）为人短小精悍，于诗最有名，时号'短李'。"此戏称李眉生。老莫：指莫友芝。鲍壶、玉佩：语本李商隐《今年二日不自量度》诗句："鲍壶冰皎洁，王佩玉丁东。"李商隐因南朝鲍照《代白头吟》诗有"清如玉壶冰"句，故化用之而以"鲍壶"对"玉佩"。

[6] 牛毛麟角：《北史·文苑传序》："学者如牛毛，成者如麟角。"

[7] 自非二句：李商隐《赠宇文中丞》："人间只有嵇延祖，最望山公启事来。"嵇康之子嵇绍字延祖，因父获罪，废居乡里，不得出仕，后经山涛启奏晋武帝"父子罪不相及"，乃得入朝为官。

[8] 此腰宁久折：此句以反问语气表达辞官归家之愿。萧统《陶渊明传》："（渊明）不为五斗米折腰向乡里小人。"后以"腰折"喻指屈身事人。

[9] 尘机：犹言尘俗的心计与意念。风云：比喻变幻动荡的局势。

[10] 颜谢：南朝刘宋诗人颜延之、谢灵运的合称，二人是元嘉体代表作家。《宋书·谢灵运传论》："逮宋氏，颜谢腾声。"又说："灵运之兴会飙举，延年之体裁明密，并方轨前秀，垂范后昆。"应刘：汉末建安文人应玚、刘桢的并称，二人均为曹丕、曹植所礼遇。

[11] 武穴：清代黄州府广济县治武穴，即今湖北黄冈武穴市。

元年正月山贼窜扰乡里，山中书来，诸弟促归意切，明日出游书愤寄王敦亭静一大令

登高台，送春目。思远人，怀邦族。远人安可思，邦族遽难复。瞻彼杂花生树，夕阳平绿。江水茫茫愁杀人，江上帆樯竞驰逐。沈郎莫赋前溪舞[1]，故山移文当檄汝。丛条嗔胆颖怒魄[2]，逋客求归亦无所。予里宅悉为贼燌。吁嗟徒见黄门而称贞[3]，岂当知华藕不可寄蒂于修陵[4]。越人文冕莫遽强，章甫自好公何能[5]。

爱此渡江之杨花，睠兹泛沚之新萍^[6]。感生平于畴昔，念故国而屏营^[7]。吾闻参军已无四立壁，不肯折腰更何适^[8]？古人出处论千秋，彼何人斯正难觅。勿嗟宦无金张之援，游无子孟之资。应生作书今已迟，聊取喻夫陇西之游越人射^[9]。问君空言徒尔为，南山殷雷北山雾^[10]。待子不来春已去，鸬鹚啼上佛桑花^[11]，鹦鹉洲边重回顾^[12]。

【编年】

同治元年（1862）春，檄署藩照磨兼盐库大使时作。

【注释】

[1] 沈郎莫赋前溪舞：东晋车骑将军沈充曾作《前溪曲》七首，流传甚广。

[2] 丛条嗔胆颖怒魄：使山中的树丛和重叠的条穗勃然大怒。孔稚珪《北山移文》："丛条嗔胆，叠颖怒魄。"

[3] 见黄门而称贞：指看见宦官就称赞他贞节。语本嵇康《与山巨源绝交书》："若吾多病困，欲离事自全，以保余年，此真所乏耳，岂可见黄门而称贞哉。"黄门：宦官。称贞：称赞其有贞节，宦官不淫乱，不是能贞，而是失去生理条件。

[4] 华藕句：语本晋代赵至《与嵇茂齐书》："今将植橘柚于玄朔，蒂华藕于修陵，表龙章于裸壤，奏《韶武》于聋俗，固难以取贵矣。"《文选》刘良注："华藕，莲也。"

[5] 越人二句：语本嵇康《与山巨源绝交书》："不可自见好章甫，强越人以文冕也。"典出《庄子·逍遥游》："宋人资章甫而适诸越，越人断发文身，无所用之。"越人：指今浙江、福建一带居民，断发文身，不戴帽子。文冕：饰有花纹的帽子。章甫：古代一种须绾在发髻上的帽子。

[6] 渡江之杨花：郑谷《淮上与友人别》诗："扬子江头杨柳春，杨花愁杀渡江人。"泛沚之新萍：王融《三月三日曲水诗序》："新萍泛沚，华桐发岫。"李善注："《礼记·月令》曰：'季春之月，桐始华，萍始生。'"新萍，始生之萍。

[7] 屏营：惶恐，彷徨。《国语·吴语》："王亲独行，屏营彷徨于山林之中，三日乃见其涓人畴。"

[8] 吾闻二句：谓家宅为贼寇所毁，已无家可归，只好为些许薪俸出来做官。语本黄庭坚《次韵子瞻以红带寄王宣义》诗："参军但有四立壁，初无临江千木奴。白头不是折腰具，桐帽棕鞵称老夫。"参军：指王庆源，王庆源曾做过雅州户曹参军，此处自比。四立壁：形容家贫。《史记·司马相如列传》记载司马相如"家居徒四壁立"。折腰：化用陶渊明不肯"为五斗米所折腰向乡里小儿"事典。

[9] 勿嗟以下四句：语本应璩《与从弟君苗君冑书》："宦无金张之援，游无子孟之资，而图富贵之荣，望殊异之宠，是陇西之游，越人之射耳。"金张：指金日磾和张安世，都是汉宣帝依托的近臣，后以"金张"喻豪门权贵。子孟：西汉大臣霍光字子孟，骠骑将军霍去病弟，辅佐汉昭帝，前后秉政二十年。应生作书句：指效法应璩作《与从弟君苗君冑书》，阐明自己对隐与仕的看法已经晚了，即后悔从宦之意。陇西之游越人射：比喻与自己没多大

关系。越人之射，语本《孟子·告子下》："有人于此，越人关弓而射之，则己谈笑而道之；无他，疏之也。其兄关弓射之，则己涕泣而道之；无他，戚之也。"

[10]殷雷：轰鸣的雷声，亦指大雷。又，商朝祭祀时用大鼓，声如雷动，故名殷雷。《诗经·召南·殷其雷》："殷其雷，在南山之阳。"北山雾：苏辙《和韩宗弼暴雨次韵》："偶然终日风，振扰北山雾。"

[11]佛桑花：清代陈淏之《花镜》卷三花木类考："佛桑一名扶桑，枝头类桑与槿，花色殷红，似芍药差小，而轻柔过之。开当春末秋初，五色婀娜可爱，有深红、粉红、黄、白、青色数种，并单叶、重叶之异。"《祖庭事苑》曰："千叶如桑，花房如桐，长寸余，似重台莲，其色浅红，故得佛桑之名。"

[12]鹦鹉洲：在今武汉市西南长江中，相传东汉末江夏太守黄祖长子黄射在此大会宾客，有人献鹦鹉，祢衡作《鹦鹉赋》，故名。汉以后由于江水冲刷，屡被浸没，今鹦鹉洲已非宋以前故地。

八千卷书庐图为丁星斋述鸿题[1]

名山发清梦，溯古陈典章。万卷难部署，八千亦已强。人言传东观[2]，千万排琳琅。自非廊庙姿，难窥天府藏。幽幽寒士籍，古鉴澄心光。深夜见秦汉，三辰在我旁。多方笑惠施[3]，集古怀欧阳[4]。滔滔江汉流，荒怪来炎方。文昌避妖熖[5]，魑魅生光芒。读君书庐诗，望古神益伤。国家全盛日，富贵非所望。图史崇东南，不学惭荒伧。或为白司马，庐山开草堂[6]。或学李公择[7]，瀼阁罗签箱。君家时典钗，五千已撑肠[8]。天穷不吾与，人厄宁遽当？嗟君巢书地，草绿书带香。陈迹绘仿佛，图之转微茫。时危士气激，杀贼心慨慷。邺架安事此[9]，存且弗若亡。君看腐儒学，岂济斯民康？徒令君子身，宝剑常周防。

【编年】
同治元年（1862），檄署藩照磨兼盐库大使时作。

【注释】
[1]八千卷书庐：即钱塘丁氏八千卷楼，晚清四大藏书楼之一，缪荃孙《善本书室藏书志序》称："近海内称藏书家，曰海源阁杨氏，曰铁琴铜剑楼瞿氏，曰丽宋楼陆氏，与八千卷楼为南北四大家。"丁家世有藏书之习，丁掌六在杭州梅东建楼储书，有感于北宋时先祖丁顗就建有"八千卷楼"，遂题其楼为"八千卷楼"。咸丰十一年（1861）冬，太平军攻陷杭州，丁氏家室遭毁，文澜阁藏书也在战火中损失严重。丁申、丁丙兄弟收拾文澜阁残书万余册，藏于"尊经阁"中，积二十年之力，广求海内外各本，或购或抄，随得随校，聚八万卷，并于光绪十四年（1888）建总书楼名"嘉惠堂"，楼中分别辟名为"八千卷楼""小八千卷楼""后八千卷楼""善本书室""甘泉书藏""济阳文府""当归草堂"等。其馆藏特色在《四库》

著录、《四库存目》《四库》未收之书，又多有网罗杭州和浙江地方文献。丁星斋：名述鸿，生平事迹待考，当为丁申、丁丙长辈。

[2] 东观：东汉宫廷中贮藏档案、典籍和从事校书、著述的处所。

[3] 多方笑惠施：《庄子·天下》："惠施多方，其书五车，其道舛驳，其言也不中。"

[4] 集古怀欧阳：欧阳修撰《集古录》，是现存最早的金石学著作。

[5] 文昌：指文昌星，南斗，司科甲，乃文魁之星。熖，"焰"的讹字。

[6] 白司马二句：白居易于江州司马任上作《庐山草堂记》曰："元和十一年秋，太原人白乐天见而爱之，若远行客过故乡，恋恋不能去。因面峰腋寺，作为草堂。明年春，草堂成。"

[7] 李公择：北宋李常字公择，少读书庐山白石僧舍，皇祐元年（1490）擢第，留所抄书九千卷，名舍曰"李氏山房"。始与王安石交好，后因反对新法，久居外任，累官至御史中丞、户部尚书。

[8] 撑肠：犹满腹，多喻饱学。叶适《哭郑丈》诗之三："插架轴三万，撑肠卷五千。"

[9] 邺架：韩愈《送诸葛觉往随州读书》诗："邺侯家多书，插架三万轴。"邺侯，即李泌。后因以"邺架"比喻藏书处。

暑夕

虚堂深夜光，庭树响风叶。缺月窥高檐，雨声时一霎。竹床坐前轩，客愁竞遥涉。明星纷煜煜，流云递帖帖。河汉下清浅，垂辉不可接。相望情如何，迟尔渡川楫。

【编年】

同治元年（1862）秋，橄署藩照磨兼盐库大使，在武昌作。

迎秋雨不息

端居对屋漏，破寂生屐响。晓色羁游心，秋怀滞清赏。秋阴倏已暝，杳霭霏烟上。雨气泛楼观，苔色界书幌。川梁黯以遥，征翰戒孤往。讵无风霆声，势薄难激荡。迷津浩前泽，我思当自广。桂华延后期，恍结紫霞想。

【编年】

同治元年（1862）秋，橄署藩照磨兼盐库大使，在武昌作。

藩垣西老树 [1]

树古藤萝老，秋深风雨多。从知偎幕府，不似在岩阿。地闭停云护 [2]，林疏宿鸟过。萧条生意感，千载更如何？

【编年】

同治元年（1862）秋，檄署藩照磨兼盐库大使，在武昌作。

【注释】

[1] 藩垣：指湖北布政使司衙门。

[2] 地闭：指秋日天气转凉。《晋书·张协传》："天凝地闭，风厉霜飞。"

雨窗独坐念东谷 [1] 天门鄢贞，善书画能诗，近客武昌

不贫谁作客 [2]，羁旅欲何依？江雨闲侵梦，秋云冷上衣。摊书吟兴减，把剑壮心飞。知尔怀人意，殷勤荐士稀。

【编年】

同治元年（1862）秋，檄署藩照磨兼盐库大使，在武昌作。

【注释】

[1] 鄢贞：字东谷，清代天门（今湖北天门市）干驿人，生平事迹不详，或曾供职谏院，善画竹石。

[2] 不贫谁作客：南宋董嗣杲《贫游》诗："厄贫作客嗟不辰，栖危更觉怀家频。"

忆红桂花而作

坞南池畔树，红桂手亲栽。林洒凉风过，香含细雨来。物微宁惜悴，花少或仍开。秋远尘沙路，还愁乡梦回。

【编年】

同治元年（1862）秋，檄署藩照磨兼盐库大使，思乡之作。

秋夜坐怀周五樵二尹所居 [1]

林响入深夜，湖光生小斋。端居不相见，遥忆岂忘怀？风柝递催晓，灯窗寒更霾。游心慰无寐，羡尔寓西街。

【编年】

同治元年（1862）秋，檄署藩照磨兼盐库大使时作。

【注释】

[1] 周五樵：黎兆勋在鄂僚友，生平事迹不详。二尹：明清时对县丞或府同知的别称。

示吴生

诅惭身世拙，竟使滞风尘。与子各为命，论才定食贫。皇天翻日月，大乱倚臣邻[1]。莫诵无家别[2]，兵戈最怆神。

【编年】

同治元年（1862），檄署藩照磨兼盐库大使时作。

【注释】

[1] 臣邻：《尚书·益稷》："臣哉邻哉，邻哉臣哉。"孔传："邻，近也。言君臣道近，相须而成。"本谓君臣应相亲近，后泛指臣庶。

[2] 无家别：杜甫新题乐府组诗"三吏三别"之一，叙写邺城之战官军战败后一个还乡无家可归、重又被征的军人，通过他的遭遇反映战争造成农村的凋敝荒芜以及战区人民的悲惨遭遇，对统治者的腐朽进行了有力鞭挞。

侍雪堂诗钞卷第六

有怀禹门山寺 [1]

秋气入怀抱，翛然山水深。禹门一片月，楚客异乡心。黄叶分南涧，丹梯上北林。羁愁长在眼，云路隔层阴。

【编年】

同治元年（1862），橄署藩照磨兼盐库大使时作。

【注释】

[1] 禹门山寺：见卷一《宿禹门禅院》诗注 [1]。

湖陂晓望

沮洳细通溜，残荷静野航。半陂秋雨暗，一径水烟苍。池馆萦衰草，瓜壶带短墙。依稀歌吹地，晓色自清凉。

【编年】

同治元年（1862），橄署藩照磨兼盐库大使时作。

检书

未放身心暇，应谋屋数椽。得钱频入肆，插架有余编。此癖非关数，吾生自结缘。故巢三万轴，回首已成烟 [1]。

【编年】

同治元年（1862），橄署藩照磨兼盐库大使时作。

【注释】

[1] 故巢二句：自伤家乡书屋毁于战乱。三万轴：韩愈《送诸葛觉往随州读书》诗："邺侯家多书，插架三万轴。"

闰八月十五夜

两度看明镜，三更醉绮筵。为怜秋过半，喜见月重圆。霜柝成遥夜，星河共碧天。前欢谁却寄？良会转茫然。

【编年】

同治元年（1862）秋，檄署藩照磨兼盐库大使时作。

永夜二首

其一

永夜无眠客，闲庭似马曹。月残鸡唱晓，霜紧雁行高。谷口频思郑，诗情欲和陶[1]。此时谁共遣，风叶转萧骚。

【校记】

霜紧雁行高：紧，底本作"竖"，据同治本改。

【编年】

同治元年（1862）秋，檄署藩照磨兼盐库大使时作。

【注释】

[1] 谷口二句：言归隐之思。"谷口"典出《汉书·王贡两龚鲍列传》：汉褒中人郑朴字子真，居谷口，世号"谷口子真"，修道守默，常卜筮于成都市，汉成帝时大将军王凤礼聘之，不应；耕于岩石之下，名动京师。后以"谷口真"指隐居躬耕、修身自保的隐士。和陶：晋代以后，以苏轼、郝经为代表的诗人因推崇陶渊明的诗歌而以步韵、次韵、从韵等形式创作了大量"和陶诗"，多言归隐之意。

其二

劳真能老我，壮本不如人[1]。一砚磨寒月，三年感积薪[2]。游仙秋引梦，养拙病随身。避俗何能远，聊堪洗浊尘。

【注释】

[1] 劳真二句：《庄子·大宗师》"夫大块载我以形，劳我以生，佚我以老，息我以死。故善吾生者，乃所以善吾死也。"

[2] 积薪：本指积聚木柴。喻隐伏危机。《汉书·贾谊传》："夫抱火厝之积薪之下而寝其上，火未及燃，因谓之安，方今之势，何以异此！"又以喻选用人才后来居上，此处当用此意，谓己仕途无迁转而后来者已上位。《汉书·汲黯传》："黯褊心，不能无少望，见上，言曰：'陛下用群臣如积薪耳，后来者居上。'"

童心二首示族子锡厚

其一

我年如汝幼，心寄岱东云 [1]。无物为情恋，微吟畏客闻。林山齐鲁美，碑版汉唐分。嗜好虽浮薄 [2]，天机似不群。予年八岁，随侍先王父于长山。

【编年】

同治元年（1862）秋，檄署藩照磨兼盐库大使时作。

【注释】

[1] 我年二句：嘉庆十八年（1813）黎安理选授山东省长山县（今邹平县）知县，黎兆勋曾随侍祖父至长山。二句言年少当立高远之志。

[2] 浮薄：轻薄，不朴实，此指爱好不务实。

其二

所适有荣辱，驰情无古今 [1]。仙凡归早悟，诗礼付虚心。此景谁心惜，修途自力寻。语儿无好弄 [2]，应识老怀深。

【注释】

[1] 驰情：神往。嵇康《兄秀才公穆入军赠诗》之十三："咬咬黄鸟，顾俦弄音。感寤驰情，思我所钦。"

[2] 好弄：爱好游戏。《宋史·文苑传五·黄伯思》："自幼警敏，不好弄，日诵书千余言。"后便以"弱不好弄"形容年幼时不爱玩耍。

残秋

黄鹤去西楼，云横江汉流 [1]。风樯移外国，石镜照残秋。鼍愤沧波晓 [2]，乌啼古戍愁。疏星空煜煜，遥下五诸侯。

【编年】

同治元年（1862）秋，檄署藩照磨兼盐库大使时作。

【注释】

[1] 黄鹤二句：化用顾况《黄鹄楼歌送独孤助》诗句："故人西去黄鹄楼，西江之水上天流，黄鹄杳杳江悠悠。"

[2] 鼍愤：即鼍愤龙愁的省文，指如鼍愤怒，如龙忧愁。比喻乐曲的情调悲愤。苏轼《过江夜行武昌山上闻黄州鼓角》诗："谁言万方声一概，鼍愤龙愁为余变。"

归梦

黄叶溪流急，东岑一径斜。洗心寻碧涧 [1]，归梦溯苍葭。读史诚多事，悲秋尚有家。未须愁六凿 [2]，守黑是生涯 [3]。

【编年】

同治元年（1862）秋，檄署藩照磨兼盐库大使时作。

【注释】

[1] 洗心：洗涤心胸，比喻除去恶念或杂念，此指摆脱俗念而归隐家园。

[2] 六凿：《庄子·外物》："室无空虚，则妇姑勃溪；心无天游，则六凿相攘，大林丘山之善于人也，亦神者不胜。"成玄英疏："凿，孔也。攘，逆也。自然之道，不游其心，则六根逆，不顺于理。"凿，释为孔，指耳、目等六孔。

[3] 守黑：谓安于暗昧，保持玄寂。语出《老子》："知其白，守其黑，为天下式。"河上公注："白以喻昭昭，黑以喻默默，人虽自知昭昭明白，当复守之以默默如暗昧无所见。"

废苑

荒蹊淡斜景，废苑城西隅。宿莽概深闭，林风时一呼。鬼庭今日怨 [1]，台榭何人娱？风露倏已黯，洞房盈绿芜 [2]。

【编年】

同治元年（1862）秋，檄署藩照磨兼盐库大使时作。

【注释】

[1] 鬼庭：又作鬼廷，鬼神之廷府，指植于墓旁之柏树。《汉书·东方朔传》："柏者，鬼之廷也。"宋代李石《续博物志》卷六："秦穆公时，有人掘地得物若羊，将献之。道逢二童子，谓曰：'此名为蝹，常在地中食死人脑。若欲杀之，以柏东南枝捶其首。'由是墓皆植柏。又曰柏为鬼廷。"

[2] 洞房：指幽深而豪华的居室。司马相如《长门赋》："悬明月以自照兮，徂清夜于洞房。"

谒胡文忠公祠 [1]

衡岳莽青苍，英灵自发祥。中兴迟李郭 [2]，大将出沅湘。龙节崇威望 [3]，鲸波汩溷茫 [4]。百年功烈著，万里客愁荒。未捷悲诸葛，余哀寄益阳。吞吴遗憾在，抚楚去思长 [5]。难作河清俟，咸增栋桡伤 [6]。风云依故垒，祠宇冠高冈。庙享昭侯度 [7]，星辉接帝乡。公心诚剀切，仁德近贞刚。磊落孤忠炯，嶙峋卓立强。入黔时且晦，征皖业弥彰[8]。久历狼烟戍，虚凝燕寝香。党仇宁有衅，战守必深防。杀吏思张咏[9]，谈兵类鄂王[10]。鼎湖凄白日，汉水倏清霜。黯黯沧江外，沉沉广泽旁。萧条摧大树，轮奂仰斯堂[11]。尚想壶头病，俄垂箕尾光[12]。前军收紫电，素旐拥黄肠[13]。旧甓陶公运，遗编杜预藏[14]。公抚楚时，曾撰《读史兵略》一书。雄姿原飒爽，众口枉低昂。怅念招贤馆，曾亲选佛场。毋令菅蒯弃，谬许驽骀良。铅割行堪试，兰修意弗忘[15]。浊泥嗟独漉，铓锷惜干将[16]。倜傥人争仰，安危任已当。霸才真寂寞，流寇益披猖。焉得迎神曲，来歌汉道昌？

【编年】

同治元年（1862）秋，橄署藩照磨兼盐库大使时作。

【注释】

[1] 胡文忠公：指胡林翼，咸丰十一年（1861）八月，胡因病去世，谥号文忠。生平事迹详见本书卷四《自安陆府舟行赴黄州谒胡中丞》诗注释[1]。胡抚鄂期间以知兵、理财知名，也注意整饬吏治，引荐人才，协调各方关系，为时人所称道。曾国藩曾赞誉他在崔苻遍地、兵连祸结之秋，苦心经营，缔造支持，将"糜烂众弃之鄂"变为"富强可宗之鄂"（《曾国藩全集·书信三》），使湖北能够匡维全局，成为镇压太平军的重要基地，《清史稿》也对他的政治、理财等能力称赞有加："事至立断，无留难。尤长综覈，厘正湖北漕粮积弊，以部定漕折为率，因地量加轻重，民岁减钱百余万缗，岁增帑四十余万两，提存节省银亦三十余万两。两湖自淮盐阻绝，率食川盐，于宜昌、沙市、武穴、老河口设局征税，视旧课增至倍蓰。时东南各省皆抽厘助饷，惟湖北多用士人司榷，覈实无弊。其治军务明纪律，手订营制，留意将才。"并在传记之后给以极高评价："综覈名实，干济冠时。论其治事之宽严疏密若不相侔，而皆以长驾远驭，驱策群材，用能丕树伟绩。所莅者千里方圻，规画动关军事全局。使无其人，则曾国藩、左宗棠诸人失所匡扶凭藉，其成功且较难。"

[2] 李郭：指唐代中兴名将李光弼、郭子仪，二人为平定安史叛乱立下赫赫战功。

[3] 龙节：泛指奉王命出使者所持之节，此指奉诏平定太平天国运动。王维《平戎辞》："卷旆生风喜气新，早持龙节静边尘。"

[4] 鲸波：言惊涛骇浪。杜甫《舟出江陵南浦奉寄郑少尹诗》："溟涨鲸波动，衡阳雁影徂。"溷茫：又作混茫，无边无界。杜甫《滟滪堆》诗："天意存倾覆，神功接混茫。"

[5] 未捷以下四句：指胡林翼因积劳成疾，在武昌咳血病逝，归葬益阳，未能看到太平天国运动被镇压。因太平军定都天京（南京），故曰"吞吴"，胡抚鄂七年，故曰"抚楚"。

[6] 难作以下四句：谓朝廷本处于难以平定的动乱之中，而可以依靠的大臣胡林翼却已经死去。河清：古称黄河水浊，千年一清，因以"河清"为升平祥瑞的象征。《文选》张衡《归田赋》："徒临川以羡鱼，俟河清乎未期。"吕延济注："河清喻明时。"栋桡：亦作"栋挠"，指屋梁脆弱曲折。《周易·大过》："栋桡，本末弱也。"高亨注："造屋者用本末弱之木材为屋栋，乃大事上之错误，其屋将坏矣。"后以喻形势危急。《战国策·魏策一》："夫使士卒不崩，直而不倚，栋挠而不避者，此吴起余教也。"

[7] 侯度：为君之法度。

[8] 入黔二句：言胡林翼战功。入黔时且晦：胡林翼丁忧起复后，认为在京候缺补官上升的空间不大，而其学生也认为他才气过人，做地方官更能有所建树，故凑钱给他捐了个知府。清代捐纳为官本可自主择地，但胡林翼正途出身，为官清要，捐纳为官已让他蒙羞，故他宁愿到边远之地，以区别于那些输金为吏者，道光二十六年（1846），胡林翼以知府分发贵州，历任安顺、镇远、黎平知府及贵东道。在任时，强化团练、保甲，镇压黄平、台拱、清江、天柱等地苗民起义和湖南李沅发起义，他文武双全，能诗能文，主张"用兵不如用民"，"用兵"只能治标，收一时之功，"用民"才是治本，享长久安定。他在贵州常芒鞋短衣，深入群众摸民情探匪情，带领官兵与盗匪作战数百次，积累了丰富的作战经验，编成了《胡氏兵法》。征皖业弥彰：谓咸丰九年（1859）胡林翼会同曾国藩、多隆阿、鲍超等部击败太平军石达开、捻军张洛行、龚瞎子联军，攻克太湖城，收复潜山，又于十一年（1861）八月攻克安徽省城安庆，曾国藩推胡林翼为首功，加太子太保衔，给骑都尉世职。

[9] 杀吏思张咏：用宋初名臣张咏"一钱斩吏"的事典。《宋史·张咏传》："张乖崖为崇阳令，一吏自库中出，视其鬓傍巾下有一钱，诘之，乃库中钱也。乖崖命杖之，吏勃然曰：'一钱何足道，乃杖我耶？尔能杖我，不能斩我也！'乖崖援笔判曰：'一日一钱，千日一千，绳锯木断，水滴石穿。'自仗剑，下阶斩其首，申台府自劾。崇阳人至今传之。"此以张咏类比胡林翼惩贪除恶，果敢有为的官场作风。

[10] 谈兵类鄂王：此以岳飞类比胡林翼的军事能力。鄂王：宋宁宗嘉定四年追封给岳飞的封号。

[11] 轮奂：形容屋宇高大众多。《礼记·檀弓》："晋献文子成室，晋大夫发焉。张老曰：'美哉轮焉，美哉奂焉。歌于斯，哭于斯，聚国族于斯。'"东汉郑玄注："轮，轮囷，言高大；奂，言众多。"

[12] 壶头病：《后汉书·马援传》：建武二十四年，武陵五溪蛮相单程率民起事，夺关据县。武威将军刘尚前去征剿，冒进深入，全军覆没。伏波将军马援时年六十二岁，请命南征，愿马革裹尸，"三月，进营壶头。贼乘高守隘，水疾，船不得上。会暑甚，士卒多疫死，援亦中病，遂困"，病死壶头山上。陆游《杂兴》："伏波病困壶头日，应有严光入梦来。"箕尾光：箕、尾是二十八星宿的星名。相传武丁的宰相傅说死后升天，跨身于二星之上。语出《庄子·大宗师》："夫道……傅说得之，以相武丁，奄有天下，乘东维，骑箕尾，而比于列星。"后以此比喻人死后升天，常用作挽辞。

[13] 紫电：祥瑞的光气，此指胜利的战报。黄肠：柏木之心黄，故称。

[14] 旧甓陶公运：典出东晋裴启《语林》："陶太尉（侃）既作广州，优游无事，常朝自运甓于斋外，暮运于斋内。人问之，陶曰：'吾方致力中原，恐为尔优游，不复堪事。'"后以此典表示磨炼身心，励志功业。遗编杜预藏：此以胡林翼所撰《读史兵略》一书比拟博学多通的西晋大将杜预。

[15] 怅念以下六句：诗人追想自己出身卑贱而受胡林翼赏识，栽培之恩不敢忘记。菅蒯：茅草之类，可编绳索。以喻微贱的人或物。任昉《为范尚书让吏部封侯第一表》："陛下不弃菅蒯，爱同丝麻。"驽骀：指劣马，喻低劣的才能，即平庸无能。铅割：即铅刀一割，

铅刀虽不锋利，但用得得当，也能割断东西。比喻才力微薄、才能平常的人有时也能有点用处。亦多作请求任用的谦词。典出《后汉书》卷47《班梁列传·班超》：建初三年，班超上疏请兵，曰："昔魏绛列国大夫，尚能和辑诸戎，况臣奉大汉之威，而无铅刀一割之用乎？"左思《咏史八首》其一："铅刀贵一割，梦想骋良图"。兰修：指栽培之恩。语本屈原《离骚》："余既滋兰之九畹兮，又树蕙之百亩。"

[16]浊泥嗟独漉：乐府有《独漉篇》古辞："独漉独漉，水深泥浊。泥浊尚可，水深杀我。"李白作《独漉篇》诗拟之，写面对安史之乱，欲效法搏击九天之鹏的神鹰，一击成功，歼灭叛军，为国雪耻。漉：使水干涸之意。独漉：亦为地名。此乃双关语。铓锷：刀剑等的尖端，比喻突出的才华。干将：古代宝剑名。

朔风篇纪事

朔风宵怒发，楚客远含情。楼阁寒虽骤，郊原夜转惊。孰云苹末起[1]，伏自莽中生[2]。积愤阴尤洩，乘虚力竞争。闭门雷室坐，遇雨鬼车行[3]。石燕悲迟报，茅龙怨早更[4]。马陵排万弩[5]，韩子抱孤橥[6]。聚散纷排闷，搜求恣凿楹[7]。层霄平海啸，一映众山鸣[8]。人事凭谁辨，天灾借汝盈。加邳何待锐，入蔡已遄征[9]。屡蹋千鼍鼓，俄摧百雉城[10]。潢池从簸弄[11]，冰雹助纵横。野宿低藏雁，江流暗涌鲸。灌坛宁畏令[12]，飓母且吞声[13]。气逆张维国，形同激变兵。悔贞先得蛊[14]，淑慝岂能旌[15]？此虐终当息，厥锋胡可撄？讵愁凌北斗，直欲撼西京。半壁撑徒恃，丸泥塞未成[16]。乾坤虚槖籥，箕毕昧权衡[17]。敢幸飙轮弱，休疑地轴倾[18]。载瞻周道阻，心怛念王程[19]。

【编年】
同治元年（1862）冬，檄署藩照磨兼盐库大使时作。

【注释】
[1]孰云苹末起：宋玉《风赋》："夫风生于地，起于青苹之末，侵淫溪谷，盛怒于土囊之口，缘太山之阿，舞于松柏之下，飘忽溯滂，激飚熛怒。耹耹雷声，回穴错迕，蹶石伐木，梢杀林莽。"后人省为"风起于青苹之末，止于草莽之间"，以喻指大事件、大影响、大思潮从微细不易察觉之处源发。

[2]伏自莽中生：《周易·同人》："九三，伏戎于莽。"莽，丛生的草木。后以"伏莽"指军队埋伏在草莽中，亦指潜藏的寇盗。

[3]雷室：本指雷神所居之室，引申为宣讲佛音的居室，或指佛寺。张祜《题重居寺》诗："更问寻雷室，西行咫尺间。"鬼车：又称九头鸟、鬼鸟，古代中国神话传说中的妖鸟，因为在夜里发出车辆行驶的声音，得名鬼车。详见卷五《风雪行招徐处士》诗注释[4]。

[4]茅龙：相传仙人所骑的神物。刘向《列仙传·呼子先》："呼子先者，汉中关下卜师也，

老寿百余岁。临去，呼酒家老妪曰：'急装，当与妪共应中陵王。'夜有仙人持二茅狗来至，呼子先。子先持一与酒家妪，得而骑之。乃龙也，上华阴山。"

[5] 马陵排万弩：形容惊险的形势。典出《史记·孙子吴起列传》："孙子度其行，暮当至马陵。马陵道陕[狭]，而旁多阻隘，可伏兵，乃斫大树白而书之曰'庞涓死于此树之下'。于是令齐军善射者万弩，夹道而伏，期曰'暮见火举而俱发'。庞涓果夜至斫木下，见白书，乃钻火烛之。读其书未毕，齐军万弩俱发，魏军大乱相失。庞涓自知智穷兵败，乃自刭。"

[6] 韩子抱孤檠：指青灯相伴的读书生涯。韩愈《短灯檠歌》诗咏寒儒夜晚看书照明，仅能用得起短檠灯，及至一朝富贵，便高烧长檠灯，照耀珠翠，而短檠灯则被弃墙角，不再使用。后因以"韩檠"比喻寒士看书用的灯。

[7] 凿楹：即"凿楹纳书"，谓藏守书籍以传久远。《晏子春秋·杂下三十》："晏子病，将死，凿楹纳书焉。谓其妻曰：'楹语也，子壮而示之。'"

[8] 一哕（xuè）：轻轻一吹的声音。哕，微声。

[9] 入蔡句：用《旧唐书·李愬传》中名将李愬雪夜入袭蔡州事。遄征：疾走、快行。

[10] 鼍鼓：亦作"鼍鼖"。用鼍皮蒙的鼓，其声亦如鼍鸣。《诗经·大雅·灵台》："鼍鼓逢逢。"陆玑疏："（鼍）其皮坚，可以冒鼓也。"百雉城：高深大城。雉，古代计算城墙面积的单位，长三丈、高一丈为一雉。

[11] 潢池从簸弄：班固《汉书·龚遂传》："海濒遐远，不沾圣化，其民困于饥寒而吏不恤，故使陛下赤子盗弄陛下之兵于潢池中耳。"后遂以"弄兵潢池"，即在积水塘里玩弄兵器来蔑称人民起义或发动兵变，以形容捣乱分子无能，造不起反，没有什么大不了的。潢池：积水塘。

[12] 灌坛宁畏令：典出干宝《搜神记》"灌坛令太公望"："文王以太公望为灌坛令，期期年，风不鸣条。文王梦一妇人，甚丽，当道而哭。问其故。曰：'吾泰山之女，嫁为东海妇，欲归，今为灌坛令当道有德，废我行；我行，必有大风疾雨，大风疾雨，是毁其德也。'文王觉，召太公问之。是日果有疾雨暴风，从太公邑外而过。文王乃拜太公为大司马。"后遂以"灌坛雨"来咏雨，或喻有德政。

[13] 飓母：预兆飓风将至的云晕，形似虹霓；后亦用以指飓风。李肇《唐国史补》卷下："飓风将至，则多虹蜺，名曰飓母。"吞声：无声地悲泣。马融《长笛赋》："于时也，绵驹吞声，伯牙毁弦。"

[14] 悔贞：《周易·咸》："九四，贞吉悔亡，憧憧往来，朋从尔思。"高亨注："言人之德行正则吉，其悔将去。"后遂以"贞悔"指吉祥、幸福。又古代筮法，合上下二体为一卦，下体曰贞，是为内卦；上体曰悔，是为外卦，故以"悔贞"指占卜之法。蛊：《周易》第十八卦，下巽上艮。《说文》"蛊，晦淫之所生也"，《左传·昭公二十八年》注："蛊，惑以淫事。"故"蛊"是淫乱的意思。

[15] 淑慝：犹善恶。《尚书·毕命》："旌别淑慝，表厥宅里。"孔传："言当识别顽民之善恶，表异其居里。"

[16] 丸泥塞：即地势险要，只要少量兵力就可以把守的军事要塞。丸泥：一点泥，比喻少。《后汉书·隗嚣传》："（王）元请一丸泥为大王东封函谷关。"

[17] 乾坤二句：谓天下动荡，风雨失调。乾坤：天地。橐籥：同橐龠。语出《老子》："天地之间，其犹橐籥乎？虚而不屈，动而愈出。多闻数穷，不若守中。"橐籥本指古代鼓风用之袋囊，其犹现代之风箱，抑或之鼓风机是也；老子将其比喻为天地宇宙乾坤变化之象，内中空虚而生机不已，动静交织而无穷无尽。箕毕：二星宿名，据传箕星主风，毕星主雨。

[18] 飚轮：亦作"飙轮"，指御风而行的神车，喻飞驰的舟车。陆龟蒙《和江南道中怀茅山广文南阳博士》之一："莫言洞府能招隐，会辗飙轮见玉皇。"地轴：此喻指清代的江山社稷。

[19] 载瞻二句：指仰望着受阻的周道大路而忧心王事。周道：大道，亦指治国之道。心怛：心中忧伤、畏惧。王程：谓奔走王事之里程。

闻胡子何六弟已任铜仁教授喜赋二十三韵奉寄 [1]

凤凰翔不下，龙马性难驯 [2]。以此重吾友，因之怀隐沦。螺峰烟叠叠，鸥国水潾潾。有客初来说，夫君已卜邻。磨磷情独谢，盘错孰能因 [3]？极目桃源路，遥思石涧春。名山深豹雾，寒夜拥飚轮。吾弟行踪矫，劳生志虑伸 [4]。书先探二酉，歌罢问三辰 [5]。鸡犬移家地，虀盐送老身 [6]。但令杯劝影 [7]，休遣笔伤神。末俗同观火，穷交似饮醇 [8]。荒园嗟梓里，零雨感萧晨。倾耳谁陈善，安心道食贫。卿惭孙楚揖，面却庾公尘 [9]。厅事哦松树，闺情赋栗薪 [10]。仰惭鸣鹤和 [11]，行与衲僧亲。鸟盼依枝鹊，鱼惊纵壑鳞 [12]。曰归诚缱绻，请急转逡巡 [13]。常顾折腰具，何如便腹人 [14]。茅斋修竹瘦，月幌古梅新。得得寻游屐，垂垂想钓纶 [15]。珍珠排密字，消息寄铜仁。

【编年】

同治元年（1862）冬，檄署藩照磨兼盐库大使时作。

【注释】

[1] 胡子何：参见本书卷三《三月十六日柬胡子何学博》注释 [1]。

[2] 凤凰翔不下：化用贾谊《吊屈原赋》句："凤凰翔于千仞兮，览德辉而下之；见细德之险征兮，遥曾击而去之。"龙马：古代传说中形状像龙的骏马。

[3] 磨磷：《论语·阳货》："不曰坚乎？磨而不磷。"磷，谓受磨而薄。后以"磷磨"比喻时光或事物的消磨。盘错：指盘绕交错；比喻事情错综复杂。

[4] 劳生志虑伸：指胡子何经过辛苦劳累的奔波，终于实现了理想志向。

[5] 二酉：指大酉、小酉二山，在今湖南省沅陵县西北，二山皆有洞穴，相传小酉山洞中有书千卷，秦人曾隐学于此。见《太平御览》卷四九引《荆州记》。后即以"二酉"称丰富的藏书。三辰：指日、月、星。《左传·桓公二年》："三辰旂旗，昭其明也。"杜预注："三辰，日、月、星也。"

[6] 虀盐：腌菜和盐，借指素食，亦指清贫生活。

[7] 杯劝影：陶渊明《杂诗》十二首其二："欲言无予和，挥杯劝孤影。"

[8] 末俗句：谓对末俗洞若观火。末俗：谓末世之习俗；亦指世俗之人。观火：比喻见事明白透彻。穷交：患难之交或是贫贱之交。饮醇：《三国志·吴志·周瑜传》："惟与程普不睦。"裴松之注引晋虞溥《江表传》："普颇以年长，数陵侮瑜。瑜折节容下，终不与校。普后自敬服而亲重之，乃告人曰：'与周公瑾交，若饮醇醪，不觉自醉。'"后遂以"饮醇"指受到宽厚对待而心悦诚服。

[9] 孙楚揖：参见卷四《上承尊生观察》诗注释[6]。庾公尘：刘义庆《世说新语·轻诋》："庾公权重，足倾王公。庾在石头，王在冶城坐，大风扬尘。王以扇拂尘，曰：'元规尘污人。'"元规是庾亮的字，王导厌恶庾亮权势逼人，故发此语。后以"庾公尘"喻权贵的气焰。

[10] 厅事：官署视事问案的厅堂。栗薪：劈木柴。《诗经·豳风·东山》："有敦瓜苦，烝在栗薪。"郑玄笺："栗，析也。"

[11] 鸣鹤和：《周易·中孚》："九二。鸣鹤在阴，其子和之；我有好爵，吾与尔靡之。""阴"同"荫"，"鸣鹤在阴，其子和之"，君子得助之谓。

[12] 依枝鹊：比喻贤才有所依存。曹操《短歌行》："月明星稀，乌鹊南飞。绕树三匝，何枝可依？"纵壑鳞：指自由游于水中之鱼；比喻仕途得意。杜甫《赠韦左丞丈二十二韵》："青冥却垂翅，蹭蹬无纵鳞。"

[13] 缱绻：纠缠萦绕，固结不解；或谓情意缠绵，难舍难分。请急：请假。《宋书·谢灵运传》："出郭游行，或一日百六七十里，经旬不归，既无表闻，又不请急。"逡巡：拖延或迟疑。

[14] 折腰具：指官服。杜甫《有怀台州郑十八司户》："黄帽映青袍，非供折腰具。"折腰，指屈身事人。典出《宋书·陶潜传》：陶渊明为彭泽县令，郡遣督邮至，县吏享报应束带见之，渊明叹道："吾不能为五斗米折腰向乡里小人！"便腹人：肚大肥胖之人。语出《后汉书·边韶传》："边孝先，腹便便……边为姓，孝为字。腹便便，五经笥。"本以比喻人的某种丑态，此用作褒意，称经纶满腹的铜仁教授胡子何。

[15] 得得：任情自得貌；情难自禁貌。垂垂：缓慢貌；忧戚貌。

西羌二绝句

其一

西羌为乱踵髳蛮[1]，秦塞山河断往还。一寨高悬明月在，朔风吹雪满潼关。

【编年】

同治元年（1862）冬，檄署藩照磨兼盐库大使时作。

【注释】

[1] 西羌句：谓同治年间爆发的陕甘回民叛乱，清廷称为"陕甘回乱"。髳蛮：古代泛指少数民族。《诗经·小雅·角弓》："如蛮如髦。"

其二

楚塞将军不肯行，咸京虚峙有围城。从来大帅能军少，况复专征早罢兵。

燕台二绝句

其一

燕台游子独悲歌，慷慨自倾金叵罗。忽忆新丰言事客，舍人真不负常何[1]。

【编年】

同治元年（1862）冬，檄署藩照磨兼盐库大使时作。

【注释】

[1] 忽忆二句：《旧唐书·马周传》："（马周）感激西游长安。宿于新丰逆旅，主人唯供诸商贩而不顾待周，遂命酒一斗八升，悠然独酌，主人深异之。至京师，舍于中郎将常何之家。贞观五年，太宗令百僚上书言得失，何以武吏不涉经学，周乃为何陈便宜二十余事，令奏之，事皆合旨。太宗怪其能，问何，何答曰：'此非臣所能，家客马周具草也。每与臣言，未尝不以忠孝为意。'太宗即日召之，未至间，遣使催促者数四。及谒见，与语甚悦，令直门下省。六年，授监察御史，奉使称旨。帝以常何举得其人，赐帛三百匹。"

其二

烈士风高一疏中，向来意气许陈东[1]。古人不必今人见，异地相观怀抱同。

【注释】

[1] 陈东：北宋末太学生，喜谈世事，尚气大言，慷慨不稍屈，曾在金兵犯宋，李邦彦等人主和背景下，上疏请朝廷恢复李纲职位，诛杀李邦彦、蔡京、王黼等人。高宗建元元年竟以"鼓众伏阙"罪被杀。

汝勤侄自乡里来武昌，遣其仆夫先归书寄汝弼侄

故山丧乱儿废业，我亦虚言赋遂初[1]。使汝有才成枉矢[2]，笑侬负债觅残书。萧萧江汉奇愁远，了了乾坤贱士疏。东涧莫嗟郎罢去，年来厌食武昌鱼。

【编年】

同治元年（1862）冬，檄署藩照磨兼盐库大使时作。

【注释】

[1] 遂初：遂其初愿。谓去官隐居。参见卷三《月下望南泉山因念子尹》注释[4]。

[2] 枉矢：不直之箭。《礼记·投壶》："主人请曰：'某有枉矢、哨壶，请以乐宾。'"郑玄注："枉、哨，不正貌。为谦辞。"

雪夜忆梅示汝勤

今岁冬晴似暮秋，天将风雪慰诗愁。种梅无地能藏我，呼酒冲寒可当裘。往事漫怀和靖宅 [1]，子尹望山堂梅屺。冷吟空对庾公楼 [2]。未堪东阁明遥夜，坐拥红炉话昔游。

【编年】

同治元年（1862）冬，檄署藩照磨兼盐库大使时作。

【注释】

[1] 和靖宅：北宋隐士林逋性孤高自好，喜恬淡，勿趋荣利，后隐居杭州西湖，结庐孤山，终生不仕不娶，唯喜植梅养鹤，死后赐谥"和靖"。

[2] 庾公楼：古楼名，在今湖北鄂城市南，又名玩月楼。刘义庆《世说新语·容止》："庾太尉（亮）在武昌，秋夜气佳景清，使吏殷浩、王胡之之徒登南楼理咏。音调始道，闻函道中有屐声甚厉，定是庾公。俄而率左右十许人步来，诸贤欲起避之。公徐云：'诸君少住，老子于此处兴复不浅！'因便据胡床，与诸人咏谑，竟坐甚得任乐。"后用以指吟咏欢娱、风流儒雅之胜境。

东轩岁暮有怀阎丹初敬铭中丞 [1]

鄂州尘土道心芜，簿领疲人岁月纡 [2]。严武英姿钦节度，刘桢逸气感今吾 [3]。百年未满磨肝肾 [4]，一事无成摘颔须。酬德何当闲作赋，元晖初悔报章无 [5]。

【编年】

同治元年（1862）冬，檄署藩照磨兼盐库大使时作。

【注释】

[1] 阎敬铭：（1817—1892）字丹初，陕西朝邑（今陕西大荔县朝邑镇）人，道光二十五年（1845）进士，累官至户部主事。咸丰九年（1859），湖北巡抚胡林翼奏调湖北任用。咸丰十年（1860）擢升员外郎，代替升任湖北按察使的唐训方总管湖北前线粮台营务。因赴岭东乡剿匪有功，擢升郎中，历任候补四品京堂，因胡林翼称荐擢升湖北按察使。同治元年（1862），严树森继任湖北巡抚，推荐阎敬铭署布政使。后仕至户部尚书、兵部尚书，充军机大臣，总理各国事务衙门大臣，晋协办大学士，东阁大学士。阎敬铭为官清廉耿介，理财有道，有"救时宰相"之称。

[2] 鄂州二句：谓己入鄂为官乃误入尘网，整日沉迷簿领，蹉跎岁月，以致一事无成，道心荒芜。

[3] 严武：（726—765）字季鹰，唐朝大臣、诗人，中书侍郎严挺之之子。神气隽爽，敏于闻见，初为拾遗，后任成都尹，两次镇蜀为剑南节度使，以军功封郑国公，与诗人杜甫友善。刘桢：（179—217）字公干，东汉名士、诗人，建安七子之一，其人博学有才，警悟

辩捷，以文学见贵。逸气：超迈流俗的气质。曹丕《与吴质书》："公干有逸气，但未遒耳；其五言诗之善者，妙绝时人。"

[4] 磨肝肾：形容穷思苦索，刻意为之。义同"刿鉥心腑"。陈廷焯《白雨斋词话》卷四："江橙里词清远而蕴藉，沈沃田称其'刿鉥肝肾，磨濯心志，苦心孤诣以为词'。"

[5] 元晖句：据《北史·元晖传》：元晖，字景袭，北魏宗室大臣，深沉敏锐，涉猎文史，深受宣武帝元恪宠信。"初，孝文帝迁洛，旧贵皆难移，时欲和众情，遂许冬则居南，夏便居北。宣武帝颇惑左右之言，外人遂有还北之闻，王乃牖卖田宅，不安其居。晖乃请问言事，具奏所闻，曰：'先皇移都，以百姓恋土，故发冬夏二居之诏，权宁物意耳。乃是当时之言，实非先皇深意。且比来迁人，安居岁久，公私计立，无复还情。伏愿陛下终高祖既定之业，勿信邪臣不然之说。'帝纳之。"

盛旭人康观察斋壁观板桥道人所书诗幅感而次韵^[1]

郊扉吾欲画常关，自信渊明柳可攀^[2]。戎马经过三径弃^[3]，图书尽散一身闲。便教作客胜偕隐^[4]，转喜无钱不买山^[5]。生际圣明诗老幸，幽怀君已慨时艰。

【校记】

图书尽散一身闲：尽散，《黔诗纪略后编》作"失散"。

便教作客胜偕隐：胜，《黔诗纪略后编》作"生"。

同治本诗后附盛康原唱云："逃暑应能暂闭关，未消多把古贤攀。并抛杯酌方为懒，少事篇章恐碍闲。风堕一庭邻寺叶，云开半面隔城山。浮生只说潜居易，隐比求名似更艰。"

【编年】

同治元年（1862）冬，檄署藩照磨兼盐库大使时作。

【注释】

[1] 盛康：（1814—1902）字勖存，号旭人，别号待云庵主，晚号留园主人，常州人。道光二十四年（1844）进士，初任铜陵令，后任庐州府、宁国府知府、和州直隶州知州。咸丰二年（1852）太平军攻破江南大营，被清廷派往安庆、江宁任督粮道，帮办江南大营粮台，旋被调往湖北，巡抚胡林翼"以全省厘政委之"，后以布政使衔掌湖北盐法武昌道，竭力为清军筹集军费。同治二年（1863）丁父忧。后改官浙江杭嘉湖兵备道按察使，告老。晚年在苏州购得留园居住，又在常州、苏州举办义庄、苏常栖流所、义冢，创办人范书院。生平治学，不拘泥于章句，而求文以致用。著有《人范须知》，编《皇朝经世文续编》辑道光、咸丰、同治、光绪四朝奏稿、论文等。其子盛宣怀。板桥道人：郑板桥（1693—1766），原名郑燮，字克柔，号理庵，又号板桥、板桥道人，江苏兴化人，清代书画家、文学家。乾隆元年（1736）进士，官山东范县、潍县县令，政绩显著，后客居扬州，以卖画为生，一生只画兰、竹、石，其诗书画世称"三绝"，为"扬州八怪"之一，代表作《修竹新篁图》《清光留照图》《兰竹芳馨图》《甘谷菊泉图》《丛兰荆棘图》等，著有《郑板桥集》。

[2] 郊扉：指郊外住宅。杜甫《春日江村》诗之四："郊扉存晚计，幕府愧群材。"渊明柳：指陶渊明宅边的柳树，谓隐士所居。陶渊明《五柳先生传》："宅边有五柳树，因以为号焉。"

[3] 三径：《太平御览》卷五一〇逸民部十引嵇康《高士传》："蒋诩字元卿，杜陵人，为兖州刺史。王莽为宰衡，诩奏事到灞上，称病不进，归杜陵。荆棘塞门，舍中三径，终身不出。时人谚曰：'楚国二龚，不如杜陵蒋翁。'"后因用"三径"指归隐后所居的田园。

[4] 偕隐：一起隐居；一谓夫妇同归乡里。

[5] 无钱不买山：化用"买山而隐"典，语出《世说新语·排调》："支道林因人就深公买印山，深公答曰：'未闻巢、由买山而隐。'"

梁月波元珠刺史以容阳纪事编寄示率书其后[1]有《女鬼鸣冤记》

梁公华阳彦，结交于鄂城。春雨涤寒雾，门阑肃以清。绸缪共情话，欲订车笠盟[2]。予时役上俊，匆匆迫遄征。君亦奉牧檄[3]，云帆催水程。音问几回隔，岁叙三四更。遥瞻鹤岭月，千里同亏盈。闻君弦歌日[4]，四郊方用兵。视贼同犬羊[5]，听讼如神明。传闻傥一词，听之心怦怦。念昔入庞座[6]，心钦才识并。不图起汉广，鎛筩喧政声[7]。丁侯吾乡里[8]，怜君如弟兄。昨来剪烛话[9]，说尹四座倾。手出琼瑶篇，纪异令我赓。自惭鹤牧佐，未识孤与惸[10]。似闻慄悍风，妇女皆搏攫[11]。有道且后服，扬子箴楚荆。读君冤妇传，中怀诚惨惊。容阳魑魅区，伤哉此婴娩[12]。湛湛虚明天，孑孑刺史旌[13]。幽幽旋风虋[14]，沈沈纤女情。碧血燐不辉，黄垆狙且侦[15]。谓宋谬征鬼，反壤阳春生[16]。谓鬼不能神，公庭雷电轰。吁嗟断斯狱，刺史勇且英。古有东海妇，于公决狱平[17]。彼死争不得，此死冤倏鸣。但令幽愤伸，何负于编氓[18]。人鬼毋分别，要当信以诚。皇天耀白日，杀气常纵横。膏血漫原野，人命谁重轻[19]？朝登汉阳山，矫首望八瀛[20]。悲来不能语，海岳摇光精[21]。秦吴尽火烈，齐鲁无烟耕。何辜恣屠戮，妇女诸孩婴[22]。穹苍邈难籲，哀怨方峥嵘[23]。卓哉梁夫子，庶贱勤生成。愿君宏远谟，化理光上京[24]。毋为元次山，徒赋春陵行[25]。

【校记】

诗题：同治本无二处小字夹注。

不图起汉广：起，同治本作"趙"，误。

愿君宏远谟：谟，同治本作"横"，误

按：同治本诗前有长文记事件始末云：梁元珠《鬼女鸣冤记》事云："咸丰岁戊午，余蒙恩授鹤峰州牧，下车以来，体察地方情形，山多田少，地瘠民贫。除弊有方，兴利无策。

乃地本苗蛮人，轻礼义，以致习风不改，陋俗难新。余以四月到任，至秋七月赴关外白果坪相验，暂居山羊隘。巡检衙署阅二十七日，公竣将归，忽有阳河堡民妇吴李氏携其长女林吴氏及夫弟吴传书赴署，鸣冤云：其次女吴菊英幼字于世扬之子于人权为妻，七岁即至姑家为待乳媳，年十六完婚。世扬之女汪于氏屡困辱之，常遭挞楚。本年七月初二日，吴李氏以久不得女音讯，亲往探问，于世扬云：其女已于六月二十四日心疾暴死，因水阻未通音讯。母不疑他，隐忍而返。讵料吴菊英之亡魂竟随母归，附其姊林吴氏，以地下含冤，怨母不为昭雪。其母遂至世扬家，凭其亲族诘问，世扬不之理。会其女汪于氏为菊英所魇，昏迷喷沫，举家惊惶。及母归，菊英魂已先至母家，附其姊诉说：初，因锄地拾得铜簪，汪于氏夺之不与，彼此遂口角，被汪于氏用窖锄打裂脑门，假作自缢身死云云。且云州主现在白果坪，能昭覆盆，促其母号冤公堂。其母从之，遂奔诉于余。余以鬼语不足为凭，难之。将喝逐之，忽闻鬼哭声凄以厉，阴风森寒，于是饬差将讯。即有两妇人扛椅置林吴氏于予前，盖菊英之魂魄所凭者也。余呼菊英名而问之，林吴氏状若死人，口无辟翕，音从喉出，供曰：七龄人于家前两年待得宽，后因小姑汪于氏挑唆，以致舅姑憎怒，累遭苦挞，所受毒楚不能备说，惟记婆婆同小姑曾用火拊将手指夹住，绳缚痛挞。今年四月十六日在山间拾得铜簪一只，置匣中，六月二十三日被汪于氏见之，诬以盗粮私易，促婆婆用撑碓棍将两臂毒打。明日田作，五更即起，小姑汪于氏令磨豆浆，以臂痛不从。与之争辩，即拏磨棍乱击，左耳受伤，夺其棍，旋以窖锄照顶心一下，当即晕倒。将我拖坐草墩，用草鞋绳三匝其顶，两手紧勒吊在梯上。现在尸身未腐，但求相验以白冤。言毕，哀愤异常，因饬带讯。未及升堂，予黔念此事，谒可仓促，且鬼语难凭。正踌躇间，忽鬼声呜呜，阴气满屋，瞥见一妇人逴立门外，满目血痕，瞬目间倏不见。至八月朔，予公竣将返，始行，拦舆请验，当即饬差提获于世扬、汪于氏等到署。八月十六日，坐大堂研鞫，顷刻，狂风震霹，自予座后轰列冲霄直上，细审严究，于世扬、汪于氏坚执不认死情状，迭次审讯，皆极口呼冤。及至夜深，满堂血腥难闻，有阳河妇人忽来云：冤鬼云凶器尚在厨房梁间，血衣洗净，现在陈氏身上。予饬差往索，果于厨楼草内起获铁锄，于陈氏亦缴出血衣。二十日带同两造至山羊隘提到尸，夫于人权至，则一痴孩幼童也。自供认汪于氏用绳勒吊，伊曾帮助其父于世扬，始语塞。当即赴阳河取结开棺，余躬亲起棺，揭盖则顶心伤痕宛在，当将顶骨起出辨明，于世扬仓皇失色，汪于氏自知无可逃罪，始供认词服。乃另易棺木，令伊母领回附葬以安。夜，台验后回署覆讯，定拟汪于氏之罪，依故杀律拟斩，秋后处决；于世扬等分别杖责。是狱也，于世扬挟弄刀笔，武断一乡，保甲莫肯攻其奸，邻里弗敢触其怒，死一养媳如草芥耳。苟非鬼之自鸣，几于冤沉海底。倘地方官不察虚实，以妄诞置之，即使鬼能自行破案，亦难昭其覆盆焉。明慎折狱为民上者，可不倍深警惕耶！"

【编年】

同治二年（1863）春，檄署藩照磨兼盐库大使时作。

【注释】

[1] 梁月波：名元珠，成都人，黎兆勋在鄂僚友，咸丰八年（1858）任鹤峰知州，辑有《容阳纪异诗略》。容阳：鹤峰古称。

[2] 绸缪：情意殷切。车笠盟：谓不以贵贱而改变友情的盟誓。

[3] 奉牧檄：指梁元珠迁知鹤峰州。

[4] 弦歌：谓出任地方行政长官，实行礼乐教化。

[5] 犬羊：比喻任人宰割者。

[6] 庞座：不知何典。

[7] 鋿箭（xiàng tǒng）：古代接纳告密文书的器具。

[8] 丁侯：指丁宝桢（1820—1886），字稚璜，贵州平远（今织金）人。咸丰三年（1853）进士，初任翰林院庶吉士，旋丁母忧返乡，恰逢遵义杨隆喜起兵，丁宝桢倾尽家财招募壮士保卫家乡。咸丰六年（1856）丁忧期满，以翰林院编修佐贵州巡抚蒋霨远平定苗民教匪叛乱，先后收复平越、独山等诸多城池。咸丰十年（1860）任岳州知府，同治元年（1862）任长沙知府，二年升任山东按察使，三年升山东布政使，五年，代阎敬铭为山东巡抚，光绪二年（1876）署理四川总督，在任十年间，改革盐政、整饬吏治、修理都江堰水利工程、兴办洋务，抵御外侮，政绩卓著。丁宝桢为人正直，为官勇于担当，勤政廉洁，广受朝野好评。李端芬把他与曾国藩、左宗棠等同推为中兴名臣，阎敬铭称其"生平处大事无所趋避"，《清史稿》称他"政尚威猛，至今言吏治者，常与沈葆桢并称，尤励清操"。

[9] 剪烛话：即剪烛夜话，用于好友促膝夜谈之典。典出李商隐《夜雨寄北》诗："何当共剪西窗烛，却话巴山夜雨时。"

[10] 自惭二句：黎兆勋自谓官鹤峰州州判，却不认识那些孤苦无依的人。鹤牧佐：黎兆勋本选官鹤峰州州判，被湖北巡抚胡林翼留在省署听用。孤惸：同"鳏寡孤独"，泛指没有劳动力又没有亲属供养的人。

[11] 搏撄：近距离搏斗。典出《孟子·尽心下》："孟子曰：'是为冯妇也。晋人有冯妇者，善搏虎，卒为善士。则之野，有众逐虎。虎负嵎，莫之敢撄。望见冯妇，趋而迎之。冯妇攘臂下车，众皆悦之，其为士者笑之。'"

[12] 嫛媛：韩愈、孟郊《城南联句》："春游轹霹雳，彩伴飒嫛媛。"钱仲联集释引祝充曰："《广韵》：'嫛媛，新妇貌。'"此指吴菊英。

[13] 子子：特出、独立貌。《诗经·鄘风·干旄》："子子干旄，在浚之郊。"

[14] 旋风蜮：即鬼蜮旋风。一说鬼因风伺人。蜮（yù）：魊的异体字，鬼之冤死者。

[15] 碧血燐不辉：此指冤死鬼的血长埋于地下，也不会化为磷火。燐：即磷化氢，可自燃，燃烧时白中带蓝绿，俗称"鬼火"，在土葬墓中常见。魏麐征《于忠肃祠》诗："丹心纵死还如铁，碧血长埋未化燐。"黄垆：犹言黄垆宅，黄土台子，即墓地。

[16] 谓宋谬征鬼句：盖化用干宝《搜神记》中"宋定伯捉鬼"事。反壤：《礼记·檀弓》："国子高曰：'葬也者，藏也。藏也者，欲人之弗得见也。是故衣足以饰身，棺周于衣，椁周于棺，土周于椁，反壤树之哉。'"阳春：谓德政。

[17] 东海妇二句：用于公治狱事。《汉书·于定国传》：于定国之父"于公为县狱吏、郡决曹，决狱平，罗文法者于公所决皆不恨。郡中为之生立祠，号曰于公祠。东海有孝妇，少寡，亡子，养姑甚谨，姑欲嫁之，终不肯。姑谓邻人曰：'孝妇事我勤苦，哀其亡子守寡。我老，久累丁壮，奈何？'其后姑自经死，姑女告吏：'妇杀我母。'吏捕孝妇，孝妇辞不杀姑。吏验治，孝妇自诬服。具狱上府，于公以为此妇养姑十余年，以孝闻，必不杀也。太守不听，于公争之，弗能得，乃抱其具狱，哭于府上，因辞疾去。太守竟论杀孝妇。郡中枯旱三年。

后太守至，卜筮其故，于公曰：'孝妇不当死，前太守强断之，咎党在是乎？'于是太守杀牛自祭孝妇冢，因表其墓，天立大雨，岁孰。郡中以此大敬重于公。"于公：西汉丞相于定国之父，曾任县狱吏、郡决曹。

[18] 编氓：编入户籍的平民。

[19] 膏血句：化用孟郊《蚊》诗句："但将膏血求，岂觉性命轻？"膏血：脂肪和血。

[20] 八瀛：古谓中国的四方四隅皆有瀛海环其外，故称，借指世界。

[21] 摇光精：北斗七星的第七星，也称瑶光、招遥。《淮南子·本经训》："瑶光者，资粮万物者也。"

[22] 秦吴以下四句：写当时义军蜂起，摇荡山河，生灵涂炭。

[23] 穹苍邈难籲：犹言叫天天不应，叫地地不灵。籲：呼喊。《说文·页部》："籲，呼也。"《尚书·泰誓》："无辜籲天。"峥嵘：兴旺、兴盛。

[24] 远谟：深远的谋略。化理：教化治理。

[25] 元次山句：唐代元结有《舂陵行》诗，叙述当时赋税繁杂，官吏严刑催逼的情况，描述了百姓困苦不堪的处境和诗人在催征赋税时的思想活动，并对此寄予深切同情。

雪消出游

东君红紫方蒙养，物色春情自摇荡。君看云日明灭际，残雪在林气清昶。遥峰了了青欲来，晚烟历历疏而广。水禽掠岸涨波痕，屐齿啮沙裂冰响。山川静秀含远春，钟鼓新晴发清赏。岸上尘飞紫骝马，银鞍蹀躞平沙敞 [1]。南中少年笑相揖，狎视长江如股掌 [2]。垂柳未绿无别离，视桃着花即先往。九江潺潺云气寒，大别遥遥水阴上。名山可游当早行，慎勿抛弃赤藤杖 [3]。

【编年】

同治二年（1863）春，檄署藩照磨兼盐库大使时，在武昌作。

【注释】

[1] 蹀躞：马行貌。柳宗元《同刘二十八院长述旧言怀感时书事赠二君子》诗："蹀躞骊先驾，笼铜鼓报衙。"

[2] 狎视：轻视，蔑视。文天祥《集杜诗·渡江》序："常时江水风波，不可狎视，虏渡江时，水乃镜平，岂非天哉。"

[3] 赤藤杖：又称红藤杖或朱藤杖，赤藤轻劲提直，朱光妍美，是马策、柱杖之上品。《太平御览》卷 995 引《云南记》云："云南出藤，其色如米，小者以为马策，大者可为柱杖。"

但幼湖农部自长沙寄友人书问及鄙人，漫作长句寄农部

忆昔风尘初识面，李生莫叟长相见[1]。与君邀呼共晨夕，每从石镜寻欢谑[2]。别来三岁眼华白，江汉苍茫一吟客[3]。贾傅祠边春水生，头陀寺外江烟碧[4]。洞庭日落长沙昏，远从江渚窥龙门。鹧鸪乍啼山雨歇，湘雾绿瘦林花繁。儒冠老去夫何有，褯被欲归仍掉首[5]。旧雨徒增鄂渚情，春风烂醉宜城酒。漫尉诗成埶重过[6]，故人渐少浊尘多。江关词赋吟枯树，棋局仙人感烂柯[7]。君自不归良有以，潭州岁月娱图史。我从江头问潭州，有如东风射马耳[8]。干戈满眼愁官府，云梦何时买烟艭。瓜庐今且羡焦先[9]，钓竿几欲随巢父[10]。惆怅春归黄鹤楼，感事怀人愁复愁。闭门或似陈无已[11]，有书不上韩荆州[12]。

【校记】
此诗以下同治本归属卷八。

【编年】
同治二年（1863）春，檄署藩照磨兼盐库大使，在武昌作。

【注释】
[1] 李生：指李眉生。莫叟：指莫友芝，自号眲叟。

[2] 石镜：水母的别名。段公路《北户录》卷一："水母，《兼名苑》云：一名鲊，一名石镜，南人治而食之。"

[3] 别来二句：谓自咸丰十一年（1861）二人武昌离别后，倏忽已经三岁，事业蹉跎，容颜苍老，聊以写诗自慰。但培良（？—1910）字幼湖，贵州广顺（今长顺）人，但明伦之子，曾任江西知府，酷爱文史，著述较多，诗作尤佳。

[4] 贾傅祠：亦称贾太傅祠、贾谊故宅，位于今湖南长沙市天心区太平街太傅里。头陀寺：又称五峰塔林，位于今湖北武穴市境内，建于唐代，砖瓦木结构，布局严整，历代战乱屡毁屡建，现寺院内还残存有当年佛塔遗址。

[5] 儒冠二句：诗人自伤老大落拓一无所成，欲归隐却又放不下尘世。掉首：犹摇头。

[6] 漫尉：黄庭坚有《漫尉》诗，模仿漫叟元结的作品，表达对漫叟的追慕之心，宣告自己将追随漫叟以简漫的方式来为官，以拙狂痴的方式来为人，顺乎天赋本性，持道守正，不在世俗时流中迷失自我。

[7] 江关二句：谓岁月飘忽，恍如隔世，落拓无成，杰出的诗才只能吟诵晚景内心的悲苦。此二句化用杜甫《咏怀古迹》诗句"庾信平生最萧瑟，暮年诗赋动江关"及刘禹锡《酬乐天扬州处逢席上见赠》诗句"怀旧空吟闻笛赋，到乡翻似烂柯人"。"烂柯"典出任昉《述异记》卷上："信安郡石室山，晋时王质伐木，至，见童子数人，棋而歌，质因听之。童子以一物与质，如枣核，质含之，不觉饥。俄顷，童子谓曰：'何不去？'质起，视斧柯烂尽，既归，无复时人。"后以"烂柯"谓岁月流逝，人事变迁。

[8]东风射马耳：东风很快地吹过马耳，比喻把别人的话当作耳边风，充耳不闻，无动于衷。

语出李白《答王十二寒夜独酌有怀》诗："吟诗作赋北窗里，万言不直一杯水。世人闻此皆掉头，有如东风射马耳。"

[9] 瓜庐：即瓜牛庐（蜗牛庐），形似蜗牛壳的小圆舍，泛指简陋的居处。《三国志·魏志·胡昭传》："尺牍之迹，动见模楷焉。"裴松之注："《魏略》云：'焦先及杨沛，并作瓜牛庐，止其中。'以为'瓜'当作'蜗'；蜗牛，螺虫之有角者也，俗或呼为黄犊。先等作圜舍，形如蜗牛蔽，故谓之蜗牛庐。"焦先：汉末隐士，字孝然，河东（今山西永济）人，孑然无亲，见汉室衰，遂不语。露首赤足，结草为庐，食草饮水，饥则为人佣作，不冠不履，魏国建立，太守贾穆、董经均往探视，与食不食，与语不语。平时不践邪径，见妇人即避去，不取大穗，数日一食。或谓曾结庐于镇江谯山（即今焦山），传说死时百余岁。参阅皇甫谧《高士传》卷下、葛洪《神仙传》。后因以焦先喻指有道的隐士。

[10] 钓竿句：诗人自谓几次欲弃功名富贵，学习孔巢父放竿垂钓采珊瑚求生。此句化用杜甫《送孔巢父谢病归游江东兼呈李白》诗句："巢父掉头不肯住，东将人海随烟雾。诗卷长留天地间，钓竿欲拂珊瑚树。"

[11] 闭门句：诗人自谓生活或似陈师道闭门作诗。陈无己：北宋江西派诗人陈师道。《王直方诗话》云："陈无己有'闭门十日雨，吟作饥鸢声'之句，大为山谷所爱。"黄庭坚（山谷）《病起荆江亭即事》诗戏云："闭门觅句陈无己，对客挥毫秦少游。"

[12] 有书句：李白"酒隐安陆"时期，曾作《与韩荆州书》，干谒韩朝宗以求汲引。此句反用李白诗意，谓自己不愿干谒长官以自谋。黎庶焘《从兄伯庸府君行状》："人咸谓守令可旦夕致，而兄不肯趋伺长官，故每值迁调，忌者多以简傲见阻。"

春初

澹沱晴光霁，迷离远道情。春生巫峡水，人客武昌城。浦溆渔梁静，风云鸟路明。细听江汉吹，箫鼓发新声。

【校记】

箫鼓发新声：箫，底本作萧，据同治本改。

【编年】

同治二年（1863）春，檄署藩照磨兼盐库大使，在武昌作。

【注释】

[1] 澹沱：荡漾貌。

[2] 箫鼓：谓吹箫打鼓。陆游《游山西村》："箫鼓追随春社近，衣冠简朴古风存。"

江宁汪氏二女节孝诗 汪孝廉士铎之女遭难，一投水死，一不食死

其一

夫亡何生姑在耳，人非我人鬼吾鬼。天荆地棘身安倚[1]？妇节亲恩才女心，许村村旁一塘水。

【校记】

同治本于此诗正文后附云："甘泉蒋照《汪梅村节孝两女传》：汪梅村两女者，江苏江宁人也。长者名淑逜，次名淑荦。梅村无子，教其女如子。自"四书"、《尚书》《毛诗》《小戴礼记》《烈女传》《通鉴》皆督课之。所最娴习者，则《春秋左氏传》，能背诵如流水。梅村家藏书二万六千余卷，无世俗文字，两女皆以次翻阅几遍。梅村之注《通鉴地理》及纂《南北史字表》也，两女实为检点书传，鳞次栉比；而淑逜复为搜讨钞囊《册府元龟》《太平御览》诸类书，细字夹注，成稿逾寸，故梅村得以成书之速。梅村客游淮徐，恒年不归，往来书疏算数皆两女主之。淑逜年二十一，适上元庠生吴荣曾，甫半月，荣曾游幕彰德，遂以明年客死。淑逜奉其姑家居，惧贻公父文伯之咎，辄饮泣自默默。居无何，粤逆破金陵，淑逜欲投水死，其姑尼之，因与姑循居句容北门外许村。贫扼无所食，然得食必先奉姑。咸丰六年五月，向军门营溃，二十一日贼率丑类东下，淑逜卒投村之某塘，死年二十八。时变起仓卒，其家人皆赴水，遇救辄复活，独淑逜赴水最深处。尸出不及葬，其家人已仓皇北行，云方粤逆之入城也。其次女投环绳绝，不死，时女后母沈甫诞子数月，女绝爱怜之，后母泣谓之曰：'吾亦欲死尔，顾汪氏自歙迁江宁已六世，今族人皆无后，汝父年老无子，是子所系汪氏者重，故欲匿草间，如程婴故事，以延汪氏之一线。汝何弗念此而偕抱保之与？'女泣受命。女自是不言笑、不翻书、不执笔，自抚其弟外，辄涕泣若有所思。夕则故卧阴湿下地以求自戕。贼妇有所令，后母不能供，贼妇怒，将箠之，女泣而请代，贼妇杖之五十，女坦然无苦色。贼妇又尝虐使后母使负米，女五六月暴坐烈日中，抱其弟延望母归，母未归，虽饥，至夕不食。既而后母病，其弟以乏乳饿死，女哭之绝恸，曰：'哀哉，天竟欲绝汪氏乎！余竟徒生数月乎！'拊膺长号，遂病，遂亦不食死。盖癸丑九月十日也。女字上元范氏，未嫁，故藁葬城内隐仙庵旁全贞堂之后门外，年二十二。甘泉蒋照曰：梅村名士铎，余同年友也，与余同客鄂垣，为余言其两女事甚悉。君凡再取，举三子五女，今所存者独其季，适其长女之夫弟曰吴烨。余俱殇然，君虽无子，两女节孝能不负所教，君亦足慰也。咸丰十年，环山以万寿庆典，加惠茕独节义，而江宁以未经收复，独阻旌奖。贞魂向隅，余故叙述其事，以殆采风者，俾彰圣化焉。"

【编年】

同治二年（1863）春，檄署藩照磨兼盐库大使，在武昌作。

【注释】

[1] 天荆地棘：天地间布满荆棘，比喻世途或处境艰难。

其二

伏生中郎女何如[1]？以古证今今则殊。弱女非男读父书，六经贯珠吾岂无，舍生取义胜丈夫。

【注释】

[1]伏生中郎：指伏晨，琅邪东武人，袭父爵为不其侯，汉顺帝时，因孙女伏氏被册封为贵人，特赐予他奉朝请的资格和特进的地位。

其三

丹可磨兮玉不缁，耻食贼粟鬼馁而[1]。生我非男活何为，弟生弟死身从之，女贞树瘥鸣风悲。

【注释】

[1]馁而：饥饿。《左传·宣公四年》："且泣曰：'鬼犹求食，若敖氏之鬼不其馁而！'"杨伯峻注："馁，饿也。不其馁而，犹言不将饥饿乎，意谓子孙灭绝，无人祭祀之。"

其四

全贞堂后土花碧，地下应寻阿母宅。与我偕亡爷典籍，句容城外波荒荒，阿姊魂归霜月白。

【校记】

句容城外波荒荒：句，同治本作"勾"，古代二字通用。

北藩署后古树[1]

葱茏翳墙隅，错落缀古秀。空腔撑半腹，积藓蚀虚窦。藤萝强依附，浓绿掩清昼。颓然丈六身，璎珞垂颈脰[2]。西风一披拂，翻翻失身覆。森然虎头毛，剑侠俨相觏。支离樛木枝，斧斤谢三宥[3]。库隐北藩垣，约略千年寿。马曹挂颊地，近局相邂逅[4]。冠裳避恶宾，舆马厌驰骤[5]。低头强承欢，稍弛怯嬰诟。以兹喜寻君，吟声倚荒囿。视之如友朋，磐石日相就。所嗟树不语，往事莫能究。人言此官府，楚宫建堂构。梁栋几兴废，歌舞递先后。君看瓦砾丛，碧燐出森茂。一夫失筹画，崇阶走蛮寇[6]。腥羶罗庭轩，炊爨拆雕镂[7]。后堂尸横陈，贼党怒争斗。昔悭募勇财，尽济贼魁富。余殃到花木，斩刈不一救。此木缘枯槎，黯黯免颠踣[8]。虽以不材全，实由植基厚。诗人咏菀柳[9]，感慨豁心疚。树乎讵能知，劫火再而又。来者鉴前车，居高凛迁谬。安危从一心，事不待占繇[10]。

【校记】

楚宫建堂构：建，底本作"健"，据同治本改。

炊爨拆雕镂：拆，底本作"折"，据同治本改。

黯黯免颠踣：黯黯，同治本作"黯黮"。

【编年】

同治二年（1863）春，檄署藩照磨兼盐库大使，在武昌作。

【注释】

[1]藩署：即藩台的衙署，清代称布政使司衙门为藩署，布政使为藩台。

[2]璎珞句：谓紫藤萝等植物花穗攀附点缀于古树树干之上，灿若云霞，如璎珞垂颈。

[3]支离二句：谓因不成材而免遭斧钺之诛。

[4]马曹：管马的官署，多用以指闲散的官职或卑微的小官。拄颊地：清静闲雅之地。《世说新语·简傲》："王子猷作桓车骑参军。桓谓王曰：'卿在府久，比当相料理。'初不答，直高视，以手版拄颊云：'西山朝来，致有爽气。'"近局：近邻。

[5]冠裳：文明的官宦士绅。恶宾：庸俗不堪或不怀好意的客人。舆马：车马。

[6]崇阶：高位高官。

[7]炊爨：烧火煮饭。

[8]枯槎：树杈枯老。黯黯：隐藏不露，不显扬。辛文房《唐才子传·陈上美》："文称功业黯黯，则未若腐草之有萤也。"颠踣（bó）：谓以斧砍倒，仆倒。

[9]菀（yù）柳：指《诗经·小雅·菀柳》篇，诗揭露王者暴虐无常，过河拆桥，导致诸侯皆不敢朝见。

[10]占繇：占卜的文辞。

明永乐御制太岳太和山道宫碑，均州人士以拓本见贻，爰赋长句报之 [1]

有客遗我道宫文，搨纸犹带武当云。碑高文长字完好，弹指已经五百春。是岂神灵永呵护，几遭兵火不一焚？兹山神祇镇真武，道宫仙馆何纷纭 [2]。三十六岩崇北极，五龙天柱昭明禋。境奇气奥道观少，永乐恢拓开烟氛 [3]。榔梅再实金杵跃 [4]，自纪瑞应追皇坟。皇考皇妣日荐福，皇衷孝冀真灵闻。我思碑言通帝谓，神纵能福天应嚬。长陵靖难得天下，帝业半昭僧道勋。燕都朝市成道衍，北征扈从多羽人 [5]。此辈逢君假仙佛，螭廉桂馆争云云 [6]。皇心蛊惑尚神异，四方祥瑞来紫宸。胡濙已访张邈遏 [7]，三杨作相难匡君 [8]。醴泉甘露书未尽，驺虞史纪同麒麟 [9]。当时词臣竞颂美，原吉长律尤璘斌 [10]。榔花香盛神显像，嘉生太岳先骈臻 [11]。异征自陈神茂锡，星冠鹤氅来欣欣。云窗雾阁启岩壑，大召月斧兼风斤。或云文皇御六合，宸章睿藻驰纷纶。满刺淳泥歌炳燿，柯支日本镵翠珉[12]。岂于九州四海乏瞻望，不遣龙章凤采摹氤氲。褒崇阙里已撰述，成均视学崇儒绅[13]。此碑文字焕星斗，实与姑苏宝山之石同嶙峋。可惜屠戮忠良成，大业此中真伪情难分。皇孙嗣统年号革，方黄铁练社稷臣[14]。血面上诉高皇帝，如闻太息伤彝伦[15]。成王周公事已矣，六时天乐朝群真。穹碑一丈表功德，昭回光景空常新。

【编年】

同治二年（1863）春，檄署藩照磨兼盐库大使，在武昌作。

【注释】

[1] 太岳太和山道宫碑：位于武当山玉虚宫，永乐皇帝御撰，永乐十六年立，是永乐帝"北建故宫，南修武当"的重要历史见证。按：武当山又名太和山、谢罗山、参上、仙室，古有太岳、玄岳、大岳之称。

[2] 兹山神祇镇真武：武当山是真武大帝的道场。真武大帝又称玄天上帝、佑圣真君、玄武大帝、荡魔天尊、报恩祖师、披发祖师等，为道教神仙中赫赫有名的尊神。

[3] 境奇二句：永乐帝朱棣继位后，感恩并推崇真武大帝，大力建设武当山道教和宫观，自称真武大帝下凡，封武当山为"大岳""治世玄岳"，武当山成为至高无上的"皇室家庙"。武当山有三十六道观，最著名的有太和宫（金顶）、紫霄宫、琼台中观、南岩宫、净乐宫、五龙宫、遇真宫、玉虚宫、复真观（太子坡）。

[4] 榔梅：武当山树种，果实叫榔梅果。李时珍《本草纲目》："榔梅，只出均州太和山。"金杵：佛教传说中的降魔兵器。

[5] 长陵以下四句：谓朱棣通过靖难之役夺得侄子建文帝的皇位，而跟他一起夺取天下的谋臣将士多是一些和尚道士等奇人异士。长陵：朱棣死后所葬皇陵名。

[6] 蕫廉、桂馆：皆汉代宫馆名，汉武帝造以迎神。《汉书·郊祀志下》："公孙卿曰：'仙人可见，上往常遽，以故不见。今陛下可为馆如缑氏城，置脯枣，神人宜可致。且仙人好楼居。'于是上令长安则作飞廉、桂馆，甘泉则作益寿、延寿馆，使卿持节设具而候神人。"后以"桂馆"泛称道观。

[7] 胡濙已访张邋遢：《明史·胡濙传》："惠帝之崩于火，或言遁去，诸旧臣多从者，帝（成祖）疑之。（永乐）五年遣颁御制诸书，并访仙人张邋遢，遍行天下州郡乡邑，隐察建文帝安在，以故在外最久"。胡濙：（1375—1463）字源洁，号洁庵，建文二年（1400）进士，历授兵科、户科都给事中，后奉明成祖朱棣之命前往各地追寻建文帝下落，历仕六朝，前后近六十年，喜怒不形于色，被比作北宋名臣文彦博，累加至太子太师，死后谥"忠安"。张邋遢：武当道士张三丰外号之一，因其衣着脏污，做事随心随性，不在乎外表，故有是号。晚年在武当山结庐修道，顿悟太极真义，创立武当派，事迹广为流传。朱元璋曾派遣大量人马寻找张三丰，朱棣即位后，也下令全国寻找，想向他讨教养生之术，均未果。

[8] 三杨作相难匡君："三杨"指明朝前期内阁大学士杨士奇、杨荣、杨溥三人，三人先后成为宰辅重臣，在洪武之后的半个世纪内，缔造出一个"天下清平，朝无失政，中外臣

民翕然"的大好局面，《明史》有"明称贤相，必首三杨"的说法。

[9] 醴泉二句：谓天降祥瑞不断，世界清平。醴泉：甜美的泉水。《礼记·礼运》："故天降膏露，地出醴泉。"甘露：甜甜的露水。《老子》："天地相合，以降甘露。"驺虞：古代神话传说中的仁兽，虎躯猊首，白毛黑纹，长尾，生性仁慈。麒麟：中国传统瑞兽，古人认为麒麟出没处必有祥瑞。

[10] 当时二句：谓朱棣通过《永乐大典》等文化工程，赢得士人好感，文士们纷纷热情美化他的政绩，由此形成歌功颂德、雍容典雅的台阁派。原吉：指夏原吉（1367—1430），字维喆，湖南湘阴人，明初重臣，相继辅佐朱棣及仁、宣二宗，政绩卓越，是明初台阁派代表诗人。璘斌：光彩缤纷貌。

[11] 骈臻：并至。

[12] 满剌二句：谓朱棣耗巨资下西洋，用商业利益招徕东南亚满剌等国来中国朝觐。满剌：位于马六甲海峡的满剌加国。浡泥：亚洲加里曼丹岛北部文莱一带古国，史籍又称婆利、佛泥、婆罗。柯支：或言即古盘盘国，亦译作国贞，故地在今印度西南部柯钦（Cochin）一带，是航道要冲和重要港口。日本：今日本国。鑱翠珉：凿石碑。

[13] 成均：古之大学，泛称官设的最高学府。

[14] 皇孙：指建文帝朱允炆，继朱元璋登基。方黄：朱允炆的大臣方孝孺、黄子澄。

[15] 高皇帝：明太祖高皇帝朱元璋。彝伦：伦常。

春夜

历历春星似撒沙，故人音信阻瑶华。积思山水千万绕，拟结茅斋三五家。客子情多灯影伴，乡愁夜永梦痕遮。萧萧清漏残更数，吟草新排胜判花 [1]。

【编年】
同治二年（1863）春，檄署藩照磨兼盐库大使，在武昌作。

【注释】
[1] 吟草：吟诵写就的诗章。判花：指判词文书。

滇云

滇云游迹梦依依，二十年中万事非 [1]。天地风尘蒙绝徼，衣冠涂炭惨同归。六王久弃乌蛮种 [2]，七纵虚循蜀相威。肠断碧鸡关外月 [3]，几时重照雁南飞。

【编年】
同治二年（1863），檄署藩照磨兼盐库大使，在武昌作。

【注释】

[1] 滇云二句：黎庶昌《从兄伯庸先生墓表》："道光壬寅、癸卯见，世父出宰滇南。"道光壬寅、癸卯即道光二十二、三年间（1842—1843），黎兆勋曾侍父之滇，故云至今"二十年"。

[2] 乌蛮：古代中国西南诸族的泛称。《新唐书·南蛮上》记载洱海周边六个邦国："南诏，或曰鹤拓、曰龙尾、曰苴咩、曰阳剑，本哀牢夷后，乌蛮别种也；夷语王为诏，其先，渠帅有六，自号六诏，曰蒙嶲诏、越析诏、浪穹诏、邆睒诏、施浪诏、蒙舍诏，兵埒，不能相君，蜀诸葛亮计定之。蒙舍在诸部南，故称南诏。"

[3] 碧鸡关：在云南昆明市西南碧鸡山（西山）北，一线通道，形势险要，古为昆明通往省西南的交通要冲。

赠海

其一

瀛洲荒雾碧濛濛，星宿纷乘趠趠风[1]。部署瑶光天步远，南街原与北街通。

【编年】

同治二年（1863），檄署藩照磨兼盐库大使，在武昌作。

【注释】

[1] 趠风：指梅雨结束夏季开始之际强盛的季候风。

其二

渤澥无波水倒流[1]，珊瑚移种大江头。齐州九点空图画[2]，又作蓬莱采药游。

【注释】

[1] 渤澥：渤海的别称。

[2] 齐州九点：齐州：指中国。俯视九州，小如烟点。李贺《梦天》诗："遥望齐州九点烟，一泓海水杯中泻。"

子寿比部持王文成手书《君子亭记》卷并子寿跋文见示，此卷为方伯厉公云官所藏[1]

六经统万古，一气无始终。纷纶宙合内，伦理归牢笼。道自元明来，几堕烟雾中。不挺神睿姿，孰能觉群蒙。文成谪黔疆，读易蓬蒿宫。良知发真诣，浩然蟠太空[2]。默从何陋轩，集义追鸿蒙[3]。斯亭名君子，从游冠与童。方知九夷地，实与诸夏同。于兹基天德，后业智勇隆。宸濠及藤猛，一过如沙虫[4]。

略试治平术，始昭心性功。后儒昧厥旨，禅理群起攻。訾訾多谮人^[5]，聚讼难通融。龙溪致知辩^[6]，念庵为扩充^[7]。竹垞守先训^[8]，考订博且工。讲学笑多事，此论吾难崇。卓哉苏门叟，明辨堪折衷。晦庵事物博，阳明心性丰。分裂与繁词，朱王自磨砻^[9]。求实与课虚，先后分宗风。矫枉或滋病，泄补道斯洪。尝闻闻知统，姚安辟蚕丛^[10]。自从濂洛来，元亨道运通^[11]。朱子利其传，万窍开玲珑。后生误泝源，派别迷泷漗。不有姚江学^[12]，谁贞紫阳翁^[13]？属知与属行，物论徒自穷。尊道本一事，格物定两公。请述苏门语，助君文字雄。此卷不可污，戏海骞群鸿^[14]。想见濡毫时，天机扬德躬。万象登孤亭，皎如日在东。

【校记】

一气无始终：一，同治本作"二"，误。

訾訾多谮人：訾訾，同治本作"訾訾"，亦通。

【编年】

同治二年（1863），檄署藩照磨兼盐库大使，在武昌作。

【注释】

[1] 子寿：监利人王柏心。王文成手书《君子亭记》：明代王守仁（1472—1529）字伯安，号阳明子，世称王阳明，死后谥号文成；正德元年（1506），刘瑾乱政，王守仁抗疏忤旨，下诏狱，廷杖上十，谪贵州龙场驿驿丞，三年（1508）始至驿，乃因陋就简，伐木为轩，名之曰何陋轩，轩成，又建君子亭以为栖迟之地，并作《君子亭记》以寄坚贞之志，旷达之怀。厉云官：（1808—1876）字伯符，江苏仪征人，道光二十三年（1843）举人，道咸间太平军兴后，为曾国藩幕僚，经理曾国藩后路粮台，后任湖北布政使，卒于光绪二年。

[2] 文成二句：谓王阳明因得罪宦官刘瑾被谪贬至贵州龙场（修文县内）做驿丞，在万山丛薄、苗僚杂居的荒野偏僻之处悟道。蓬蒿：借指荒野偏僻之处。桓宽《盐铁论·通有》："山居泽处，蓬蒿墝埆，财物流通，有以均之。"

[3] 何陋轩：王阳明被贬为龙场驿丞后，伐木为轩，自建居所，并命名为何陋轩，取《论语》中"君子居之，何陋之有"之意。

[4] 宸濠与藤猛：谓王阳明于正德十四年（1519）率军平定南昌宁王朱宸濠叛乱和嘉靖七年（1528）率军平定广西断藤峡叛军。沙虫：一种穴居爬行环节动物，生活在沿海滩涂一带沙泥底质海域，潮来时钻出，潮退时潜入。

[5] 訾訾：亦作訾啙、訾嗷，攻讦诋毁。韩愈《兰田县丞厅壁记》："谀数慢，必曰丞，至以相訾訾。"

[6] 龙溪：王守仁的嫡传弟子王畿（（1498—1583）字汝中，号龙溪，为王门七派中浙中派创始人，著有《龙溪全集》。

[7] 念庵：罗洪先（1504—1564）字达夫，号念庵，嘉靖八年状元，因朝廷腐败离开官场，专心致志考究王阳明心学，成为杰出的地理制图学家。

[8] 竹垞：清初朱彝尊（1629—1709）字锡鬯，号竹垞，又号醧舫，晚号小长芦钓鱼师，

别号金风亭长，浙江秀水（今嘉兴市）人，明代大学士朱国祚曾孙。

[9] 朱王：朱熹（晦庵）和王阳明。磨砻：磨练；切磋。刘禹锡《酬湖州崔郎中见寄》诗："磨礱老益智，吟咏闲弥精。"

[10] 姚安辟蚕丛：《蜀王本纪》《华阳国志·蜀志》等神话中记载蜀人的祖先是"蚕丛"，居岷山下石穴里，教民蚕桑，"神化不死"，西周时期，蚕丛被其他部落打败，其子孙后代逃到姚（今云南姚安）和巂（今四川西昌）。

[11] 濂洛：北宋理学的两个学派。"濂"指濂溪周敦颐；"洛"指洛阳程颢、程颐。元亨：犹言大通、大吉。

[12] 姚江学：即阳明学，王阳明姚江（余姚）人，《宋元学案》中称"姚江学案"。

[13] 紫阳翁：张伯端字平叔，号紫阳，是北宋内丹学的集大成者。

[14] 戏海骞群鸿：即飞鸿戏海，像飞翔的鸿雁在海上嬉戏，形容笔法矫健活泼。《法书要录》卷二："臣谓钟繇书意气密丽，若飞鸿戏海，舞鹤游天。"

二月十三日王子寿、汪梅岭士铎两先生石镜斋小集有怀子尹[1]

漫漫藤花开，冽冽竹风度。虚堂澹春华，斜日隐芳树。沈薰涤烦思，逸情屏豪素。邑谭二老翁[2]，论释平生误。枚马非善谀[3]，老庄岂多悟？研经者谁师，针砭起沈痼[4]。后生工疵瑕，放论薄章句。道以微贱存，学为饥寒固。令德鉴名言，古心忽相遇。故山诚崔嵬，苍葭阻沿溯。蹇修期不来[5]，烟萝岂如故？团焦谁与邻[6]，独立待高步。悠悠予所思，临风感迟暮。

【编年】
同治二年（1863），檄署藩照磨兼盐库大使，在武昌作。

【注释】
[1]汪梅岭：汪士铎，参见本卷《江宁汪氏二女节孝诗》。石镜斋：据莫友芝《〈石镜斋诗略〉序》，石镜斋是黎兆勋在江夏（武昌）之寓庐名。

[2] 邑谭：二人不知谓谁。

[3] 枚马：汉代枚乘、司马相如的并称。

[4]针砭：金针治疗与砭石出血为针砭。祖士衡《西斋话记》："陇州道士曾若虚者，善医，尤得针砭之妙术。"沈痼：积久难治的病。

[5]蹇修：指媒妁。郭璞《游仙诗》之二："灵妃顾我笑，粲然启玉齿。蹇修时不存，要之将谁使。"

[6] 团焦：圆形草屋。

赠资柏丞钦亮山人时方自临淮唐中丞军中回[1]

其一

楚塞接春暮，吴游怀古深。君为江海士，谁识布衣心？采佩吟香草，藏名藉艺林。相看多道气，清洁玉山岑。

【编年】

同治二年（1863），檄署藩照磨兼盐库大使，在武昌作。

【注释】

[1] 资柏丞：资钦亮（1816—1887）字伯成（一作柏丞），号达卫，湖南耒阳人。早年就学于岳麓书院，与新宁刘武慎、茶陵谭立勤（谭延闿之父）、武冈邓弥之等同学。不事科举，曾为曾国藩、王闿运、谭文勤、唐训方等改定文章。参曾国藩幕时，为曾奏疏改"屡战屡败"为"屡败屡战"，士林争相传诵，被誉为"一字之师"。满腹经纶，却仕途坎坷，只做过湘潭训导和教谕候选。善书法，出入颜柳，刚柔相济，肥瘦相当。相传曾书辽东"山海关"匾额。唐中丞：指唐训方，同治元年自湖北布政使擢安徽巡抚。

其二

中丞情笃厚，夫子意萧疏[1]。明月一尊酒，高斋半夜书。严厨曾待杜[2]，陈榻正思徐[3]。暂作还乡别，来期七月初。

【注释】

[1] 萧疏：洒脱；自然不拘束。

[2] 严厨曾待杜：严武与杜甫交厚，杜流落成都时，严为剑南节度使，曾带着仆从和酒肉去看望杜，杜《严公仲夏枉驾草堂兼携酒馔得寒字》诗云："竹里行厨洗玉盘，花间立马簇金鞍。"

[3] 陈榻正思徐：《后汉书·徐稚传》：徐稚字孺子，"屡辟公府，不起。时陈蕃为太守，以礼请署功曹，稚不免之，既谒而退。蕃在郡不接宾客，唯稚来特设一榻，去则悬之"。

送王子寿比部归监利

其一

当代王夫子，文章散古愁。春风怀北渚，明月话南楼。不作平原饮[1]，应虚汉上游。端居诚郁郁，予亦忆扁舟。

【编年】

同治二年（1863），檄署藩照磨兼盐库大使，在武昌作。

【注释】

[1] 平原饮：典出《史记·范雎蔡泽列传》：秦昭王写信邀赵国平原君赵胜来秦国作十日宴饮，实则要平原君交出藏在他家里的魏齐，为秦相范雎报以前拷打之仇。后以此典比喻宾朋短暂欢聚。

其二

一疏传中外，孤吟感万方。江山春欲定，天海恨偏长。抗手嗟离别[1]，论怀重老苍。幅巾期后约[2]，何日始登堂？

【注释】

[1] 抗手：举手，示意告别。

[2] 幅巾：古代男子以全幅细绢裹头的头巾，为贱者之服。

喜从弟莼斋庶昌自都门来武昌

吁嗟乎莼斋，尔何为乎！已成刘蕡之下第，乃学马周之上书[1]。幸荷圣恩采择而录用，仍流离困滞于京都[2]。此时行无车马衣无袍襦，朔风吹汝寒起粟，西望乡国行踟蹰。我官武昌不得尔消息，日望孤客回征车。朝来耳接驿使报，道尔蹼被催长途。继疑此言或绐我，中夜耿耿成长吁。吁嗟乎莼斋，尔何为乎！我今身世悬匏如，又若骡骊行空虚[3]。四方欲骋我安适，十年幻想成虚图。每闻鹊噪望乡信，闷与游子言里闾。昨朝闯然一客至，北装黧面惊奚奴[4]。坐客不识竞觇觋，我心似获浊水牟尼珠[5]。吁嗟乎莼斋，尔何为乎！侯王将相岂易识，杖策得进毋乃愚[6]。且喜灯花夜粲尔朝到，气象居然雄万夫！

【校记】

诗题："莼斋"二字同治本无；小注"庶昌"二字同。

莼斋：同治本四处均作"纯斋"。

乃学马周之上书：马周，底本作"司马"，据同治本及文义改。

幸荷圣恩采择而录用：圣恩，同治本作"圣朝"。

【编年】

同治二年（1863）春，檄署藩照磨兼盐库大使，在武昌作。黎庶昌《从兄伯庸先生墓表》云"同治元年，调补随州州判"，此系误记。按：黎庶焘《从兄伯庸黎府君形状》："癸亥，调补随州州判。"癸亥是同治二年；又本诗云："我官武昌不得尔消息"，又本诗前后系年诗歌均可证同治二年秋以前黎兆勋均在武昌。同治元年，黎庶昌因战乱自遵义赴应天府参加乡试，不第；是年七月二十八日，慈禧太后下诏求言，黎庶昌以诸生献万言策，又奏陈国家应当变革者十五条，都能切中时弊，得到朝廷重视，以知县发往曾国藩大营查看委用。同治元年（1862）十二月二十一日，曾国藩接到上谕，上疏《黎庶昌请留江苏候补片》云黎庶昌"以边省诸生，抒悃上言，颇有见地，其才似堪造就，诚恐年少恃才，言行或未能符合，着俟该员到营后，由该大臣留心查看，是否有裨实用，不致徒托空言，附便据实具奏"。黎庶昌于同治二年（1863）初春由北京启程，经由武昌，三月到达曾国藩安庆大营。故知此诗与下一首《送从弟莼斋从军曾节相大营》均作于同治二年春。

【注释】

[1] 刘蕡之下第：据《新唐书·刘蕡传》载，唐文宗太和二年（828）举贤良方正，对策于朝廷，刘蕡策对，极诋宦官，考官冯宿等虽然叹服其文章才学，却因畏惧宦官权势，不敢录取。后因用为咏贤士不遇的典故。马周之上书：据《贞观政要》："贞观五年，（马周）至京师，舍于中郎将常何之家，时太宗令百官上书言得失，周为何陈便宜二十余事，令奏之，事皆合旨。太宗怪其能，问何，何对曰：'此非臣所发意，乃臣家客马周也。'太宗即日召之，未至间，凡四度遣使催促。乃谒见，与语甚悦，令直门下省。授监察御史，累除中书舍人。"

[2] 幸荷圣恩二句：同治元年秋黎庶昌以诸生献万言策，朝廷授以知县发往曾国藩大营查看委用，这期间尚有政治派系利益的缠斗，等赴任曾营时已是二年初春。

[3] 悬匏：有柄的匏瓜。潘岳《笙赋》："河汾之宝，有曲沃之悬匏焉。"此以喻漂泊无依。騄駬：骏马名，周穆王八骏之一。

[4] 惊奚奴：惊为奚奴，奚奴是中原人对异族的蔑称，与蛮、夷同。

[5] 觇覸（chān mǎn）：犹窥视。韩愈《赠张籍》诗："顾视窗壁间，亲戚竞觇覸。"牟尼珠：即数珠，佛教徒念佛、持咒、诵经时用来计数的成串珠子。

[6] 杖策：谓追随，顺从。《魏书·张衮传》："昔乐毅杖策于燕昭，公达委身于魏武，盖命世难可期，千载不易遇。"

送从弟莼斋从军曾节相大营 [1]

山川何处息戎马，儒冠不必谈风雅。通天台下表难成 [2]，念我头颅非壮者。天末劳人怜汝才，慷慨挺出风尘下。十年浪走吾真痴，季也能贤心自写 [3]。皖公山色清黄埃 [4]，李侯莫叟当世才。与我交游招不去，片帆看汝西南来。吾弟行踪不寂寞，我且为之歌徘徊。不见云中两鸣雁，分飞千里流音哀。男儿当为济世用，胆气不雄何异众？中兴诸将岂从容，所嗟悲愤缠云梦。相公襟抱真王佐，不日秣陵贼当破 [5]。汝今名隶相公军，举酒堪为行子贺。拨乱扶危须古豪，况今言路收刍荛 [6]。弟以诸生上书得知县发往曾营。孔璋行矣莫自失 [7]，爱汝剑气凌斗杓。行逢故人问吟客，为道堪赋平蛮谣。

【校记】

诗题：同治本无"莼斋"二字，"弟"后小字夹注"庶昌"二字；《清诗汇》作《送从弟莼斋从军》。

十年浪走吾真痴：吾，《清诗汇》作"我"。

李侯莫叟当世才：同治本"侯"字后小字夹注"眉生"，"叟"后小字夹注"邵亭"。

男儿当为济世用：世，同治本作"时"。

爱汝剑气凌斗杓：汝，《清诗汇》作"吾"。

【编年】

同治二年（1863）春，檄署藩照磨兼盐库大使，在武昌作。

【注释】

[1]曾节相：指曾国藩，时以两江总督协办大学士奉旨督办苏皖浙赣四省军务，其巡抚、提镇以下悉归节制。

[2]通天台：在陕西省淳化县西北甘泉山故甘泉宫中。《汉书·武帝纪》："（元封）二年冬十月……作甘泉通天台。"颜师古注："通天台者，言此台高，上通于天地。"

[3]季：指黎庶昌。

[4]皖公山：《江南通志》：皖山，一名皖公山，在安庆府潜山县，与潜山天柱山相连，三峰鼎峙，为长、淮之扞蔽。空青积翠，万仞如翔，仰摩层霄，俯瞰广野，瑰奇秀丽，不可名状。上有天池峰，峰上有试心桥、天印石。瓮岩状如瓮，人不可到。有石楼峰，势若楼观。黄埃：黄色的尘土。

[5]相公：指曾国藩。秣陵贼：对定都南京的太平军的蔑称。秣陵，南京的古称。

[6]刍荛：割草打柴的人。

[7]孔璋句：陈琳字孔璋，曾为袁绍写讨伐曹操的檄文，袁绍战败后陈琳被曹操所俘，曹操质问他，陈琳答道："箭在弦上，不得不发耳。"

雨后出汉阳门口占[1]

其一

水光山色上人衣，春气迷茫雨脚霏。僻处小桃开未尽，矮篷茅屋掩柴扉。

【编年】

同治二年（1863）春，檄署藩照磨兼盐库大使，在武昌作。

【注释】

[1]汉阳门：武昌古城西边的一个水门，因与汉阳隔长江相望，故称，在今武昌临江大道中部，西南与平湖门相靠，东与中华路紧邻，南靠解放路—司门口及户部巷，西北望长江。口占：谓作诗文不起草稿，随口而成。

其二

画家皴染未全谙，好向江干筑草庵。水气光中闲泼墨，不须师法忆江南。

其三

我欲图山作卧游，苦无茅屋结林丘。久贪禄养羁行李，春水江湖动客愁。

春游

其一

布谷呼晴雨乍收，薄寒浓霭似残秋。城西花事今年好，只少绿阴黄粟留。

【校记】

只少绿阴黄粟留：粟，同治本作"栗"，误。

【编年】

同治二年（1863）春，檄署藩照磨兼盐库大使，在武昌作。

其二

楚人袯襫事春耕[1]，叱犊郊原望晓晴。一例秧畦田水活，故山硗确最关情。

【注释】

[1] 袯襫（bó shì）：蓑衣之类的防雨衣。《国语·齐语》："首戴茅蒲，身衣袯襫，沾体涂足，暴其发肤，尽其四支之敏，以从事于田野。"韦昭注："茅蒲，簦笠也。袯襫，蓑襞衣也。"

其三

黄州鼓角拥旌旗，闻道麻城贼骑驰。一面东风三日雨，荒垣愁杀守陴儿。

其四

凤凰池上晓烟荒，春事年年断客肠。横截江城山色悄，坡头浅绿散牛羊。

送冯卓帆正杰藩库大使之杭州二首[1]

其一

武林群盗去[2]，城阙倚荒江。潮汐仍通海，东南复有邦。官卑惊梦少，人老壮心降。此去寻严濑[3]，应过七里泷[4]。

【编年】

同治二年（1863），檄署藩照磨兼盐库大使，在武昌作。时左宗棠为闽浙总督兼署浙江巡抚，正全力部署围攻杭州太平军。

【注释】

[1] 冯卓帆：名正杰，时任布政使司库大使，与黎兆勋为同僚，生平事迹不详。

[2] 武林：旧时杭州的别称，以武林山得名。

[3] 严濑：即严陵濑，在浙江桐庐县南，相传为东汉严子陵隐居垂钓处。

[4] 七里泷：富春江小三峡亦称桐江，又叫七里泷，分为"一关三峡"：乌石关、乌龙峡、子胥峡、葫芦峡，沿途有梅城古镇、双塔凌云、子胥野度、葫芦飞瀑、七里扬帆、严子陵钓台等名胜古迹，是富春江国家森林公园的主体。

其二

欲话乡关事，吞声送远人。能来惟子侄，所往亦风尘。越鸟行同侣，会稽陶处士。吴山乱后春。家书须早寄，儿女慰沾巾。

送竹山令周廉臣士桢明府之任[1]

晓天苍龙云气青，喔喔晨鸡江上亭。兰桨麦秋送行客，蒲飐柳岸看扬舲[2]。风沙黯忆白翎雀[3]，牛女遥明碧汉星[4]。廉臣已聘，未及婚期即先之官。百里才多若为赠，赠君张子东西铭[5]。

【编年】

同治二年（1863），檄署藩照磨兼盐库大使，在武昌作。

【注释】

[1] 竹山：古称"上庸县"，今属湖北十堰市，位于秦巴山区腹地。周廉臣：名士桢，生平事迹不详，在竹山县令任上与黄子遂纂修同治《竹山县志》。明府：县令。

[2] 蒲飐：即蒲帆，用蒲草编织的帆。李贺《江南弄》诗："水风浦云生老竹，渚暝蒲帆如一幅。"扬舲：犹扬帆。刘孝威《蜀道难》诗："戏马登珠界，扬舲濯锦流。"

[3] 白翎雀：即蒙古百灵，羽毛主要是黄褐色，因翅膀下有白色长羽，飞翔时从下面可见两翅伸展开来的一片白色，遂得白翎雀之名，是一种留鸟，不因季节变化而迁徙。

[4] 碧汉星：即满天星空。碧汉，碧天银汉的合称，即天空。

[5] 张子东西铭：北宋张载的代表作《东铭》《西铭》。

再送廉臣

似闻瘠土重桑麻，敢谓黄绸早放衙[1]。云构补天焉用石，境内有女娲山。板舆奉母不须花[2]。长官清静声名远，下邑凋残教养加。宓子弦歌期善政[3]，关心尤在野人家。

【编年】

同治二年（1863），檄署藩照磨兼盐库大使，在武昌作。

【注释】

[1] 黄绸早放衙：苏轼《和孙同年卞山龙洞祷晴》："看君拥黄紬，高卧放晚衙。"王十朋集注引程縯曰："世传，太祖谓一县令曰：'谨勿于黄紬被底放衙。'"黄紬：即黄绸。后遂以"绸被放衙"谓出身低微的人经过努力也可以作官。张师正《倦游录》载：文彦博在榆次时见衙门一新鼓，遂题诗于上云："置向谯楼一任挝，挝多挝少不知它。如今幸有黄绸被，努出头来听放衙。"放衙：古代属吏早晚参谒主司听候差遣谓之衙参，退衙谓之放衙。

[2] 板舆：潘岳《闲居赋》："太夫人乃御板舆，升轻轩，远览王畿，近周家园。"后因以"板舆"代指官吏在任迎养父母之词。

[3] 宓子弦歌：咏官吏善于管理。《吕氏春秋·开春论·察贤》："宓子贱治单父，弹鸣琴，身不下堂而单父治。"

对月遣怀

其一

满庭已绿濂溪草[1]，三日忘吟谢朓诗。落尽篱花依夏腥，披襟长啸月明时。

【编年】

同治二年（1863），檄署藩照磨兼盐库大使，在武昌作。

【注释】

[1] 濂溪：北宋理学家周敦颐世居溪上，晚年移居江西庐山莲花峰下，峰前有溪，因取旧居濂溪以为水名，并自以为号，世称"濂溪先生"。

其二

拟将诗卷和陶公，已让儋州秃鬓翁[1]。不谓古今文字异，向来才调迥难同。

【注释】

[1] 陶公：陶渊明。儋州秃鬓翁：指苏轼，苏轼在儋州尽和陶诗。

其三

遥遥天末几潜夫，兀兀江干一腐儒。与我相从谁伴侣，红泥竹箸锡山炉。

其四

蕖砧歌罢感离颜[1]，香雾清辉客梦闲[2]。莫对月明思往事，香山句。风怀空似白香山[3]。

【注释】

[1] 薰砧：农村常用的锄草工具，薰指稻草，砧指垫在下面的砧板。古代处死刑，罪人席薰伏于砧上，用鈇斩之；而鈇、夫谐音，后因以"薰砧"为妇女称丈夫的隐语。

[2] 香雾句：化用杜甫《月夜》诗句："香雾云鬟湿，清辉玉臂寒。"

[3] 莫对二句：香山居士白居易《赠内》诗："莫对月明思往事，损君颜色减君年。"

罗质甫凌汉大令邀赋兰花作兰芷行[1]

澧源武陵充县西，历山白石双峙流潺湲[2]。沅出且兰旁沟水[3]，下为月池白璧湾[4]。二水迢迢行不止[5]，直到洞庭会群水。其中灵葩异草随地生，羌何为兮重兰芷？兰生澧水旁，芷生沅江头[6]。芬芳当自惜，纫佩谁与俦[7]？大别山前江汉流，胡为千里辞林丘？濯根不藉淡澧水，倒叶不近悬罗秋。故山回忆远林壑，洞天幽峭含古愁。菖蒲花尔根自蟠结，紫芝草尔亦音尘绝[8]。碧云如海烟茫茫，与之久作风尘别。浩歌屈子远游篇，秋声上抱瑶台月。瑶台月暗秋江晓，回风吹尽苹蘅槁。茎化茅而根不变，苏佯聋而芳自好[9]。兰兮今类池蒲生，芷兮乃与蘼芜并[10]。阳春惠物判巨细，小草何必争枯荣。洞庭苍梧云气深，轩皇古乐神愔愔。咸池一振鱼龙吟，六奏四上声难寻[11]。帝子抚轸鸣瑶琴，芙蓉衣裳芰荷襟[12]。有鸟翔集云日阴，雕雕喈喈仪平林。羽毛仿佛九苞禽[13]，愿函香草呈芳心。微波久虑通辞沈，何由彩翼光华临。衔书为报苍霞岑，嵢关路迥风露碧，正须惠我瑶华音。

【校记】

下为月池白璧湾：璧，同治本作"壁"，误。

回风吹尽苹蘅槁：底本作"稿"，据同治本改。

【编年】

同治二年（1863），檄署藩照磨兼盐库大使，在武昌作。

【注释】

[1] 罗质甫：名凌汉，生平事迹待考；据多寿修、罗凌汉纂同治《恩施县志》，知其为湖南澧州人，监生，同治初继多寿为恩施知县。大令：县令。

[2] 澧源：澧水（澧江）之源，在今湖南桑植县境内。武陵：武陵山脉。历山：在桑植县西北，澧水发源于此。白石：桑植县城东境的白石山。

[3] 沅出且兰旁沟水：《水经》："沅水出牂柯且兰县，为旁沟水，又东至镡城县为沅。"

[4] 下为月池白璧湾：沅水（沅江）流过临沅（今常德）县西面的明月池、白璧湾、绿萝山（今桃花源景区沅水水域）一带时，沅水河湾呈现出半月形状，清澄的潭水明彻如镜。

[5] 二水：指澧水（澧江）、沅水（沅江）。

[6] 兰芷：兰草与白芷，皆香草。《楚辞·九歌·湘夫人》："沅有芷兮澧有兰。"王逸注："言沅水之中有盛茂之芷，澧水之内有芬芳之兰，异于众草。"

[7] 纫佩：谓捻缀兰芷，佩带在身。

[8] 菖蒲：多年生草木，根状茎粗壮，叶基生，剑形，生于沼泽地、溪流或水田边，有香气，是可防疫驱邪的灵草。紫芝：真菌的一种，似灵芝，生于山地枯树根上，可入药，能益精气，坚筋骨，古人以为瑞草，道教以为仙草。

[9] 荃化茅：出《离骚》句："兰芷变而不芳兮，荃蕙化而为茅。"谓荃草和蕙草变成茅莠。荪佯聋：《楚辞·九章·抽思》："兹历情以陈辞兮，荪详聋而不闻。"荪，一名荃，昌蒲也。详通佯。

[10] 兰兮二句：化用《楚辞·九章·少司命》句："秋兰兮麋芜，罗生兮堂下。"

[11] 咸池：古代神话中日浴之处，一说是专供仙女洗澡的地方。

[12] 芙蓉衣裳芰荷襟：《离骚》："制芰荷以为衣兮，集芙蓉以为裳。"

[13] 九苞禽：凤的别名。欧阳修《赠杜默》诗："何必九苞禽，始能瑞尧庭。"

新凉

夜凉人意远，月出道心空。把酒望河汉，萧萧来早鸿。碧云南斗曙，秋水故园通。未作还家梦，离愁逐晓风。

【编年】

同治二年（1863）秋，檄署藩照磨兼盐库大使，在武昌作。

出汉阳门渡江感怀

黄叶溪头两板扉，十年计与素心违。谈兵客厌残棋局，被褐吾惭老布衣[1]。水阔鱼龙腾浪早，天长鸿雁拂云稀。江神识我应相惜，微禄何求久不归？

【编年】

同治二年（1863）秋，调任随州州判，自武昌出汉阳门赴任途中作。《清史稿·职官三》：知府佐官称通判，正六品；知州佐官称州判，从七品，与州同（从六品）分掌粮务、水利、防海、管河诸职。

【注释】

[1] 被褐：穿着粗布短袄，谓处境贫困。

雨夕

潇潇江暝水烟荡，落落灯明邻舫联。几阵黄昏画船雨，孤吟静夜凉风天。外居张敞意宁乐 [1]，远别江郎魂黯然 [2]。坐听亭皋下木叶，始知秋在篷窗边。

【编年】

同治二年（1863）秋，调任随州州判，赴任途中作。从前后几首诗来看，黎兆勋以水路为主，逆长江而上进入汉江，再逆汉江北上经云梦、德安府（今湖北安陆）至随州。

【注释】

[1] 外居句：西汉张敞在宣帝时为太中大夫，以得罪大将军霍光，受到排斥，出调函谷关都尉。此盖以喻不乐外出就任随州州判。

[2] 远别句：化用江淹《别赋》句："黯然销魂者，惟别而已矣。"

观船儿拾蟹于荻港之间

小儿浴水如凫鹭，踏浪持螯缘草泥 [1]。可供老饕一斗酒，大胜入馔双鱼携 [2]。湖港乱摇秋色暝，荻影高与田禾齐。黄花紫蟹去年事，怅望故人诗漫题。

【校记】

可供老饕一斗酒：酒，同治本作"醉"。

【编年】

同治二年（1863）秋，调任随州州判，赴任途中作。

【注释】

[1] 持螯：拾蟹。

[2] 可供二句：化用李白《酬中都小吏携斗酒双鱼于逆旅见赠》诗句："意气相倾两相顾，斗酒双鱼表情素。"

云梦县署投杨培轩明府 [1]

团团苍翠入云天，路溢平沙气迥然。邑小尚堪廉吏治，年丰应羡野人贤。江湖梦醒山争现，风露寒深客自怜。古迹荒唐谁考证，挑灯重检楚游篇。谓孙叔敖祠墓，孝子黄香墓。[2]

【编年】

同治二年（1863）秋，调任随州州判，赴任途中经云梦县作。

【注释】

[1] 云梦县：时属湖北德安府，即今随州市云梦县。杨培轩：生平事迹待考，时知云梦县事。

[2] 孙叔敖：春秋时楚国令尹，曾治理湖北的沮水和云梦泽，作云梦通渠，助楚庄王成就霸业。司马迁《史记·河渠书》记载："孙叔敖激沮水作云梦大泽之池也。于楚，西方则通渠汉水、云梦之野。"黄香（68？—122），字文疆，江夏安陆（今湖北云梦）人，东汉官员、孝子，是"二十四孝"中"扇枕温衾"故事的主角。一说黄香去世后，归葬故里江夏安陆源口，墓在今云梦县城北郊。

德安府河舟中

客愁频付纪程诗，好是秋飙北上迟。明月无情同夜泊，暮云何事结乡思。村遥野火依荒水，岸坼神鸦护古祠。赖是吴郎为伴侣，战场指点旧游时。汉阳吴稚竹秀才昔年从军于此。

【编年】

同治二年（1863）秋，调任随州州判，赴任途中经德安府（今安陆市）作。

随州旅夜

汉东云气郁苍苍，地接中州路转长。弥望风烟愁浩荡，残兵鼓角气荒凉。北门不启凭申息 [1]，南策能谋感季梁 [2]。此夕溠河堤上月，清辉端解照衣裳。

【编年】

同治二年（1863）秋，随州州判任上作。

【注释】

[1] 北门不启凭申息：据《左传》：楚庄王时，楚周边民族乘楚大饥之际，"戎伐其西南，又伐其东南，庸人率群蛮以叛楚，麇人率百濮聚于选，将伐楚"，于是申息之北门不启。申、息：楚灭申、息二国之后吸纳的今南阳盆地至信阳息县一带疆土。

[2] 南策能谋感季梁：季梁，春秋时期随国大臣，被后人誉为"神农之后，随之大贤"，死后葬于今湖北随州市东郊义地岗。《左传·桓公六年》载："楚武王侵随，使薳章求成焉，军于瑕以待之。随人请少师董成。斗伯比言于楚子曰：'……汉东之国，随为大。随张，必弃小国。小国离，楚之利也。少师侈，请羸师以张之。'熊率且比曰：'季梁在，何益？'斗伯比曰：'以为后图，少师得其君。'王毁军而纳少师。少师归，请追楚师。随侯将利之。季梁止之曰：'天方授楚，楚之羸，其诱我也，君何急焉！臣闻小之能敌大也，小道大淫。所谓道，忠于民而信于神也。上思利民，忠也；祝史正辞，信也。今民馁而君逞欲，祝史矫举以祭，臣不知其可也。'……随侯惧而修政，楚不敢伐。"

唐县镇署中 [1]

我欲南行转北来，人烟阔处乱山开。流观井邑非平世，无补桑麻是废才 [2]。万事心惊垂老日，百年愁拥读书台。此间未必安吾拙，凭仗春风着意催。

【编年】

同治二年（1863）秋，随州州判任上作。

【注释】

[1] 唐县镇：当时随州州治所在，其地即今随州市曾都区唐县镇。

[2] 流观二句：谓太平天国战乱后城郊破败荒凉，诗人北来无补于政。

归仆

计汝回程到武昌，不应迟滞过重阳。无言暗抱衰亲梦，独寤深依皎月光。书抵万金惟此日，贫余一我是他乡。晓天骑马出门去，仰视南飞鸿雁翔。

【编年】

同治二年（1863）秋，随州州判任上作。

九日招同叶馨山、李重臣、姜巨川、吴稚竹诸友人于三醉龛中小饮 [1]

北山岚翠晓来清，几欲登临倦远行。怅念茱萸玉右辖，往招城曲鲁诸生。何人看剑销兵气，无菊挥杯对月明。祀竈请邻同烂醉，还将此乐易公卿。

【编年】

同治二年（1863）重阳，随州州判任上作。

【注释】

[1] 叶馨山、李重臣、姜巨川、吴稚竹：诸人生平事迹待考。三醉龛：据本卷《三醉龛秋夜咏杂十首》诗，盖诗人在随州所居之所。

遥寄周五樵二尹 [1]

其一

周郎交道久离群，画意诗情共我分。亦为好山长作客，每因醇酒便思君。举头月在荆门树，亚鼻风生郢匠斤 [2]。辱寄吟笺难遽和，防秋心事类从军 [3]。

【编年】

同治二年（1863）重阳，随州州判任上作。

【注释】

[1] 周五樵：生平事迹待考。二尹：明清时对县丞或府同知的别称。

[2] 垩鼻风生郢匠斤：《庄子·徐无鬼》："庄子送葬，过惠子墓，顾谓从者曰：'郢人垩慢其鼻端，若蝇翼，使匠石斫之。匠石运斤成风，听而斫之，尽垩而鼻不伤，郢人立不失容……。'"此以比喻周五樵纯熟高超的诗画技艺。

[3] 防秋：古代西北游牧民族往往趁秋高马肥时南侵，届时边军特加警卫，调兵防守，称为"防秋"。《旧唐书·陆贽传》："又以河陇陷蕃已来，西北边常以重兵守备，谓之防秋。"

其二

夕阳红处野鹰多，水气沙痕互错磨。草木漫惊魑魅宅，风云不到骓骊坡。亳捻将至，居民尽去。微官岁晚无长策，小驿天寒独痦歌。岂必神交怜宝剑，杜陵诗境半蹉跎。

三醉龛秋夜杂咏十首

龛灯

幢幢寒焰一星凝[1]，兀坐居然入定僧，夜气养心空万象，佛光圆顶证三乘[2]。室能虚白谁常住，道在孤清我可朋[3]。弹指人天生灭性，旧时香火是传灯[4]。

【编年】

同治二年（1863）秋，随州州判任上作。

【注释】

[1] 焰：焰的讹字。

[2] 三乘：佛教语，一般指小乘（声闻乘）、中乘（缘觉乘）和大乘（菩萨乘）三种解脱之道，亦泛指佛法。

[3] 虚白：《庄子·人间世》："虚室生白，吉祥止止。"谓心中纯净无欲。孤清：孤高而清静。张九龄《感遇》诗之二："幽林归独卧，滞虑洗孤清。"

[4] 弹指人天生灭性：佛法讲一弹指有十万八千次生灭。弹指：捻弹手指作声；佛家多以喻时间短暂。传灯：佛家指传法。

风幔

一桁斜阳澹不收，高悬翠幕隔帘钩。几曾舒卷如人意，只觉飘扬在屋头。云影低笼琼树月，叶深寒拥画堂秋。山家风雨长吟夜，灯火犹怀水上楼。

瓶菊

入坐谁餐秀色浓，屏山如梦影重重。风霜不借帘栊护，香火能参仙佛供。
晕逼宵灯闻落木，秋攒画壁伴鸣蛩。定窑池注清泠水，古淡交情向晚从。

井梧

摵摵高梧荫翠澜[1]，夜风吹堕碧琅玕。铜瓶晓汲疏星白，玉露秋零古井寒。
绕甃冷萤飞历落[2]，栖条饥凤托平安。园林气蓄阳春早，还待清阴护石阑。

【注释】

[1] 摵摵（sè sè）：风吹叶落声。

[2] 历落：疏疏落落；参差不齐。

檐马[1]

六时天乐响琳琅[2]，不遣魔车近道场。法界灵风驱鸟雀，崇橧佛火走宫商[3]。
躡云影簇秋林叶[4]，战雨声寒古瓦当。肃肃元都清闭地，长鸣催白五更霜。

【注释】

[1] 檐马：挂在屋檐下的风铃。

[2] 天乐：指自然界和谐的音响，天籁。琳琅：指清脆美妙的声音。

[3] 佛火：指供佛的油灯香烛之火。

[4] 躡（niè）云：踏云。躡，古通"蹑"。

草蛩[1]

候至应难择地鸣，尘凡同听此秋声。宫中梦断蝦蟆鼓，壁上人观蟋蟀兵。
一径凄烟苔涩涩，半庭残月露盈盈。周南行役多君子，谁赋风诗慰别情？

【注释】

[1] 草蛩：蟋蟀。

月台

西极金星静八垓[1]，中天珠斗焕三台。出林鹤唳山风飐，倚剑人招海月来。
鸿羽经秋游碧落，蛩声如雨绕荒台。隋珠池馆今安在[2]，尘事萧条尽可哀。

【注释】

[1] 八垓：八方的界限。唐代任公叔《通天台赋》之二："八垓可接于跬步，万象无逃于寸眸。"

[2] 隋珠池馆：荀悦《汉纪·武帝纪》："立神明通天之台，造甲乙之帐，络以隋珠荆璧。"

霜笳

野戍风惊独树鸦，黄茅灯火动悲笳。星飞古道连营远，城倚寒云缺月斜。
芦管声传羌笛怨，霜林影簇塞垣花。秦关暗度西征曲，诸将铙歌入汉家。

芦雁

月落潮生警夜分，雪芦花下盼行云。淮王鸡犬宁无分，楚泽鱼虾易结群[1]。荻岸村遥黄叶渡，霞笺人杳碧霄文[2]。朝来尺素烦君寄，谁道秋声不可闻？

【注释】

[1]淮王二句：谓自己不愿攀附权贵，而当地官场的地方势力也结为阵营。淮王鸡犬：淮南王刘安家的鸡和狗，比喻攀附别人而得势的人。葛洪《神仙传·刘安》："时人传八公、安临去时，余药器置在中庭。鸡犬舐啄之，尽得升天。"

[2]霞笺：彩笺。碧霄：蓝天。

倦客

泥壁蛩吟矮屋风，寱歌长伴一灯红。久疏骨肉应官误，难信精神与古通[1]。菊径尊惭彭泽宰，画义钱羡雪堂翁[2]。惟怜黄鹤西楼月，持赠东溪影不同。

【注释】

[1]久疏二句：谓游宦在外，不仅远离了亲人，而且精神世界也未达古人境界。

[2]彭泽宰：指陶渊明。雪堂翁：指苏轼。苏轼曾在湖北黄冈县东建雪堂。

诗歌补遗

索钱湘曙定显二尹游蒙泉之作 [1]

早闻陆夫子 [2]，讲学荆南州。蒙泉惕深省，沦坎昌清流。艮趾蕴阳德，真源从性求。君行度腊雪，及兹春初游。既洽象山理，复解涪翁忧 [3]。来者瞻先民，清唫若为酬。我行怅遥阻，立谈增古愁。念绝兹外赏，怀虚成内柔。游篇傥可示，允惬林山幽。

【校记】

此诗黎氏家刻本、同治本均不载，辑录于黎兆勋《石镜斋诗略》（载《黎氏家集续编》）。

【注释】

[1] 钱定显：同治《郧县志》"黄龙镇社学，道光间黄姓捐地三分……咸丰四年分司钱定显，乡绅余隆廷。各捐钱五十千文，相地于司署仪门内西侧，建屋三楹，耳房一间。"疑即此人。蒙泉：位于荆门市象山风景区东麓，盖因蒙山而得名，泉水清澈甘甜，沈传师、苏洵均有《蒙泉》诗传世。

[2] 陆夫子：指陆九渊（1139—1193），字子静，抚州金溪（今江西金溪县）人，南宋理学家、教育家、官员，陆王心学代表人物，学者称"象山先生"。绍熙二年（1191）出知荆门军，在此修筑城墙，整顿军防，并设"象山书院，听讼于此，讲学于此"，甚有政绩。明弘治年间将书院改建为陆夫子祠（一名陆文安祠），在今象山东麓。

[3] 涪翁忧：涪翁指黄庭坚。黄庭坚在河北时与赵挺之有些不和，赵挺之执政，转运判官陈举秉承他的意向，呈上黄庭坚写的《荆南承天院记》，指斥他对灾祸庆幸，黄庭坚以幸灾谤国之罪除名羁管宜州。

人日书怀二首（其二）

腊燕丝鸡取次分，山家风味感离群。怀人诗企高常侍 [1]，沽酒情溱郑广文 [2]。残笛楼台横远浦，暮江灯火荡寒云。石城羁客谁相伴，宝鸭香浓几度熏 [3]。

【校记】

黎氏家刻本卷二、同治本卷三《人日书怀》诗均只录一首，此据《黔诗纪略后编》辑录黎兆勋《人日书怀二首》其二补辑。诗言"石城羁客"，则咸丰九年（1859）初春，在钟祥所作。

【注释】

[1] 怀人诗企高常侍：高适晚年有《人日寄杜二拾遗》诗，怀友思乡，杜甫读到这首诗时，竟至"泪洒行间，读终篇末"（《追酬高蜀州人日见寄并序》）。

[2] 沽酒情溟郑广文：杜甫《醉时歌》诗有"得钱即相觅，沽酒不复疑；忘形到尔汝，痛饮真吾师"诸句。郑广文：指郑虔，他是盛唐名人，诗、书、画被玄宗评为"三绝"，却"才名四十年，坐客寒无毡"，天宝初更因被人密告"私修国史"而远谪十年，回长安后任广文馆博士，性旷放绝俗，又喜喝酒，与杜甫为忘年交，杜甫很敬爱他。当时郑虔既抑塞，杜甫亦沉沦，更有知己之感。

[3] 宝鸭：香炉，因作鸭形，故称。

（《侍雪堂诗钞》）后序

嘉庆间，先君子奉讳归里，以经学、诗古文词启迪后进，一时从游之士数十百人，其中弁冕群才者，惟子尹先生及先伯兄称最。

祺自束发授书，父兄指示先在歌咏。稍长，从侍笔砚，寖详其法，每有所构，必敬呈兄；兄规之，纪律森严。初则格格不相入，久之，始近似一二。旋侍宦滇云，每归，辄挟册就正，兄则进以风骨、气度，与前论迥然不侔。未几，兄官楚北，祺随往省，时与王君子寿、龚君子贞、徐君子楞畅论篇章。出平生诗词示祺，因令删定，遂敢略剪繁芜，得诗四百余首。顷即匆匆旋里，不相见者三年。

同治二年秋，先君子见弃，兄奔丧回籍，哀毁之余，绝口不道风雅。无何，兄亦继逝。祺收遗稿，淋漓墨渖，手迹犹新，追念往昔，徒增悲痛。以贼迫近砦堡，深惧稿草散失无以传后。时方刻先君子行状、诗钞，始检兄前后著述，编次成卷，词则出兄自审定，因并付梓，质诸当世。惟兄生性倜傥，好学不倦，少壮才气挥洒，横肆精锐，晚境敛华就实，专主神韵，深薄少作粗浅，什不留一矣。

以祺陋僿不文，何敢论诗？第侍兄四十年，凡素习言论风采，耿耿在目，系述原流，责无旁贷。秋宵雨夜，把卷沉吟，犹似曩昔青灯荧炯伴兄诵读时光景，不觉悽然泣下，仿佛音容邈焉难属，复何言哉！剞劂将竟，谨志其始末如此。

弟兆祺谨识。

附录:《黔诗纪略后编·黎州判兆勋传证》

兆勋字伯庸,一字檬村,晚称碉门居士,遵义人,同知恂子。檬村生有异禀,九岁能占五七字诗戏赠同辈。父恂自桐乡归,购书极夥,以诗古文倡诱后进。檬村笃好诗学,不屑为制举业,以古学补诸生。学使钱塘许尚书乃普以温飞卿诗句命题,檬村顷刻成四诗,学使极赏异之,且曰:"他日必以诗名,第品骨近寒,恐禄位不及才名耳。"与外兄郑先生子尹共砚席,子尹博通多著述,檬村读书能贯串,独纵其才力为诗,诗所不能尽溢而为词。是时独山莫征君子偲侨寓于播,与子尹齐名,当世称为郑莫。君驰骤于二君之间,虽成就各有不同,才名颇与之埒。

观其为诗选词隽颖,摆脱凡近,晚岁尤极深沉之思。游楚而后,格律益进。以诸生入资,补开泰训导,在任防苗匪有功,擢湖北鹤峰州判,改随州州判。薄宦羁旅,位卑权轻,恒不能以通其志。与监利王柏心、龚运昌、阳湖徐华延、中江李鸿裔往来酬唱,肝胆豁露,多不平之鸣。尤留意于乡邦掌故,官黎平时曾辑《上里诗系》,莫子偲辑《黔诗纪略》,约与檬村各任一朝。明代黔诗早经流播海内,此《纪略后编》,犹续檬村未了之绪也。有《侍雪堂诗》八卷,《菶烟亭词》四卷。

主要引用书目

[1] 韩婴，撰．许维遹，校释．韩诗外传集释 [M].北京：中华书局，2020.

[2] 程俊英，蒋见元．诗经注析 [M].北京：中华书局，2017.

[3]（汉）孔安国，传.（唐）孔颖达，正义．黄怀信，整理．尚书正义 [M].上海：上海古籍出版社，2007.

[4] 王文锦．礼记译解 [M].北京：中华书局，2016.

[5] 杨伯峻．春秋左传注 [M].修订本，北京：中华书局，1990.

[6]（宋）洪兴祖，撰．白化文等，点校．楚辞补注 [M].北京：中华书局，1983.

[7] 陈鼓应，赵建伟，译注．周易今注今译 [M].北京：商务印书馆，2016.

[8]（宋）朱熹，集注．四书章句集注 [M].北京：中华书局，1983.

[9] 陈鼓应．老子今注今译 [M].北京：商务印书馆，2003.

[10] 曹础基．庄子浅注 [M].修订重排本，北京：中华书局，2007.

[11] 杨伯峻．列子集释 [M].北京：中华书局，2018.

[12] 周勋初．韩非子校注 [M].南京：凤凰出版社，2009.

[13] 方韬．山海经 [M].北京：中华书局，2011.

[14] 徐元诰，撰．王树民，沈长云，校．国语集解 [M].北京：中华书局，2002.

[15] 张觉．吴越春秋校证注疏 [M].增订本，长沙：岳麓书社，2020.

[16] 何建章．战国策注释 [M].北京：中华书局，1990.

[17]（汉）高诱，注.（清）毕沅，校．徐小蛮，标点．吕氏春秋 [M].上海：上海古籍出版社，2014.

[18] 陈广忠，译注．淮南子 [M].北京：中华书局，2012.

[19]（汉）王充，著．马宗祥，校注．郑绍昌，标点．论衡校注 [M].上海：上海古籍出版社，2010.

[20] 王利器，校注．盐铁论校注 [M].北京：中华书局，2017.

[21]（汉）司马迁．史记 [M].北京：中华书局，1959.

[22]（汉）班固．汉书 [M].北京：中华书局，1962.

[23]（南朝宋）范晔，撰.（唐）李贤等，注.后汉书 [M]. 北京：中华书局，1965.

[24]（晋）陈寿，撰.（南朝宋）裴松之，注.三国志 [M]. 北京：中华书局，1959.

[25] 俞绍初，辑校.建安七子集 [M]. 第 2 版，北京：中华书局，2005.

[26]（三国魏）曹植，（晋）阮籍，撰.黄节，注.曹子建诗注 / 阮步兵咏怀诗注 [M]. 北京：中华书局，2008.

[27]（晋）张华，撰.范宁，校证.博物志校证 [M]. 北京：中华书局，2014.

[28]（晋）干宝，撰.马银琴，译注.搜神记 [M]. 北京：中华书局，2012.

[29]（晋）陶渊明，撰.袁行霈，笺注.陶渊明集笺注 [M]. 北京：中华书局，2011.

[30]（南朝宋）谢灵运，撰.顾绍柏，校注.谢灵运集校注 [M]. 郑州：中州古籍出版社，1987.

[31]（南朝宋）鲍照，著.钱仲联，增补集说校.鲍参军集注 [M]. 上海：上海古籍出版社，1980.

[32]（南朝宋）刘义庆，著.（南朝梁）刘孝标，注.余嘉锡，笺疏.世说新语笺疏 [M]. 北京：中华书局，2011.

[33]（北魏）郦道元，著.陈桥驿，校证.水经注校证 [M]. 北京：中华书局，2007.

[34]（北周）庾信，撰.（清）倪璠，注.许逸民，校点.庾子山集 [M]. 北京：中华书局，1980.

[35]（唐）刘恂，撰.鲁迅，校勘.岭表录异 [M]. 广州：广东人民出版社，1983.

[36]（唐）房玄龄等，撰.晋书 [M]. 北京：中华书局，1974.

[37]（南朝梁）萧统，编.（唐）李善，注.文选 [M]. 上海：上海古籍出版社，1986.

[38]（唐）李延寿，撰.南史 [M]. 北京：中华书局，1975.

[39]（唐）徐坚，辑.初学记 [M]. 北京：中华书局，1962.

[40]（唐）虞世南，辑录.北堂书钞 [M]. 影印本，上海：中国书店，1989.

[41]（唐）王维，撰.（清）赵殿成，笺注.王右丞集笺注 [M]. 上海：上海古籍出版社，1984.

[42]（唐）李白，著.瞿蜕园，朱金诚，校注.李白集校注 [M]. 上海：上海古籍出版社，1980.

[43]（唐）杜甫，著.（清）仇兆鳌，注.杜诗详注 [M]. 北京：中华书局，1979.

[44]（唐）韩愈，著.钱仲联，集释.韩昌黎诗系年集释 [M]. 上海：上海古籍出版社，1984.

[45]（唐）韩愈，著.（清）马其昶，校注.马茂元，整理.韩昌黎文集校注 [M].第 2 版，上海：上海古籍出版社，2014.

[46]（唐）孟郊，著.华忱之，点校.孟东野诗集 [M]. 北京：人民文学出版社，1984.

[47]（唐）白居易，著.朱金诚，笺校.白居易集笺校 [M]. 上海：上海古籍出版社，1988.

[48]（唐）李贺，著.（清）王琦等，评注.三家评注李长吉歌诗 [M]. 上海：上海古籍出版社，1998.

[49](唐)李商隐，著.刘学楷，余恕诚，集解.李商隐诗歌集解 [M]. 增订重排本，北京：中华书局，2004.

[50]（唐）温庭筠，著.（清）曾益，注.温飞卿诗集笺注 [M]. 上海：上海古籍出版社，1998.

[51]（清）彭定求等，编.全唐诗 [M]. 北京：中华书局，1960.

[52]（清）董诰等，编.全唐文 [M]. 北京：中华书局，1983.

[53]（后晋）刘昫等，撰.旧唐书 [M]. 北京：中华书局，1975.

[54]（五代）孙光宪，撰.贾二强，点校.北梦琐言 [M]. 北京：中华书局，2002.

[55]（宋）李昉等，编纂.太平御览 [M]. 北京：中华书局，2011.

[56]（宋）李昉等，编.太平广记 [M]. 北京：中华书局，1961.

[57]（宋）欧阳修，著.侯本健，校笺.欧阳修诗文集校笺注 [M]. 上海：上海古籍出版社，2009.

[58]（宋）欧阳修，著.胡可先，徐迈，校注.欧阳修词校注 [M]. 上海：上海古籍出版社，2015.

[59]（宋）苏轼，撰.（清）冯应榴，辑注.黄任轲，朱怀春，校点.苏轼诗集合注 [M]. 上海：上海古籍出版社，2001.

[60]（宋）苏轼，撰.孔凡礼，点校.苏轼文集 [M]. 北京：中华书局，1986.

[61]（宋）苏辙，撰.陈宏天，高秀芳，点校.苏辙集 [M]. 北京：中华书局，1990.

[62]（宋）黄庭坚，撰．郑永晓，整理．黄庭坚全集编年辑校 [M]. 南昌：江西人民出版社，2008.

[63]（宋）辛弃疾，撰．邓广铭，笺注．稼轩词编年笺注 [M]. 上海：上海古籍出版社，2007.

[64]（宋）郭茂倩，编撰．聂世美，仓阳卿，校．乐府诗集 [M]. 上海：上海古籍出版社，2010.

[65]（宋）张君房，编．云笈七签 [M]. 北京：中央编译出版社，2017.

[66]（宋）吴曾．能改斋漫录 [M]. 上海：上海古籍出版社，1979.

[67] 北京大学古文献研究所，编著．全宋诗 [M]. 北京：北京大学出版社，1992.

[68] 曾枣庄，刘琳，主编．全宋文 [M]. 上海：上海辞书出版社，2006.

[69]（元）脱脱等，撰．宋史 [M]. 北京：中华书局，1977.

[70]（清）郑珍，著．黄万机，黄江玲，校点．巢经巢诗文集 [M]. 上海：上海古籍出版社，2016.

[71]（清）莫友芝，著．张剑等，编辑校勘．莫友芝诗文集 [M]. 北京：人民文学出版社，2009.

[72]（清）曾国藩，著．曾国藩全集 [M]. 修订版，长沙：岳麓书社，2011.

[73] 徐世昌，辑．清诗汇（《晚晴簃诗汇》）[M]. 影印本，北京：北京出版社，1996.

[74]（清）莫庭芝，黎汝谦，采诗．陈田，传证．张明，王尧礼，点校．黔诗纪略后编 [M]. 贵阳：贵州人民出版社，2020.

[75]（清）顾祖禹，撰．贺次君，施和金，点校．读史方舆纪要 [M]. 北京：中华书局，2019.

[76] 赵尔巽等，撰．清史稿 [M]. 北京：中华书局，1977.

[77] 赖永海，主编．刘鹿鸣，译注．楞严经 [M]. 北京：中华书局，2012.

[78] 赖永海，主编．尚荣，译注．坛经 [M]. 北京：中华书局，2018.

[79] 佛学书局，编纂．实用佛学辞典 [M]. 上海：上海古籍出版社，1994.

[80]（清）黄乐之，平翰等，修．郑珍，纂．（道光）遵义府志 [M]. 影印本，台北：成文出版社，1967.

[81] 周西成等，修．犹海龙等，纂．（民国）桐梓县志 [M]. 影印本，台北：成文出版社，1967.

[82] 刘作会，主编．黎氏家集续编 [M]. 贵阳：贵州人民出版社，2005.

后　记

　　一次偶然的机会，我从贵州师范学院刘海涛教授那里得到黎兆勋的诗集《侍雪堂诗钞》和词集《葑烟亭词》（清光绪黎氏家集刻本），抱着学习的想法，准备做一次古籍整理训练。最初的点读与文字录入工作比较顺利，但不久就被一些琐屑之事缠绕，加之个人生活与校园内外各种纷扰，前后历经四年多，始克完成校注初稿工作，可谓"成如容易却艰辛"。经此之后，我方真正体会到做文献整理方面的学问不仅需要深厚的学术功底和严谨求实的治学态度，更需要苦心孤诣地钻研，埋首故纸堆，甘坐冷板凳，只有通过时间的沉淀，才能考镜源流，去粗取精，去伪存真。

　　黎兆勋是清代后期遵义"沙滩文化"的代表人物，与郑珍、莫友芝齐名，但他对后世的影响实难比肩郑、莫。此既有仕途不偶、声名不彰、作品流播不广的原因，也与学界拿不出与郑、莫相提并论的成果有关。事实上，比起郑、莫对学术的孜孜追求，黎兆勋毕生精力倾注于诗词。其词开贵州倚声之先，艺术造诣颇高，莫友芝以为"可上拟北宋"，"掉臂海内歌场酒队间，谅未肯遽作三舍避"；而黎兆勋"尤纵其才力为诗"，其"诗十倍词功，而顾遁以自见"，更加重视诗歌创作，其成就或不及郑莫二家，却也写得高古简劲，寄托遥深。读其诗集，可以深刻体验清代下层文士的理想追求、精神困惑及为此付出之努力与抗争，因而更好地理解他们的生活，同情并尊重一种平凡甚至卑微的人生，从而多一点对下层文士的温爱和暖意，以及对文学的信仰和对文字的敬畏。

　　黎兆勋诗词集的整理，原拟诗词合刊为《黎兆勋诗词集校注》，但词集的校对始终没能完善，故拟先出诗集。时至今日，书稿即将付梓，内心却颇为忐忑。前贤云：校书如扫落叶，旋扫旋生。因为每校一过，往往会发现失校之处及尚存之疏误或遗漏。十年磨一剑，必能一试锋芒，却未必能做好一项文献整理研究工作。加之水平有限，禀赋不敏，难免贻笑大方，恳请专家学者批评指正，以期日后修订完善。

最后奉上我真诚的致谢。感谢刘海涛教授提供宝贵资料！感谢贵州省仁怀市龙先绪先生惠赐《侍雪堂诗钞》黎氏家集刻本！感谢国家图书馆、贵州省图书馆在版本校对中提供的支持与帮助！

感谢贵阳学院泰国研究中心孙德高主任及中心同事的关怀和帮助！感谢贵阳学院文化传媒学院诸多同事的鼓励！感谢我的父母和亲友对我的支持！感谢武汉孔令钢兄的热心推荐和吉林大学出版社的信任、包容与付出，你们对出版古籍的热情令我敬佩！

本书的出版"受贵阳市科技局贵阳学院专项资金【GYU-KY-[2021]】资助"，在此表示衷心感谢！

是为记。

向有强

二〇二一年九月于贵阳